# Я готовлю

Дорогие мои, любимые читатели!
Те, кто знает все мои книги, и те,
кто просто открыл впервые и зачитался!
Теперь в каждой моей новой книге
Вас ждут разноцветные купоны на получение подарков!
Присылайте их по адресу: 111673, Россия, г.Москва,
а/я "Дарья Донцова" - и выигрывайте!

## Вас ожидают три розыгрыша!

**1–й розыгрыш в августе:** приз каждому пятому приславшему
заполненный купон - стильный шарфик!

**2–й розыгрыш в октябре:** приз каждому десятому участнику,
приславшему три заполненных купона, - бытовая техника!

**3–й розыгрыш в декабре:** разыгрываются семейные поездки
в Египет среди тех, кто пришлет пять заполненных купонов!

## Суперприз - семейная поездка в Египет!

www.eksmo.ru   www.dontsova.ru

© А. Колпаков 2005

**Солнечного Вам настроения!
Ищите желтый купон
в новой книге!**

С любовью
Дарья Донцова

Присланные Вами купоны участвуют
во всех трех розыгрышах!

**телефон горячей линии:
(495) 642-32-88**

ЭКСМО
издательство

# Читайте романы
# примадонны иронического детектива
# Дарьи Донцовой

# Дарья Донцова

# Досье на Крошку Че

*роман*

# Советы

*от безумной оптимистки* Дарьи Донцовой

*советы*

Москва

ЭКСМО

2006

## ИРОНИЧЕСКИЙ ДЕТЕКТИВ

# Досье на Крошку Че

*роман*

# Дорогие мои, любимые читатели!

## В этом году я решила наградить самых постоянных и активных из вас!

## Это значит, что я готовлю вам подарки!

### Как принять участие в розыгрышах подарков?

Это просто! В этой книге вы найдете купон. Точно такие же купоны будут и во всех других моих новых книгах с твердой обложкой, которые выйдут с июня по ноябрь 2006 г. (за это время я опубликую 7 новых романов).

Каждый из вырезанных и заполненных вами купонов присылайте мне почтой по адресу: 111673, г. Москва, а/я «Дарья Донцова».

Не копите купоны — присылайте их сразу! Так вы сможете принять участие сразу в трех розыгрышах подарков в течение года!

Вот и все! Остальное зависит от вашей удачи и того, насколько внимательно вы ознакомились с описанием розыгрышей.

# ОПИСАНИЕ РОЗЫГРЫШЕЙ

В течение этого года вы сможете принять участие сразу в трех розыгрышах подарков!

## • 1-й розыгрыш

Состоится 10 августа 2006 г. среди всех успевших прислать хотя бы один купон за период конец мая — начало августа. Каждый пятый участник розыгрыша получит заказной бандеролью **стильный шарфик** (сама выбирала).

Кроме того, всем участникам первого розыгрыша — памятное письмо от меня и... четыре чистых конверта. Конверты — для того, чтобы вам было удобнее участвовать в розыгрышах.

- - - - - - - - - - - - - - - - - - - -

## • 2-й розыгрыш

Состоится 10 октября 2006 г. среди всех приславших 3 заполненных купона за период конец мая — начало октября. Каждый десятый участник обязательно выиграет **бытовую технику**. Заметьте, вам не придется за ней никуда ехать — технику доставят вам на дом.

- - - - - - - - - - - - - - - - - - - -

## • 3-й розыгрыш

Состоится 10 декабря 2006 г. среди всех приславших 5 заполненных купонов за период конец мая — начало декабря.

**Самые удачливые получат суперприз — семейную поездку в Египет!** Всем остальным участникам 3-го розыгрыша — сюрприз от меня на память.

**Разумеется, присланные вами в течение года купоны участвуют во всех трех розыгрышах.**

*P. S. Всю дополнительную информацию можно получить на моем сайте www.dontsova.ru, на сайте моего издательства www.eksmo.ru и по телефону бесплатной горячей линии (495) 642-32-88.*

## Глава 1

Некоторые мужчины крайне наивны: они полагают, что лучший подарок для женщины — книга. Впрочем, есть иные личности, которые, собираясь на встречу со старыми друзьями, верят в то, что выпьют совсем немного, ведь завтра всем на работу. Вообще, наивность — весьма распространенное качество. В нашей семье ею в разной степени обладают все. Я, например, до недавнего времени считала, что гаишники, проверив у меня права и документы на машину и не найдя никаких нарушений, со вздохом требуют показать им аптечку и внимательно изучают находящиеся в ней лекарства лишь из заботы о моем здоровье. Аркадий пребывает в глубокой уверенности, что никогда не станет жертвой мошенников, так как является умным и образованным человеком. Маня, переходя улицу на зеленый свет, чувствует себя в полнейшей безопасности. Александр Михайлович полагает, что окружающие все сделают правильно, если им хорошенько объяснить, как следует поступить, повторяя наставления не меньше сорока раз в день. Садовник Иван недавно с жаром объяснял нашему соседу по поселку, бывшему уголовному авторитету, а ныне уважаемому бизнесмену и государственному деятелю, что в целях экономии лучше бы перевести его «Бентли» с бензина на газ. Зайка на днях рассказывала, как ее поразило то, что она столкнулась в отделе деликатесов супермаркета с плохо одетой бабушкой, которой

пять минут тому назад подала денег на жизненно необходимые лекарства (именно такая просьба значи-
лась на картонке, которую та держала, стоя с протя-
нутой рукой при входе в магазин). Хотя, может, доктор прописал бабуле от хвори принимать по
килограмму черной икры в день? Но, как выяснилось сегодня, самая наивная из нас Ирка.

Утром, ровно в семь, она всунула голову в мою
спальню и, особо не задумываясь, гаркнула:

— Дарь Иванна!

От неожиданности я вскочила и стала в панике
озираться по сторонам. На какую-то минуту мне показалось, что проспала начало занятий, опоздала к
студентам на лекцию, и сейчас в мою комнату непо-
стижимым образом вломилась отвратительная Галина Андреевна, заведующая кафедрой, стокилограм-
мовая крашеная брюнетка с хитрым взглядом старой
змеи и улыбкой гориллы. Но потом глаза мои увиде-
ли нежно-розовый ковер и обиженно сопящего Хучика, который свалился на мягкий ворс, когда хозяйку вымело из-под теплого пухового одеяла.

— Ира! — возмутилась я. — Какого черта ты так
кричишь, да еще ни свет ни заря? Что случилось?
Пожар? Наводнение?

Ирка уперла руки в бока.

— Вставайте скорей, уже семь!

Я честно попыталась вспомнить, зачем мне покидать уютную постель в такую рань, но в голову
ничего не приходило.

— Но ведь я не просила будить меня! Сегодня
воскресенье!

— Опоздаем!

— Куда?

— А то вы не помните!

Я плюхнулась на кровать. Вот беда! Значит, мы
с утра куда-то едем. Причем, скорей всего, это семейный выезд, иначе с какой бы стати Ирке нахо-

диться в таком возбуждении? Надо же, совершенно ничего не помню. Ладно, попытаюсь сориентироваться. Сегодня воскресенье, часы показывают начало восьмого... А что люди могут делать в декабре, в выходной день, столь ранним утром? Куда они способны отправиться в глухую темень, вместо того чтобы сладко почивать в мягких подушечках? Ох, какая непростая ситуация... Похороны? Нет-нет, слава богу, все вокруг живы. Или, может, свадьба у нас, бракосочетание? Минуточку, а кого и с кем? Невеста в семье всего лишь одна — Манюня, но она, насколько я знаю, пока не обзавелась женихом. Впрочем, есть еще Дегтярев, холостой мужчина. Но навряд ли полковник...

— Так вы идете? — поторопила меня Ирка.

Я набрала полную грудь воздуха. Хорошо, пусть домработница считает хозяйку склеротичкой, особой, окончательно потерявшей ум и память, но нельзя же ведь начать собираться невесть куда. В конце концов, существует такая вещь, как дресс-код: согласитесь, в белом платье и фате вы будете глупо выглядеть на кладбище, а черный костюм и букет из четного количества орхидей — совершенно неуместные вещи в момент венчания.

— Куда? — Я наконец решилась прояснить ситуацию.

— Что? — вытаращила глаза Ирка.

— Куда мы едем? — задала я вопрос напрямую.

— Господи! — всплеснула руками домработница. — Неужто забыли?

В ее голосе звучало такое откровенное удивление, что я быстро ответила:

— Нет, конечно.

— Тогда чего спрашиваете? — резонно продолжила Ирка.

— Ну... так... для поддержания беседы, — стала

выкручиваться я. — Лучше скажи, что натянуть на себя?

— Приличную вещь, — прищурилась Ира. — Не джинсы! Все-таки государственное дело, народ вокруг разнарядится, бабы шубы нацепят. С одной стороны, конечно, смешно, но, с другой — понятно: если уж доха куплена, то ее следует выгуливать.

Я окончательно впала в ступор. Государственное дело? Господи, обычно я все же постепенно припоминаю некстати забытую информацию, а сейчас в голове полнейшая пустота. Ну все, кажется, ко мне пришел старик Альцгеймер[1].

— А наш народ уже готов? — осторожно осведомилась я.

— Ванька в машине сидит, а я пошла вас поторопить, — ответила Ирка. — Манюня на занятиях в кружке, другие на работе. Только вас ждем.

Вот тут мне стало совсем нехорошо. Ванька — это наш садовник Иван. Он же по совместительству дворник, электрик, слесарь, плотник и муж Ирки, един во многих лицах.[2] Так куда я намеревалась поехать со сладкой парочкой?

— Несознательные они люди, — недовольно продолжала тем временем Ирка. — Уж сколько по телику говорили, убеждали... Нет! Умотали по своим делам, никто о государстве думать не желает!

— Ира, — заорала я, — говори живо, в какую степь мы направляемся!

— Так на выборы!

Я плюхнулась на кровать.

— И кого выбирать надо?

---

[1] Болезнь Альцгеймера — тяжелое заболевание, вследствие которого человек постепенно теряет память и превращается в младенца.(*Прим. автора.*)

[2] История сватовства Ивана рассказана в книге Дарьи Донцовой «Небо в рублях», издательство «Эксмо».

— Ясное дело, депутата, — пожала плечами Ирка.

— Которого? — тупо вопрошала я.

В глазах домработницы метнулось изумление.

— А чего, их много?

— Думаю, да, — пробормотала я, преспокойно залезая под уютное, теплое одеяло.

— Неправда ваша! — с жаром воскликнула Ирка и вытащила из кармана мятую листовку. — Глядите, вчерась на наши ворота наклеили, значит, за него голос отдать надо.

Я бросила взгляд на бумагу. Посередине красовалось фото лысого дядьки в круглых, совершенно идиотских очках, внизу стояла надпись, сделанная крупными буквами: «Картинкин Михаил Семенович — наш общий выбор».

— Вот, — потрясла рекламной дацзыбао Ирка, — ясно и понятно!

— Спасибо тебе, — ответила я, блаженно закрывая глаза, — очень благодарна за заботу, но, к сожалению, плохо себя чувствую. Короче, ступайте с Иваном вдвоем.

— Угу, — протянула Ирка и, шаркая тапками, ушла.

Ко мне, мягко мурлыча колыбельную, начал подкрадываться сон, я удобно вытянулась, мои руки обхватили подушку. Снизу послышалось сопение, затем нечто тяжелое плюхнулось мне на спину... Знаете, дорогие мои, во всем плохом можно найти хорошее, и никогда не следует бороться с не зависящими от нас обстоятельствами. Ну, к примеру, какой смысл сражаться с цунами? Оно все равно накатит и смоет неразумного, гневно размахивающего руками на берегу человека. Следует беречь свои нервы, не тратить их по пустякам, а при виде гигантской волны постараться мигом удрать. Я всегда так поступаю. Вот сейчас наглый мопс Хуч вскочил на кровать и развалился на спине у хозяйки. Девять людей из десяти в подобной ситуации начали бы негодовать, спихивать охамевшего Хучика, обещать ему всякие неприятности. Но я останусь мирно лежать, потому что очень хорошо знаю: если скинуть Хуча, он вернется назад. Причем проделывать это обратное действие, сколько его ни скидывай, мопс будет постоянно, с замечательным упорством. И что получится? Шлеп — прыг, шлеп — прыг, шлеп — прыг, шлеп, прыг... Так мне точно больше не заснуть, не выспаться. Пусть уж лежит на моей спине, стану считать его вес особым видом массажа.

Глаза сомкнулись, меня стало уносить в страну Морфея.

— Дарь Иванна! — заорала Ирка, снова врываясь в спальню.

Я вскочила, Хучик обвалился на пол, потряс головой, сел и, глядя Ирке в лицо, разразился коротким, гневным лаем.

— Что еще? — рявкнула и я.

— Ваня сказал, вам непременно надо ехать!

— Почему?

— Каждый голос важен, вдруг не того выберут... — на полном серьезе заявила домработница.

Я рухнула на кровать, Хучик, сопя, начал разбегаться. Мопс не способен с места вспрыгнуть на ложе хозяйки, ему нужна, так сказать, взлетная полоса.

— Ну, поторопитесь, — не успокаивалась Ирка, — а то опоздаем!

Я села на своем замечательном ортопедическом матрасе... Очень жаль, что большая часть моей жизни прошла на продавленном складном диване, произведенном из сырого поролона в городе Пырловке. Может, имей я в юности возможность приобрести изделие из пружин, конского волоса и латекса, глядишь, и спина бы у меня не походила теперь на старую гребенку с выломанными зубьями. Но, увы, четверть века тому назад в моем кошельке звенела пустота, да и не слышали в СССР про «умные» матрасики. Хорошо хоть, сейчас у меня появилась возможность купить подобное изделие и наслаждаться, вытянувшись на умеренно жесткой поверхности. Очень мне нравится моя кровать, и я совершенно не собиралась покидать ее ради какого-то Картинкина.

— Ирина! — сердито воскликнула я. — Уходи, спать хочу!

— Этак можно демократию просопеть, — решила поспорить домработница. — Придут из-за таких, как вы, к власти всякие, снова колбаса пропадет.

— Послушай, ты на самом деле считаешь, что от твоего голоса зависит итог выборов? — поразилась я.

— Конечно, — пожала плечами Ирка.

Удивляясь степени наивности домработницы, я нырнула под одеяло и прошипела:

— Все. Раньше полудня меня не беспокоить. А еще лучше вообще ко мне не заходить!

Хлопнула дверь, Хучик снова рухнул мне на спину, я вытянулась, обняла подушку, сладко зевнула, закрыла глаза, блаженно вздохнула... и поняла: сон пропал.

Следующие полчаса я вертелась с боку на бок под аккомпанемент недовольного ворчания Хучика, вынужденного переворачиваться вместе с хозяйкой. Потом, поняв, что попытки задремать абсолютно бесплодны, я схватила халат, надела тапки и, ругая на все лады Ирку, поплелась на первый этаж пить кофе. Мрачно сопящий Хуч побрел со мной. Наш путь лежал мимо гостиной, где на диванах удобно устроились Снап, Банди и Черри. Питбуль поднял голову, вяло вильнул хвостом и снова зарылся в плед, остальные собаки не шевельнулись, проигнорировав появление хозяйки. Лишь на мордах у всех проявился вопрос: «Ты же не потащишься выгуливать нас в такой темноте?»

Я выпила кофе, тупо посидела у стола и отправилась заваривать чай. Заняться было решительно нечем. Интересно, на какую такую работу подались в воскресенье домашние? Насколько помню, у Машки в выходной нет занятий, а вот Зайка у нас телезвезда, соответственно, ее рабочая неделя имеет особое расписание. Аркадий мог отправиться в суд, Дегтярев, наверное, продолжает бороться с преступностью. А Манюня небось поехала в ветеринарную лечебницу — что-то она вчера говорила про крысу, у которой на лапе возникла опухоль, только я пропустила ее рассказ мимо ушей. В нашем доме все при деле, одна я лентяйка, погибающая от скуки. Между прочим, сегодня собиралась покемарить до полудня, а потом хотела отправиться по магазинам — пора уже искать подарки на Новый год. Но теперь, спасибо Ирке, имею кучу ненужного времени.

Мягкие лапки прикоснулись к моей ноге, я посмотрела вниз. Возле стула сидела Жюли, крохотный йоркшир-терьер. Ее глазки-бусинки преданно смотрели на меня.

— Ты хочешь есть?

Жюли взвизгнула.

— Но сначала следует погулять.

— Р-р-р!

— Без прогулки нет каши.

— Ф-ф-ф!

— Ладно, пошли, — вздохнула я. — Эй, ребята, подъем, шагом марш к двери!

Зевая и потягиваясь, собаки потрусили к выходу.

Летом никто у нас особо не думает о выгуле животных, в хорошую погоду в нашем доме всегда открыта дверь на веранду, и стая спокойно ходит туда-сюда. Если на улице дождь, мы выпускаем псов через баню, там пол выложен плиткой и грязные следы от лап легко вытираются тряпкой. Но вот зимой, когда ртутный столбик опускается ниже нуля, начинается тягомотина.

Дело в том, что питбуль Банди, ротвейлер Снап и мопс Хуч — собаки гладкошерстные, поэтому их обязательно нужно одеть. Пуделихе Черри и йоркширихе Жюли тоже нужны свитера, а еще лучше шубы. Казалось бы, чего проще, сейчас в Москве полно магазинов для животных, сходи и купи всякие комбинезоны, попоны и прочие куртки. Ан нет, у собак те же проблемы, что и у людей.

Вот возьмем Дегтярева. В юные годы Александр Михайлович занимался борьбой и накачал себе шею сорок шестого размера. Теперь покупка рубашки превращается для него в крайне увлекательное занятие. По мнению производителей мужских сорочек, к шее объемом в сорок шесть сантиметров обязаны прилагаться плечи шириной с Ново-Рижское шоссе и рост под три метра. Но из всего перечисленного богатства у полковника имеется лишь могучая шея, остальное намного скромнее. Впрочем, нет, Александр Михайлович еще обладает весьма заметным животом, что делает приобретение рубашки делом почти нереальным: если сорочка хороша в плечах, то не сходится на шее и животе; коли брюшко аккуратно прячется за пуговицами, тогда рукава свисают до пола, а если рубашка замечательно подходит и по росту, и по объему, то на шее она точно не застегнется. Нестандартная фигура — полнейшее безобразие, по мнению представителей фэшн-бизнеса.

У мопса Хучика и питбуля Банди такие же проблемы, что у Дегтярева: ни один комбинезон не желает застегиваться на их могучих телах. Животы у Хуча и Банди слишком круглые, а шеи похожи на колонны. Когда я, как наивная чукотская девушка, впервые решила купить Хучу прикид и сообщила продавщице наши размеры — 40—60—40, та, слегка обалдев, спросила:

— Первая цифра — это...

— Объем шеи, — улыбаясь, ответила я.

— А вторая?

— Талия. Третий параметр — длина от затылка до хвоста, — быстро сказала я.

Девушка нахмурилась, потом безапелляционно сообщила:

— Таких собак не бывает! Окружность шеи не может совпадать с длиной туловища.

Пришлось привозить в лавку Хуча и натягивать на него кучу готовой продукции. В результате почти трехчасового «дефиле» выяснилось: комбинезоны, сшитые на мопсов, малы, а предназначенные для бульдогов велики — у Хучика слишком короткие лапы, бочонкообразное туловище, а шея... Впрочем, о ней я уже рассказывала ранее.

— Ваш мопс должен либо похудеть, либо подрасти, — сообщила, отдуваясь, продавщица.

Не удалось подобрать одежду и для Банди, Снапа и Жюли. Первые двое оказались очень большими и широкими в груди, йоркшириха же больше напоминает мышь, а на грызунов шуб не шьют.

— Если б их всех перемешать и разделить на равные части, — задумчиво протянула продавщица, — вот тогда точно бы сумели подобрать попонки.

В общем, комбинезон нашелся лишь для Черри — она оказалась просто классическим пуделем нужного роста и объема. Я от радости купила ей сразу несколько «пальто»: одно непромокаемое, другое на синтепоне, третье из искусственного меха, четвертое из ситца, не зная, зачем оно вообще нужно. Но, как выяснилось дома, ликование хозяйки было преждевременным. Черричка, облаченная в одежду, замерла на месте и категорически отказывалась сделать хоть шаг в сторону двери. Не помогли ни уговоры, ни энергичные подталкивания.

Впав в некоторую задумчивость, я все же решила не сдаваться и в конце концов справилась с проблемой. Снап теперь гуляет в футболке Маши, которая очень хорошо подошла ротвейлеру, Банди без особых комплексов рассекает по двору, облачась в старый свитер Аркаши (пришлось всего лишь укоротить рукава), Хучик донашивает мою кофту, между прочим, очень дорогую, из настоящей ангорской шерсти, Жюли мы просто заматываем в любой попавшийся под руку шарф. Ну а Черри, имея полный гардероб, категорически протестует против любой одежды.

Понимаете теперь, почему все наши домашние в холодное время года спихивают друг на друга обязанность выгуливать псов? Собак-то нужно сначала одеть, а потом раздеть...

## Глава 2

Вспотев от усилий, заматывая в кашне отчаянно вертящуюся Жюли, я наконец-то, с трудом распахнув тяжелую дверь, закричала:

— Все в сад!

Стая, облаченная в разноцветные тряпки, прошмыгнула на улицу, и каждый ее член начал заниматься своими делами.

Банди, высоко задрав хвост, принялся носиться вокруг дома, и я попыталась остановить пита, на разные лады восклицая: «Бандюша, тише!» Но пес, естественно, прикинулся глухим. С одной стороны, можно было и не заметить его гонку, но с другой... Тормозной путь расшалившегося Бандика составляет чуть ли не полкилометра, и нам уже пару раз приходилось чинить забор: ну, не способен питбуль правильно оценить расстояние, жмет на нужную педаль слишком поздно и врезается в заграждение.

Снап, по счастью, не любит носиться. У него другая радость: ротвейлер залезает на сарай. Он у нас очень низкий, а рядом с ним сложены дрова для камина. Хитрый Снапун использует поленья в качестве лестницы, и не успеешь оглянуться, как он уже царь горы. Все бы ничего, только шагать вниз Снапик боится, его приходится стаскивать, что мне с моим ростом и весом, раза в два меньшим, чем у ротвейлера, не очень-то легко проделать. Намного проще справиться с Хучем, который считает, что лучше места для уголка задумчивости, чем заросли ежевики у гаража, просто нет. Мопс втискивается между кустами и начинает верещать. Оно и понятно почему — ежевика ведь покрыта колючками, ее по этой причине и посадили в самом отдаленном углу сада. Но с Хучиком, впрочем, как и с Черри, которая, правда, демонстративно делается на улице глухой, все просто — я могу их поднять.

Но наибольшие неприятности, хоть это и может показаться странным, исходят от Жюли, йоркширихи, которая даже после плотного завтрака весит чуть больше килограмма. В теле такой крошки живет сердце отважного льва — Жюли искренне причисляет себя к сторожевым собакам и самозабвенно охраняет территорию от врагов. За чужаков с гадкими мыслями в голове Жюли держит всех незнакомых ей людей независимо от пола, внешнего вида и возраста. С одинаковой яростью йоркшириха налетит и на взрослого мужчину, и на ребенка. Тот, кто считает йорков просто забавными игрушками, глубоко ошибается, на самом деле они неутомимые и совершенно бесстрашные охотники, готовые отдать жизнь за хозяина. Чем же крохотное существо способно отпугнуть врага? Голосом и зубами. Наша

Жюли, например, лает гулким басом. Если вы с наружной стороны двери услышите ее мерное «гав-гав-гав», то со стопроцентной уверенностью подумаете, что в доме сидит по меньшей мере кавказская овчарка, настолько страшные звуки издает Жюли.

А еще она способна ухватить вас мелкими, очень острыми зубами за ногу. Один раз йоркшириха, не разобравшись, что к чему, цапнула хозяйку за лодыжку. Так вот, у меня, знаете ли, было полное ощущение, будто моя нога попала под «лапку» работающей швейной машинки. Показалось, что некто крутит ручку и быстро-быстро делает шов. А к вечеру цепочка мелких укусов, несмотря на обработку йодом, воспалилась и начала нарывать. С тех пор я знаю точно: клыки у Жюли ядовитые.

Но основная фишка Жюли состоит в ином. Увидав, как за забором мирно идет какой-нибудь гастарбайтер, йоркшириха прижимается к земле и очень тихо, с невероятной скоростью несется на человека. Никакой забор для Жюли не помеха, она умеет высоко прыгать и легко проскальзывает в любые щели. Налетев на ничего не подозревающего рабочего, Жюли со всей дури вцепляется ему в брюки и начинает рвать одежду, издавая при этом густое рычание. Кое-кто из мужчин пугается чуть ли не до полусмерти. А таджики, которые постоянно чинят в Ложкине дорогу, никогда не видели йоркширского терьера, и по неопытности они принимают собачку за крысу. Рычащий от ярости грызун, нагло наскакивающий на вас средь бела дня — это, согласитесь, зрелище не для слабонервных. Поэтому я обычно несусь за Жюли с воплем:

— Не бойтесь, она вас не загрызет!

Вот и сегодня, не успела я шикнуть на Снапа, приблизившегося к дровам, и схватить за хвост Хуча, рулившего прямо к ежевике, как Жюли быстрой тенью шмыгнула под ворота и была такова. Оставив остальных собак во дворе, я добежала до калитки, распахнула ее, хотела броситься вперед, туда, где виднелась невысокая фигурка в куртке, и тут же замерла.

На снегу, прямо у моих ног, лежала изящная серьга, явно очень дорогая. Золотые лапки держали три брильянта, а оправу осыпали мелкие темно-зеленые камушки, скорей всего изумруды.

— Ой, ой, ой... — донесся издалека тоненький голосок.

Поняв, что скандалистка Жюли напала на женщину, я нагнулась, подняла украшение, положила его в карман и побежала по дороге. А на ходу размышляла: сейчас схвачу Жюли, отнесу ее домой, а потом напишу объявления, мол, найдена серьга, и повешу одно у входа в магазин, а другое на специальной доске, установленной около административного корпуса поселка.

Когда я подбежала к месту происшествия, стало понятно: Жюли налетела на девочку-подростка.

— Не бойся, — запыхавшись, сказала ей я и, подхватив йоркшириху, встряхнула ее, словно бутылку с кефиром. — Вот неслуха! Сколько раз объясняли: нельзя гоняться за людьми! Она тебя не укусила?

— Нет, — грустно ответила девочка, — в сапог вцепилась, а он дутый.

— Я непременно накажу Жюли.

— Не надо, — помотала головой незнакомка и шмыгнула носом.

Я пригляделась, увидела опухшие глаза, покрасневший нос и испугалась.

— Ты плакала от страха!

— Нет, — прошептал подросток.

— Но я же вижу...

Внезапно по щекам незнакомки полились слезы. Я растерялась, а девочка быстро вытерла лицо рукавом куртки и пролепетала:

— Это не из-за вашей собаки. Я потеряла серёжку, очень и очень дорогую... — Незнакомка сняла с головы капюшон, и я увидела в мочке ее правого уха подвеску, идентичную той, что лежала в моем кармане. — Не пойму, как так случилось? Я всегда аккуратно застегиваю украшения. Теперь хожу ищу. Понимаете, утром от меня удрапала Кристи, а она вроде вашей Жюли, ускачет — не поймать. Бегала, бегала я за ней, жарко стало, капюшон сняла, потом снова накинула... Наверное, серьга за опушку зацепилась и из уха выскочила. Вот беда! Боюсь, не найду...

Я улыбнулась:

— Знаешь, тебе повезло!

— В чем же? — грустно спросила девочка.

— Давай сначала познакомимся. Я Даша Васильева, живу вот в этом доме.

— Катя Тришкина, — вежливо назвала себя незнакомка, — мы сюда несколько месяцев тому назад перебрались. На шестьдесят пятом участке живем...

Поясню. В Ложкине не так уж много домов, но основная часть обитателей поселка совершенно не горит желанием завязывать дружбу с соседями. Особняки в поселке стоят не на шести сотках, никто друг к другу в окна не заглядывает. Лично у нас полгектара, у банкира Сыромятникова, чей коттедж наиболее близко расположен к нашему, и того больше.

В свое время администрация нашего Ложкина была полна планов, комендант поселка намеревался даже создать совет жильцов, этакий орган самоуправления. Еще планировались дружеские вечеринки, совместное проведение праздников, пляски под елочкой в масках зайчиков и белочек. Но ничего не вышло — никто из ложкинцев не пожелал заводить друзей по месту жительства. Однако в нашем поселке действуют свои правила, кои жильцы соблюдают неукоснительно. Например, шикарные иномарки, несущиеся по шоссе со скоростью двести километров в час, ползут со скоростью беременной черепахи, миновав ворота с надписью «Ложкино», поэтому дети совершенно спокойно гоняют по поселку на великах и самокатах. Любая случайно зашедшая к вам собака или кошка немедленно должна быть накормлена и отведена к коменданту. Если вы хотите после одиннадцати вечера устроить салют в честь дня рождения, то следует вывесить на доске объявление, что-то типа: «Простите, дорогие соседи, у нас праздник». Машины можно мыть лишь в гараже или на своем участке, и ходить по Ложкину с личной охраной считается не комильфо. При встречах жильцы вежливо кивают друг другу и обмениваются ничего не значащими фразами:

— Сегодня отличная погода.

— О да, вы правы, наконец-то лето пришло.

Далее снова кивок и до свидания. Причем чаще всего столь мило беседующие люди не знают имен друг друга. Я, к слову сказать, последнее время постоянно сталкиваюсь со стройной седовласой дамой, которая каждый вечер совершает прогулку по центральной аллее. Очень милая женщина, мы с ней перебрасываемся парой слов о собаках, но убей бог, совершенно не представляю, в каком из коттеджей поселка она обитает. Единственное, что я могу о ней сказать, — приятная соседка пользуется духами «Родной дом», редким парфюмом с ароматом корицы и ванили...

— Папа уже готовый дом купил, — спокойно продолжила Катя, — раньше мы в центре жили, но там очень шумно и душно. Квартира на Садовом кольце.

— Кошмар, — кивнула я. — Знаешь, Катюша, тебе повезло, я волшебница!

Девочка усмехнулась:

— Правда?

— Абсолютная. Способна выполнить любое твое желание.

Катя засмеялась:

— Круто. Тогда сделайте так, чтобы школа сгорела.

— По-моему, ты сначала высказала иное пожелание — хотела получить назад серьгу, — улыбнулась я.

Катя прикусила нижнюю губу, потом кивнула:

— Ладно, давайте.

На меня неожиданно напало дурашливое настроение.

— Э, так не пойдет! Русские народные сказки читала?

— Ну... в детстве.

— А сейчас тебе сколько лет?

— Шестнадцать.

Я постаралась скрыть удивление. Надо же, Катя выглядела от силы лет на двенадцать, наверное, из-за маленького роста и какой-то болезненной худобы. Если бы знала, что передо мной взрослая девушка, не начала бы так шутить, но теперь поздно было отступать.

— А за что добрые колдуньи награждали девочек? — понеслась я дальше. — За хорошие поступки. Ну, скажем, одеяло дети им хорошо взбивали.

— Госпожа Метелица... — скривилась Катя. — Не думаете же вы, что я поверю вам?

— Зажмурься и вытяни правую руку.

Катя хмыкнула, но выполнила мою просьбу. Я быстро положила ей на ладонь найденное украшение.

— Смотри!

Девушка распахнула глаза и взвизгнула:

— Вау! Как это у вас получилось?

— Крэкс, фэкс, пэкс или снип-снап-снурре. Надо лишь знать магические заклинания.

— Нет, правда!

— Сказала же, я — волшебница, — продолжала я дурачиться, — и вот доказательство.

Катя покачала головой:

— Прикольно.

— В другой раз будь осторожней. А еще лучше не надевай столь дорогие украшения на прогулку.

— Угу, — кивнула Катя, — знаю, слышала.

Глаза девушки стали колючими, рот сжался в нитку. Я подавила вздох. Похоже, Катя не только внешне похожа на двенадцатилетнюю девочку, она и внутренне не повзрослела, еще не выбралась из проблем подросткового возраста, вон как остро реагирует на самую обычную фразу...

Жюли затряслась в моей руке.

— Мне пора, — улыбнулась я, — а то йоркшириха, кажется, уже на эскимо похожа.

— Угу, — снова буркнула Катя, став совсем мрачной.

— До свидания.

— Угу.

Я развернулась и спокойно пошла назад к воротам. Похоже, воспитанием девушки особо не занимались. Катя могла бы и «спасибо» сказать женщине, вернувшей ей дорогое украшение. Впрочем, обижаться на детей — пустое занятие.

— Эй! — послышалось вдруг за спиной. — Эй!

Я обернулась и увидела — ко мне со всех ног торопилась Катя.

— Забыла, как вас зовут... — слегка запыхавшись, сказала она.

— Даша.

— А вы и правда колдунья или фея? — внезапно

спросила девушка, ощупывая меня цепким взором. — Только пропавшие вещи возвращаете? А что посерьезней умеете?

Я сунула Жюли к себе под куртку. Все понятно, очевидно, Катюша так называемый проблемный ребенок с патологией развития. По паспорту ей шестнадцать, по виду двенадцать, а по уму и пяти не наберется.

— Если опять попросишь превратить школу в пепелище, то ничего не получится, — стараясь казаться веселой, ответила я. — Ни одна волшебница не имеет права делать злые дела, высшие силы накажут ее.

— Не, — помотала головой Катя, — совсем другое попросить хочу. Можно?

— Говори, только имей в виду, я не очень сильная фея. Так, по ерунде колдую.

Внезапно Катя схватила меня за плечо.

— А других знаете?

— Кого? — отшатнулась я.

— Вы же маг?

— Ну... да... — осторожно ответила я, проклиная про себя ту минуту, когда решила пошутить с незнакомой девушкой.

— У вас случаются собрания, всякие там шабаши?

— Да, — уже злясь на себя за идиотскую шутку, продолжила я, — на Лысой горе. Все об этом знают!

— И колдуны приходят? На метелках прилетают?

— Верно, — тоскливо протянула я. — А что ты хочешь?

Катя отпустила наконец мое плечо.

— Познакомьте меня с самой сильной ведьмой, с вашим начальником!

— Зачем?

— Мне надо!

Я растерялась. Похоже, девочка совсем неадекватна. Хм, а по виду не скажешь. И что теперь делать? Отвести ее домой? Обратить дело в шутку? Сказать прямо: «Прости, глупо разыграла тебя»?

— Заплачу ему много денег! — страстно воскликнула Катя. — У меня есть средства, большие, ничего не пожалею! Могу даже душу дьяволу продать...

Я стала потихоньку пятиться к калитке. Все ясно, девушка сбежала из поднадзорной палаты, она сумасшедшая.

— Только пусть он мне маму вернет! — выкрикнула Катя и заплакала.

Я вздрогнула.

— Твоя мама уехала? Не волнуйся, она скоро вернется.

Катя подняла глаза.

— Моя мама умерла. Очень давно, больше десяти лет тому назад. Я живу с папой и мачехой. Только без мамы очень плохо!

Мне стало так стыдно, что и не передать словами.

— Катюша, прости меня!

— А что такое? — искренно удивилась девушка, шмыгая носом.

— Очень глупо пошутила. Ясное дело, я не имею никакого отношения ни к колдунам, ни к ведьмам, ни к феям.

— А серьга?

— Нашла ее на снегу у наших ворот и подняла. Хотела объявления повесить у магазина и на въезде в поселок, но тебя повстречала.

Катя молча вытерла лицо.

— Это вы меня извините. Не понимаю, с какой дури вам вдруг поверила. Ведь очень хорошо знаю: маму никогда не вернуть. Не выкупить ее, не выпросить... И никакие маги не помогут...

— Господи, извини.

— Ничего.

— Я ведь не знала.

— Ясное дело, откуда бы...

— Глупо пошутила.

— Бывает, сама сто раз впросак попадала, — пожала плечами Катя.

Я, испытывавшая огромный душевный дискомфорт, просто не знала, куда деваться от смущения.

Внезапно на дороге показалась черная блестящая иномарка. Почти бесшумно она подкатила к нам, притормозила. Стекло задней двери плавно съехало вниз, показалось гладко выбритое, слегка одутловатое лицо мужчины непонятного возраста.

— Катька! — с легким недовольством воскликнул он. — Сколько раз велено, не ходи за ворота одна!

— Я серьгу потеряла... — уныло ответила девушка.

— Вот, — начал уже всерьез возмущаться дядька, — снова-здорово! Вчера часы, сегодня очередная проблема...

— Но вот она ее нашла, — довольно бесцеремонно докончила выступление Катя, ткнув в меня пальцем.

— Полезай в машину, — велел, по всей видимости, отец девушки.

Катя покорно пошла к лимузину.

— Девушка, — неожиданно спросил меня мужчина, — а вам часы не попадались? Дорогие, с брюликами.

— Нет, — сердито ответила я и отправилась в свой двор.

## Глава 3

Стащив с крыши Снапа, вытянув из ежевики Хуча и поймав Банди, я вернулась домой, накормила собак, потом послонялась по гостиной и решила приготовить ужин. Если честно, кулинария не является моим хобби, но сегодня мне решительно нечем заняться. От тоски можно с ума сойти! Полная вдохновения, я ринулась на кухню. Повариха Катерина в отпуске, греет косточки на солнышке, у кастрюль прыгает Ирка, а наша домработница варит еду без вдохновения. Я же сейчас приготовлю нечто — пальчики оближешь и проглотишь. Одна беда, не помню наизусть рецепта, впрочем... Я схватила телефонную трубку.

— Алло, — ответила моя подруга Оксана сонным голосом

— Спишь?

— Ну... отдыхаю. Что случилось?

— Дай рецепт того вкусного блюда из риса.

— Пиши, — зевнула подруга.

Я схватила листок. Оксана из тех людей, которые всегда помнят, как и что готовить. Вот сейчас Ксюта находится в полусонном состоянии, а рецепт диктует.

— Берешь ветчину, — перечисляла подруга, — граммов сто и слегка ее обжариваешь на масле, без разницы каком, только без аромата. Потом кладешь туда зеленый горошек, ну... граммов сто пятьдесят и риса около стакана. Только рис ошпарь кипятком. Перемешиваешь и заливаешь либо водой, либо бульоном, жидкости полтора стакана. И ставишь в духовку.

— Все?

— Угу.

— Так просто?

— Ага! Ой, самое главное, за две минуты до того, как вынуть готовое блюдо, раскроши туда приправу Кнорр «Крошка Чеснок». Получается жутко вкусно. Да, чуть не забыла, когда вытащишь сковородку, посыпь сверху тертым сыром.

— Спасибо.

— На здоровье, — еле слышно ответила Оксанка и отсоединилась, похоже, она снова заснула.

Я в момент приготовила еду, вдохнула умопомрачительный аромат чеснока — любимая приправа, как всегда, не подвела, а потом растянулась на диване в гостиной и попыталась заняться чтением, но ровно через пять минут глаза у меня стали закрываться. Последней мыслью, промелькнувшей в голове, было воспоминание о незапертой входной двери, но встать я уже не смогла. Тут же на спину прыгнул Хуч, Черри, сопя от удовольствия, влезла на подушку, рядом с моей головой Банди нагло протиснулся под плед и прижался спиной к животу хозяйки, Снап захрапел в ногах, Жюли воробышком пристроилась около Хуча. Если думаете, что спать в центре собачьей стаи комфортно, то жестоко ошибаетесь. Наглые псы облепили хозяйку, словно объявления столб, но пошевелиться не хватало сил.

В декабре темнеет рано, а рассветает поздно, поэтому, проснувшись, я никак не могла понять, какой день стоит на дворе: еще воскресенье или уже понедельник? И сколько сейчас времени? Утро или вечер? В конце концов мне удалось вытащить из-под Банди правую руку. Пошарила слева, но привычной тумбочки не оказалось на месте. Удивившись донельзя, я раскрыла глаза, наткнулась взором на незанавешенное окно и сразу сообразила: сейчас еще воскресенье, просто я от скуки заснула на диване в гостиной. На улице почти стемнело, дома, похоже, никого нет. Ладно, пойду сделаю себе кофе. Интересно, куда подевались Ирка и Иван, неужели до сих пор толкутся на избирательном участке?

Внезапно до уха долетел странный звук: тук-тук-тук.

Не успела я сообразить, что к чему, как Жюли подлетела к огромному окну и принялась яростно лаять.

— А ну перестань, там никого нет! — велела я собаке, но к йоркширихе моментально присоединился Хуч.

Пришлось подойти к стеклу, упереться в него лбом и попытаться увидеть хоть что-нибудь в темном саду. Ясное дело, различить во дворе ничего не удалось, да и откуда бы около дома взяться людям? Калитка плотно закрыта, ворота тоже, в домофон никто не звонил. Нет, надо спокойно отправиться на кухню, налить в чайник воду, заварить кофе.

— Гав, гав, гав! — заливалась Жюли.

— Тяв, тяв, тяв! — вторил ей Хучик.

Даже всегда спокойный Снап занервничал и тоже потрусил к подоконнику.

Если честно, я не очень люблю оставаться одна дома. Наш особняк довольно велик, и, если сидишь на втором этаже, совершенно не слышно, что творится на первом. Конечно, в Ложкине спокойно, да и всегда можно нажать на тревожную кнопку, вызвать охрану. Однако мне все равно комфортней, если в здании есть еще люди. А уж коли псы начинают беспричинно беспокоиться, моя тревога возрастает во много раз.

— Никого там нет, — решительно заявила я, испытывая явный дискомфорт, — замолчите, скандалисты...

Конец фразы застыл на кончике языка.

Думаю, вы бы тоже перепугались, увидав с внешней стороны стекла абсолютно плоское лицо с уродливо широким носом и белыми щеками.

Поняв, что хозяйка застыла от ужаса, Жюли затряслась от ярости, Хуч быстро спрятался за меня, Снап растерянно завертел головой (ротвейлер тугодум, он не способен мгновенно оценить ситуацию и решительно сделать правильный вывод). Вот питбуль совсем иной: Банди сообразил, что хозяйке, скорей всего, грозит опасность, и, сопя, полез под диван — так, на всякий случай, от греха подальше. А Черри даже не пошевелилась, но не от храбрости, пуделиха к старости стала невероятно ленива и приобрела вселенский пофигизм, по большому счету Черричку волнуют лишь завтрак и ужин, на все остальное она давно махнула лапой.

— Ой, мама! — заорала я и бросилась в прихожую.

Господи, куда подевался брелок с тревожной кнопкой? Начальник местной охраны велел постоянно носить его с собой. Но, ясное дело, я оставила его в холле, сунула не помню куда... Кажется, в ящик со щетками для ботинок. Раззява, идиотка! Вот теперь понадобилось вызвать бравых парней в камуфляжной форме, а как это сделать?

Лихорадочные поиски брелока прервал звонок домофона. Я подскочила к экрану и увидела на нем Катю Тришкину — девочку, потерявшую серьгу. В создавшейся ситуации, окутанная паутиной страха, я была рада любому человеческому существу, даже Кате, решившей по непонятной причине нанести нам визит.

— Открываю, — крикнула я и в мгновение ока распахнула створку.

— Еще раз здрасти, — кивнула Катя. — Ой, какой прикольный!

Хучик, мгновенно сообразивший, что его похвалили, гордо вскинул круглую голову, выпрямил спину, а потом начал рьяно скрести плитки пола задними лапами, словно говоря: «Да, вы видите перед собой замечательного, красивого, невероятно обаятельного мопса в самом расцвете сил».

— Ой, у вас много собачек! — обрадовалась Катя, увидав остальных членов стаи, медленно подтянувшихся в холл.

Но мне было не до псов.

— Ты одна?

— Угу, — кивнула девушка.

— Скажи, никого не видела у нас во дворе?

— Не-а.

Я села на пуфик и перевела дыхание.

— Фу!

— Что-то случилось? — насторожилась Катя.

— Понимаешь, случайно заснула на диване... Кстати, который сейчас час?

— Четыре.

— Ну, надо же! Столько продрыхла!

— Погода меняется, — пожала плечами девушка, — снег пошел. Наверное, давление упало, вот вас в сон и бросило.

— Может, и так, — согласилась я. — Но, проснувшись, увидела в окне жуткое страшилище! Морда словно блин, нос блюдцем...

Катя хихикнула:

— Это я.

— Что «я»?

— К стеклу прижалась, нос и расплющился, — пояснила Катерина.

— Зачем? — с огромным облегчением спросила я. — Ты решила меня напугать?

— Нет, конечно. Случайно вышло — хотела с вами поговорить, вошла во двор...

— У нас и калитка, и забор заперты.

— Так перелезть-то — раз плюнуть.

— Действительно, — пробормотала я. — Но почему в домофон у ворот не позвонила?

— Я тут давно хожу, — пожала плечами Катя. — И на кнопку нажимала, и в дверь барабанила — ни ответа ни привета. Осмотрелась вокруг, вижу, «Пежо» стоит. Вот и подумала: дома вы сидите, небось телик смотрите и ничего не слышите. Подошла, к стеклу прижалась, еле-еле вас различила, приметила, как с дивана встаете, постучала осторожненько...

— Понятно, — перебила я Катю, — недоразумение выяснилось.

— Вы одна? — неожиданно поинтересовалась девушка.

— Да, если не считать собак.

— Они не люди.

— Верно.

— Болтать не станут.

— И это правильно.

— Значит, можно говорить спокойно, — кивнула Катя, — пошли. Где лучше посидеть? В кабинете? У вас же, наверное, есть рабочая комната?

— Нет, только спальня.

— Ладно, — кивнула Катя, — тогда побеседуем в гостиной.

Не дожидаясь ответа хозяйки, Катя села в кресло, обозрела обстановку и изрекла:

— А у вас не богато. Мебель российская, люстры не от Сваровски, и ковров нет.

— Совершенно не хочу отдавать бешеные деньги за то, что можно купить за умеренную цену, хрусталь не люблю, а от шерстяных половиков начинаю кашлять, — невесть по какой причине стала я объяснять наглой девице.

— Ага, все так говорят, а потом понимаешь: просто бабок на приличные вещи не хватает.

— Послушай, — возмутилась я, — ты зачем пришла? Я не ждала гостей, да еще таких капризных. Если желаешь посмотреть на светильники, усыпанные гранеными стекляшками, ступай к Сыромятниковым — вон их дом громоздится, за елями. Вот там в каждой комнате «красотища»: бронзовые торшеры в виде обнаженных прелестниц, пледы из норки и прочая чепуха.

— Мне о вас рассказывали, — перебила меня Катя. — Вы случайно разбогатели, получили наследство. Так?

Сколько бы я ни объясняла, что деньги Макмайера достались Наташке и моим детям, люди все равно считают именно меня богатой женщиной[1], поэтому решила, что спорить сейчас со странной гостьей пустое дело, и просто промолчала.

— Но вам скучно сидеть просто так, — абсолютно не смущаясь, продолжала Катя, — поэтому и работаете агентом по специальным поручениям.

— Кем? — вытаращила я глаза.

— Ой, ладно притворяться! — отмахнулась девушка. — Весь поселок в курсе, о вас много чего болтают.

— Догадываюсь, — буркнула я. — На чужой роток не накинешь платок.

— Во, правильно! — закивала гостья. — По мне, тоже так: пусть врут чего хотят. А правда, что ваш хахаль ментовский министр?

— Александр Михайлович наш друг, он полковник милиции, — каменным голосом ответила я. — А ты, деточка, зачем явилась? Какую газету представляешь? «Желтуху» или «Клубничку»? Кому я сейчас интервью даю?

Катя захихикала:

— Не, я учусь в школе. Вы Лику Солодко знаете?

— Ликусю? Конечно! Мы дружим. Жаль, редко встречаемся, — заулыбалась я. — То у меня дела, то у нее очередная свадьба. Ликуся у нас девушка пламенная, сколько раз выходила замуж, и не упомнить. Кстати, откуда тебе известна ее фамилия «Солодко»? Лика была Ковалевой, потом Ермоловой, Шлыковой, Шелатуниной, Аржашиковой, Нистратовой, потом вроде Солодко, если, конечно, я не

---

[1] История семьи Даши Васильевой наиболее полно изложена в книгах Д. Донцовой «Крутые нследнички» и «За всеми зайцами», издательство «Эксмо».

путаю порядок. Может, Ликуся сначала стала Аржашиковой, а потом Шелатуниной? Кстати, после Солодко она...

— Попала в тюрьму, — вдруг тихо сообщила, проявив осведомленность, Катя. — И сгнила бы там, но вы ее выручили[1].

— Лика ни в чем не виновата!

— Ага, но судья решила иначе.

— Ликуську подставили!

— И никто, кроме вас, ничего не понял! — стукнула маленьким кулачком по подлокотнику кресла Катя.

— Так откуда ты все-таки знаешь Лику? — удивилась я.

Катя нахмурилась.

— Она собиралась выйти замуж за моего папу, но потом он, идиот лысый, женился на Соньке. Вы же детектив, особый агент. Или я ошибаюсь?

— Ну...

— Только не врите!

— Послушай, детка... — вскипела я.

— Лучше вы меня послушайте! — внезапно как-то жалобно пискнула Катя. — Так вот, Лика велела вам передать: «Дашута, помоги Катьке». Она и сама вам позднее позвонит, если, конечно, не забудет. У Лики, вам же известно, в голове сквозняк свищет.

Я села в кресло, положила ногу на ногу и велела:

— Начинай, я вся внимание.

Надо отдать должное Кате: она стала говорить спокойно, четко и без уводящих в сторону подробностей. Вкратце история выглядела так.

Катин отец, Игорь Семенович Тришкин, не

---

[1] История, о которой сейчас вспоминает Катя, рассказана в книге Д. Донцовой «Уха из золотой рыбки», издательство «Эксмо».

всегда был богатым человеком. В свое время он служил простым сотрудником в НИИ, мирно протирал брюки за письменным столом с десяти утра до шести вечера. У него имелись жена Юлечка и дочка Катенька.

Юля работала художницей. Вернее, мозаисткой: молодая женщина делала картины из кусочков камня, которые потом крепились к фасадам домов или на внутренние стены зданий. Многие, наверное, помнят клубы или холлы крупных предприятий, украшенные мозаикой. Как правило, это были изображения молодых людей: юноши держали в руках тубусы[1], циркули и огромные линейки, девушки сжимали голубей, а впереди живописной группы помещалось изображение человека лет сорока, который нес над головой спутник или ракету. Впрочем, встречались разные варианты. Например, если предприятие выпускало шины, то рабочий мог вздымать ввысь колесо, а мозаичные панно во Дворце культуры ткацкой фабрики украшала дама с рулоном материи.

Юля зарабатывала намного больше мужа, но она любила Игоря, поэтому никаких споров в семье по поводу денег не возникало. Все у Тришкиных шло хорошо: подрастала лапушка-дочка, имелась квартира и небольшая дачка... Вот на фазенде, расположенной в старом московском поселке, и произошла трагедия.

Юлечка очень любила дачу, каждую свободную минуту она торопилась туда и с огромным удовольствием занималась интерьером. В начале девяностых годов прошлого века покупка даже самой обычной настольной лампы превращалась в аван-

---

[1] Т у б у с — круглый, длинный футляр для хранения чертежей и рисунков. (*Прим. автора.*)

тюрное приключение, поэтому Юлечка предпочитала делать вещи собственноручно. Она плела абажуры, шила занавески, ткала ковры и, естественно, украшала домик мозаикой.

Катя совсем не помнила маму, но бабушка, свекровь Юли, часто рассказывала внучке о невестке. Подняв очки на лоб, Лидия Константиновна вздыхала и говорила девочке:

— Руки у твоей мамочки были золотые, за что ни бралась — дело спорилось, ей все удавалось. Вот гляди: сколько лет прошло, а скатерть словно новая.

— Ее мама сшила? — спрашивала Катюша, великолепно зная ответ.

— Да, мой ангел, — кивала Лидия Константиновна. — Юлечка была талант, не то что остальные...

Тут бабушка хмурилась, потом оглядывалась и шепотом говорила:

— Давай я тебе еще про мамочку расскажу...

— Да, да, — кивала Катя и в сто первый раз слушала мерную речь бабуси.

К десяти годам девочка была уверена в том, что ее мамочка — самая талантливая, самая умная, самая красивая, самая лучшая. Нина, папина вторая жена, равно как и Тамара, третья его супруга, в подметки Юлечке не годились.

— Как она меня любила... — горько вспоминала Лидия Константиновна. — Никогда не перечила, не спорила. Я ведь, Катюша, когда ты родилась, сразу с работы не ушла — до пенсии тянула, стаж терять не хотела. Приду домой, а Юлечка между плитой и холодильником скачет, колокольчиком заливается: «Мамочка, давай чайку налью... я тебе картошечки пожарила, селедочку разделала». Святая девочка! Не зря говорят, что господь к себе лучших быстро забирает.

На этой фразе к глазам Лидии Константиновны подступали слезы, и Катюша кидалась к аптечке за каплями.

Девочка знала, что ее мама погибла в автомобильной катастрофе.

Дело было так. Юля поехала на дачу. Сошла с электрички, и тут начался дождь. Она не захотела мокнуть и «проголосовала» на дороге, села к незнакомому водителю в машину, да еще на переднее сиденье. То ли шофер был неопытен, то ли резина на колесах оказалась лысой, но «Волгу» занесло, и автомобиль на полной скорости свалился в кювет. Юлечка погибла на месте. Что случилось с незадачливым водителем, Катя не знала, подробностей о происшествии бабуся никогда не рассказывала.

Папа горевал недолго и вскоре женился на Нине. Потом поменял вторую супругу на третью, Тамару, затем отправился в ЗАГС с Евгенией. И вот теперь, не так давно, вновь сыграл свадьбу — с Соней.

Во время последней церемонии случилось крайне неприятное событие.

Сначала все шло как обычно. Не успели гости спокойно усесться за столом и начать поглощать неизменный салат оливье, как в зал влетела растрепанная Евгения с большим пакетом в руке.

— Ой, я опоздала! — заверещала экс-супруга. — Простите, кругом пробки!

Никто не удивился, что ее позвали на торжественный ужин. Все супруги Игоря сами уходили от мужа. Если честно, они ему просто наставляли рога и убегали к другим мужчинам. Но Тришкин патологически незлобив и по-детски откровенен. С изменницами он сохранял хорошие отношения, чем безумно бесил Лидию Константиновну. В особенности мать Игоря возмущало то, что сын продолжал материально поддерживать нахалок.

— Тамарка посмела хахаля в семейную спальню

привести, — взывала старуха к гордости сына, — а ты к ней на день рождения с подарком направился!

— Да ладно, ма, — отмахивался Тришкин, — худой мир лучше доброй ссоры.

— Тамарка мерзавка! — не успокаивалась Лидия Константиновна. — Ведь не от тебя родила, зачем же денег дал на малышку?

— В долг, — уточнил Игорь, — на пару лет.

— Пусть бы в банке брала, — еще больше злилась старушка.

— Там процент платить надо, — отвечал неразумный сын.

— Верно, а тебе и возвращать сумму не понадобится, — качала головой Лидия Константиновна. — Одна была у меня невестка, Юлечка любимая, остальные утки голодные, черви отвратительные!

Игорь вздыхал и уходил.

— Утки птицы, — однажды встряла в беседу Катя, — у них же крылья есть!

Бабушка повернулась к внучке и зло рявкнула:

— У этих нет! У них лишь три горла имеется!

Потом Лидия Константиновна спохватилась, обняла внучку и быстро сказала:

— Прости, маленькая. Просто я очень любила твою маму.

## Глава 4

Одним словом, никого не удивил приход Евгении на свадьбу. Быстро положив сверток на специально отведенный для подарков столик, бывшая мачеха шлепнулась на стул около Кати и спросила:

— Чего куксишься?

— Голова болит, — отвернулась девочка.

Из всех папиных жен спокойно общаться Катя могла лишь с Тамарой. Нину девочка не помнила,

Евгению просто не переносила. Впрочем, экс-супруга Игоря платила падчерице тем же, она старалась не замечать дочь мужа. Но сейчас Женя решила быть милой.

— Надеюсь, тут свободно? — улыбнулась она.

— Угу, — кивнула Катя.

Хоть бабушка и велела внучке во время церемонии изображать на лице радость, но Катя никак не могла заставить себя улыбаться.

— Ну и славно, — засмеялась Женя. Она выпила стопку водки, потерла руки и деловито спросила: — Салат свежий, не пробовала? Какой вкуснее, оливье или с рыбой?

— Не знаю, — процедила Катя.

— Сама что ела?

— Ничего, — пожала плечами девочка.

— Брезгуешь, — радостно констатировала Женя и снова влила в себя порцию «беленькой». — И правильно!

— Просто не хочу.

— Сонька не нравится?

— Нормально.

— А по-моему, лахудра, — припечатала Евгения, опрокинула очередной стопарик, а затем принялась жадно поглощать разносолы.

Вскоре Катя с легкой брезгливостью отметила: бывшая жена папы, похоже, наклюкалась. Собственно, пребывая еще в роли «мамочки», она в последнее время сильно увлеклась алкоголем. Что, впрочем, не помешало ей удрапать от вполне положительного Игоря к какому-то спортсмену. Нет, бабушка права, подумала Катя, в жизни папы имелась лишь одна нормальная женщина — Юлечка.

— А где жаба? — неожиданно поинтересовалась Женя и, икнув, снова глотнула горячительного, на этот раз приложившись к коньяку.

— Ты о ком? — удивилась Катя.

— О Лидке, — заплетающимся языком пробормотала бывшая мачеха.

Катя заморгала, и Евгения уточнила:

— О мамахене Игорьковой, о лягушке и змее в одном флаконе. Вот уж в чем Соньке не позавидовать — сожрет ее Лидка, как нас всех схарчила. Пережует и выплюнет. А Игоряха, маменькин сынок...

— Не смей так говорить о бабуле! — взвилась Катя. — Сама ты жаба!

Вообще-то Катюша достаточно хорошо воспитанная девочка, она отлично знает, какие слова не следует говорить взрослым. Но у младшей Тришкиной сильно развито самолюбие, она никому не позволит себя обидеть, а тем более — оскорблять обожаемую бабусю!

— Молчи, шмакодявка! — распахнула глаза, под которыми размазалась, тушь, Женя. — Рот захлопни!

— Сама заткнись! — пошла в бой Катя.

— Ишь, разошлась «доченька», — прошипела Женя и наступила шпилькой на мысок замшевой туфельки Кати. — Получи, маленькая дрянь! Господи, сколько времени мне хотелось тебе по морде надавать... Только примечу твою кислую рожу, ладонь так и начинала чесаться! Ты, Катька, сучка! Очень хорошо знаю, что ты жабе про меня брехала. На, жри!

Женя схватила салатницу и вытряхнула ее содержимое Кате на колени. Девочка молча дернула обидчицу за юбку. Тонкий шелк лопнул, получилась здоровенная дырка, от которой в разные стороны побежали «дорожки».

Женя заорала.

Ее звонкий голос перекрыл речь тамады, гости начали озираться. Лидия Константиновна, зорко следившая за официантами, кинулась к скандалистке.

— Катюша, что случилось? — спросила она у внучки.

— Ерунда, — тихо ответила девочка.

— Господи, ты уронила на себя тарелку!

— Пустяк.

— Сейчас уберут, — засуетилась бабуся.

— Эта шлюшка порвала мне юбку, — зашипела Женя, тряся перед бывшей свекровью полой испорченной вещи.

— Евгения, успокойся, — сухо сказала Лидия Константиновна.

— Знаете, сколько костюмчик стоил? Дорогой прикид был, пока ваша внученька не постаралась: дернула со всей дури, вот ему и капут пришел.

— Как тебе только не стыдно! — с чувством произнесла Лидия Константиновна. — Небось за гвоздь зацепилась.

— Да вы у макаки этой сами поинтересуйтесь, — пошла вразнос Женя. — А ну отвечай, обезьяна, кто мне юбку изуродовал?

— Я, — твердо ответила Катя. — И еще раз с удовольствием то же самое проделаю. Сейчас заодно и кофту твою в лапшу изрежу!

— Слыхали? — торжествующе уперла руки в бока Женя. — Во нахалка, даже не отрицает!

Лидия Константиновна всплеснула руками:

— Катенька! Неужто правда?

— Да, — сквозь зубы ответила девочка.

— Уж не выпила ли ты спиртного? — испугалась бабушка.

— Нет.

— Немедленно извинись перед Женей, — велела Лидия Константиновна, — а потом сбегай в гардероб да принеси мой палантин, пусть Евгения им прикроется. Очень стыдно.

— Да, — закивала бывшая жена Тришкина и вдруг скомандовала, заикаясь от переизбытка то ли злости, то ли алкоголя в крови: — На к-к-колени, м-м-мерзавка!

— И не подумаю! — вскочила на ноги Катя.

— Внученька...

— Молчи, бабуля!

— Катерина! Как ты разговариваешь со мной? — оторопела Лидия Константиновна.

— Вырастили х-хамку, — подлила масла в огонь милая Женечка.

— Бабулечка, — решительно заявила внучка, — я действительно разодрала ей костюм. Но сначала Женька тебя жабой обозвала, а потом мне на ногу шпилькой наступила и на колени салат вывалила.

— Не Женька, а Женя, — машинально поправила бабушка, потом спохватилась и повернулась к бывшей невестке: — Евгения, что тут произошло?

— Она врет, — живо ответила та, — оливье сама уронила.

— Клянусь памятью мамы, — воскликнула Катя, — это она лжет, бабулечка!

Лидия Константиновна оглядела бледную внучку, потом окинула взором почти совершенно пьяную Женю и вдруг сказала той:

— Ошиблась ты, дорогая. Думаешь, она маленькая? Нет, теперь и отпор дать может.

— Вы поверили ей? — завизжала Женя.

Лидия Константиновна брезгливо поморщилась.

— Катя — Тришкина по крови, а Тришкины никогда не лгут. Впрочем, кое-кому этого не понять. Евгения, ты сильно выпила, ступай домой!

Женя сделала шаг вперед, потом захохотала:

— Значит, Тришкины не лгут?

— Иди, иди, — закивала бабуля.

— Не лгут Тришкины? — не успокаивалась Женя. — Отличненько. Следовательно, ты девчонке правду рассказала? Об Юльке.

— Евгения, ты пьяна!

— Нет, достаточно трезвая, чтобы спросить. Эй, Катюха, отчего твоя мать умерла?

— Женя! — гневно воскликнула бабушка. — Немедленно замолчи!

Катя, слегка удивившись нервному тону Лидии Константиновны, машинально ответила:

— Мама погибла в автокатастрофе.

Евгения закатилась в хохоте.

— Вот цирк! — хлопнула она себя ладонями по бедрам. — Значит, не врут Тришкины, да? Прямо-таки всегда честные?

И тут Лидия Константиновна кинулась на пьянчужку. Сначала пожилая дама попыталась закрыть рукой рот Евгении, потом схватила со стола салфетку и решила в прямом смысле слова заткнуть его. Но сильная, еще молодая женщина легко справилась со старухой — она оттолкнула бывшую свекровь, и Лидия Константиновна упала. Катя бросилась к бабушке, и тут Женя заявила:

— Дура ты, Катька. Не помогай жабе, всю жизнь она лжет, извертелась, словно червяк под лопатой. Юлька с собой покончила. Из окна выпрыгнула на даче. Игоря с другой застала и сиганула!

Катя замерла, потом прошептала:

— Бусечка, она врет?

Лидия Константиновна встала, отряхнула парадную бархатную юбку и решительно заявила:

— Ну, хватит! Евгения, если не хочешь, чтобы тебя прилюдно с позором выгнали из ресторана, лучше быстро уходи. Как не стыдно, скандал затеяла! Хорошо хоть, никто пока не заметил...

Не успела эта фраза сорваться с губ пожилой дамы, как к месту свары подошла полная дама в слишком ярком для своего почтенного возраста платье и заботливо поинтересовалась:

— Лидуся, ты не ушиблась? В наши годы падать опасно.

— Тарелку с салатом на пол уронили, — быстро

нашлась мать жениха, — вот и поскользнулась. Спасибо, Надюша, я в порядке.

— Ничего не сломала? — продолжала кудахтать тетка.

— Нет, — попыталась сгладить ситуацию Лидия Константиновна, и тут Женя встряла в их разговор:

— Тришкины никогда не врут, говоришь? Так расскажи Надьке правду!

— Что, что? — оживилась толстуха.

— Ничего, — промямлила бабушка Кати.

— Ага, — радостно уточнила Женя, — славно брешешь, правдивая наша...

— Она пьяна, — живо сказала Лидия Константиновна.

— Юлька из окна сиганула! — топнула ногой Евгения. — Одного не пойму: почему Катьке про это раньше никто не наболтал? Всем же правда известна!

На Катю навалилось непонятное оцепенение. Гадкие слова бывшей папиной жены долетали до девочки словно сквозь вату, потом в глазах у нее потемнело и звуки исчезли окончательно.

В себя девочка пришла на кушетке в кабинете директора ресторана. Рядом сидел врач, чуть поодаль стояла бабушка.

— Ничего страшного, — улыбнулся доктор, — вегетососудистая дистония, подростковый возраст. Вы, конечно, отведите девочку на обследование, сдайте анализы, но, думаю, ничего страшного не обнаружится. В зале очень душно, накурено. Наверное, Катя съела слишком много жирной еды, понервничала: все-таки отец женится...

Бабушка согласно кивала головой, девочка, словно сомнамбула, слушала врача. Потом Катюшу отвезли домой и уложили в кровать.

На следующий день младшая Тришкина проснулась около полудня. Не успела она протереть глаза, как к ней в спальню вломилась Евгения, а за спиной бывшей мачехи маячила бабушка.

— Катюха, — со слезами на глазах бросилась к постели девочки Женя, — прости меня! Напилась вчера и невесть чего наболтала! Прямо беда, чуть глотну вискаря, и несет меня по кочкам. А уж если водочку попробую, совсем чума! Такое плету... Очень некрасиво вышло, испортила Игорю торжество.

— Никто ничего не заметил, — подала голос бабуля.

— И слава богу, — с явным облегчением отозвалась Женя. — Конечно, нам больше не жить вместе, но и врагами становиться неохота. Наверное, мне кодироваться надо.

— Не расстраивайся, Женечка, — очень ласково перебила свою бывшую невестку Лидия Константиновна, — сейчас с твоей проблемой легко справляются. Вон Леша Бунимский как пил — жуть вспомнить, а теперь капли в рот не берет. К гипнотизеру обратился и мигом от пагубного пристрастия избавился.

— Не о том речь, — оборвала Женя Лидию Константиновну. — Ты, Катюха, прости меня, ну ничегошеньки из вчерашнего не помню. Спасибо, Надежда Краснова позвонила и давай щебетать о вчерашнем, она-то все приметит... А я прямо вспотела, ее слушая. И салат я на тебя вывалила, и туфли тебе испортила, и матом ругалась, и Лидию Константиновну толкнула, и про твою маму дурь несла... Вот примчалась извиниться!

На глазах Жени заблестели слезы.

— Надя соврет, недорого возьмет, — живо подхватила бабушка. — Не настолько уж ты безобразничала. Никто на нас и внимания не обратил. Правда, Катюша?

— Значит, моя мама не прыгала из окна? — уточнила школьница.

На долю секунды в комнате повисло тягостное молчание, затем Женя фальшиво удивилась:

— Кто тебе такую глупость сказал?

— Ты вчера, — напомнила девочка.

— Все водка проклятая... — простонала Евгения.

— Самоубийц нельзя на кладбище хоронить, — неожиданно подала голос бабушка, — их за оградой упокаивают. А Юлечка при церкви лежит, на лучшем месте, и батюшка нашу радость отпевал.

Катя уставилась на Лидию Константиновну, а та, отчего-то покраснев, нарочито спокойным голосом вещала дальше:

— Люди — отвратительные сплетники. Гадости народ начал говорить, потому что гроб закрытым стоял. Мы крышку снимать не разрешили. Уж извини, Катюша, но машина, в которой твоя мама сидела, прямо в дерево влетела, от пассажирского места практически ничего не осталось, затем вспыхнул пожар... Не хотела я тебе раньше подробности рассказывать, тебя маленькую пугать, но сейчас вот вынуждена страшную правду сообщить. Последние минуты жизни твоей мамы оказались ужасны. Но я очень надеюсь, что в тот момент, когда огонь подобрался к телу, Юлечка уже была мертва и ничего не чувствовала.

Катя вцепилась пальцами в одеяло.

— Что-то чадит... — вдруг сказала, потянув носом, Женя.

Бабушка спохватилась, воскликнула:

— Блинчики! — и убежала.

— Извини, Катюха, — совершенно искренне повторила Женя, — дико неудобно вчера все вышло.

Девочка посмотрела на Евгению и внезапно, сама не понимая почему, спросила:

— Женя, тебя бабушка попросила приехать?

— Да, — машинально ответила женщина. Потом быстро исправилась: — Конечно, нет!

— Скажи правду!

— О чем? — нервно воскликнула Женя.

— О маме.

— Нечего говорить.

— Она погибла в катастрофе?

— Конечно, — затрясла кудлатой головой бывшая мачеха. — Совершенно точно! «Москвич» прям по шоссе размазало.

— Бабушка рассказывала про «Волгу», — прошептала Катя.

— Ой... — запнулась Женя. — Ну, наверное, она лучше знает.

— Евгения, — с укоризной вымолвила вернувшаяся Лидия Константиновна, — Катюше врач прописал покой...

— Бегу, бегу! — затараторила Женя. Потом она наклонилась, быстро поцеловала Катю в щеку и была такова. Бабушка вышла из комнаты вслед за бывшей невесткой.

Девочка натянула одеяло до подбородка и закрыла глаза. Из прихожей слышались тихие голоса, но слов разобрать Катя не сумела и не поняла, о чем толковали бабушка и Женя.

Затем послышались щелчок замка и стук входной двери, мерное шлепанье тапок по коридору и приторно-сладкий голос бабуси:

— Катюшечка, блинчики готовы!

Школьница старательно засопела — меньше всего ей сейчас хотелось есть. Дверь спальни приоткрылась и закрылась, бабушка удалилась на кухню. Катюша повернулась на бок и открыла глаза.

То, что Женя сильно пьет, не являлось для девочки секретом. Собственно говоря, из-за пристрастия супруги к алкоголю и начался разлад в семье Тришкиных, когда отец Кати был женат на Евгении, на всех вечеринках она непременно узюзюкивалась и, пошатываясь на каблуках, начинала приставать к присутствующим. Женщинам Женечка радостно говорила гадости, к мужчинам откровенно липла, иногда дело доходило до драки.

Как-то раз Женя повисла на Степане Трусове, очень обеспеченном дядьке, повсюду ходившем в сопровождении супруги Лены. Степан, тоже заложивший немало за воротник, обнял Евгению, и парочка, прильнув друг к другу, отправилась искать укромное местечко. Неизвестно, как бы закончилось приключение, но тут из туалета вернулась Лена и коршуном налетела на Женю. Сначала она отбила супруга от захватчицы, а потом, ухватив слабо сопротивляющуюся Евгению за волосы, крепко приложила ту головой о стену.

Скандал получился знатный. На визги дерущихся дамочек принеслись не только радостно возбужденные гости, но и журналисты с фотоаппаратами. А вот бравые секьюрити, как всегда, опоздали — растаскивать визжащих дам они начали спустя пять минут после начала свары, когда папарацци уже отщелкали пленки.

Если вы полагаете, что Жене наутро стало стыдно, то ошибаетесь. Женщина спустилась к завтраку и сказала Кате, с ужасом взиравшей на огромный синяк, закрывший глаз «мамочки»:

— Ничего, а я ей зуб выбила! Жаль, только один!

Жене никогда не становилось стыдно после дебошей. Более того, она всегда считала себя правой и не считала нужным за что-либо извиняться перед людьми. На Катю мачехе всегда было плевать, а с Лидией Константиновной у Жени никакой дружбы не водилось. Может, она хотела сохранить хорошие отношения с бывшим мужем, чтобы тот не прекратил оказывать материальную помощь экс-супруге? А вот и нет! Евгения — более чем обеспеченная женщина, ее отец был коллекционером живописи, апартаменты пьяницы набиты раритетными полотнами, которых хватит ей на выпивку и закуску лет этак на триста. И потом, Женя ушла от Игоря к отвратительно, просто вызывающе богатому мужчине, так что никаких материальных трудностей у нее не предвидится. К тому же мачеха номер четыре никогда не вылезает из кровати раньше двух часов дня. Почему же она принеслась сейчас к Кате, да еще с извинениями, не выспавшись после пьянки?

## Глава 5

Молча уставившись в стену, Катя вспомнила испуганное лицо бабушки, ее растерянность, когда Женя заорала:

— Ты ей всю жизнь врала!

И вдруг очень четко поняла: вчера в ресторане Евгения сказала правду — не было никакой автомобильной катастрофы. Девочка села, скинула с себя одеяло и решила провести некий эксперимент.

Вечером, когда отец вернулся домой, она подошла к нему и завела незначащий разговор. Поболтав о ерунде, Катя вдруг попросила:

— Па, купи мне машину.

— Зачем? — удивился отец.

— Мы же теперь в поселке живем.

— И что?

— Как в школу ездить?

Игорь хмыкнул:

— За тобой автобус приходит.

— Ага, он у ворот поселка останавливается, —

заныла Катя, — далеко от дома топать. То дождь идет, то снег валит...

— Велю своему шоферу подвозить тебя к административному зданию, — кивнул папа.

— Еще хочу в фитнес!

— Ладно, найму второго водителя, — нашел компромисс заботливый отец.

— Лучше сама за руль сяду.

— Это невозможно!

— Почему-у-у? Лене Коткиной и Олесе Быковой родители машины купили, а я что, хуже? — плаксиво протянула хитрюга.

— Лене и Олесе уже исполнилось восемнадцать, — мирно объяснил отец, — тебе права не дадут.

— Можно купить документы.

— Нет.

— Ну, па-а-а...

— Нет, и точка!

— Буду только по Ложкину рулить.

— Сказано: нет! — стоял на своем отец.

— У тебя деньги кончились? — задала каверзный вопрос дочурка.

— Да, — обрадовался достойному поводу отказать неразумному ребенку отец. — Именно так: финансовые трудности, поэтому никаких личных авто. Хочешь, найму водителя.

Катя сумела скрыть усмешку. Однако папа нелогичен: сообщил о невозможности наскрести денег на скромную иномарку и тут же предложил дочери автомобиль с шофером. Но перед ней сейчас не стояла цель поймать отца на нестыковках, пришла пора задать главный вопрос, ради которого и затевался разговор.

— Ладно, — вздохнула школьница, — не надо мне импортную машину, давай приобретем «Москвич», он очень дешево стоит.

— С ума сошла! — заорал папа. — Это же не машина, а набор гаек и болтов, конструктор для взрослых. Никогда!

— Тебе не нравится «Москвич»?

— Нет.

— Но он дешевый.

— Нет! — окончательно обозлился Игорь.

— А почему «Москвич» плохой?

Тришкин вздохнул и попытался объяснить капризнице суть. Дочь терпеливо выслушала папу и вдруг заявила:

— Думаю, дело не в технике.

Игорь удивился:

— А в чем?

Катя набрала полную грудь воздуха и выпалила:

— В «Москвиче» сидела мама перед смертью!

Игорь вздрогнул, потом кивнул:

— Да, именно так. И с тех пор я не способен видеть эти чемоданы на колесах.

Катя моментально прекратила беседу, пообещав папе, что раньше, чем справит двадцатилетний юбилей, не попросится за руль.

Но эксперимент свой пытливая школьница не прекратила. Она прямиком направилась к бабушке и пожаловалась:

— Папа не хочет мне покупать машину.

— Господи, — закивала бабуля, — какой ужас! Ни за что! Никакого руля!

— А я хочу-у-у...

— Нет моего разрешения на глупости!

— Хочу-у-у!

— Потом, лет через десять, — пообещала бабушка.

— Сейчас!

— Нет!

— Вот и папа против...

— Правильно.

— Говорит, денег нет на иномарку.

— Конечно! — с жаром подхватила версию сына Лидия Константиновна. — И хорошие девочки не капризничают, а пытаются понять папочку. Он не жадный, не злой, очень любит тебя, просто мы недавно дом построили, счет в банке почти пуст, а еще требуется красиво оформить участок...

— Но я ведь просила «Волгу», — быстро вставила Катя, — она же копеечная.

Ничего не знающая о ценах на автомобили бабуся перекрестилась.

— Упаси господь! В этой таратайке ни одной подушки безопасности нет!

— А на иномарку средств нет.

— Верно, поэтому тебе придется подождать. А лет через десять папа сможет купить тебе хорошую машину.

— А я знаю, почему ты «Волгу» боишься, — прищурилась Катя. — В ней погибла мама, ведь так?

Лидия Константиновна схватилась за сердце, потом тихо сказала:

— Да, Юлечка умерла в «Волге», и ты не должна просить эту машину.

Поцеловав бабусю, Катя вернулась в свою спальню и призадумалась. Папа утверждает, что мама сидела в «Москвиче», но бабушка-то говорит про «Волгу»... Кто-то из родственников забыл марку рокового автомобиля? Но подобное предположение показалось Кате странным: есть вещи, которые люди просто не способны выкинуть из памяти, и рады бы избавиться от них, да не получается. Так в какую машину села несчастная Юля?

Решив прояснить ситуацию до конца, Катя в течение полугода очень старательно, вроде как случайно, «допрашивала» и папу, и бабушку. В результате у девочки получилась странная картина. Отец утверждал, что его жена ехала в Москву, опаздывала на электричку и поймала, как тогда говорили, левака. Бабуля сообщила иное: ее любимая невестка прибыла из столицы, не захотела бежать на дачу пешком и поймала попутку. Разнилось и место беды. Игорь вскользь бросил фразу:

— Юлечку нашли в овраге, около магазинчика, заведующая позвонила в милицию и «Скорую». Врачи приехали быстро, но твою маму не спасли.

Бабуся же выдавала совсем другую информацию:

— Несчастье приключилось на повороте, около шоссе росло огромное дерево, вот в него и влетела «Волга». Мобильные тогда были редкостью, пришлось свидетелям происшествия бежать на птицефабрику, что находилась неподалеку, да только все попусту — пожар начался, не успели тело вытащить.

Лишь в одном оба «свидетеля» сходились: мама погибла девятого октября.

И чем дольше Катя размышляла над проблемой, тем яснее понимала: ох, нечисто это дело, папа с бабушкой в рассказах путаются и явно чего-то недоговаривают.

Сообразив, что в доме где-то должно быть спрятано свидетельство о кончине мамы, Катюша начала поиски столь важного документа. Ей очень хотелось посмотреть, что написано в графе «Причина смерти».

Несколько месяцев тайного обшаривания ящиков и полок ничего не дали. Скорей всего, папа хранил документ в сейфе, к которому дочка никак подобраться не могла. Ключи-то от него девочка быстро обнаружила, однако следовало еще знать и шифр. Но, очевидно, упорство родилось на свет раньше Катюши — она планомерно обшаривала закоулки папиного кабинета и в конце концов наткнулась на старый, растрепанный ежедневник с телефонной книжкой, начатой невесть в каком лохматом году.

Из пустого любопытства Катя полистала странички и поняла, что фамилии из справочника ей совершенно незнакомы. Но на самом последнем листочке нашелся интересный список: «Мама — 2 октября, Катя — 8 сентября, Фаина Сергеевна — 1 апреля, Петр Григорьевич — 31 декабря, Юля — 9 октября».

Девочка моментально поняла: папа записал для памяти дни рождения близких родственников. Мама — это Лидия Константиновна, Катя — она сама, а Юля — погибшая жена. Но что же получается? Юлечка умерла в день своего рождения? Почему она в такой праздник отправилась на дачу, да еще одна? Не захотела созывать гостей? И еще: кто такие Фаина Сергеевна и Петр Григорьевич?

Сгорая от любопытства, Катюша подошла к бабушке и сказала:

— Искала в библиотеке справочник по русской литературе, мне сочинение писать надо.

— Нашла? — поинтересовалась Лидия Константиновна, не отрывая взора от экрана телевизора, где в тот момент передавали новости.

— Не-а, — протянула Катя.

— Подожди, папа домой вернется и даст книгу.

— Зато вон чего с полки выпало, — сообщила девочка, показывая потертый ежедневник. — Ба, скажи, когда у моей мамы был день рождения?

Лидия Константиновна вздрогнула:

— Зачем тебе?

— Интересно. Мы всегда ездим на могилу девятого октября.

— Верно, это дата гибели твоей несчастной мамочки.

— А почему не навещаем кладбище в день рождения?

Бабушка замялась, потом сказала:

— Извини, деточка, твоя мама была сиротой, и мы...

— Как? — изумилась Катя. — Ты мне об этом не говорила. И вообще... получается, что я ничего про мамину родню не знаю.

Лидия Константиновна грустно улыбнулась:

— Ладно, расскажу, ты уже выросла, пора и правду узнать. Мы с папой берегли тебя от негативных эмоций, но, похоже, следует приподнять завесу над прошлым.

Информация, выданная бабусей, звучала шокирующе: Юля была подкидышем. Кулек с пищащим младенцем нашли на пороге одной из больниц небольшого подмосковного городка. Случилось это девятого октября. Девочке, замотанной в рваные тряпки, по виду дали десять дней от роду, но в документах датой рождения поставили число, когда ее нашли. Юля никогда не отмечала самый любимый людьми праздник.

— Я появилась на свет неизвестно когда, — объяснила она свою позицию Лидии Константиновне, — и, похоже, мое рождение не доставило особой радости родителям. Поэтому пить шампанское девятого октября не хочу. Лучше мы откупорим бутылочку тридцать первого декабря.

— Почему? — удивилась свекровь. — Это же Новый год.

Юлечка засмеялась:

— Ты забыла! Тридцать первого декабря я познакомилась с женщиной, которая стала мне мамой, — с тобой!

Так с тех пор и повелось в семье Тришкиных.

— Ясно, — кивнула Катя. — А кто такие Фаина Сергеевна и Петр Григорьевич?

И тут вдруг бабушка посинела, как будто вся кровь от лица Лидии Константиновны стекла к шее.

— Не поняла... — еле-еле шевеля языком, спросила бабуся.

Удивленная столь резкой реакцией на самый невинный вопрос, Катя повторила:

— Кто такие Фаина Сергеевна и Петр Григорьевич?

— Но... откуда... Кто? Кто тебе о них наболтал? — прошептала Лидия Константиновна.

Внучка растерялась. Но потом ткнула пальцем в ежедневник.

— Тут есть список дней рождения, — пролепетала она, — самых близких людей. Вот я и подумала...

Щеки бабули порозовели.

— Ах вон оно как! — с явным облегчением воскликнула старушка. — Это наша прислуга. Брат и сестра, Петр и Фаина. Она убирала квартиру, он по мелочи помогал. Умерли они давно, ты крошкой была и не помнишь их.

Катя сделала вид, что поверила бабушке. Но скажите, пожалуйста, каким образом Фаина СЕРГЕ-ЕВНА и Петр ГРИГОРЬЕВИЧ могут быть братом и сестрой, а?

Катя замолчала и глянула на меня. Я пожала плечами.

— Очень просто. Во-первых, вполне вероятно, что родство двоюродное, во-вторых, мама могла их родить от разных отцов.

— Нет, — помотала головой Катя, — бабуля меня обманула.

— Почему ты так решила?

— Я положила ту телефонную книжку в библиотеке, а утром она исчезла. До сих пор найти не могу.

— Бывает, — вздохнула я. — Один раз тоже долго искала именно телефонную книжку. Прямо извелась и решила, что потеряла. Очень, помню, расстроилась. А через неделю начала размораживать холодильник и обнаружила книжечку в глубине морозилки — положила ее туда машинально, вместе с мясом.

Катя хихикнула, потом удивленно поинтересовалась:

— А за фигом холодильник размораживать?

Да уж, современным девушкам трудно представить, какие заботы лежали на плечах их мам и бабушек. Мы кипятили белье на плите, не могли купить памперсы, гладили тяжеленными утюгами и отскребали намертво налипшие остатки пищи от алюминиевых кастрюль и гнутых сковородок. Об автоматических стиральных машинах, тефлоновых покрытиях и холодильниках «ноу фрост» никто даже и не слышал, потому что их просто не было. Впрочем, по той же причине мы ничего не знали о плоских телевизорах, компьютерах, Интернете и видеомагнитофонах. Я уж не говорю о всяких там плеерах, мобильных телефонах, электронных замках и прочих благах цивилизации. Простой катушечный аудиомагнитофон под названием «Весна» вызывал восторженный озноб.

А еще было время, когда по четвергам Останкино не работало и голубые экраны в квартирах счастливых обладателей теликов оставались темными. Кстати, «ящики» были огромными, зато экранчик имел размер с ладошку, и перед ним торчала лупа, куда следовало наливать воду. Назывался сей агрегат «КВН». Я не знаю, как правильно расшифровывается аббревиатура, но ехидные москвичи говорили:

— «КВН»? Это очень просто! Купил — **в**ключил — **н**е работает.

Ладно, хватит предаваться воспоминаниям. Как все это в двух словах объяснить Кате? Поэтому я просто у нее спросила:

— Что ты от меня хочешь?

— Найдите, кто убил мою маму, — резко ответила девочка.

— Она погибла в катастрофе.

— Неужели не поняли? Папа и бабушка врут!

Я замялась, потом спокойно ответила:

— Если твой рассказ точен, то в версиях твоего отца и Лидии Константиновны есть мелкие нестыковки.

— Вот!

— Но... извини, конечно...

— Говорите!

— Может, Женя с пьяных глаз сболтнула правду? Вдруг твоя мама покончила с собой, а бабушка и папа, оберегая твою неокрепшую психику ребенка, не решились сообщить правду?

— Нет! Зачем бы маме из окна кидаться?

— Всякое случается.

— У мамы не имелось причин для самоубийства.

— Ты можешь не знать всех подробностей ее биографии.

Катя вскочила.

— Отчего обычно женщины кончают жизнь самоубийством? Несчастная любовь, ненужная беременность, бедность. А мама жила с папкой счастливо, бабуся ее обожала, денег у них хватало. Чего еще надо?

— Ну... не знаю, — промямлила я.

— Ее убили! Стопудово!

— Катенька, — попыталась я успокоить девушку, — иногда человеку не нужно причин, чтобы свести счеты с жизнью. Всем вокруг он кажется счастливчиком, а у него глубоко внутри развивается депрессия. Понимаешь?

Катя помотала головой.

— Ее убили!

— Кто? — устало спросила я.

— Вот это я и прошу вас выяснить! — воскликнула Катя. — Лика Солодко сказала, что вы можете все. Ну, пожалуйста, помогите! Иначе я сама из мансарды вниз кинусь, я не смогу жить под одной крышей с убийцей!

— Катя, но почему?..

Внезапно девочка уткнула лицо в ладони и прошептала:

— Вчера ночью я захотела пить и пошла босиком со второго этажа на первый...

Катя кралась на цыпочках, опасаясь разбудить бабулю. Путь ее лежал мимо библиотеки. Дверь в комнату оказалась приоткрытой, из щели пробивался лучик света. Любопытная девушка осторожно заглянула в щелку и сразу увидела папу с трубкой в руке и бабушку, сидевшую в глубоком кресле.

— Ты права, — произнес папа, явно продолжая начатый ранее разговор.

— И меня это тревожит, — подхватила Лидия Константиновна.

— Чтоб Женьке онеметь! — стукнул кулаком по крошечному столику, рядом с которым стоял, папа. — Пьяница чертова!

— Тише! — шикнула бабушка. — С Евгенией нормально вышло. Она же извинилась, а Катя ей вроде поверила. Ну, в то, что та спьяну чушь несла.

— Сама же только что сказала: «Девочка копается в прошлом».

— Да, я это недавно поняла, — подтвердила бабуля. — Немедленно спрячь ключи от сейфа.

— Вот беда... — протянул Игорь. — Столько сил потратили, все закопали, и на тебе! Ну, Женька, ну, сволота! Думаешь, она знает правду?

— Нет, — уверенно ответила Лидия Константиновна. — Просто повторяет чужую болтовню. Но Катю надо удалить из дома. Временно, на пару лет. Пусть у нее любопытство утихнет. Потом замуж выдадим, дети пойдут, забудет о Юлечке.

— И куда ее деть?

— В пансионат, в Швейцарию.

— Ой, далеко как! — покачал головой папа. — Да и опасно, мало ли что с ребенком случиться на чужбине может...

— Подберем лучшее заведение.

— Не знаю, подумаю, — мялся папа. — Я не готов отправить Катьку на край света.

— А ты готов к тому, что она возьмет и выяснит, кто убил Юлю? — внезапно спросила бабушка. — Раскопает еще правду, ведь вполне вероятно, что не все концы спрятаны, мы же очень торопились. Катерина упорная, вся в тебя.

— Боже, — прошептал Игорь, — только не это!

— Тогда срочно ищи школу, — велела Лидия Константиновна. — В Женеве, Лозанне, Риме, Париже — неважно. Лишь бы хорошая охрана, безопасность и врач были, а на знания плевать. Ты денег на десять детей заработал, Катюше на службу не идти, замуж выдадим и без диплома.

## Глава 6

Мы проговорили с Катей долго, потом девочка спохватилась:

— Как бы бабушка не догадалась, что меня дома нет!

— Ты не сказала, куда уходишь? — спросила я. Катя хмыкнула:

— Конечно, нет. Заперла свою ванную комнату и воду пустила. Если Лидия Константиновна к двери подойдет, то подумает, что моюсь. Я могу в пене пару часов пролежать, она об этом знает, но ведь когда-то надо и вылези... — резонно заметила девушка.

— Как же ты в дом незаметно попадешь?

Катя засмеялась:

— У нас, кроме парадного хода, есть черный, а еще можно через окно бойлерной пролезть, оно всегда открыто в целях безопасности — там газовый котел стоит. Вы мне поможете? Имейте в виду: если откажете, покончу с собой!

— Хорошо, хорошо, — быстро сказала я. — Вернее, плохо. Выбрось из головы идиотские мысли.

— Тогда начинайте поиски, — твердо велела Катя.

— С завтрашнего дня, сегодня уже поздно.

— Ладно, — кивнула Катя. — Вот вам бумажка, тут номер телефона, который никто не знает, — вчера купила себе «симку», еще одну, а то бабка может мой постоянный сотовый прослушивать.

— Уж не подозреваешь ли ты бабушку в убийстве Юли? — насторожилась я.

Катя скривилась.

— Она меня всю жизнь за нос водила, постоянно повторяла: «Внученька, самый страшный грех — это лживость, запомни, своим родным человек всегда должен говорить лишь правду». А сама? Она знает, что маму убили, и покрывает преступника. Почему?

Я осторожно пожала плечами, Катя неожиданно засмеялась.

— Лика Солодко уверяла, что вы очень умная и хитрая, только пока этого незаметно. Ну, пошевелите мозгами, ради кого бабка стала бы молчать, а? Похоже, она и правда мою маму любила, ни одного злого слова о ней ни разу не сказала. Как ей поступить следовало, если имя преступника ей известно? В милицию бежать опрометью! Но ведь молчит. Почему, а? Почему? Отвечайте!

— Наверное, есть причина, — обтекаемо ответила я.

— Во! — подняла голову Катя. — В точку попали! Либо папа маму убил, либо бабка Юлю жизни лишила, больше на этом свете не найти людей, из-за которых она язык узлом завязала бы. Поэтому и меня обманывают, сказочку про катастрофу придумали, понимают, что не стану я с убийцей любимой мамы рядом жить. Только мне надо знать точно, кто виноват, отец или бабка. Даша, помогите! Меня отправят в Швейцарию или еще куда подальше, чтобы до истины не дорылась. Бабка больно глазастая, поняла, что я старые тайны на свет вытащить хочу. Думала, внучка маленькой была, когда ее мать погибла, только-только четыре года исполнилось, стану ей песни петь, она и успокоится. Ан нет! Я умная, но прокололась где-то. Мне теперь самой ничего не предпринять.

— Тащи ее в кухню, — послышался из прихожей голос Ирки.

Катя осеклась, потом нервно спросила:

— Это кто?

— Наша домработница вернулась, — ответила я.

— Вот черт... — пробормотала девочка. Потом она подошла к большому французскому окну, открыла створки и, прежде чем я успела ахнуть, выскочила во двор.

— Ну, холода напустили! — недовольно воскликнула Ирка, входя в комнату. — Чего раму-то распахнули?

Я быстро повернулась, захлопнула окно и спросила:

— Куда вы пропали?

— Ну, прям чума, — завздыхала Ира, — сплошное приключение. Машина у нас сломалась. Ванька сказал, какая беда приключилась, да я не поняла.

— Бензонасос полетел, — сообщил Иван, втаскивая в комнату какую-то непонятную штуку — то ли комод, то ли консоль. Отчего-то мебель была сделана из железа и покрашена отвратительной темно-синей краской.

— Без разницы, что в тачке гавкнулось, — решительно перебила супруга Ирка, — главное, она не едет.

— Совсем? — уточнила я.

— Угу, — кивнула Ирина. — Вот уж я обрадовалась! Оделась по-праздничному, сапоги на каблуках напялила новые, те, что мне Ольга в прошлом году на Рождество подарила, и здрасти вам! Пешком идти... Через лес... Ковылять по сугробам...

— Позвонила бы мне, — покачала я головой.

— Так пыталась, — жалобно протянула домработница, — но без толку, не слышали вы, Дарь Иванна, ни фига. Впрочем, говорят, у многих людей к старости проблемы со слухом начинаются, сама такой стану.

— И вы отправились на своих двоих, по холоду? Ира, следовало взять такси.

— Еще чего, деньги зря переводить! — буркнула домработница. — Не граф с графиней, так дочапали.

— В другой раз имей в виду: я оплачу машину.

— Ага, мне ваши деньги больше своих жальче, — сообщила Ирка и чихнула. — Расшвыриваетесь в разные стороны рубликами: то кошек керамических накупите, то кофточку очередную схватите... Этак вам в старости на стакан воды не хватит.

— Между прочим, я не самая большая транжира

в семье. Вон Аркадий позавчера машину сменил, — попыталась я оправдаться.

Но Ирка никогда не станет осуждать обожаемого хозяина. Более того, любым, даже самым безрассудным поступкам Кеши она найдет оправдание. Вот и сейчас, поняв, что в его адрес прозвучал некий укор, Ирка бросилась в атаку:

— И что? Правильно сделал! Аркадий Константинович юрист, его клиенты по одежке оценивают.

— Для защитника главное не костюм, а ум, — решила поспорить я.

— Может, и так, — неожиданно согласилась Ира. — Только посмотрят на обтрепку, на его ржавую тачку и спросят: «Эй, дружок, коли ты такой умный, отчего бедный?»

Поняв, что мне никогда не переубедить домработницу, я решила перевести разговор на иную тему.

— Значит, шли пешком? Бедняги.

— Нас один мужик подвез, — встрял Иван, — и денег не взял.

— Встречаются еще добрые самаритяне, — удивилась я.

— Не, он наш, русский, — пояснил никогда не читавший религиозную литературу садовник, — хороший парень. Во чего мы у него купили!

Я уставилась на железную конструкцию.

— Зачем вам это чудовище?

— Вечно вы, Дарь Иванна, не разобравшись, ругаетесь, — с укоризной заметила Ирка. — Замечательная вещь — тараканопугатель.

— И ловушка для насекомых, — подхватил Ваня.

Мои глаза начали моргать помимо воли.

— Тараканопугатель? Да за каким...

— Ща объясню! — ажиотированно заорала Ирка. — Вы только не кричите, спокойненько реагируйте, нечего нервничать. Помните, как на яйцеварку для СВЧ-печки разозлились? Славная вещичка была, зря вы ее из окна запулили.

Я села у стола и подперла щеку рукой. Все, Ирку понесло, сейчас она припомнит и мои маленькие грешки, и огромные провинности. И, что самое интересное, в обличительной речи Ирки нет ни капли лжи. Была, была у нас яйцеварка, и я на самом деле выкинула агрегат вон. Если не знать сути дела, то легко можно посчитать меня истеричкой, но во всякой ситуации существуют как минимум две стороны.

Ладно, сейчас быстренько растолкую суть. Дегтярев, как все мужчины, обожает посещать скобяные лавки. Зачем полковнику, совершенно не умеющему обращаться ни с дрелью, ни даже с самым обычным молотком, нужны все эти шурупы, гвозди, дюбели и прочая ерунда, я не знаю. Не спрашивайте меня, по какой причине Александр Михайлович притаскивает сверла и скупает бессчетные винтики вкупе с гайками. Впрочем, запас железок в хозяйстве не помеха, намного больше неудобств доставляет членам семьи желание Дегтярева улучшить наш быт, механизировать его, оснастить коттедж всякими, на его взгляд, замечательными, но совершенно бесполезными агрегатами. Впрочем, никуда не годными прибамбасы кажутся лишь женской части семьи, мужская в полном восторге, скажем, от фигурки цапли, к носу которой следует привязать пакетик с чаем.

— Смотри, как классно! — восклицал Дегтярев, обучая меня обращению с игрушкой. — Цапля опустит мешочек в стакан, а потом через три минуты вытащит.

— Легко могу проделать подобную процедуру самостоятельно, — засопротивлялась я, — совсем не трудно подергать за ниточку.

— Нет, просто безобразие! — обиделся Дегтярев. — Облегчаю тебе жизнь, и где благодарность?

Пришлось использовать пластмассовую «макалку», и сразу же выяснилось несколько интересных деталей. Цапля спокойно наклоняла длинную шею, и пакетик тонул в кипятке, но после птичка не собиралась выпрямляться. Если же она по недоразумению вытаскивала полураскисший бумажный кулечек, то совершала это так резко, что и скатерть, и решивший в недобрый час почаевничать человек покрывались темными пятнами.

— Это ты ее испортила, — обозлился полковник, в очередной раз пытаясь отряхнуться, — в магазине птичка работала, как часы.

Меткое замечание, если учесть, что у нас в каждой комнате торчит по будильнику, и все они показывают разное время. И потом, по непонятной причине в магазине работает все, ломаются вещи уже дома, обычно на следующий день после окончания гарантийного срока. Но цапля не прожила положенный месяц, она скончалась сразу.

Если вы думаете, что полковник сделал правильные выводы и прекратил притаскивать дурацкие механизмы, то ошибаетесь. У нас последовательно появлялись: сырорезка, которая работала от электросети, открывалка для консервных банок, оснащенная моторчиком, сахарница с подсветкой. О последней стоит сказать подробнее: в дно круглой коробки вставлялись пальчиковые батарейки, и она начинала моргать разноцветными огнями, но вообще говоря, эта вещь являлась пепельницей, рафинад в нее положил не разобравшийся в сути вопроса полковник.

Восхитительные приобретения Дегтярева радовали домашних сутки, максимум двое, а потом тихо уходили в технический рай, или как там называется место, в котором обитают души кофемолок, погибших в младенчестве. И всякий раз полковник злился на меня. Получалось, что стопором технического прогресса в доме являюсь именно я: то схватила жирными пальцами жизненно важный орган электрощетки для обуви, то слишком сильно нажала на дозатор, выдающий кубики сливочного масла из ужасного на вид лотка, и он умер в муках.

Спорить с полковником невозможно, он просто не слышит никого, кто высказывает личную точку зрения, отличающуюся от его собственной, поэтому я обычно просто хихикала на его обвинения и уходила к себе. Но вот с яйцеваркой... Тут согласна, в случае с ней вина целиком и полностью лежит на мне. Причем, когда Дегтярев приволок странный, похожий на усеченную пирамиду предмет из пластика и объяснил, зачем он нужен, я даже обрадовалась. Наконец-то, подумала я, полковник приобрел нечто нужное, а не автоматический чесальщик спины и не магнитный зашнуровыватель ботинок.

Пользоваться новинкой оказалось очень просто: следовало налить на дно самую обычную воду из крана, поставить в ячейки куриные яйца, опустить крышку, засунуть пирамиду в СВЧ-печь и запустить таймер. К креативной штучке прилагалась инструкция, где создатели новинки клялись, что через три минуты можно получить вариант всмятку, спустя пять — в мешочек, а через семь — к завтраку появятся уже крутые яички. Вот так просто, без хлопот, забот и стояния над кастрюлькой с часами в руке. Чтобы вы окончательно могли оценить мою радость, признаюсь: мне еще ни разу не удалось приготовить правильно яйца всмятку. У меня всегда, независимо от времени, потраченного на процесс, получается невероятный результат: белок жидкий и страшно противный, как на вид, так и на вкус, а желток твердый.

Еле сдерживаясь, чтобы не захлопать в ладоши, я сказала Ирке:

— Давай попробуем?

— Как не фиг делать, — кивнула домработница.

Слегка поспорив, мы выбрали вариант «в мешочек» и запустили печь. Ровно через пять минут, секунда в секунду, Ирка вытащила яйцеварку и сняла крышку.

— Вроде нормально смотрятся, — протянул полковник.

— А как, по-твоему, должны выглядеть вареные яйца? — фыркнула я. — Белые и круглые.

— Даже не треснули, — возвестила Ирка, — и...

Договорить она не сумела, одно яичко неожиданно затряслось крупной дрожью. Его, если выражаться сленгом школьников, заколбасило по-черному. Не успела я взвизгнуть, как белый овал стартовал вверх, прорвал натяжной потолок и исчез в черной дыре.

— Мама! — взвизгнула Ирка.

В то же мгновение оставшиеся в ячейках яйца тоже начали вздрагивать. С воплем:

— Ложись! — я схватила пластиковую коробку и вышвырнула ее в сад, благо дело происходило летом и окна в доме были нараспашку.

Раздался взрыв, домработница, визжа, кинулась под стол, Дегтярев метнулся к холодильнику (кстати говоря, абсолютно зряшное поведение, Александру Михайловичу с его ста килограммами живого веса никогда не пролезть в сантиметровую щель между ним и стеной). Я хотела остановить приятеля, но в этот момент дыра на потолке стала стихийно расползаться, и оттуда выпало абсолютно целое яйцо, оно угодило прямо в открытую банку с черничным вареньем, послышалось оглушительное «бум», красные комочки фонтаном взметнулись вверх...

Дальнейшее описывать нет никакого смысла. Мы лишились потолка в кухне, стены были капитально измазаны абсолютно не смываемым вареньем, яйцеварка погибла смертью храбрых в саду, прихватив с собой на тот свет парочку кустов астр. А Дегтярев жутко обиделся на меня и теперь при каждом удобном и неудобном случае вздыхает, произнося:

— Да, была у нас яйцеварка...

Но сегодня Александр Михайлович на работе, следовательно, идея покупки ловушки для тараканов принадлежит не полковнику.

— Мужик, что нас вез, — мирно вещала тем временем Ирка, — торгует этими штуками. Нам ее уступил по оптовой цене, инструкцию дал и прям до ворот подвез.

— Нам только пришлось к нему на склад смотаться, — влез в беседу Ваня.

— Судя по времени, которое вы отсутствовали, парень хранит товар во Владивостоке, — ехидно отметила я.

— Не, всего лишь в Серпухове, — радостно сообщил простодушный Иван.

— И зачем нам эта бандура? — попыталась я слегка отрезвить домработницу с садовником. — Ведь в Ложкине тараканов нет.

— Эх, Дарь Иванна, — покачал головой Иван, — кабы вы знали, что тут есть! И мыши, и жуки, и червяки, и комары, и мухи...

— Ловушка же, судя по названию, убивает лишь прусаков, — напомнила я.

— Не, — уперся Ваня, — вон инструкция. Читаю. «В целях обеспечения освобождения территории от ненужных элементов, передвигающихся при помощи лап, крыльев и ног, воткните вилку в розетку двести двадцать и ждите эффекта. Легкий гул не является дефектом. Спустя пять минут отключите

ЛДНАБ, она начнет работу от внутреннего генератора. Стопроцентное очищение участка на площади гектара. Экономно. Способствует продлению жизни домашних животных, повышает удойность коров, яйценоскость кур, шерстистость овец, обладает обеззараживающим действием, абсолютно безопасна, нетоксична, экологична. В вашем доме будет лад, коли купишь ЛДНАБ».

— А что такое ЛДНАБ? — с изумлением спросила я.

— Вот же она, — кивнула на железный комод Ирка. — Ловушка для насекомых абсолютно безопасная, сокращенно ЛДНАБ. Сейчас включим и поглядим.

— Не надо, — быстро сказала я.

— Почему? — насторожилась домработница.

— Ну... так сразу... лучше бы сначала изучить механизм...

— Эка хитрость, — оживился Иван. — Ируся права, чего медлить? Раз, два, три.

И Ваня, следуя инструкции, воткнул вилку в розетку. Мы втроем замерли в ожидании эффекта.

Железяка икнула, вздрогнула и тихо загудела.

— Пашет! — обрадовался Иван. — Не обманул мужик.

— Сейчас дождемся эффекта и...

И тут из прихожей послышался громкий звонок. Кто-то очень нетерпеливый со всей силы жал на пупочку.

— Побегу открою, — засуетилась Ирка.

— А я пойду дорожки от снега почищу, — радостно воскликнул Иван.

Мне совершенно не захотелось оставаться наедине со странной штуковиной.

— Нет уж, — строго сказала я, — вы тут наблюдайте за эффектом, сама открою.

## Глава 7

— Ну и долго мне ждать? — выпалила довольно полная старушка, замотанная в голубую норковую шубу. — Возьми вот...

Ощущая себя героиней пьесы абсурда, я схватила протянутую проволочную клетку, внутри которой мирно сидела огромная красно-желтая птица.

— Целый час на улице продержали, — продолжала сердиться бабушка, — Крошка Че может заболеть.

— Крошка Че? — растерянно переспросила я. — Это кто? И кто вы?

— Интересное дело... — протянула старуха. — Крошка Че в клетке, а я...

В кармане у меня зазвенел мобильный. Плохо понимая, что происходит, я схватила трубку.

— Алло!

— Милиция приехала? — звенящим голосом спросила Оксана.

Я потрясла головой. Право, сегодняшнее воскресенье слегка перенасыщено событиями. Сначала было неожиданное знакомство с Катей и ее папашей, потом Катя пришла ко мне, причем с просьбой найти убийцу своей мамы, затем Ирка с Иваном притянули чудовищный железный комод для борьбы с отсутствующими тараканами, а еще, оказывается, должна прибыть милиция.

— Не молчи, — потребовала Ксюта, — отвечай, только тихо, чтобы не услышала, если уже тут. Извини, конечно, Дениска виноват. Ну кто мог подумать, что она такая легкая на подъем? Милиция эта. А она раз и — собралась. Нет бы в своем Подольске сидеть...

У меня закружилась голова. Похоже, Оксанка переутомилась на работе, ей нельзя по десять часов стоять у операционного стола.

— Успокойся, милая, — очень ласково перебила я подругу, — у нас все просто замечательно. Никакой милиции из Подольска. Да и зачем бы ей сюда катить?

— Как это? — воскликнула бабуля, успевшая уже расшнуровать ботинки. — Я уже здесь, а зачем я приехала сюда из Подольска, вопрос отдельный.

На сие заявление отреагировать я не успела.

— Дарь Иванна! — завопила Ирка, влетая в прихожую. — Работает ЛДНАБ-то! Отключили ее от сети, и пошла шарашить в автономном режиме, без обману!

— Ира, — зашипела я, — помоги нашей гостье раздеться, проведи ее в гостиную, предложи чаю, кофе, сливок... Я сейчас!

Добравшись до своей спальни, я приложила телефон к уху.

— Ксюня, слышишь меня?

— Да.

— Что происходит? Пару минут назад в наш дом вошла пожилая дама с клеткой, и она — дама то есть, а не клетка — говорит, что является милицией из Подольска. Скажи честно, мне все чудится, у меня глюки?

— Нет, это не глюки, это Денька, — простонала Ксюта. — Слушай сюда. Ну не дура ли я! Заснула сразу после того, как рецепт тебе сказала, забыла про Милицию. Очень уж устала...


Те, кто хорошо знаком с Дашей Васильевой, в курсе, что у меня есть лучшая подруга, хирург Оксана[1]. Мы вместе уже очень много лет и считаем себя сестрами. У Ксюты имеются два сына. Младший

---

[1] См. серию книг Д. Донцовой, «Любительница частного сыска Даша Васильева», издательство «Эксмо».

из них, Дениска, весьма успешно закончил ветеринарную академию имени Скрябина и поступил в аспирантуру. Денька настоящий фанат своего дела, он готов сутки напролет просиживать в библиотеке или стоять у операционного стола, где под наркозом лежит больное животное. К слову сказать, наш Айболит нашел в организме собаки какую-то кость, которую никто до него не удосужился заметить (хотя, может, не кость, а хрящ, простите мою безграмотность, но речь сейчас не о моих знаниях).

Деня не только хороший ветеринар и будущий кандидат наук, он еще и отличный сын. Оксана тянула своих детей одна, ее муж исчез в неизвестном направлении, забыв о мальчишках, поэтому подруге приходилось пахать по три смены и не отказываться ни от какой работы. Тот, кто воспитывал мальчишек, знает, сколь быстро у них рвутся ботинки с брюками и какой у ребят аппетит.

В последние годы Оксане стало легче — ее старший сын устроился на хорошее место, и Дениска тоже пошел на службу. Деня очень любит маму и теперь мотается по всей Москве, обслуживая четверолапых клиентов. Наш ветеринар подрезает когти, чистит зубы и уши кошкам, собакам и прочим тварям, он ловко управляется с черепашками и понимает все про организм рыбок, хамелеонов, жаб, крыс и хомяков.

Конечно, Деня с огромным удовольствием не гонял бы по необъятной столице, только он хочет помочь маме, считает своим долгом давать Оксане каждый месяц денег на хозяйство, а ведь приятно шуршащие бумажки надо заработать.

— Вот бы в сутках было тридцать часов... — стонет иногда Деня. — Тогда я мог бы успеть и в кино сходить, и в театре побывать.

Из-за тотальной загруженности у Дениски совсем нет времени на девушек. Сначала серьезность сына радовала Ксюту. Другие юноши легко меняют партнерш, походя делают детей и в мгновение ока забывают о младенцах, а Дениска не такой, он хочет жениться один раз и прожить со своей избранницей до золотой свадьбы.

Но годы-то идут, вот уже и студенчество позади, пора бы парню хоть разок влюбиться. Поняв, что сын сам себе невесту искать не желает, Ксюта попросила Маню:

— У тебя полно подруг, сведи Дениску с кем-нибудь.

— Трудная задача, — помотала белокурыми волосами Машка.

— Вовсе нет, — удивилась Оксанка. — Придумай какой-нибудь праздник, ну... именины Хуча, например, устрой вечеринку.

— Так Деня всех моих знает, — засмеялась Машка, — мы же с детского сада вместе: Саша Хейфец, Ксюша, Лена Балян. Они ему словно сестры.

— В общем, я тебя озадачила, — велела Оксана, — действуй!

Но не успела Маруська раскинуть мозгами, как Деня внезапно приехал к нам вместе с худенькой востроглазой девочкой, одетой в джинсы и незатейливый свитерок.

— Я с Бетти, — сказал он, увидав меня в холле.

Я, не сообразив, что мне представили девочку, стала озираться, говоря:

— Бетти? Ты привез вашего скотчтерьера? Почему же стаффордшириху не прихватил? И где же она, Беттюня?

Деня засмеялся:

— Бетти стоит сейчас перед тобой.

— Ой, прости, пожалуйста, деточка, — залепетала я, — глупо получилось. Понимаешь, у Деньки есть собачка, ее зовут, как тебя, Бетти. Уж не сердись, так вышло...

— Смешно, — улыбнулась Бетти. — Но я не обижаюсь, наоборот, даже приятно.

Страшно довольная мирным разрешением нелепой ситуации, я отвела пару в столовую, и мы все вместе попили чаю.

Бетти понравилась всем, даже Дегтяреву. Милая, совершено не избалованная девочка, будущий врач, то есть почти коллега Оксаны. А еще Бетти обладает чувством юмора, умеет хорошо готовить, любит собак и мгновенно нашла общий язык с Оксаной.

Дело решительно покатило к свадьбе. О походе в ЗАГС, правда, не заговаривали, Бетти просто переехала в комнату к Дениске. И еще один момент: она никогда ничего не рассказывала о своей семье. Мы знали о ней лишь минимум: девочка не москвичка, выросла в небольшом городке, потом приехала в столицу, поступила в институт. И это было все. На вопрос о родителях Бетти коротко отвечала: «Мама и папа работают, у меня еще есть старшая сестра».

Было видно, что девушке очень не хочется заводить разговор о родственниках, поэтому один раз Ксюта сказала:

— Бетти мне нравится, она любит Дениску, а он ее. Так какая разница, откуда девушка? Я, между прочим, сама далеко не графиня.

Две недели тому назад Деня сделал Бетти предложение, и вот сейчас Оксана позвонила, чтобы сообщить ошеломляющие новости. Оказывается, родители Бетти живут возле Подольска, у них огромный трехэтажный дом, несколько иномарок и хорошо отлаженный бизнес. Никаких материальных затруднений семья не испытывает, наоборот, денег Завадским просто девать некуда.

Главным человеком в семье Бетти является бабушка по имени Милиция. Как она скажет, так и будет. Милиция Завадская — человек крайне авторитарный, дети и внуки ей слово поперек сказать боятся. Старуха обладает трезвым умом, полна хитрости и бесконечного эгоизма. И она очень богата. Муж Милиции, давно покойный Вацлав, в шестидесятые годы занимался фарцовкой: сначала лично торговал американскими джинсами и польской косметикой, потом «поднялся», и к концу семидесятых на Вацлава работала целая сеть коробейников — они шныряли по НИИ, учебным заведениям и театральному закулисью с огромными спортивными сумками, набитыми шмотьем. У Вацлава были широкие связи, его покрывали сотрудники милиции, у которых имелись жены, матери и подруги, желавшие иметь хорошую губную помаду или новую модную блузочку, а своей «крыше» Вацлав отпускал дефицитный товар за копейки.

Умер Завадский совсем недавно. Из спекулянта и фарцовщика он благополучно превратился в уважаемого бизнесмена, спонсора и мецената, поэтому в последний путь его провожал военный оркестр и местное телевидение. Сын Вацлава подхватил эстафетную палочку бизнеса, его жена помогает мужу, старшая их дочка служит в объединении главбухом. Все отлично, просто замечательно. На столичный рынок Завадские не лезут, они обслуживают область и очень довольны дивидендами, никаких материальных проблем в семье нет, но... в каждой бочке меда случается ложка дегтя.

Все семейное достояние записано на вдову Вацлава Милицию. Сколько лет пожилой даме, не знает никто. Одно время она говорила, что является ровесницей мужа, и даже охотно рассказывала, как познакомилась с Вацлавом на приемных экзаменах в институт — вроде бы молодые люди оказались рядом в очереди при подаче документов и больше не расставались. Но потом Милиция забыла об этой версии и стала сообщать:

— Вацлав был на десять лет меня старше.

Затем разница в возрасте еще увеличилась. Но речь идет не о простительном женском кокетстве, а о деньгах — они же все принадлежат Милиции. Бабушка держит семью под каблуком и управляет домочадцами крайне простым, но очень эффективным способом: кто слушается пожилую даму и угождает ей, тому капают денежки, а проявляющим строптивость поток рубликов перекрывается.

Милиция очень боится, что ее внучки найдут себе малоподходящих, нищих женихов, наглых альфонсов, которые обманут наивных дурочек и присосутся к семейным капиталам. Именно поэтому Кристина, старшая сестра Бетти, никак не может выйти замуж. Вполне симпатичная внешне девушка нравится молодым людям, но Милиция, узнав о романе внучки, мгновенно приезжает в гости к предполагаемому зятю, пьет мило чай с его родителями, потом возвращается домой, в трехэтажный особняк, и выносит вердикт:

— Чужого поля ягода. Живут в халупе, на столе пластмассовые кружки, ложки алюминиевые, папа алкоголик, мама дура. Нет моего согласия на брак. Впрочем, можешь уезжать к мужу, тебе поставят раскладушку в коридоре.

Кристина лишь глотает слезы. Похоже, ни в Подольске, ни в близлежащих городках ей пары не сыскать.

Бетти оказалась хитрей сестры — уехала учиться в Москву. Провожая внучку, бабушка заявила:

— Конечно, могу без проблем снять тебе квартиру, купить машину и дать денег, но лучше не выделяться среди студентов. Живи в общежитии, одевайся, как все, и лично зарабатывай рублики на кино и булочки. Не захотела дома оставаться — не надо, но уж если решила получить самостоятельность, то хлебай ее полной ложкой.

Бетти только кивнула. Она очень любит бабушку, правда, как все, боится властную Милицию, но во многом с ней согласна.

Бетти хотелось, чтобы полюбили ее, а не семейные капиталы, и добрый ангел послал девочке Деню, абсолютно лишенного корысти и расчета.

Только получив от любимого предложение руки и сердца, Бетти открыла свою тайну. Сначала Денька обозлился на невесту — он очень не любит врунов, но потом понял, что будущая жена ничего не лгала, она просто не сообщила всю информацию о себе, и начал раздумывать над ситуацией.

Конечно, можно было по-тихому отпраздновать свадьбу, а потом поставить родственников невесты перед свершившимся фактом. Но, во-первых, Бетти очень хочется пышную церемонию с белым платьем, лимузином, десятком подружек и всеми родными. А во-вторых, и это главное, девушка боится поругаться с родственниками.

Между прочим, у Милиции есть еще один сын, брат папы Бетти. Так вот, будучи юношей, дядя поскандалил с мамой, женился против воли родительницы и был изгнан из гнезда Завадских навсегда. Бабушка никогда не вспоминает о неугодном ребенке, семейную тайну Бетти шепотом рассказала мама.

Девушка очень хорошо понимает, что Дениска покажется Милиции бедным наглецом, раскатавшим губу на состояние Завадских. Никакие разговоры о порядочности Оксаны и искренних чувствах Дени не помогут. Через год Бетти закончит институт, и Милиция прикажет ей возвращаться домой. Мол, поиграла, внученька, в самостоятельность, и хватит, получила специальность врача, теперь впрягайся в семейный бизнес.

Деню статус-кво злил, Бетти приуныла, и тут нашего ветеринара осенило.

— Спокойно, — велел он, — если твоя бабушка такая дура, что оценивает людей по квартире и посуде, то все будет тип-топ.

— И как ты решишь проблему? — насторожилась Бетти.

— Не парься, — засмеялся Деня, — устрою в лучшем виде.

Девушка кивнула и успокоилась, но вчера она получила на мобильник сообщение от бабушки странного содержания: «На первый взгляд нормально, приеду посмотреть лично».

В полном недоумении Бетти показала SMS жениху. Денька схватился за голову, и выяснилась правда. Оказывается, Дениска отправил Милиции по «мылу» письмо от лица Бетти. Старуха активный пользователь и часто переговаривается с внучкой, используя последние новинки научно-технического прогресса. Прикинувшись Бетти, Деня написал: «Бабуся, я влюбилась, он замечательный».

Далее шел рассказ о Денисе, Оксане и их собаках. Кстати, Милиция обожает животных. Послание сопровождали фото нашего ложкинского дома и краткое пояснение: «Это родное гнездо Дениски, его семья очень богата...» Ну и так далее.

Наивный Деня полагал, что пожилая дама не потащится зимой из родного Подольска по гололеду невесть куда — через Москву в какое-то Ложкино, а удовлетворится снимками, поймет, что внучка нашла себе подходящую пару, и даст согласие на брак. Потом, естественно, правда выяснится, но Дениска надеялся, что к тому времени он развернется, хорошо заработает...

Абсолютно идиотская затея! Дене следовало посоветоваться либо со мной, либо с Кешей, поставить в известность о своих планах Оксану, но он самонадеянно решил действовать по собственному разумению. И что вышло?

Два часа тому назад Милиция позвонила Бетти и спросила:

— Это Ложкино по Ново-Рижской дороге?

— Да, — испуганно ответила девушка, — а что?

— Скоро буду на месте, — сообщила бабушка, — надеюсь, вы предупредили о моем приезде.

Бетти кинулась к Дене, наш ветеринар бросился к Оксане, Ксюта позвонила мне, но поздно — Милиция уже сняла ботинки и сейчас пьет чай в гостиной.

— Что делать? — убивалась Ксюта. — Вот скандал! Насколько я поняла из рассказов Бетти, бабка — настоящая Салтычиха, подозрительная, не терпящая лжи.

— Спокойствие, только спокойствие, — процитировала я Карлсона. — Из любой безвыходной ситуации всегда найдется минимум два выхода. Значит, так: вели Дениске собрать свои вещи и ехать к нам, устрою его в гостевой комнате, пусть говорит бабульке, что живет в Ложкине постоянно и что он мой сын, а там поглядим.

— Дегтярев, Кеша, Зайка, в конце концов Ирка с Иваном, они-то не проговорятся?

— Не волнуйся, — твердо сказала я, — проведу с контингентом необходимую разъяснительную работу.

Самое интересное, что мой план удался полностью. Сначала я очень быстро ввела в курс дела Ирку с Иваном и получила от них четкий ответ:

— Не волнуйтесь, Дарь Иванна, мы ж не дураки.

Затем, нацепив на себя множество ювелирных изделий, я спустилась к старухе и села пить с ней чай. По тому, как глаза Милиции осматривали брильянты и изумруды, я поняла, что нужное впечатление произведено. К счастью, возраст дал себя знать — выпив вторую чашечку ароматного напитка, бабуля откровенно зевнула, и я, страшно обрадовавшись, предложила:

— Может, приляжете отдохнуть? Завтра познакомлю вас с остальными членами семьи, они сегодня поздно приедут.

— Спасибо, — кивнула Милиция, — ваша правда, пора на боковую.


## Глава 8

Сегодня мне пришлось встать в семь утра и провести беседу с домашними. Конечно, я ни на минуту не сомневалась в их реакции, но была рада услышать от всех одну и ту же фразу: «Без проблем, не волнуйся, вечером все изобразим».

В десять часов я схватилась за телефон и позвонила Лике.

— Алло, — недовольно прозвучало из трубки.

— Ты спишь?

— Идиотский вопрос, — зевнула Ликуська. — Как на него ответить? Уже нет. Это кто?

— Даша Васильева.

— Ой, привет! — мигом повеселела Ликуня. — Я вчера на свадьбе была, притопала домой утром и задрыхла.

— Ты знаешь Катю? — перебила я знакомую.

— Которую? Якименко? Морозову?

— Тришкину.

— Дочку Гарика?

— Верно. Она сказала, что ее отца зовут Игорем.

— Ясное дело, знаю, — захихикала Лика. — Чуть замуж за него не вышла, но потом вовремя спохватилась и отказалась от дурацкой затеи. Теперь так иногда созваниваемся.

— Зачем ты направила ко мне Катю?

— Я?

— Ты.

— Мне бы и в голову такое не пришло, — растерянно воскликнула Лика. — Ой, только сейчас сообразила! Гарик-то с новой женой перебрался в Ложкино. Я у них была, мимо твоего дома ехала, подумала, что зайти надо, но не срослось. Сразу к тебе бежать показалось неприлично, а потом устала и домой отправилась.

Ага, добавила я про себя, на заднем сиденье своего «Мерседеса», пьяная в лохмотья. Лика ни в чем не знает удержу, если гулять — то до утра, коли пить, так до потери рефлексов. Иногда я завидую Ликуське: она сохранила детскую непосредственность и обладает умением жить так, как ей хочется, слово «надо» Ликуне незнакомо. Но сейчас нет необходимости рисовать психологический портрет подруги, у меня к ней вполне конкретные вопросы.

— Ты рассказала девушке о той истории с тюрьмой? — продолжила я их задавать.

— Она не секрет.

— Верно, но еще прибавила: «Даша — единственный человек, который сумеет тебе помочь».

— Я подобное сказала? — изумилась Лика.

— По утверждению Кати, да.

— Ну, может, и ляпнула не подумавши, — замела хвостом Солодко. — А что у Катьки случилось? Гарька вновь жениться надумал, и дочурка решила помешать папашке? Я ее очень хорошо понимаю, вереница «мамочек» кого угодно начнет раздражать.

Да еще к тому же все бабенки Гарика — жуткие стервы.

— Все?

— Как одна.

— И Юля?

— Кто?

— Родная мать Кати.

— Юляшка? Нет, она вроде была очень милая.

— А это правда?

— О чем?

— О самоубийстве женщины.

Лика вздохнула:

— Ну вот, теперь припоминаю. Позвонила мне не так давно Катька и в лоб огорошила вопросом: «Скажи, кто убил мою маму?»

— А ты что ответила?

— Правду. Что ничего не знаю.

— И присоветовала обратиться ко мне.

— Не совсем так, — вяло отбивалась Лика.

— А как? — обозлилась я.

Ликуська издала протяжный стон.

— Катька привязалась, словно репей! Сначала по телефону приматывалась. Я от нее откручивалась, мол, ничего не знаю, и все. А девчонка словно не слышит, бормочет: «Расскажи честно»...

Лика говорила долго, я слушала, не перебивая, и в конце концов туман рассеялся.

Катя была крайне настойчива. Не добившись от Ликуськи нужного эффекта по телефону, девушка приехала к Солодко домой. Причем свалилась ей на голову, словно кирпич с крыши, в крайне неподходящее время: Ликуся, нарядившись в сексуально открытое шелковое платье, поджидала в гости очередного жениха. Солодко, услыхав звонок, сразу распахнула дверь, но вместо мужика с букетом узрела Катьку, которая мрачно произнесла:

— Не уйду, пока правду не узнаю.

Пришлось Ликуське, нервно поглядывая на часы, признаваться:

— Со смертью твоей мамы связана некая темная история. Поговаривают, будто Юля выпала из окна дачи.

— Выпала или выпрыгнула? — напряглась девушка.

— Не знаю, — протянула Лика, — извини, не в курсе. Спроси у бабушки.

— Она мне врет про автокатастрофу! — нервно воскликнула Катька.

Тут только до Лики дошло, какую оплошность она допустила, сообщив дочери Гарика давно курсирующую среди общих знакомых сплетню.

— Ну... может, и так, — начала мямлить Ликуня. — Я вообще-то не в курсах, а люди всякое болтать горазды, несут ерунду.

— А кто знает правду? — оборвала ее Катя.

— Твоя бабушка, — бойко ответила Солодко, очень надеясь, что после данного заявления Катя наконец уберется.

Но девушка и не подумала сдвинуться с места.

— Она врет, я уже говорила тебе! Помоги мне, Лика, попробуй вспомнить, что слышала.

И тут ожил домофон. Солодко глянула на экран, увидела возлюбленного с веником из орхидей и быстро заявила:

— Я лично тебе не помогу, нечем просто. Но в Ложкине рядом с вами живет Даша Васильева, она частный детектив, талантливая и умная, меня из тюрьмы выручила. Обратись к ней, любую тайну раскопает!

Катя кивнула и ушла, больше девушка Лике не звонила...

— Думала, она за ум взялась, — пела сейчас Солодко, — поразмыслила и решила, что незачем в прошлом копаться. Выходит, не так. Ей-богу, совершенно не думала, что она в самом деле к тебе притопает.

— Куда ж ей еще идти, если добрая Лика адресок чудо-детектива подсказала и замечательную рекомендацию дала?

— Ну, Дашута, не злись! И потом, признайся: тебе же нравятся подобные истории. Сидишь, скучаешь, не знаешь, чем заняться, а тут Катька... Порой лапками, думаю, никакого криминала там нет, обычный суицид. Просто от девочки историю скрывали, травмировать не хотели.

— А я, значит, должна буду нанести Кате душевную рану?

— Дашуля, — совсем уж сладко запела Лика, — ты же умная! Сначала разнюхай правду, а потом приди к Лидии Константиновне и честно скажи: так, мол, и так, ко мне обратилась ваша внучка Катя. Я теперь точно знаю, что ее мамахен сиганула с крыши, вот свидетельские показания. Давайте подумаем: открывать ребенку правду или закопать истину поглубже? Очень хорошо, что я Катьку к тебе отправила, отличная мысль мне в голову пришла!

— Ты полагаешь? — с явным неудовольствием воскликнула я.

— Конечно! — с жаром ответила Лика. — Катька упертая, хуже осла. Денег у нее гора, Гарик ни в чем девчонке не отказывает, кредитку ей выдал. Отправится дурочка в детективное агентство, там мигом богатую клиентку прочухают и распатронят по полной программе, да еще расскажут девочке все в деталях: как мама падала, откуда летела да куда упала... Лучше уж ты ей помогать возьмись, спустишь дело на тормозах. Жалко Катьку, ей-богу!

— Ты Женю знаешь? — перебила я тарахтящую Лику. — Одну из бывших супруг Тришкина.

— Емельянову? Естественно.

— Дай ее телефон.

— Секундочку, — обрадовалась Лика, — в записной книжке пороюсь...

Получив от Солодко координаты Жени Емельяновой, я села в «Пежо» и схватилась за телефон. Сначала в ухо летели длинные гудки, потом раздалось сонное:

— Алло.

Обрадовавшись, я воскликнула:

— Мы незнакомы, разрешите представиться: меня зовут Даша, ваш телефон я получила от Лики Солодко.

— Слушаю, — зевнула Евгения.

— Вы Тришкиных знаете?

— Ну... да.

— Мне очень надо с вами поговорить.

— О чем?

— Речь идет о жизни и смерти. Пожалуйста, можно я сейчас приеду? С Катей беда.

— Ничего про Катю не знаю, — снова зевнула Женя.

— Очень, очень, очень прошу! — взмолилась я. — Лика сказала, что вы сердобольный человек, а речь идет о судьбе девочки!

— О господи... — вздохнула Женя. — Ладно, прикатывайте.


Около полудня я стояла у вызывающе дорогой двери из красного дерева. Ждать пришлось недолго, створка распахнулась, на пороге появилась стройная, элегантно одетая молодая женщина. Она чуть прищурилась и воскликнула:

— Вы та самая Даша, которая сегодня разбудила меня ни свет ни заря?

— Извините, — улыбнулась я, — к сожалению, обладаю очень нехорошей привычкой: если сама проснулась, отчего-то думаю, что и другие люди уже бодрствуют. А вы, как я понимаю, Женя.

— Точно, — кивнула экс-супруга Тришкина. — Проходите, хотя, ей-богу, не понимаю, чем могу помочь. Ответила вам по телефону святую правду: ничего не знаю про Катю, я с ней давно не встречалась.

Продолжая вещать о своей полнейшей неосведомленности, Женя провела меня в гостиную, обставленную мебелью из гнутых трубок, и, указав рукой на нечто, более всего напоминающее огромный кусок прозрачного мыла, предложила:

— Садитесь.

Я осторожно устроилась на «мыле». К удивлению, кресло оказалось удобным, оно услужливо прогнулось, потом слегка выпрямилось и обхватило мое тело.

— Это новый материал, — пояснила Женя, явно посмеиваясь над реакцией гостьи, — так называемый умный стул, он замечательно расслабляет позвоночник. Классно, правда? Дорого стоит, но для себя ничего не жаль, ведь так?

На всякий случай я одобрительно кивнула, хотя была совсем не согласна с утверждением Жени. Захоти Маруська шубу из соболя, даже не охну, в магазин побегу, а вот приобретение губной помады для собственных нужд выбьет меня из колеи. Обязательно накатит приступ жадности и дискомфорт. Женя, видимо, из другой породы, и ей от этого, наверное, легче жить.

— Вы любите Катю? — приступила я к допросу.

— Нормальная девчонка, — пожала плечами Женя, — мы с ней не особо общались, жаба мешала.

— Кто? — удивилась я, мгновенно подумав про жадность.

— Свекровь. Мамаша Игоря, Лидия Константиновна, — пояснила Женя. — Вот уж, блин, сволочь!

Развела нас с Игорем, да так ловко, что и придраться не к чему. Лидка мне с Катькой общаться не давала, я с девчонкой редко разговаривала.

— Но на свадьбе Тришкина вы сообщили падчерице о самоубийстве Юли.

— И чего?

— Откуда вам известна такая информация?

— Какая? — прикинулась идиоткой Женя.

— О суициде, — терпеливо ответила я.

— Ну... не помню. Кто-то рассказал.

— А кто именно?

Женя попыталась наморщить лоб, но потерпела неудачу, обколотые ботоксом мышцы не захотели повиноваться хозяйке.

— Э... э... Вроде Сима Полунина, — выдавила наконец из себя экс-супруга Игоря Тришкина. — Она в тот день была с ними.

— С кем? — насторожилась я.

Женя замялась, потом собралась с духом и сказала:

— Ничего я против Катьки не имею, она мне не мешала. Особой любви, правда, мы друг другу не демонстрировали, но вполне нормально уживались. Все Лидка, дрянь... Она хотела сыночка в личном пользовании иметь, а Игорек бабник, его к одной юбке не пристегнуть. Вот в Лидке и идет борьба. Ясное дело, сынишку-красавца, вокруг которого бабье роем вьется, иметь приятно, с другой стороны, позволить всяким женам вертеть Игорем она не хотела. Лидии постоянно кажется, что жены не проявляют по отношению к ее сыну должного внимания и заботы. Никак она понять не хочет: теперь иные времена на дворе, у всех прислуга имеется, и жена вовсе не обязана свое здоровье на кухне да с пылесосом гробить. Представьте, Лидка мне замечания делала типа: «У Гарика в шкафу нет свежих рубашек». Или: «Евгения, ваш муж ходит в грязной куртке».

Я послушала, послушала, а потом ответила: «И чего вы ко мне-то с претензиями? Выскажите их домработнице, я в горничные не нанималась. А еще лучше объясните Гарику: не надо на улице покупать пончики и жрать их у лотка, с них жир капает и верхнюю одежду портит. Хорошие мамочки своим сыночкам правила приличного поведения в детстве объясняют, да вы, очевидно, забыли». И с тех пор пошла у нас с ней нешуточная война. Победительницей вышла жаба, и я ушла от Игоря.

Евгения усмехнулась, а затем продолжала:

— Но против Катьки я ничего не имею. И на Гарика не злюсь. Какой толк? Маменькин сынок, вертит им Лидка в разные стороны. Вот и Соньке достанется, убежит она из особняка, двух лет не продержится. И ей я зла не желаю. А на свадьбе лишку выпила, вот и понесло меня. Не Катьку уесть хотела, а Лидку. И знаете, вот странность...

Утром, после банкета — в шесть часов! — позвонила Жене Лидия Константиновна и ласково так сказала: «Ну и наделала ты беды!»

— И чего случилось? — спросила удивленная сверхдружеским тоном грымзы экс-невестка.

— Ты наговорила Кате глупостей, девочка ночью пыталась отравиться, хорошо я у нее таблетки отняла.

Остатки сна слетели с Жени.

— О господи! — воскликнула она. — Катюха из-за свадьбы так распереживалась?

— Нет. Из-за твоих слов.

— Каких? — напряглась Женя.

— Не помнишь?

— Не-а.

— Совсем?

— Перебрала я вчера, — нехотя призналась Женя, — а в таких случаях наутро после выпивона в памяти у меня пусто.

— Так, так... «Где гулял я вчера, не найти днем с огнем», — процитировала культовую песню Лидия. — Ладно, сейчас напомню!

Спустя пять минут Евгении стало жарко.

— Фу, — выдохнула она, — так Катька отравиться из-за матери решила?

— Из-за того, что ты ей про самоубийство наврала, — резко поправила бывшая свекровь, — а у подростков психика нестабильная.

— Не хотела плохого, — попыталась оправдаться Женя, — спьяну гавкнула.

— Знаю, Женечка, что ты хороший человек, — вдруг снова нежно заговорила Лидия. — Нам с тобой теперь делить нечего, у Игорька Соня в женах. Я тут поразмыслила и поняла: была к тебе несправедлива, уж прости старуху!

— Что вы, Лидия Константиновна, — забубнила ошарашенная странным поведением своей врагини Женя, — отлично мы жили. И потом, какая семья без скандала?

— Спасибо, деточка, — всхлипнула Лидия. — Но... ты уж помоги мне по старой дружбе.

— С радостью! — воскликнула Женя.

— Приезжай к нам и скажи Кате, что Юля погибла в автокатастрофе, — зашептала мать Игоря, — а то внучка сама не своя, не ест, не пьет, лежит лицом к стене.

— Лечу, — пообещала Женя, — через час примчусь.


— И вы выполнили просьбу Лидии Константиновны, — уточнила я.

— Верно, — кивнула Женя, — очень неудобно получилось. Ну кто меня за язык дергал? Сболтнула спьяну, а девочка расстроилась. Я ж не сволочь, вот и прикатила в Ложкино с покаянием.

— Но на самом деле Юля убила себя?

— Ничего я не знаю! — слегка раздраженно воскликнула Женя. — Ползают по тусовке разные слухи, народ друг про друга сплетничает.

— И что про Юлю говорят?

— А ничего.

— Только что сказали: «Народ сплетничает», — напомнила я.

— Ясное дело, чешут языки, — закивала Женя. — Несут хрень про Гарика, Соньку, да и меня полощут. Всем же интересно, кто, куда, с кем, сколько, как часто... Тьфу, прямо покоя нет, и ведь почти ни слова правды! Вот, например, обо мне...

— Лучше о Юле.

— О ней никто не вспоминает! Столько лет со дня смерти Юли прошло, в тусовке давно уж вторую жену Гарика позабыли.

— Вторую? — вскинулась я. — Хм, а я считала Катину мать первой супругой Гарика. Девочка передала мне слова Лидии Константиновны, которые она не раз повторяла внучке: «Твой папа и Юлечка были очень счастливы, после смерти любимой супруги Игоречек кардинально изменился, он теперь меняет жен, потому что в каждой пытается отыскать твою маму, но, увы, второй такой, похоже, нет. Не осуждай папу, он молодой мужчина, ему без женской ласки никак. Чехарда партнерш в его случае свидетельствует не о разврате, а о глубочайшей любви к Юлечке». Ни о какой первой жене Лидия Константировна ни разу не упоминала, иначе Катя сказала бы мне об этом.

— Вот психолог, блин... — покачала головой Женя. — За каким дьяволом старуха с ребенком о врослых проблемах трепалась? Какой характер! Постоянно Гарика оправдывает: не потаскун он, а страдалец, видите ли, несчастный!

— Откуда вы про первую жену взяли? — гнула я свою линию.

Женя растерянно заморгала.

— Так Сима сообщила. Полунина.

— Та, что и про суицид рассказывала?

— Верно.

— А кто она?

— Сима?

— Да.

— Женщина, — выпалила Женя. — Серафима Полунина.

Я постаралась не обозлиться.

— Понятное дело, не мужчина. Суть моего вопроса состояла в ином. Эта Сима кем приходится Игорю?

Женя тоненько засмеялась.

— Наш страдающий от любви к безвременно ушедшей жене Гарик похотлив, словно павиан. Официальных мадам у него было немало, но в промежутках между свадьбами случались еще и другие киски. Сима одна из них. Так сказать, постоянный запасной аэродром. Очень ей хотелось госпожой Тришкиной стать, но... Вроде они с Юлей в одном институте учились, точно не скажу. Когда Юля умерла, Симочка на поминках блины пекла и вдовца жалела, полагала, что он на ней женится. Но облом вышел, Игоречек с Симой перекантовался и с Ниной в ЗАГС пошел.

...Полунина решила не сдаваться, она давно «скорешилась» с Лидией Константиновной и бывала в доме на правах доверенного лица мамы Гарика. Потом Гарик расплевался с Ниной и снова начал спать с Симой, которая летала от счастья в ожидании предложения руки и сердца. Ан нет, вновь сорвалась рыбка с крючка — Тришкин женился на Тамаре. Сима стиснула зубы, очень хорошо понимая:

не стоит дергаться, надо спокойно ждать на берегу реки, и вода пронесет мимо труп твоего врага.

Тактика, подсказанная древними восточными мудрецами, дала свои плоды: Тамара убежала от мужа. Потряхивая ветвистыми рогами, которыми, по мнению сплетников, украсили его голову две прежние супруги, Гарик направился по протоптанной дорожке к хорошо знакомому колодцу — он опять жил с Симой. Полунина ликовала: наконец-то наступил и на ее улице праздник, она буквально выдрала счастье в честной борьбе со злодейкой-судьбой. Но тут Игорь познакомился с Женей...

## Глава 9

Иногда я очень радуюсь тому, что не являюсь завсегдательницей светских вечеринок и тусовок. В нашей прихожей около зеркала стоит тумбочка, и на ней красуется поднос, весь заваленный конвертами — это приглашения, которые исправно доставляет в Ложкино курьерская служба. Каких только сборищ не устраивают в Москве! «Выставка зубных протезов великих людей», «Именины йоркширского терьера», «Открытие бутика «Сумки вашей мечты», «День рождения ресторана «Печень краба». Но я, честно говоря, не очень понимаю, зачем люди задрав хвост носятся по всяким презентациям. Пару раз на заре, так сказать, обеспеченной жизни я приняла участие в нескольких мероприятиях и поняла: не мое это дело. Хотите расскажу, как развиваются события?

Ну, допустим, имеет место быть юбилей журнала «Подведем итоги». Сначала в достаточно тесном помещении ресторана или клуба собирается огромная разношерстная толпа, в которой, как на ковчеге, всякой твари по паре. Тут есть и депутаты, и актеры, и журналисты, и так называемые светские львы со львицами, а попросту бездельники, чей образ жизни состоит в переезде с одной вечеринки на другую. Сначала все выпивают по бокальчику дешевого алкоголя, потом выслушивают речи организаторов вечеринки, далее сами рассказывают о своей любви к «Подведем итоги», а затем кидаются к длинным столам, где выставлено не особо вкусное угощение. На фуршетах очень часто встречаются блюда из не слишком свежих продуктов, устроители праздника справедливо полагают, что в ажиотаже народ не заметит второсортности осетрины, и экономят на деликатесах.

Поедая подозрительные салаты и запивая их пятисортным вином, народ самозабвенно сплетничает о тех, кто курсирует по залу. Обсуждаются платья, украшения, любовники...

Затем, слопав тайком заранее припасенные желудочные таблетки, гости начинают разъезжаться. Кое-кто не стесняется прихватить с собой пару-тройку бутербродов, оставшихся на блюдах, тихо бормоча:

— Собачке несу, сидит дома одна.

Да, еще при выходе вам могут вручить подарок: бумажный пакет, в котором лежит календарь и какая-нибудь ерунда типа ежедневника или шоколадки.

И теперь объясните, зачем народ рвется на тусовку и к чему я там? Поесть могу и дома, причем буду тогда абсолютно уверена, что жую свежую колбаску. Никакого веселья я от общения с присутствующим на вечеринках народом не испытываю, чаще всего мне с ними не о чем говорить, потому что я практически не знаю слухов (они до нашего дома в Ложкине просто не добираются). Еще я не ощущаю ни малейшей радости при виде своей фотографии на страницах желтой прессы, скорей ужасаюсь, поняв, что выгляжу просто жутко. И потом, мне элементарно жаль денег. В одном и том же наряде по вечеринкам ходить нельзя, следует покупать новое платье, а к нему потребуются туфли, сумочка, пальто, косметика... Жуть! Уж лучше посижу дома, почитаю детективчик или сама займусь расследованием интересного дела. Есть еще одна вещь, которую я категорически не понимаю: похоже, по всем этим тусовкам ходят одни и те же люди. Во всяком случае, в прессе постоянно появляются фото «писательницы N», «актрисы М», «художника К». Вот интересно, когда же они работают — пишут, снимаются в кино, рисуют картины? Отчего-то о книгах N, пейзажах К и громких ролях М ничего не слышно. Вот Маринина, Устинова и Полякова без конца выпускают романы, Лариса Удовиченко и Ира Рахманова не сходят с экрана, и Пелевин с Максом Фраем не дремлют. Только их фото со светских вечеринок нет. Вывод один: кто работает, тот не «тусит». Я, правда, никаким творчеством не занимаюсь, мне просто откровенно скучно среди жующих людей. Есть, впрочем, в посещении вечеринок один плюс: потолкаешься в толпе и узнаешь все животрепещущие новости, вплоть до цвета трусов, которые забыла надеть на себя некая эстрадная певица.

Женя, похоже, жила на тусовках — она буквально завалила меня подробной информацией о Симе Полуниной, и сейчас я рулила на встречу с этой женщиной, обладая обширными сведениями.

Полунина — актриса, вернее, она таковой себя считает. На самом деле никакого особого успеха Сима не снискала — служит в маленьком театрике и отнюдь не является там звездой. Основная мечта Полуниной — получить главную роль в телесериале, но режиссеры отчего-то равнодушно откладывают в сторону ее фото, хотя Сима вполне симпатична внешне: блондинка с голубыми глазами и красивой фигурой.

Интересная внешность не принесла ей успеха и в личной жизни — Симочка до сих пор, как на работу, бегает по всяким вечеринкам в надежде познакомиться с богатым папиком, который либо возьмет ее замуж, либо станет спонсором. Надежду стать супругой Игоря Тришкина Сима потеряла уже окончательно, и теперь она, похоже, терпеть не может того, кто столько раз обманывал доверчивую женщину.

Поблагодарив словоохотливую Женю, я спустилась вниз, села в машину и набрала полученный от Емельяновой номер телефона.

— Слушаю, — прошептал нервный голосок.

— Позовите, пожалуйста, Серафиму Полунину.

— Сейчас не могу говорить. Кто это?

— Продюсер нового стосерийного телесериала «Чудовищные секреты» Даша Васильева. Когда с вами соединиться?

— Ой! Минутку, погодите, — зашипела Сима, — сейчас, только выберусь... Вот, все! Слушаю!

— Мы сейчас подыскиваем актрису на роль главной героини.

— О-о-о!

— Вы кажетесь наиболее подходящим лицом.

— О-о-о!

— Хотелось бы встретиться побыстрей, мы думаем скоро запуститься. Как у вас с загруженностью? — старательно корчила я из себя кинодеятеля.

Сима чихнула и с пафосом произнесла:

— Я нарасхват.

— Понимаю.

— Вся в сценариях.

— Охотно верю.

— Читать страницы не успеваю.

— Ага.

— Ежедневник заполнен, ни одной свободной минутки, рвут на части.

— Да уж!

— Еще скоро елки!

Я постаралась сдержать смешок: Сима старательно набивала себе цену. Но, думаю, ежедневника у нее вообще нет. Да и зачем он малоудачливой актрисульке? Ну не записывать же туда расписание походов в парикмахерскую и фитнес-клуб! А вот насчет елок правда. Небось Сима подрядилась Снегурочкой или будет изображать Бабу-ягу. Новогодние праздники для маловостребованного артиста повод хорошо заработать. Недаром в кулисах популярен анекдот об одном актере, которому позвонил сам Тарантино и предложил главную роль в своем блокбастере.

— Согласен, — закричал лицедей. — Когда начинаем?

— Пятнадцатого декабря, — сообщил режиссер.

— Ой, не могу, у меня елки, — ответила «звезда».

Но я, кажется, отвлеклась.

— Сами понимаете, — с ажиотажем продолжала Сима, — нам, популярным личностям, даже передохнуть некогда.

— Очень жаль, — перебила я собеседницу, — простите за беспокойство, позвоню тогда Ирине Рахмановой. Говорят, она отснялась у Бондарчука и временно свободна.

— Стойте! — завизжала Сима так пронзительно, что у меня заболела голова.

— Никуда не двигаюсь, — ответила я.

— Разве можно, не дослушав до конца, прерывать разговор!

— Извините.

— Да, я страшно занята, верчусь в цейтноте, но

вам повезло: отменилась встреча, сегодня, через час. Можете приехать?

— Куда?

— Кафе... э... э... ресторан, нет... э... «Маркони»! Знаете, где это местечко?

— Слышала.

— Вот и отлично, не опаздывайте! — бодро воскликнула Сима. — А то у меня потом весь график рухнет. Вам трудно понять, что такое жизнь, расписанная даже не по минутам, а по секундам!

Из трубки понеслись частые гудки. Я засмеялась и повернула ключ в замке зажигания, «Пежо» тихо заурчал. Ладно, поеду в «Маркони». Сие пафосное заведение находится в самом центре. Выпью спокойно кофе и буду ждать занятую по самые уши Полунину, у которой совершенно случайно нашлась свободная минутка.

В «Маркони» меня встретили не слишком любезно. Сначала девушка-распорядитель слегка нахмурилась, увидав незнакомую посетительницу, облаченную в самый обычный пуховичок, но потом цепкий взгляд профессионалки пробежался по моей сумочке, обуви, зацепился за серьги, и на лице девицы появилась милая улыбка.

— Добрый день! Чем могу служить?

— Здравствуйте, — улыбнулась я, — Сима Полунина назначила мне у вас встречу. Выпью латте, пока ее нет.

— Могу предложить лишь столик в центре зала, — кивнула администратор.

— А в углу никак? — осведомилась я, оглядывая полупустое помещение.

— Заказан, — быстро ответила девушка, — понимаете, у нас много постоянных клиентов, большинство с утра беспокоятся об обеде и ужине.

— Ладно, — кивнула я, — без разницы, где сидеть. В латте сахар не кладите, сироп тоже не надо, ни шоколадный, ни какой-либо другой.

Метрдотель улыбнулась и отвела меня к самому неудобному месту в заведении: круглая крохотная столешница, около которой почти впритык стояли два стула, располагалась в центре зала, на небольшом подиуме. Того, кто решил, сидя здесь, вкусно покушать, станут разглядывать и обсуждать все посетители.

Не успела я отхлебнуть не слишком горячую жидкость, поданную в высоком стакане, как в «Маркони» влетела стройная женщина в коротенькой полушубейке. У новой посетительницы были совершенно невероятные светлые волосы, колорированные в зелено-сине-фиолетовый цвет. Я бы никогда не рискнула на столь яркие пряди, потому что слишком оригинальная прическа отвлекает внимание от лица. В первую очередь человек замечает эти зелено-сине-фиолетовые лохмы, а уж потом способен оценить глаза, улыбку, чистоту кожи... Но если желаете, чтобы все прохожие оборачивались, то подобное колорирование для вас.

Быстро сняв розовые, не слишком подходящие по цвету к шубке перчатки, «радужная» блондинка кивнула бросившейся к ней распорядительнице.

— Привет, Ася, меня не спрашивали?

Ася деликатно указала на меня глазами.

— Да, да, — очень громко продолжила Сима, — это продюсер, страшно богатая Васильева, сто серий снимаем, я в главной роли. Просто катастрофа! Где время взять?

Немногочисленные посетители «Маркони» замерли с раскрытыми ртами, потом снова схватились за столовые приборы и начали перешептываться.

— Пойду брошу шубенку в гардеробе, — по-прежнему во весь голос вещала Полунина, — эта шиншилла оказалась слишком теплой. Ох, говорила же мне домработница надеть соболиную курточку, мол, в «Бентли» печка хорошая, можно приказать шоферу на всю мощь включить. А я ее не послушала, влезла в шиншиллу, теперь мучаюсь.

Оповестив зал о наличии у себя прислуги, роскошного автомобиля и запаса драгоценных полушубков, Сима нырнула за колонну. Ася опрометью кинулась ко мне.

— Вам не дует? — запыхавшись, спросила она.

— Нет, спасибо, — улыбнулась я.

— По-моему, за этим столом неуютно.

— Нормально.

— Лучше пересядьте вон туда, к стеночке.

— Помнится, вы сказали, будто там места заказаны, — напомнила я.

Асины хитрые глазки опустились вниз.

— Ну... да... верно. Только гости придут на поздний ужин, в двадцать три часа, вы, наверное, успеете переговорить с Симой до этого времени.

— Учитывая, что на часах «Луч» всего четыре, ваше замечание абсолютно справедливо, — кивнула я.

— Сейчас принесут кофеек, — суетилась Ася.

— Я еще этот не допила.

— Он остыл, и пена плохо взбилась. Сюда, сюда, прошу, вот креслице... Желаете пледик? Свечку зажечь? — старательно «кланялась» Ася.

— Спасибо, все замечательно, — ответила я.

— Аська, брысь, — велела Сима, подходя к столу, — не мешай людям! Получишь больше чаевых, если не станешь мельтешить.

В глазах администраторши мелькнул злой огонек, но Ася мгновенно потушила его и крайне заботливо осведомилась у Симы:

— Что кушать будем?

— Пора уже выучить вкусы постоянных клиентов, — резко ответила Сима. — Ступай на кухню, не топчись тут. Пусть принесут как обычно.

Ася испарилась, Сима положила на стол зажигалку, телефон и бойко воскликнула:

— Ну, кого мне предстоит играть на сей раз? Имейте в виду, вам очень повезло!

— Да? — улыбнулась я.

Сима тряхнула разноцветными волосами.

— У меня случайно образовалось окно, я работаю в различных амплуа, поэтому нарасхват. А еще обладаю ангельским характером, я из той плеяды великих актрис, которые никогда не спорят с режиссером и готовы на все ради работы. Вот три месяца назад снималась у Тарантино. Квентину нужна была полная дама. Нет проблем! Живенько наела десять кило, отстояла на площадке, а потом сбросила лишнее. Если режиссер знает, что делает, — я не спорю.

— Отличная позиция, — кивнула я, — но как вам удалось быстро вернуть себе утраченную форму?

— Это легко, — отмахнулась Сима, — сходила к врачу, он мне выписал Ксеникал, пропила курсом, и прощайте, лишние килограммы. Вес ерунда, он поддается корректировке, и надолго. С тех пор как я узнала про этот швейцарский препарат для снижения веса, никаких проблем не имею. Вот хуже, если надо побрить голову наголо, но я и в этом случае возражать не стану. Вам ясна моя неконфликтная позиция?

Я кивнула.

Собеседница вытащила из сумочки золотую коробочку и принялась сосредоточенно раскуривать тоненькую, коричневую, мерзко пахнущую ванилью сигаретку.

Пока Сима пыталась справиться с нелегкой ролью курильщицы пафосных «ванильных палочек», я быстро оглядела актрису и сделала несколько выводов. Симе не двадцать лет, и хотя она сохранила девичью фигуру, на лице уже заметны возрастные изменения. Впрочем, Полунина явно предпринимает героические усилия, дабы выглядеть нимфеткой. Лоб у нее гладкий-гладкий, брови достаточно легко поднимаются, но над правой при этом простом действии образуется странная изломанная морщина. «Печать ботокса» — так называется сия неприятность. Избавиться от напасти при помощи все того укола яда нельзя — бровь «упадет» на глаз. Кожа на мордочке Симы выглядит безупречно, а губки соблазнительно надуты. Но я стреляный, лишенный иллюзий воробей, поэтому понимаю: тут не обошлось без хорошей порции тонального крема и геля, который можно вкачать в разные места как тела, так и физиономии. Крупные камни в ушах Симы не брильянты, кофточка, на которой переливается сделанная бисером надпись известной фирмы, никогда не бывала в Париже, вещи этой фирмы я отличу сразу. Да и сумочка, брошенная сейчас Полуниной на специальную скамеечку, вовсе не дизайнерская вещь, а подделка. И еще я сильно сомневаюсь, что Сима натуральная блондинка. У нее смуглый тон кожи шатенки, хотя, вероятно, не слишком популярная актриса посещает солярий.

Полунина выпустила клуб дыма и хмыкнула:

— Ох уж эти сигары! Дерут по сто баксов за штуку, а она еле раскуривается. Похоже, сырая.

Я склонила голову набок. Нет, не следует сейчас сообщать Симе о том, что мне известно: вонючие сигарки она спокойно может купить у метро, за сотню долларов ей там всучат ящик этих «торпед» из сушеного навоза. Я ведь пришла сюда не для того, чтобы уличать Полунину во вранье, у меня совсем иная цель.

— Давайте расскажу сценарий? — пытаясь не вдыхать дым, предложила я.

— Валяйте! — кивнула Сима.

— Одна женщина, молодая и красивая, очень любит недостойного мужчину по имени Игорь. Парень буквально издевается над несчастной, обещает жениться, но обманывает и идет под венец с другой. Героиня переживает, мучается и пытается забыть мерзавца, но через некоторое время Игорь разводится с супругой и возобновляет с брошенной когда-то пассией взаимоотношения. Он клянется в любви, говорит, что совершил ошибку и теперь желает исправить ее. Наша героиня вновь наступает на грабли... и так несколько раз. Это основная канва. Естественно, будет много всяких деталей, например: у Игоря есть дочь, которая ищет убийцу своей мамы Юли, одной из жен папы. Юля вроде погибла в автокатастрофе, но на самом деле вывалилась из окна. Ну как? В общем, должна получиться рейтинговая штучка, все в наличии: любовь, страсть, убийство...

Сима повертела в безупречно наманикюренных пальчиках бокал.

— Послушайте, сценарий Димон написал? — вдруг резко спросила она.

— Кто? — искренно удивилась я.

Полунина хмыкнула.

— Да ладно вам притворяться! Очень хорошо теперь понимаю, почему ко мне обратились. Димон небось будет самого себя играть. Да уж, дождался своего часа, перестал Гарика бояться. Я-то считала, что он совсем... мм... того, только пьет и по поводу книг брешет.

— Сима, — нежно попросила я, — объясните мне свою позицию. Вы не хотите играть в сериале? Почему? Кто такой Димон?

Полунина взяла из корзиночки кусок хлеба и начала крошить его на тарелочку.

— Подло получится, — тихо ответила она. —

Откуда у вашего сценария уши растут, сейчас объясню. Вы только скажите, кто автор текста?

— Это коммерческая тайна! — живо ответила я.

Сима улыбнулась.

— Можно подумать! Наверняка Димон просил молчать, но я вам имечко писателя назову — Вадим Карякин. Так?

— Верно, — на всякий случай согласилась я. — А откуда вы узнали?

Полунина посмотрела на поданный ей кусок вырезки, воткнула вилку в мясо и пожала плечами.

— Вообще-то об этой истории правду мало кто знает, но Карякин из числа осведомленных, вот и решил Гарику отомстить. И меня Димон вам присоветовал, чтоб Тришкину совсем жарко было.

— Симочка, — взмолилась я, — поподробней, пожалуйста! Непременно заплачу вам денег за рассказ. Понимаете, если господин Карякин украл чужую идею, переписал некое известное вам произведение, то у студии могут возникнуть крупные неприятности.

Полунина тряхнула кудрями.

— Нет, нет, дело в другом. Ладно, слушайте.

## Глава 10

Студенточка театрального вуза Сима Полунина познакомилась с юношей по имени Игорь Тришкин и мгновенно потеряла голову. Игорю тоже понравилась хорошенькая девушка, одна беда — Тришкин был женат, он очень рано, едва закончив школу, связал себя узами брака с Майей Могилевской. Полунина не принадлежала к женщинам, которые ничтоже сумняшеся открывают охоту на чужого мужа, поэтому, узнав, что любимый окольцован, горестно вздохнула и попыталась забыть его. Но, увы, ничего не получилось.

Помучившись некоторое время, Симочка решила: если уж не суждено ей стать супругой Тришкина, можно быть его другом. И очень скоро Игоря и девушку связали крепкие узы приятельства. Не подумайте о чем-либо дурном: Сима не собиралась становиться любовницей Игоря, ей просто хотелось быть около Гарика.

Майя мужа не ревновала, она даже поощряла походы Игоря с Симой в театр или в кино.

— Ступайте, у меня концерт на носу, — махала руками жена Тришкина. Могилевская училась в консерватории и мечтала о славе пианистки, хотела гастролировать с концертами по миру. А чтобы достичь вершин известности, все время проводила у инструмента, страшно раздражая своим усердием Лидию Константиновну.

— Не понимаю, — сказала один раз мать Игоря Симе, — зачем Майя вышла замуж? Спать она ложится отдельно от супруга, говорит, что очень устает от занятий и хочет полноценно отдыхать. Домашним хозяйством не занимается — бережет руки, в гости с Игорьком не ходит, а только разучивает фортепианные экзерсисы. Право слово, странное поведение.

— Майя из провинции, — ляпнула Сима, — прописки не имела, в общежитии плохо.

— И я того же мнения, — закивала Лидия Константиновна. — Скажу тебе правду: не нравится она мне. Да и Гарик уже не в восторге от своего выбора.

— Разведутся, и дело с концом, — воскликнула Сима и прикусила язык, услышав в своей речи слишком много неприличной в данном случае радости.

— Хорошо бы... — протянула Лидия Константиновна. — Только боюсь, как бы Майя не забеременела. Тогда все, Игоречек никогда не бросит мать своего ребенка. Кстати, невестку вчера тошнило в туалете, надеюсь, она всего лишь съела нечто неподобающее.

Сима поскучнела. Ей, по понятной причине, тоже не хотелось, чтобы Могилевская произвела на свет младенца.

Но родить Тришкину наследника Майя не успела.

31 декабря на даче у Гарика собралась веселая компания друзей. Около елки сидели Сима, Лидия Константиновна и одноклассник Тришкина Вадик Карякин по прозвищу Димон. Чтобы не показаться убогой, Полунина привела с собой кавалера, Володю Аносова. Юноша давно пытался приударить за Симой, гордая девушка отшивала неугодного жениха, но встречать Новый год без пары, старательно изображая веселье, она не хотела. Вот по такой причине Аносов и был зван в компанию, ему отводилась скромная роль пажа Полуниной. Игорь, естественно, сидел около Майи, Вадик тоже прихватил даму, очень симпатичную девочку, будущую художницу по имени Юля. Едва компания разместилась за столом, где теснились приготовленные Лидией Константиновной вкусности, как Сима поняла: ничего хорошего из вечеринки не выйдет.

Для начала мать Игоря стала втыкать в невестку шпильки. Делала она это умело, со знанием дела, как бы между прочим.

— Кушайте, кушайте, ребятки, холодец попробуйте, пирожки с капустой, все домашнее, не покупное, — хвастала хозяйка, — я с шести утра готовила, на цыпочках по даче бегала.

— Почему на цыпочках? — удивилась Сима. — Боялись тесто «уронить»?

— Не хотела Маечку будить, — самым сладким

голоском пропела свекровь, — она у нас баиньки любит. Зачем ей просыпаться и картошку чистить, если я есть?

Невестка слегка покраснела и отодвинула от себя тарелку с гусем.

— Не вкусно? — мгновенно отреагировала «мамочка». — Ой, как обидно! Хотя понимаю, у тебя же гастрит. Осторожно, дорогая, хочешь, я тебе геркулесовой кашки сварю? Не сидеть же в Новый год голодной!

— Спасибо, — сквозь зубы процедила Майя.

— Не хотела обидеть, — заулыбалась Лидия, — просто, зная о твоем больном желудке...

— Никому не интересно об этом слушать, — взвилась Майя.

— Ой, не нервничай, лучше сыграй нам на пианино! — предложила свекровь.

— Не могу, — ответила Майя.

— Почему же?

— Инструмент плохой.

— Его купили для Игоря, когда мальчик пошел в музыкальную школу, — живо объяснила Лидия, — я не пожадничала, приобрела дорогую вещь.

И тут Майю прорвало:

— Гроб с клавишами под названием «Красный Октябрь» изначально не может иметь хорошее звучание, — сообщила пианистка. — Да еще эта, простите за слово, катастрофа к тому же полностью расстроена.

— Ах, — с грустью сказала Лидия, — так хотелось Моцарта послушать!

— Тебе трудно для мамы постараться? — буркнул Игорь.

Лидия Константиновна замахала руками.

— Сыночек, сыночек, Маечка и так целые дни играет, пусть отдохнет денек, зря я попросила.

— Пианино в плохом состоянии, — повторила Майя.

— Нет, это ты развалюха, — неожиданно заявил Игорь, — лень по клавишам подолбить.

— Но невозможно играть...

— Среди нас Рихтеров нет, — оборвал супругу Игорь, — никто фальши не уловит, садись на табуретку и начинай.

— Нет, — уперлась пианистка.

— Да.

— Не хочу!

— Дура!

— Идиот! — заорала Майя и вылетела из гостиной.

В комнате воцарилось тягостное молчание. Потом девочка Юля вдруг звонко произнесла:

— Какой замечательный холодец! У меня никогда такой не получается. В чем секрет?

— В бульон нельзя класть чеснок, — пояснила Лидия.

— И пирожки восхитительные, — обрадованно подхватила кулинарную тему Сима.

Беседа плавно закрутилась вокруг рецептов, потом посмотрели концерт по телику и разбрелись по комнатам. Майя так больше к гостям и не вышла.

Устроившись на широкой софе, Сима было задремала — дал о себе знать выпитый за вечер алкоголь. Но вдруг девушка проснулась от холодных прикосновений, кто-то пытался обнять ее совершенно ледяными руками.

Решив, что Володя Аносов не совсем правильно понял свою роль, Сима отпихнула руки и зло сказала:

— Вообще офигел! Тебя звали?

— Нет, — ответил голос Тришкина. — Извини, не утерпел. Очень хочу тебя, ты была такая красивая сегодня, просто глаз не оторвать!

— Гарик! — прошептала Сима. — Ты!

— Ага.

— Уходи.

— Почему? Я тебе не нравлюсь?

Сима завернулась в одеяло, старательно изображая спокойствие, ответила:

— Сам знаешь.

— Так в чем дело? — прищурился Тришкин.

— А Майя?

— Да фиг бы с ней! Мы разведемся, — рявкнул Игорь, — надоела она мне. То ей не так, это не этак... Лишь о своем пианине думает, вот пусть с ним и трахается! Иди ко мне...

Не надо осуждать Симу. Она давно любила Игоря, а тут он, замечательно красивый, оказался у нее в постели. К тому же Полунина выпила хорошую порцию шампанского вперемешку с коньяком. В общем, опустим занавес над этой сценой. Сами понимаете, как развернулись последующие события.

Потом Сима заснула, а Игорь ушел в свою комнату. В десять утра Полунину разбудил дикий крик:

— Помогите.

Сима подбежала к окну и глянула со второго этажа вниз. По узенькой тропке от дощатой будки, стоявшей у забора, на заплетающихся ногах бежал Володя Аносов.

— На помощь! — вопил юноша. — Там... там... там...

— Что случилось? — перекрыл его крик спокойный голос Лидии Константиновны. — Ты увидел в туалете мышь? Не бойся, она маленькая, людей не ест.

— Майя... — выдавил из себя Аносов и рухнул в снег.

Лидия Константиновна звонко рассмеялась:

— Экий ты, Володя, неловкий... Вставай скорей, простудишься!

Аносов сел и начал тыкать рукой в сторону будки, выкрашенной веселой голубенькой краской:

— Там, там...

— Да, там туалет, — спокойно пожала плечами Лидия. — Увы, особых удобств не имеем, топим печи, носим в дом воду и ходим на двор.

— Майя, Майя... — твердил Володя, делавшийся с каждой секундой все безумней.

Сима через стекло наблюдала за матерью Игоря. Лидия Константиновна подошла к сортиру и распахнула дверцу. Сначала хозяйка застыла, потом, зажав рот руками, кинулась к калитке. Полунина, сообразив, что случилось нечто неординарное, ринулась вниз.

Лучше бы девушка не шла на поводу у своего любопытства и не заглядывала в будку. Увиденная картина потом никак не желала выветриваться из памяти, и даже сейчас, спустя много лет после происшествия, женщина в деталях могла описать тело Майи, лежавшее в странной позе внутри сарайчика, где следовало отправлять естественные потребности. Никакой крови около трупа не имелось, но отчего-то Полуниной сразу стало понятно: жена Тришкина мертва.

Потом было тягостное ожидание милиции, которая первого января все никак не могла прибыть по вызову. Перепуганные Тришкины вместе с гостями сбились в кучку у камина в гостиной. Лидия Константиновна в полуобмороке лежала на диване, Игорь сидел в кресле, Димон и Владимир безо всякого стеснения курили в доме, у Симы тряслись руки и дергалось веко на правом глазу. Одна Юля сохранила относительное спокойствие. Она напоила всех кофе, разогрела еду, а потом, когда милиция в конце концов добралась до заметенного снегом поселка, подала опухшим, распространяющим сильный запах перегара ментам бутерброды и рюмки.

Меньше чем за неделю специалисты вынесли вердикт: в смерти Маечки никто не виноват, произошла трагическая случайность — ночью Могилевская пошла в туалет, открыла дверь, вошла в сарайчик, поскользнулась и упала. Тут уместно отметить, что у Тришкиных туалет непривычно большой, Лидия Константиновна хранит там железную тачку, в которой весной возит на огород удобрения, сельскохозяйственный инвентарь заботливо прикрыт пленкой и находится в самом углу будочки. Так вот, бедная пианистка при падении лицом ударилась прямо об острый край тачки, у молодой женщины сломалась переносица, и Майя умерла почти мгновенно.

— Поленилась ваша невестка надеть нормальную обувь, — пояснял следователь Лидии Константиновне, — прямо в домашних шлепках понеслась, на подошвы снег налип, а порожек обледенел... Примите мои соболезнования, дело закрыто, никакого преступления тут нет, имел место несчастный случай.

Майю похоронили, а у Симы с Игорем разгорелся роман. Правда, весьма странный. Отчего-то Гарик решил скрыть от матери свои любовные отношения с Полуниной.

— Ты при мамуле со мной не фамильярничай, — попросил он любимую.

— Почему? — удивилась Сима. — Мы ведь оба свободны!

Игорь обнял любовницу.

— Мама странный человек. Всех девушек, с которыми я когда-либо имел отношения, она начинала страстно ненавидеть.

— У нас с Лидией Константиновной дружба! — напомнила Сима.

— Это пока она не поняла, что к чему, — «утешил» любимую Игорь. — Да и после смерти Майи совсем ничего времени прошло, поползут сплетни. Давай выждем полгода.

— Нам нельзя встречаться?

— Почему? Совершенно спокойно можем проводить вместе время, — замотал головой Игорь, — но только в укромном месте.

— К тебе не приезжать?

— Сколько угодно, просто при маме и Димоне давай не станем нежничать, — попросил Тришкин.

Сима кивнула, хотя ее любовь переливалась через край и даже час провести без Игоря казалось ей невыносимым.

Очень скоро Полунина поняла, что встречаться с Игорем ей негде. Нет, она спокойно приезжала в квартиру Тришкиных, пила с Игорем чай и вела долгие беседы с Лидией Константиновной.

Мать Гарика считала Симу очень близким человеком. Лидия могла позвонить девушке и сказать:

— Сегодня задержусь, приду после восьми, сделай одолжение, почисти картошки к ужину, а селедку не разделывай, нечего пачкаться, сама ее до ума доведу.

Так что с будущей свекровью никаких трений не наблюдалось. Но спать Симе с Игорем было негде. Лишь иногда любовники могли улучить момент и по-быстрому поваляться на кровати Тришкина, пользуясь отсутствием Лидии Константиновны. Но на дворе стояла на редкость вьюжная зима, потом настал слякотный март, а за ним отчаянно хмурый и холодный даже для Москвы апрель, а посему мать Гарика предпочитала сидеть дома. Нет, она не лезла в комнату сына, не подглядывала за «мальчиком» через замочную скважину, но, сами понимаете, никакого особого удовольствия от быстрых объятий пара не получала. Сима постоянно посматривала на закрытую створку и шептала любовнику:

— Милый, быстрее, боюсь, войдет кто.

Гарик даже пару раз поругался с невестой, но потом сказал:

— Ладно, летом снимем с тобой сарайчик в Подмосковье.

— Зачем? — удивилась Сима. — Лидия Константиновна в мае уедет на дачу, квартира нам достанется, а осенью поженимся.

Гарик покрутил пальцем у виска:

— Совсем того?

— А что?

— Как жить там, где умерла Майка? Мама продала дом, и правильно сделала, лично я туда даже заглядывать не стал бы. Ужас как живой перед глазами: Майя лежит, скрюченная, ноги в разные стороны...

Тревога липкими пальцами ухватила Полунину за горло.

— Постой, — промямлила она, — ты же не заглядывал в сортир. Очень хорошо помню, как я ворвалась в твою спальню и крикнула: «Гаря, Майя умерла, лежит в туалете!» А ты подскочил, потом сел на кровати и прошептал: «Все! Случилось! Я туда не пойду, ни за какие баранки! Боюсь!» И ведь правда не пошел, мы сидели все в гостиной, около стола. Юлька нам подавала... Откуда тогда знаешь про позу, в которой застыла Майка?

Игорь вздрогнул, потом неловко засмеялся:

— Милая, что за мысли бродят в твоей белокурой голове, а? Следователь показал фотографии с места происшествия.

— Ясно, — протянула Сима.

— Ты дура, — неожиданно зло сообщил Игорь.

— Сам идиот, — обиделась Полунина. — Чего такого сказала-то?

— А чего подумала?

— Просто спросила!

— Лучше молчи.

— Я тебе не раба, — вскипела Сима, — что хочу, то и говорю!

— Ладно, — вдруг очень ласково кивнул Гарик, — не надо ругаться.

## Глава 11

Целых две недели после той глупой перепалки Сима и Гарик не встречались. Игорь был занят и на каждый звонок любовницы отвечал:

— Дорогая, сегодня никак.

В конце концов Сима без предварительной договоренности заявилась к своему обоже домой во вторник, вечером, около одиннадцати. По расчетам Полуниной, Гарик должен был сидеть у себя в комнате.

Дверь распахнула Лидия.

— Симочка! — воскликнула она. — Детка, почему долго не приходила?

— С делами беда, — улыбнулась Полунина. — Гарька где?

— А его нет, — ответила предполагаемая свекровь.

Сима замерла с ботинком в руке.

— Куда ж подевался?

Лидия Константиновна развела руками.

— Еще вчера в Рязань уехал.

— В Рязань? — растерянно повторила Сима.

— Ну да, у него там какие-то интересы.

— Пойду помою руки, — стараясь казаться спокойной, сказала Полунина и вошла в ванную.

Сима открыла кран и уставилась в зеркало. Мысли в голове трепыхались, бились, словно пойманные рыбки. Отчего Гарик ничего не сказал о предполагаемой командировке?

И тут зазвенел дверной звонок. Потом послышался веселый, звонкий голос Игоря:

— Мамуся, привет!

— Наконец-то вернулся! — воскликнула Лидия.

— Муля, у меня сюрприз.

— Какой?

— Я женюсь! — возвестил Гарик.

Сима быстро вытащила из сумки губную помаду и пудру. Вот, настал долгожданный момент! Игорь вошел в прихожую, увидел ее курточку и решился наконец-то сообщить матери правду о себе и Симе.

— Ой, ой, ой! — на разные лады начала повторять Лидия Константиновна. — Какая радость! Деточка, я так надеялась, так хотела, чтобы это была ты!

Слегка удивленная последним замечанием будущей свекрови, Сима распахнула дверь ванной и замерла.

В прихожей, у вешалки, стояла живописная группа: Лидия Константиновна, Игорь и Юлечка, девушка Димона, с огромным букетом роз в руках.

Увидав Симу, Гарик попятился, а Лидия Константиновна кинулась к Полуниной.

— Как здорово, что ты сегодня с нами! Игоречек только что сделал предложение Юляше. Я очень надеялась на подобный исход событий. Юлечка, солнышко, я привыкла к тебе, ты ведь очень часто к нам приходишь! Ах, вот славно! Симочка, ты станешь свидетельницей в ЗАГСе, да? Ох! Ах! Ой! Ай!

Сима с огромным трудом перевела взгляд на Гарика. Рот обманутой любовницы открылся, и... в этот момент Юлечка воскликнула:

— Да, Симочка, очень прошу, ты должна стать

моей подружкой. Я так люблю Игоря, и потом... Гаря, можно скажу?

— Угу, — кивнул жених.

— У нас будет ребенок! Я уже на четвертом месяце!

Все невысказанные слова застряли у Симы в горле. Большие, чистые глаза Юли сияли неприкрытым счастьем, на лице девушки сияла улыбка, а в голосе слышалось такое ликование, что Полунина потеряла способность выражать свои мысли словами. Конечно, Игорь подлец, но Юлечка, глупая девочка, ни о чем не подозревает. Сообщить ей сейчас правду, воскликнуть: «Ну-ка, драгоценная моя, послушай интересную историю...» — совершенно невозможно. Это ведь то же самое, что ударить месячного щенка или отобрать у сироты единственную конфету!

И Сима промолчала. Более того, она нашла в себе силы улыбнуться и тихо произнести:

— Конечно, с удовольствием провожу тебя в ЗАГС.

Юля бросилась на шею к Симе, и той пришлось обнять удачливую соперницу. Невеста Тришкина походила на маленькую девочку, которой подарили вожделенную игрушку, и в сердце Симы неожиданно поселилась жалость.

На следующий день Игорь позвонил любовнице.

— Понимаешь, — глухо завел он, — всего-то один раз и произошло, случайно... Ты мне веришь?

— Ага, — ответила Сима.

— И внезапно ребенок получился.

— Ага.

— Юльке нельзя первый аборт делать, у нее резус отрицательный.

— Ага.

— Если не женюсь, все равно родит.

— Ага, — упорно твердила одно и то же слово Сима.

Что она могла еще сказать? «Не женись на Юле!», «А как же я?», «Люблю тебя больше жизни!», «Что будет со мной?» — любая из этих фраз не изменит статус-кво, Тришкин уже принял решение.

— Мама очень хочет внучку, — продолжал Игорь.

— Ага.

— Юля ей нравится, просто удивительно, как они подружились.

— Ага.

— Нельзя же оставить ребенка без отца!

— Ага.

— Ты будешь свидетельницей?

— Ага.

— Спасибо! — воскликнул Игорь. — Мама считает тебя близким человеком, не надо ее нервировать. Давай останемся приятелями. Лучшими! Навсегда!

— Ага, — машинально ответила Сима.

Вот так она из положения любимой женщины Тришкина перешла в разряд друзей дома. Сыграли свадьбу, на банкете гуляло много народа, половину из которого Сима видела первый и последний раз в жизни — это были родственники со стороны невесты.


— Не может быть! — перебила я Полунину.

Сима отхлебнула кофе из чашки.

— Что вас так удивило? Сплошь и рядом случается подобное. Для многих людей свадьба — повод собрать всех родичей. На мой взгляд, глупо: ну зачем кормить и поить полузнакомых людей? Но иногда всякие там пятиюродные дяди и тети дарят новобрачным конвертики, расходы окупаются, и даже случается прибыль. Кстати, у Тришкиных так и вышло. Все, словно сговорясь, вручали Игорю деньги, и потом они с Юлькой купили дачу. Лидия Константиновна добавила, наверное, малую толику, но...

— Я не о том! — перебила я Симу. — Мне говорили, что Юля детдомовская, подкидыш!

Полунина вытаращила глаза.

— Вот ерунда! Конечно, особо с ее родителями я знакома не была, видела их всего два раза, на свадьбе и в день, когда Юля погибла... Она в свой день рождения из окна выбросилась...

— Значит, у Юли имелись родители?

— Естественно, пока еще никто сам по себе на свет не появился, — прищурилась Сима.

— Нет, я спрашиваю об ином: новая жена Игоря росла не в детском доме, а с мамой и папой?

— Ну да.

Я старательно пыталась подавить удивление и начать рассуждать. Зачем же тогда Лидия Константиновна рассказывала внучке небылицу про ее маму-подкидыша, про бедную Юлечку, имевшую тяжелое детство и понявшую, что такое семья и родная мама, лишь после бракосочетания с Тришкиным? Хотя... Часто родители жениха и невесты не находят общего языка и после шумной свадьбы предпочитают не общаться друг с другом. Может, Лидия хотела помешать знакомству Кати с другой бабушкой, вот и сказала внучке неправду? Вдруг предки Юли алкоголики или просто малоприятные люди? Но сама-то вторая бабушка, она-то почему не поведала девочке о ее родственниках со стороны мамы?

— Родители Юли очень симпатичные тетечка и дядечка, — продолжала между тем Сима, — мама вроде учительница, а папа врач, точно. Когда Юлю под окном нашли, он тогда к дочери побежал. Вернулся, весь трясется, схватил рюмку, опрокинул и сказал: «Насмерть, шейные позвонки сломала». — «Это ошибка! — закричала Лидия. — Она жива!» —

«Нет, — еле слышно ответил Юлин отец, — я же доктор, не раз смерть видел».

— Что же случилось девятого октября? — в нетерпении воскликнула я.

Сима отодвинула пустую чашку.

— Отмечали Юлин день рождения, она была очень веселой. Столько всего наготовила — на столе не умещалось!

...Сначала гости ели и пили, потом им надоело набивать животы, и все расползлись по дому. Сима решила сходить в лес, который подступал прямо к калитке Тришкиных. Она побродила среди оголившихся деревьев, подышала по-особому свежим осенним воздухом и вернулась на дачу.

В доме ее встретила тишина. Не успела Сима удивиться тому, куда подевался народ, как из гостиной послышался детский крик. Полунина направилась туда, увидела лежащую на полу тяжелую занавеску из бордового бархата, четырехлетнюю Катю, выползающую из-под драпировки с большими портновскими ножницами в руках, и сразу поняла, что произошло.

Катя была очень шаловлива, энергия буквально была из нее фонтаном, Юля и Лидия Константиновна едва справлялись с малышкой. Порой казалось, будто у девчушки десять рук и двадцать ног, с такой скоростью Катя передвигалась по даче. Родители, заботясь о здоровье дочери, теперь круглый год жили в Подмосковье, их дом был хорошо обустроен: газовый котел, горячая вода, отопление, ванна, туалет — все для комфортного обитания. Юлечка — художница, ей не было необходимости каждый день мотаться в Москву, у Игоря имелась машина, на которой он достаточно быстро добирался до центра.

Несмотря на то что Юля вроде бы сидела дома, воспитанием Кати занималась Лидия Константиновна. Невестка слыла модной художницей, ее работы пользовались популярностью, в особенности у иностранцев, а еще Юля выкладывала мозаику, на которую тоже постоянно был спрос. Поэтому Лидия твердила ей:

— Ты наше финансовое благополучие. На дворе смутное время, Игорь получает копейки, от меня толку нет. Работай спокойно и не думай о Кате.

Впрочем, иногда вечером свекровь просила:

— Юлечка, забери Катюшу хоть на полчаса, а то меня прямо тошнит! Сама ни секунды не сидит на месте и мне не дает.

Художница отводила девочку в свою мастерскую и пыталась приохотить к рукоделию. Но слишком активную Катю тяготило спокойное сидение над бисером или пяльцами, девочка разбрасывала нитки и убегала.

Юля только качала головой. Она сама в детстве была иной и не зря в зрелые годы увлеклась мозаикой. Да, Юлечка отлично рисовала, но всякие там пейзажи были статьей заработка, для души же существовала мозаика. Иногда Юля получала заказ на оформление бассейна или клуба, но это снова являлось поденщиной, потому что художнице приходилось подстраиваться под вкус плативших деньги людей. Самореализовывалась же Юлечка, декорируя дачу, внешние стены двухэтажного дома. Молодая женщина задумала нечто необыкновенное, эпически глобальное и любую свободную секунду использовала, чтобы отвести душу.

Юлечка думала заинтересовать своим творчеством Катю. Мать подводила дочь к большому ящику и предлагала:

— Давай работать вместе. Отбирай ярко-красные камушки и клади в правый тазик, а синие нужно поместить в левый.

Художница наивно полагала, что малышка охотно примется за дело, но Катюша, вынув два кусочка, швыряла их не туда, куда надо, а потом с визгом принималась скакать по мастерской.

Еще Катя была вредной. Один раз она утащила у мамы мелки и разрисовала стены в гостиной. Лидия Константиновна спокойно объяснила внучке:

— Так делать нельзя.

Но стоило бабушке удалиться на кухню, как непослушная малышка снова испачкала комнату. Пришлось отправить безобразницу в угол. Но никакого толку наказание не возымело — при каждом удобном случае Катя теперь хватала мелки и начинала рисовать «фрески».

Вскоре, правда, интерес к «наскальной живописи» у девочки потух, потому что капризница освоила ножницы. Катюша вытаскивала их из корзинки для рукоделия и упоенно кромсала все, что попадалось под руку. Оставалось лишь удивляться, каким образом малышка ухитрялась «перекусывать» толстые бельевые веревки и ловко резать картон или плотную ткань. Кстати, руки у девочки работали лучше языка. Несмотря на то что ей исполнилось четыре года, Катя разговаривала, как двухлетняя.

Сейчас, воспользовавшись тем, что ее оставили одну, Катя испортила тяжелую штору, украшавшую гостиную. Хулиганка попросту отрезала край драпировки, а заодно отхватила тяжелые кисти, висевшие на очень толстых шнурах.

Поняв, что натворила негодница, Сима всплеснула руками:

— Какой кошмар! Сейчас я тебя нашлепаю.

— Неть, — заявила Катя, — низзя!

— А резать занавески можно?

— Низзя.

— Но Катя это сделала.

— Неть!

— Кто же тут так набезобразничал?

— Мама, — мигом соврала девочка и швырнула ножницы на пол. — Не Катя.

— Ты еще и лжешь!

— Неть. Не Катя.

— И где же сейчас мама? — сердито спросила Сима.

— Там, — крохотной ладошкой указала куда-то вверх Катя.

— А бабушка?

— Бай-бай пошла.

— А папа где? — продолжала допрос Сима.

Хоть Полунина и была близким другом семьи, но наказывать ребенка она не имела права, это прерогатива родителей.

— Сейчас тебе достанется, — пообещала Сима, — будешь знать, как вещи портить.

— Неть! — взвизгнула Катя.

Потом девочка с ловкостью обезьянки схватила большие ножницы и побежала по лестнице вверх.

— Стой! — испугалась Сима.

— Неть! — проорала Катя, несясь на второй этаж. — Сима кака!

Полунина рассердилась не на шутку и отправилась искать кого-нибудь из родственников хулиганки. Очень скоро ей стало понятно, что родители Юли, утомленные обильной едой, мирно спят в отведенной им комнате. Игоря нигде не было видно, Лидия Константиновна словно испарилась. В небольшом холле на первом этаже нашелся лишь Димон. Карякин сидел в кресле с книгой в руках.

— Ты чего мечешься? — лениво спросил он Симу.

— Где Игорь? — вопросом на вопрос ответила Полунина.

— А хрен его знает, я тут давно один кукую, — зевнул Димон. И добавил: — Нинка дрыхнет.

— Кто такая Нинка? — остановила я рассказ Симы. Полунина скривилась:

— Димон сначала ухаживал за Юлькой. Причем представлял ее всем как свою любовницу, но на самом деле у них ничего не было. Юля сразу влюбилась в Игоря и, когда погибла Майя, не стала скрывать своих чувств. Тогда Карякин завел роман с Нинкой, и опять то же случилось.

— Что? — удивилась я.

Сима протяжно вздохнула.

— Сейчас объясню. Я в тот день, поговорив с Карякиным, пошла к себе, легла и задремала. Сквозь сон услышала крик Лидии, доносившийся из мансарды...

В голосе матери Игоря звенел такой ужас, что Полунина испугалась и стремглав побежала на верхний этаж. В мансарде она увидела Лидию Константиновну, перевесившуюся через подоконник.

— Помогите! — вопила та.

Сима подлетела к окну, бросила взгляд вниз и ахнула. На дорожке, выложенной из камня, широко разбросав руки и ноги, лежала Юля.

Поднялась суета. Отец Юлечки кинулся к дочери. Его жене стало плохо. Лидия Константиновна рыдала над телом невестки, Игорь отчего-то не появлялся, Нина, девушка Димона, тоже исчезла. Сима схватила Катю и засела с девочкой в детской. Потом приехали милиция, «Скорая помощь»...

Полунина, еле-еле шевеля языком, читала Кате сказку. Происходящее напоминало дурной сон, дежавю. Подобное уже случалось — на старой даче Тришкиных зимой, в Новый год, когда умерла Майя.

Милиция уехала почти ночью, Симу отчего-то не допросили. Полунина боялась выйти из детской, все так и сидела около кровати наконец-то уснувшей Кати. В доме, казалось, забыли о ней и о ребенке. Девочку не покормили ужином, Симе не предложили чаю. Впрочем, аппетит у Полуниной пропал.

Около полуночи в спаленку вошла заплаканная Лидия Константиновна.

— Симочка, ты здесь? — шепотом спросила она.

— Да, — прошелестела Полунина.

— Ужасно!

— Она жива?

— Нет, умерла сразу. Сломала шею.

— Мамочки! — воскликнула Сима. — Не может быть! Но как же Юля упала?

Лидия рухнула в кресло.

— Она покончила с собой.

— Ой! — только и сумела выдавить из горла Сима. — Невероятно!

Лидия Константиновна всхлипнула.

— Я очень хочу выгнать ее вон.

— Кого? — окончательно перестав понимать происходящее, спросила Сима.

— Нинку! Эту шалаву, которую Вадим привел в порядочный дом, — с плохо скрытой злостью произнесла Лидия.

Катя пошевелилась в кроватке, бабушка с тревогой глянула на внучку и велела:

— Пошли ко мне, а то еще разбудим ребенка.

В своей спальне Лидия поежилась и легла на кровать.

— Уж извини, — сказала она Симе, — ноги отказывают и поясницу выкручивает.

— Удивительно, как вы вообще двигаетесь, — тихо вымолвила Сима. — Такой стресс...

— Деточка, — вдруг очень жестко сказала Лидия Константиновна, — ты опять с нами в ужасной ситуации, и ты нам близкий человек. Попробуй понять: Игорь замечательный человек, но он мужчина, следовательно, не способен хранить верность женщине.

— Гарик изменял Юле?

— Виноват Вадим. Он привез Нину, та моментально стала строить глазки Игорьку. Да и понятно, около моего сына любой другой мужчина не смотрится, — нервно пояснила Лидия. — Потом ты отправилась погулять, Карякин сел в холле пить коньяк, Юлины родители прилегли отдохнуть, я тоже прикорнула, Юля работала в мастерской. А Нина... та, не растерявшись, отправилась к Игорьку, ну, он и дрогнул. Нельзя винить моего сына. Мужчины устроены подобным образом, любой схватит то, что само падает в руки. Это она, Нина, виновница несчастья! Эта девка из Отрепьевска! Я не издеваюсь: красавица, которую привел Карякин, родом из местечка под названием Отрепьевск!

Сима сидела, затаив дыхание, а Лидия Константиновна на истерическом взводе вываливала информацию.

Нина и Игорь уединились в крохотной каморке, где хранились всякие хозяйственные мелочи. Они думали, что нашли укромное местечко, но в разгар любовных утех в чуланчик неожиданно вошла Юлечка, которой понадобилась бутыль со скипидаром. Увидав мужа в пикантной ситуации, жена ахнула и убежала.

Тришкин испугался. Нина тоже напряглась — в ее планы не входило ругаться с Карякиным, девушка из Отрепьевска хотела выйти за Димона замуж и осесть в столице. С полчаса парочка совещалась, как лучше поступить, потом Игорь отправился к маме и честно во всем признался.

Лидия Константиновна отругала сына и побежала в мастерскую к невестке, а не найдя там Юлечку, поднялась на чердак. Лидия отчего-то решила, что жена сына пошла за какими-нибудь вещами в мансарду. Первым, что она увидела, было открытое окно и записка, валявшаяся на табуретке: «Не хочу жить с обманщиком. Прощайте, Юля».

## Глава 12

— И что было дальше? — тихо спросила я.

— Ничего хорошего, — мрачно ответила Сима. — Сначала Димон с Игорем всмерть разругались, потом помирились.

— Но Юлю-то Карякин отдал другу спокойно, — напомнила я.

Сима дернула плечом.

— Что у Димона на душе, одному черту известно. Его Лидия Константиновна всегда привечала. Наверное, он не захотел с Тришкиным ссориться. Интересный факт: после свадьбы Гарика и Юльки у Вадьки появились деньги. Откуда бы? Он же нищий, ничего делать не умеет, подвизался в разных местах, вроде журналистом служил, писать пытался, но его книги не печатали. И вдруг разоделся, гулять начал!

— Думаете, мать Игоря дала денег его приятелю, чтобы тот не учинил скандал?

— Не знаю, — отчеканила Полунина, — мне другое известно! Лидия попросила меня молчать о самоубийстве, и я ее очень хорошо поняла. Катя-то осталась с Тришкиными.

— Родители Юли не захотели взять внучку? Почему? — удивилась я.

— Не знаю, о чем они там себе думали, — ответила Сима, — просто перечисляю факты. Девочка осталась жить с отцом и бабкой. И как ребенок начал бы относиться к папочке и мачехе, если бы узнал, что они — причина гибели его родной мамы?

— Игорь женился на Нине?

— Ну да.

— И Лидия Константиновна не была против?

— Нет.

— Странно.

— Почему?

— Насколько я поняла, свекровь любила погибшую невестку.

— Очень. Они были чрезвычайно близки.

— И Лидия Константиновна допустила в дом ту, которая фактически убила Юлю?

Сима скривилась.

— Вам трудно представить себе любовь Лидии к сыну. Игорь сказал, что хочет жить с Ниной, и его мать не стала перечить. Она все устроила. Хоронили Юлю как жертву автокатастрофы, вроде она взяла левака, а тот не справился с управлением. Никто ничего не заподозрил. Думаю, свекрови стоило немалых денег «замазать» ситуацию. Небось и свидетельство о смерти ей нужное выдали, не указали в нем истинную причину кончины Хазе.

— Кого?

— Юли.

— Нет, вы произнесли какое-то странное слово...

— Хазе?

— Да.

— Это девичья фамилия Юльки. Она была Юлия Хазе, с немецкого ее фамилия переводится как «заяц», — улыбнулась Сима. — После свадьбы она стала Тришкиной и все смеялась, что ей с фамилиями не везет. Согласитесь, «Тришкина» ничуть не лучше, чем «Хазе». Кстати, из-за фамилии Юлю в институте считали немкой, а она русская, и откуда такое странное прозванье, никто из ее родных не знал. Кстати, Юлю отпевали, и никакой болтовни о самоубийстве не шло, правда, потом разговоры все же начались...

Нина с Игорем прожили недолго, с год, Серафима точно не помнила. После развода Нине отошла та самая дача, где погибла Юлька. Димону, по предположению Полуниной, снова денег дали. А разговоры пошли, скорее всего, с подачи Карякина. Во всяком случае, он звонил Серафиме и говорил:

— Скоро книгу напишу. Кое-кому мало не покажется, узнает себя.

Потом он запил и даже квартиру пробухáл, и Полунина его из виду потеряла. И вот как-то летом приходит она сюда, в ресторан, и кого видит? Димона! Сидит, сильно навеселе... Увидел ее, вскочил, чуть не упал, заорал на весь зал:

— Симка, привет! Я такую бомбу создал, Лидия Константиновна от злости сдохнет! Там вся правда про убийства, которые ее сыночек совершил.

— Не пойму, о чем ты говоришь... — попыталась слегка привести в чувство старого приятеля Сима. — Какие убийства?

— А те, что Игоряша провернул, — икнул Карякин. — Двух женушек наш раскрасавец убрал!

— Думаю, тебе лучше пойти проспаться, — вздохнула Полунина. — Дурью маешься! Майя и Юля погибли случайно.

— Ага, еще расскажи мне про автокатастрофу... — заржал Вадим. — Тебе чего Лидка за молчание пообещала, а? Небось сказала, что Игоря с Нинкой разведет и на тебе женит?

Полунина вспыхнула. Полупьяный Димон случайно попал острым языком в ее больное место.

Тришкина-старшая и в самом деле сказала в день свадьбы сына и Нины:

— Симочка, дорогая, ты только не раскрывай рта! Ради Катюши. Ведь вся жизнь у девочки может кувырком пойти, если она о смерти мамы правду узнает. Нина долго около Игорька не задержится, я в невестках тебя вижу.

Но после Нины в жизни Игоря появились Тамара, затем Женя, а совсем недавно Соня. Сима так и не стала Тришкиной, сейчас ее общение с Лидией Константиновной и Гариком ограничивается звонком на день рождения.

— Ага, угадал, — заржал Карякин, прервав размышления Серафимы. — Так вот! Вылетит бомба, и будет большой бумс. Я фамилии не менял, так что повертится Игоряша со своей мамахен. Больно богатый он стал! Живет, жирует, а я с воды на квас перебиваюсь.

— Скорее с коньяка на водку, — не удержалась от сарказма Сима и брезгливо отодвинулась от Димона.

— Не нравлюсь я тебе? — дохнул ей в лицо перегаром Карякин. — Ясное дело, убийца тебе больше по душе. А может, он тебе платит каждый месяц? Один я, получается, дурак. Нинка дачку огребла, и брюлики ей Лидка отсыпала, ты до сих пор в шоколаде, одному Вадюше полкопейки сунули. Но я молчать не стану! Кстати, срока давности за убийства нет, а Игоряшка двоих приступкнул. Сначала Майю, потом Юлю. Убил жен и к мамочке помчался, а та мигом дело уладила. Но я вытащу правду на свет божий!

Сима остановилась, аккуратно доела поданную еду, потом подняла на меня прозрачные, словно леденцы, глаза и сказала:

— Я Димону в тот день не поверила. Какой из алкоголика литератор? Но сейчас вы пришли с рассказом о съемках. Думаете, не понимаю, отчего мне главную роль предлагаете? Карякин накропал гадость и, чтобы Тришкину совсем кисло стало, вам сказал: «Возьмите Симу, она мигом за шанс ухватится». Только я в подлом замысле участвовать не желаю. Вам сейчас всю эту историю рассказала лишь по одной причине: Карякин мерзавец, всю жизнь он завидовал Тришкину, а теперь решил, что настал час пнуть Игоря. Вы, похоже, человек наивный, надумали вложить деньги в кинушку и подзаработать. Только послушайте меня: не связывайтесь с этим сценарием. Допустим, сделаете сериал, запустите его, а Лидия Константиновна вас потом уничтожит. Да и подло это — чужие семейные тайны на всеобщее обозрение вытаскивать. Димон небось не сказал, что у истории реальные прототипы есть?

— Нет, — помотала я головой, — даже не обмолвился.

— И в сценарии главный герой — Игорь Тришкин?

— Верно.

— Вот видите! Скажите Карякину: «Я знаю о твоих подлых планах». Лично я в этом фильме сниматься не стану. Никогда! Хоть за миллион баксов! — горячо выпалила Сима. — И все-то Димон брешет, ничего он не видел. Не мог Игорь их убить! Ложь! Тришкин не такой. Да, он очень любит женщин и не слишком хорошо со мной поступил, но убивать людей Игорь не станет. А Димон параноик, с таким лучше не связываться. И потом, на вас элементарно в суд подадут за клевету.

Я побарабанила пальцами по столу.

— Знаете, в одном вы правы, Вадим слегка странноват. Он на самом деле настаивал именно на вашей кандидатуре на роль Серафимы Полуниной.

— Мерзавец! — подскочила Сима. — Он и мое имя оставил?

— Да. Мы выплатили ему аванс, — лихо продолжала врать я, — а потом, когда понадобилось связаться с автором, не сумели этого сделать. Все данные им телефоны оказались неправильными.

Высказавшись, я притихла. Интересно, придет в голову моей собеседнице спросить: «Как же вы оформляли договор, не изучив паспорт автора?» Но Полунина разозлилась до такой степени, что потеряла способность мыслить логично.

— Пакостник! Гад!

— Нет ли у вас его телефончика? — вкрадчиво поинтересовалась я.

— Был когда-то, — прошипела Сима, вытаскивая изящную записную книжку с маленькой золотой ручкой, — но Димон с той квартиры давно съехал. Ну, Карякин, ну, сукин сын! К сожалению, нет у меня его координат.

— Очень хочется найти Вадима, — гнула я свое.

— Ладно, я попытаюсь достать его координаты. Дайте вашу визитку, — сказала Сима, — позвоню непременно, как только отыщу. Ася, что ты тут вынюхиваешь?

Девушка-администратор, маячившая около столика, шарахнулась в сторону.

— Просто хотела спросить, все ли вкусно. Может, еще латте желаете?

— Лучше счет принеси! — рявкнула Сима. — Ишь, стоит тут, уши греет... Знаю вас! Третесь у столиков, а потом в «Желтуху» запись с «горячим» матерьяльчиком несете.

Закусив нижнюю губу, Ася побежала к кассе. Сима встала.

— Значит, так: узнаю телефон, мигом сообщу.

Мне пора, много работы, съемки у Никиты Михалкова.

Последнюю фразу Сима произнесла нарочито громко, все немногочисленные посетители ресторанчика вновь уставились на Полунину.

— Чао, — помахала наманикюренной ручкой Сима и убежала.

— Вот счет, — сладко пропела Ася, — уж извините, не хотела вам мешать, услужить желала. Увидела, тарелочки опустели, надумала вкусное предложить, а госпожа Полунина обозлилась. Но я не обижаюсь, клиент, в особенности постоянный, всегда прав.

— Серафима у вас частый гость? — просто для поддержания разговора поинтересовалась я, вытаскивая кошелек.

— Регулярно приходит, и всегда с приятелями, которые за нее платят, как вы, — шепотком сообщила Ася. — На Симу нельзя сердиться. Она неудачница, никак не пристроится в кино, бедолага.

Я протянула девушке кожаную папочку с вложенными в нее деньгами.

— Спасибо, сдачи не надо.

— Заходите, — принялась кланяться Ася, — всегда рады.

Я кивнула и пошла в туалет. Унитаз в пафосном учреждении оказался черного цвета, стульчак сверкал серебряной краской, вместо бумажных полотенец около каплевидной раковины стояла плетеная корзиночка, наполненная свернутыми в трубочку белыми салфетками.

Я нажала на дозатор и чихнула. Весь пафос улетучивается, когда речь заходит о жидком мыле — оно тут оказалось отвратительно вонючее, купленное по дешевке. Надо после него как следует сполоснуть руки. В носу снова защекотало, звонкое «апчхи» опять вырвалось из груди.

— Ой, у меня тоже от этого геля аллергия начинается, — пропел от двери тоненький голос. — Сколько хозяину ни говорю, без толку! Экономит на спичках. Правда, глупо?

— Копейка рубль бережет, — ответила я, повернулась и увидела Асю.

— Ну, тут я с вами не согласна, — заявила девушка.

— Вроде клиент всегда прав? — улыбнулась я.

— В сортире все равны, — захихикала Ася. — Камер у нас нет, можно и душу отвести.

— А что, в каких-то ресторанах и в туалетах ведется наблюдение? — удивилась я.

— Кое-где да, — кивнула Ася и, вытащив из кармана зажигалку, заговорщицки подмигнула: — Курнем?

— Думаю, подобное поведение запрещено правилами, охрана унюхает дым и накажет вас.

— Вовсе нет, — радостно сообщила Ася, — секьюрити у нас мужики, они в дамскую комнату не попрутся, а если начнут вопросы задавать, мигом отобьюсь, скажу, что клиентка дымила. От меня отстанут, а посетителям замечаний не делают. Вон у нас позавчера парочка пришла, посидели, коньяку тяпнули и в сортирчик, вдвоем. В мужском, правда, устроились. Клиент какой-то ткнулся в кабинку — заперто. Прыгал, прыгал и к администратору. Толян в санузел сунулся, а там... Камасутра, блин! Ну, как думаете, чем дело закончилось?

— Вызвали милицию?

— Ой, уморили! Нет, конечно. Толян возле двери встал и всем желавшим войти мужикам говорил: «Простите, господа, кран сорвало, извините, через полчасика починят. Воспользуйтесь пока туалетом для персонала. Не беспокойтесь, мы его продезинфицировали». Потом Ромео с Джульеттой выпорхнули, мужик небрежно сунул Толяну пятьсот бак сов. Ясное дело, им теперь, коли захотят, разрешат тем же самым заняться и на кухне, и у директора в кабинете, — хихикая, довершила рассказ Ася.

— Я бы, наверное, после подобного случая не посмела еще раз прийти в тот же ресторан.

— Почему? Наоборот, прикольно. Мы чаевым рады. Кстати, вы тоже хорошо оставили, не пожадничали.

— Вы были внимательны.

— И все равно такие иногда скряги среди клиентов попадаются!

— Люди разные, — улыбнулась я, старательно ополаскивая руки.

И тут Ася выпалила:

— Вы Карякина ищете?

— Откуда знаете?

— Проходила мимо вашего столика и случайно услышала фамилию. Вадька сильно нужен?

— Знаете его? — обрадовалась я.

Ася бросила бычок в унитаз и спустила воду.

— Его к нам больше не пускают. Ходил, ходил, порядочным казался. Пил, правда, сильно, но это ж не показатель... На то он и ресторан, чтобы оттянуться. Сначала Вадим платил, потом записать попросил. И так раз, другой, третий...

Когда долг перевалил за тысячу долларов, директор настоятельно попросил Карякина расплатиться. Должник закивал:

— Непременно, в субботу. Мне в пятницу гонорарные дадут.

Но ресторанное начальство не повелось на заявление и велело:

— Сейчас, пожалуйста, рассчитайтесь.

— Так денег нет, — спокойно ответил Димон, — запишите на счет.

— Отдавайте часы и кольцо, — потребовал ресторатор. — А когда расквитаетесь, вещички назад получите.

— Немыслимо! — начал возмущаться Карякин, но долго злиться ему не дали.

На пороге кабинета, засучивая рукава, замаячили шкафоподобные секьюрити. Побледневший Карякин быстро положил на стол директора требуемые вещи и взвизгнул:

— Безобразие, буду жаловаться вашему хозяину!

— Хоть лично президенту, — не сдался директор.

— Грабители!

— Вовсе нет.

— Гопники!

— Фу, как некрасиво так ругаться! Вроде интеллигентный человек, а позволяете себе выражения, — укорил начальник ресторана.

— Вас еще не так обозвать надо, — кипел Димон, — обворовали меня!

— Как принесете деньги, так получите вещички назад, — прогудел один из секьюрити. — Должок за вами офигительный, если смоетесь, нам придется из своего кармана расплачиваться. Дайте-ка паспорт на минутку...

— Зачем? — взвыл Карякин. — Совсем взбесились!

— Только адресок перепишем, — ласково пообещал охранник. — Если денежки не принесете, будем знать, где вас искать.

— Ваще, блин! — потерял остатки всякого воспитания Вадим. — Часов с кольцом вам мало? Да у меня... да это... им цены нет, идиоты!

— Больно уж блестючие, — покачал маленькой головой секьюрити, — может, и не золотые вовсе.

Пришлось-таки Карякину пройти еще через одно унижение.

— Ну, погодите, — пригрозил он директору,

пряча назад в карман паспорт, — сделаю так, что вашу лавочку с тараканами и несвежей едой прикроют! У меня огромные связи...

— Он вернул деньги? — спросила я.

— Самое странное, что да, — хмыкнула Ася. — Пришел на следующий день, швырнул нашему Альберту в лицо пачку денег и гаркнул: «Отдавайте вещи, сволочи! Больше я в вашу забегаловку ни ногой. И всех знакомых отговорю сюда соваться». Уйти он ушел, а адресок у Альберта в книжке остался. Принести? Могу, мне для хорошего человека постараться не трудно.

Я достала кошелек, вынула из него пару бумажек и ласково сказала:

— Сделайте одолжение, буду очень благодарна.

## Глава 13

Вадим жил не в самом элитном районе столицы, на темной улице, густо утыканной совершенно одинаковыми серо-белыми блочными многоэтажками, которые охотно строили в Москве в семидесятых-восьмидесятых годах.

Побродив по обледенелым тротуарам и отчаянно замерзнув в короткой курточке, совершенно не предназначенной для длительных прогулок декабрьским вечером, я наконец-то обнаружила нужный корпус под буквой Ж. Оставалось удивляться, ну зачем давали один номер всем зданиям, а потом дополняли его целым алфавитом — дом 11 А, 11 Б, 11В, 11 Г... Проще было поступить иначе: пронумеровать подряд сами здания, меньше получилось бы путаницы. А то даже останавливаемые мною аборигены начинали морщить лбы и шевелить пальцами.

— Одиннадцать Ж? Я живу в Д, вон тут Б... А где у нас Ж? Спросите другого человека.

В грязном подъезде лифтер отсутствовал, зато на подоконнике расположились несколько парней с дешевой водкой. Мне было не слишком приятно идти к лифту под их оценивающими взглядами. Слава богу, я не ношу вызывающе шикарной одежды, а сумочка, висящая на руке, на самом деле дорогая дизайнерская вещь, смотрится на взгляд подобных личностей копеечной ерундой, истинную ее стоимость определит лишь человек, знающий последние тенденции моды. Кстати, если вам на пути попалась девушка вся в фирменных лейблах, во всяких переливающихся буквах и ярких надписях, то, вероятнее всего, ее одежда сшита в ближайшем подвале, на коленке у ловкоруких вьетнамцев. Подлинное произведение хорошего дизайнера не бросается в глаза, не сверкает стразами размером с арбуз, если, конечно, это не вечернее платье.

Поездка в вонючем лифте не прибавила мне положительных эмоций. Ну скажите, отчего некоторые жильцы или их гости используют подъемник вместо туалета?

Дверь в квартиру Карякина была под стать окружающему пейзажу. Похоже, створку пару раз пытались выломать — деревяшка внизу измята чем-то вроде лома, а на уровне глаз красовалась надпись, которую я по этическим соображениям не могу процитировать.

Натянув перчатку, я нажала на кнопку звонка. Послышался оглушительный звук: бом-бом-бом... Внезапно дверь соседней квартиры с грохотом распахнулась, из-за нее высунулась растрепанная тетка с красным лицом, следом за ней на лестничную клетку выплыл запах подгорелого хлеба.

— Чево хулиганишь? — задребезжала баба.

— Простите, звоню не к вам.

— У меня слышно.

— Извините, но, думаю, я не виновата в создавшейся ситуации, — попыталась я купировать начинающийся скандал.

В ту же секунду из-за спины злой женщины понесся обиженный детский плач.

— Санька, тряхни Ленку! — проорала тетка, потом снова обратилась ко мне: — Во, разбудила докуку, а только-только утихомирили.

— Еще раз прошу прощения.

— Его с маслом не сожрать.

— Кого? — не поняла я.

— Извинение твое, — еще сильней покраснела бабища.

Очевидно, у нее имелось стойкое желание поскандалить, а еще лучше подраться, но я совершенно не хотела стать участницей скандала. Терпеть не могу ссор, воплей, выяснения отношений и предпочитаю втянуть голову в панцирь. Но сейчас мне крайне был нужен Карякин.

Палец вновь нажал на звонок. Бом-бом-бом! Баба стала лиловой.

— Не поняла, што ль? Хорош хамничать! Ща в ментовку звякну.

— Пожалуйста, — твердо ответила я. — Интересно, как там отреагируют на заявление, что вам всего-навсего не нравятся гости, звонящие в соседнюю квартиру?

— Твоя правда, — неожиданно приветливо ответила скандалистка, — ниче ментам не надо. Вчера вот Вадька ужрался и около полуночи со своими друганами подрался. А стены у нас бумажные, так что всех соседей перебаламутил. Я в отделение звонить, а дежурный спокойненько отвечает: «Мы на семейный скандал не выезжаем». Кричу ему: «Да не с мужем гавкаемся, сосед спать не дает», — а в трубке уже гудки короткие. Стала перезванивать — не берут трубку, и все.

Меня начало наполнять сочувствие. Сама когда-то жила в Медведкове, в маленькой квартирке, и постоянно оказывалась в курсе всех дел соседей. В восемь вечера нашу лестницу частенько сотрясал громкий мат — это пыталась дойти до квартиры Галина Михайловна Андреева, вполне иногда приличная с виду дама, но почти беспробудная алкоголичка. Иногда мадам падала между вторым и третьим этажом, и тогда Люся Петрова, около двери которой чаще всего случалось несчастье, звонила сыну Андреевой, и тот, матерясь в три раза громче мамули, тащил стокилограммовое тело родительницы к домашнему очагу. В девять начиналась иная напасть — над моей головой принимался прыгать через скакалочку бегемот. На самом деле в квартире номер двадцать девять проживала одинокая девица, которая перед сном делала зарядку. А еще у меня в соседях имелся мальчик Петя, будущий скрипач... В общем, сейчас я очень хорошо поняла злую тетку.

— Не сердитесь, — ласково сказала я, — совсем не хочу вас нервировать, но Вадим не открывает.

— Его нет, — ответила баба. — Убег часов в семь. Небось денег нарыл и гулять двинул. Лучше утром приходи.

— Когда?

Соседка Карякина задумчиво пошевелила пальцами левой руки.

— Ну... около одиннадцати.

— Не уйдет?

— Куда ж ему торопиться?

— А на работу?

— Ой, не смеши! Кому такой нужен? Писатель, мля... — заржала тетка. — К одиннадцати как раз проспится, самое время бездельника застать. Рая.

— Какая Рая?

— Меня Раей зовут.

— Очень приятно, — раскланялась я. — Даша.

— Зачем тебе урод? — залюбопытничала Раиса.

— Должок забрать хочу.

— Деньги?

— Именно так.

— Много?

— Ну... достаточно.

— И не надейся, не отдаст, — хмыкнула Раиса. — Он и у нас вечно занимал, только ему давно давать перестали: ни одному человеку назад не принес, ханурик. А уж врун! Машке Коробкиной нахвастал, что книгу написал и что ее даже в издательство взяли. Манька, глупая, уши развесила и писателю целую тысячу дала. И че? Гавкнулись ее рублики. Так что не ходи зря, ничего не получишь.

— Все равно завтра наведаюсь.

— Охота топтать ноги, так пожалуйста! — фыркнула Рая и захлопнула дверь.

Я вздохнула, глянула на часы и побежала к машине.


Дома в прихожей на вешалке теснилось много курток. Красная, с большим капюшоном принадлежит Маше, розовая с серебряной вышивкой Зайке, в черной, самого простого вида, ходит Аркадий. Так, похоже, почти все домашние на местах, нет только Дегтярева. А еще приехал Деня, вон стоят его ботинки, с высоким голенищем на шнуровке. Представляю, каково приходится по утрам нашему ветеринару. Вместо того чтобы поспать лишние пятнадцать минут, он вынужден вскакивать, дабы иметь запас времени, чтобы зашнуровать ботинки.

Не успела я войти в столовую, как Машка с воплем:

— Муся пришла! — бросилась мне на шею.

Я испугалась — в нашей семье не принято столь бурно выражать свои чувства. К тому же Маруська вела себя более чем странно: сначала она со смаком поцеловала меня, а потом, прижав пахнущие мятной жвачкой губы к моему уху, еле слышно сказала:

— Ты помнишь, да?

Я растерянно кивнула и хотела сесть. И тут мирно пивший чай Кеша подлетел, словно на пружинах.

— Мамулечка, — пропел наш адвокат, — разреши пододвинуть тебе креслице... Садись, родная.

Вот тут мне стало совсем нехорошо. Аркадий всегда обращается ко мне коротко: «мать». Только не подумайте, что Кеша грубиян, просто Аркашка не выносит никакого сюсюканья. Что случилось дома?

В полнейшем испуге я плюхнулась в услужливо подставленное полукресло, машинально оглядела стол и окончательно потеряла покой. Так, на кружевной парадной скатерти выставлен обеденный сервиз бабушки Макмайер. На моей памяти им пользовались всего пару раз. Бесчисленное количество блюд, тарелок, салатников, селедочниц, икорниц, бульонных чашек с вензелями обычно мирно покоится в сервантах. Иногда у меня возникает желание воспользоваться раритетной посудой просто так, из чувства прекрасного, но каждый раз мой порыв разбивается об Иркино заявление:

— Ой, Дарь Иванна, его ж вручную мыть надо, в посудомойке нельзя. А потом, вдруг разобьем тарелочку? Лично я боюсь к этому сервизу даже прикасаться.

Но сейчас фарфор громоздится на столе. Похоже, домработница не спала ночь, терла бесконечных «участников парада». Но и это было еще не все. В руках у домашних я увидела столовые приборы из серебра. А это вам не современные хрупкие ножи, ложки и вилки по десять граммов весом, а настоящая вещь — каждая ложечка тянет чуть не на пол-кило. Естественно, все ручки украшает корона, а на сверкающем металле не видно ни одного, даже крохотного пятнышка. И вместо простецких бумажных салфеток перед каждым участником трапезы в резных кольцах из слоновой кости лежали куски полотна с бесценным вологодским кружевом.

— Дашенька, — запела Зайка, — суп а ля рен? Впрочем, какую я глупость сморозила. Ты ведь не любишь первое. Ирина, подавайте самбук из пулярки.

Я откинулась на спинку. Мне снится сон! И тут распахнулась дверь, в столовую торжественно вошла Ирка. На домработнице красовалось черное шелковое платье из последней коллекции Шанель. В преддверии Нового года я решила сделать себе подарок и приобрела совсем не дешевую вещь. С какой стати Ира влезла в мое новое платье, да еще повязала поверх него белый фартук с вышитым мопсом? И где собаки? Отчего их нет в комнате? Почему все крайне нежно смотрят на меня? Что такое самбук из пулярки? Нашей кухарке Катерине такое не приготовить!

Не успела я додуматься до последней мысли, как сразу вспомнила, что Катя, получив законный отпуск, укатила в Арабские Эмираты. Эта поездка — наш ей подарок к празднику. Значит, Катерина греет бока на пляже, а на кухне временно рулит Ирка, а она и слов-то таких не знает, про самбук и пулярку...

Нет, я определенно сплю и вижу кошмар.

— Мама, — очень четко спросил Денис, — можно мне грудку от пулярки?

Я обрадовалась и стала вертеть головой по сторонам: где-то здесь Оксана! Слава богу, сейчас она вынет из сумки огромную бутыль с настойкой от сумасшествия, нальет всем по полному стакану, велит: «Живо глотайте», — и у нас все вернется на свои места. Сервиз и неподъемные ложки-вилки уберут, Ирка снимет мое платье...

— Мама, — очень нежно повторил Денька, — так как насчет грудки?

— Не трогай маму, она устала, — пропела Зайка. — Если хочешь, бери белое мясо.

— Может, Маруся хочет? — пропел Деня.

— Нет, нет, дорогой, — заворковала Манюня, — совершенно не претендую на лучший кусочек, он твой!

Мне стало плохо физически. Желудок сжали невидимые железные пальцы. Машка и Денька спорят по каждому поводу, а обладание грудкой толстой курицы (так по-простому называется пулярка) является вполне достойным поводом для драки.

На самом деле диалогу следовало звучать так:

Деня: Возьму себе грудку.

Машка: Нетушки, она моя!

Деня: Еще чего, ты и так толстая.

Машка (стукая приятеля по голове сахарницей): Молчи, идиот!

Деня (макая Маню головой в суп): Тебе курицу нельзя.

Маша: Почему?

Деня: Курица курицу не ест...

Ну и так далее. А сегодня... Просто прием у английской королевы!

— Дорогие мои, — перебил Машу Аркадий, — лучший кусок нужно предложить маме.

— Милый, — пропела Зайка, — абсолютно с тобой согласна, в нашей семье жена всегда слушается мужа, но сегодня... прости... осмелюсь... намекнуть...

— Говори, любимая.

— На ужине присутствует гостья, Милиция. Ясное дело, что самый сладкий кусочек пулярки — ее.

Я заморгала, потом скосила глаза влево. За Машкой виднелась пожилая дама в темно-синем бархатном жакете. Все сразу встало на свои места. И как я могла забыть про Милицию, бабушку Бетти, невесты Деньки, старуху, которая заявилась в Ложкино с инспекцией! Значит, мне сейчас следует изобразить из себя по меньшей мере герцогиню, маму Дениса, очень богатую и до неприличия воспитанную тетку, а трапезу в собственном доме представить приемом у английской королевы.

— Уважаемая Милиция, мы рады иметь вас к ужину, — произнесла я на английский же лад тоном особы царствующего дома.

Машка закашлялась, Аркадий опустил глаза в тарелку, а я ощутила резкий тычок в лодыжку. Скорей всего, меня пнула Зайка, Ольга до сих пор не может расстаться с туфлями, чьи мыски похожи на вязальные спицы.

— Откушайте пулярку, — продолжила я. — Вам с картофелем?

— Лучше с морковью, — кивнула Милиция.

Я подняла бровь.

— Ирина!

— Слушаюсь, — вздрогнула Ирка.

Глядя, как она опрометью несется к Милиции, я слегка расстроилась. Вот бы домработница всегда так торопилась выполнять хозяйские просьбы!

Не успела гостья взять в руки ножик, как в столовую ввалился Дегтярев и, весело гаркнув:

— Всем привет, — плюхнулся на стул около меня.

По напряженно вытянувшимся лицам домашних я поняла, что никто не ждал Александра Михайловича в столь ранний час к ужину. Похоже, полковника забыли предупредить о визите Милиции.

— Чего накуксились? — бодро воскликнул пребывающий в великолепном расположении духа толстяк.

— Все в порядке, дорогой, — улыбнулась я, — дела идут прекрасно, дети здоровы.

Александр Михайлович, успевший схватить салатницу, поставил фарфоровую емкость на место.

— Что случилось?

— Ничего, любимый.

— Последний раз я был «любимым», когда пришлось тебя из кутузки вытаскивать, — мрачно заметил полковник. — Лучше сразу говори, во что вляпалась? Потеряла паспорт? Раздавила пост ДПС? Поймала очередного маньяка и спрятала его до поры до времени в своей спальне?

Краем глаза я увидела, что Милиция отложила вилку и с огромным интересом прислушивается к словам толстяка.

— Ах, папочка, — решила я купировать ситуацию, — ты у нас такой шутник. Ха-ха-ха-ха! Вот, попробуй, сама приготовила! Ризотто с чесноком! Ха-ха-ха! Замечательный рецепт: ветчина, сыр, рис, горошек и «Крошка Чеснок!». Просто пальчики оближешь! Я знаю, ты обожаешь это блюдо! Ха-ха-ха-ха!

При каждом «ха» я интенсивно наступала под столом на ногу полковника, надеясь, что до того дойдет: в доме происходит нечто экстраординарное.

— Ха-ха-ха-ха! — хором подхватили все присутствующие, кроме Милиции. — Папулечка очень остроумный!

— По-моему, вы все опсихели, — резюмировал Дегтярев. — И перестаньте меня пинать! Дарья, если ты встала к плите, то у нас что-то случилось, а? Какое такое ризотто?

— Как дела на работе? — заорал Кеша. — Расскажи нам.

— Идиотов кругом полно, — пожаловался полковник, с готовностью переходя к любимой теме, и начал вываливать на свою тарелку салат. — Вот сегодня приехал в одно районное отделение, гляжу — на доске ориентировка. Ну, почитал ее. Вначале обычно: «Сергеев Сергей Сергеевич, год рождения... москвич, прописан по адресу... разыскивается в связи с совершением тяжкого преступления, глаза голубые, волосы белокурые, рост... вес... особые приметы: шрам на левом плече». А вот дальше чудесная фраза: «Общее впечатление — гнида». Ну, и как вам сей документ?

Машка поперхнулась картофельным пюре, остальные сделали вид, что страшно увлечены обгладыванием косточек пулярки.

— Но это еще не все, — вещал полковник, абсолютно не обращая внимания на мои новые тычки. — Пришлось там одного с работы выкинуть!

— За что, папочка? — не к месту поинтересовался Денька.

— Ты к кому обращаешься? — изумился полковник.

— Лучше рассказывай дальше, — во весь рот улыбнулся Кеша. — Так кого там с работы выгнали?

— Кретина Федора Глотова, — буркнул полковник. — Представляете, он расчлененку описывал... Жуткое дело, останки в тазу лежали! Так вот Федор (а он наверняка принял на грудь, приступая к описанию) занес в документ такое определение: «Труп имеет форму таза». И как с подобным работничком можно дело иметь? Нет, ответьте мне!

В столовой установилось молчание. Я глянула на гору салата в изящнейшей фарфоровой тарелке перед полковником и ощутила приступ тошноты. Очевидно, Манюня испытала те же чувства, потому что слишком бодро воскликнула:

— Ой, папулечка, ты такой трудоголик!

— Кто-то же должен в этом городе наводить порядок, — кивнул полковник.

— Папочка, а чем от тебя пахнет? — попыталась перевести разговор на другую тему Зайка. — Великолепный аромат!

— Идиотом, — гордо сообщил Александр Михайлович. — Это запах идиота.

Кеша схватил из корзиночки большую булочку и быстро запихнул ее в рот, Зайка принялась огромными глотками пить воду, Машка залилась кашлем, а Деня воскликнул:

— Ты, наверное, хотел сказать «Эгоистом», да? Это такой французский одеколон.

— Плохо запоминаю названия, — признался полковник, — Дарья подарила на день рождения.

— Деня прав, — сдавленным голосом ответила я, — не идиот, а «Эгоист».

— Один черт! — отмахнулся Александр Михайлович. — Назвали парфюм глупо, но, следует признать, аромат приятный. Девушки в секретариате в восторге, все говорили: «Вы у нас такой модный!» Кстати, еще сегодня я поехал в...

— Ой, простите! — вскочила Зайка, явно решившая не дать полковнику возможности рассказывать новые подробности о своих трудовых буднях. — Мы же тебя не познакомили. Разреши представить дорогую гостью!

Тоненькая рука Ольги указала на бабушку Бетти, Дегтярев вежливо приподнялся.

— Очень приятно. Александр Михайлович.

— Милиция, — церемонно ответила старуха.

— Да, да, верно, — закивал полковник, — я из милиции. Дегтярев Александр Михайлович. А вас как величать?

— Милиция, — повторила дама.

Толстяк распахнул пошире глаза, я вспотела, изо всей силы пиная его ногу. Очевидно, Зайка со своей стороны проделывала то же действие, потому что лицо Ольги слегка покраснело.

— Понял! — обрадовался вдруг, словно ребенок, Дегтярев. — Вы тоже служите в милиции? В каком звании? Очень приятно вот так, невзначай, встретить коллегу.

— Мое имя Милиция, фамилия Завадская, — мягко поправила Дегтярева старуха. — Надеюсь, вы меня извините, но... я очень устала, привыкла ложиться в девять вечера.

— Сейчас Ира проводит вас в спальню, — закивала Ольга.

## Глава 14

Не успела Завадская выйти из столовой, как все налетели на оторопевшего полковника, объясняя тому суть дела.

— Ну как можно быть таким тупым! — орала Ольга. — Всю туфлю об тебя отбила.

— Я не знал, что случаются подобные имена, — бухтел Дегтярев. — Лучше объясните, почему вы все меня папой дразнили? Обидно, между прочим!

— Сейчас, — засуетилась Машка. — В общем, все дело в Деньке...

Я не пожелала дальше присутствовать при разъяснительной беседе, зевота просто раздирала мой рот. Очень тихо, чтобы не привлекать к себе внимания, я прошла на второй этаж, открыла дверь своей спальни, зажгла свет и... ахнула. Весь пол оказался усеян фантиками от конфет и надкушенными сухофруктами, а из-под кровати доносилось тихое сопение Хуча.

— Кто это сделал? — прошипела я. — Ну-ка, говорите, какая собака залезла на тумбочку и сбросила на пол вазочку со сладким?

Занавеска заколебалась, я подошла к окну и резким движением отодвинула драпировку.

Так и есть: у батареи, прижавшись друг к другу, сидели Банди, Снап и Черри.

— Немедленно отвечайте! — топнула я ногой.

Пит заскулил, ротвейлер быстро опустил большую голову, только пуделиха сидела с непроницаемым выражением на морде.

— Понятненько... Значит, мальчики хулиганили, а ты, Черричка, слепая, глухая и вообще ни при чем?

— Гав, — деликатно согласилась пуделиха, — гав, гав.

Я вздохнула и услышала шорох на постели. Из-под подушки выползла Жюли. Брюшко у йоркширихи раздулось до такого размера, что собачка с огромным трудом могла встать на ноги.

— С тобой все ясно, дорогая, думаю, основная часть конфет улеглась в твой совсем даже не крохотный желудок. Кстати... Хуч, иди сюда!

— У-у-у, — долетело до меня из-под кровати.

— Немедленно выходи!

— У-у-у...

— Быстро!

Поняв, что хозяйка не намерена шутить, мопс высунул наружу круглую голову, украшенную черными висячими ушами.

— У-у-у.

— Прекрати рыдать.

— У-у-у.

— Выползай!

— У-у-у.

— Хуч!

— У-у-у...

Только тут до меня дошло, что Хучик просто не

способен протиснуться между полом и деревянным каркасом, на котором лежит матрас.

— Да уж, — вздохнула я, — ситуация Винни Пуха. Ты, конечно, дорогой мой, не смотрел этот, можно сказать, культовый мультфильм, но я-то знаю, чем закончился поход медвежонка в гости к кролику. Похоже, ты, Хучик, любишь конфеты не меньше Винни.

— У-у-у.

— Ладно, ладно, сейчас попробую тебе помочь. Потерпи чуток, — начала я утешать бедолагу, — вот только засучу рукава и вперед...

Но, увы, закатанные части пуловера не помогли. Кровать у меня здоровенная, два на два метра, сдвинуть с места огромный матрас со всеми постельными принадлежностями мне, хрупкой женщине, оказалось не под силу. Ладно, попытаемся подойти к проблеме с другой стороны. Я сбросила на пол подушки, подушечки, думки и валики, затем стянула одеяло, плед, простыню, потом под неумолчное завывание Хуча и тихое потявкивание Банди начала двигать ортопедический матрас. Борьба за освобождение мопса из плена длилась минут пятнадцать. Я вспотела и решила переодеться. Под руку попала легкая ситцевая пижама. Стало совсем не жарко, но дело так и не сдвинулось с места.

Немного поколебавшись, я мышкой шмыгнула по коридору и постучала в комнату к полковнику.

— И чего надо? — бурно отреагировал Дегтярев. — Можно в этом доме хоть ночью обрести покой?

— Тсс, — прошептала я, — Милицию разбудишь, она в соседней со мной комнате. Пошли.

— Куда?

— В спальню.

— Зачем?

— Хуч застрял.

— Где?

— Под кроватью.

— Как он туда попал?

Замечательный вопрос! Что можно на него ответить? Мне в голову пришел единственный вариант:

— Хучик летал на ракете, под матрацем у него космодром.

— Ты с ума сошла? — со вздохом поинтересовался толстяк.

— Нет, это ты не в ладах с головой. Зачем задавать идиотские вопросы? Как попал... Залез! Пошли!

— Ох, грехи мои тяжкие... — застонал Дегтярев. И, плетясь за мной по коридору, не переставал жаловаться: — Радикулит схватил...

— Не ной! — приказала я, вталкивая полковника в свою комнату.

— Ну и бардак! — восхитился Александр Михайлович. — Ты всегда так вещи расшвыриваешь?

— Собаки виноваты, — невесть почему стала оправдываться я.

— Ну-ну.

— Бери матрас.

— Где?

— За края.

— Он же два метра шириной!

— И что?

— Рук не хватает.

— Держи за середину.

— Сейчас. Не получается!

— Уцепись как-нибудь.

— Фу!

— Готово?

— Вроде.

— Раз, два, три, — сказала я и потянула свой край, ожидая от Дегтярева сходного действия.

Но полковник не совсем правильно понял условия задачи. Вместо того чтобы столкнуть тюфяк с решетки каркаса, он рывком поднял его и швырнул вправо. Я не удержалась на ногах и с воплем: «Мама!» рухнула на спину, головой к окну, ногами ко входу.

Правая пятка зацепила дурацкую колченогую консоль, подарок Маши, она покачалась и шлепнулась оземь, довольно больно стукнув меня мраморной столешницей. Маленькая деталь: на этом предмете мебели невесть сколько времени жила полуоткрытая банка с вареньем, и теперь мне стало не только больно, но и липко.

Дегтярев сунул руку под каркас кровати и легко приподнял его, Хуч ловко выпрыгнул наружу.

Затем полковник склонился надо мной.

— Жива?

— Да, — прокряхтела я.

— И как, хорошо?

— Очень, — ответила я.

— Вам помочь? — послышался вежливый голос.

Дегтярев обернулся. Я со стоном села, варенье с живота бойкой струйкой стекло на пол. В приоткрытую дверь заглядывала Милиция.

— Услышала грохот, — слегка испуганно сообщила гостья, — и вначале подумала, что это гром, затем сообразила: в соседней спальне беда.

— Спасибо, — прошелестела я, — ерунда. Мы... э... мы...

На этом моя вербальная активность закончилась. Не рассказывать же церемонной пожилой даме правду про застрявшего Хуча. Буду выглядеть окончательной идиоткой.

— Спасибо, — решил прояснить ситуацию за меня полковник, — мы... того самого... мы... в смысле матрас... э... кровать...

Очевидно, у Дегтярева тоже иссякли слова — Александр Михайлович примолк.

Милиция покраснела до такой степени, что на ее лице перестали различаться губы и брови.

— Я дура! — воскликнула она. — Простите!

— Ерунда! — хором ответили мы с полковником.

— Понимаете, давно живу без мужа, супруг скончался...

— Какая жалость, — закивала я, не понимая, куда клонит гостья.

— Совсем забыла о некоторых деталях семейной жизни, — еле-еле выдавила из себя Милиция, — и сейчас ощущаю себя просто... просто... У меня просто нет слов!

Я глянула на Дегтярева, тот пожал плечами.

— Не хотела вам мешать, — став совсем бордовой, промямлила дама.

— А мы уже закончили! — радостно возвестил Дегтярев.

Милиция прижала руки к груди.

— Впервые попала в подобное положение! Ворваться в супружескую спальню в момент... О, вы очень интеллигентные люди, если прощаете меня. Боже, какую оплошность я совершила, умоляю, не рассказывайте никому! Можете спокойно продолжать!

Прижав руки к пунцовым щекам, Милиция выскользнула за дверь. Я снова свалилась на пол, прямо в лужу варенья, и стала трястить от хохота, предварительно запихнув себе в рот угол одной из валявшихся на паркете подушек.

Представляю, какие ощущения испытывает сейчас гостья. Всунулась в спальню, а там... Постельное белье на полу, матрас сброшен, хозяйка валяется на паркете, вся облитая вареньем, хорошо хоть не голая, а в пижамке. Муж ее (не забудьте, что на время визита Милиции Дегтяреву был присвоен этот статус) в полураспахнутом халате, красный, потный, остатки волос, окаймляющие лысину, стоят, словно иголки у обозленного ежа. Да уж, почище Камасутры... Забавники, однако, эта супружеская парочка, вон какие у них бойкие сексуальные игры... Вот что должна была подумать Милиция. Одно хорошо, теперь она ни на секунду не усомнится в том, что меня и Дегтярева связывают узы брака, и шансы Деньки на брак с Бетти возрастают.

— Ты поняла, о чем она говорила? — потряс головой полковник. — Странные намеки какие-то делала. И что мы должны продолжать?

Я вытащила изо рта угол подушки и, пытаясь справиться с хохотом, ответила:

— Ерунда! Мало ли какие мысли приходят на ум крайне положительным бабушкам.


Утром я предусмотрительно решила не высовываться из спальни. Хватит с меня вчерашнего ужина. Выждав, пока часы покажут девять, я взяла мобильный и набрала наш домашний номер.

— Алле, — промурлыкала Ирка.

— Поднимись ко мне.

— Это кто?

— Я. Неужели не узнала?

— А вы где?

— У себя, на втором этаже.

— На каком втором этаже? — заорала домработница.

— У нас один второй этаж.

— Не понимаю.

— Ира, иди по лестнице в мою спальню.

— Зачем?

Судя по разговору, Милиции около Ирки не наблюдалось.

— Потому что надо! — велела я. — Сделай одолжение, включи скорость.

— У кого?

— У себя, — рявкнула я.

Дверь распахнулась, на пороге замаячила Ирка с трубкой, прижатой к уху.

— Ну, вошла, — загудела она. — Дальше чего?

Я села на кровати.

— Ирина!

Домработница уронила трубку.

— Господи! Вы дома!

— Ну, конечно.

— А зачем звоните?

— Не хотела спускаться вниз.

— Почему?

Бесконечные глупые вопросы стали раздражать.

— Лучше объясни, кто разрешил тебе взять мое новое платье.

Ирка махнула рукой.

— Ольга велела. Всех в гостиной собрала и проинструктировала. Дескать, эта Милиция должна быть уверена, что мы богаче и круче ее, лишь тогда девчонку за Деньку отдаст. А у по-настоящему обеспеченных олигархов экономка всегда ходит в черном шелковом платье и кружевном фартуке.

— На твоем переднике изображение мопса!

— Зайка пообещала сегодня другой купить.

— Но почему именно мое платье решили сделать униформой горничной?

— А чье ж еще? — уперла руки в бока Ирка. — У Манюни все вещи цветные, а в Ольгины мне не влезть.

Вот тут я испытала глубочайшее негодование.

— Хочешь сказать, что мы с тобой одного размера?

— Не совсем, — нехотя признала Ирка. — Только платьишко-то покроя «ночная рубашка». Зря вы, кстати, такое купили. И очень уж оно холодное, скользкое, брр!

Сладострастно обругав продукцию дома Шанель, Ирка заморгала круглыми глазами, потом добавила:

— Но ради Дениски можно и потерпеть.

— Где все? — спросила я.

— Уехали, — удивленно ответила домработница.

— А Милиция?

— Аркадий Константинович ее в город повез.

— Зачем?

— Культурная программа, — загадочно сообщила Ирка. — Сначала музей, потом концерт в консерватории.

Я выскочила из-под одеяла и помчалась в ванную. Великолепно, значит, могу совершенно спокойно заниматься своими делами. Надо поторопиться, Раиса говорила, что лучше всего Карякина ловить в одиннадцать.

Как на реактивной тяге, я носилась по дому, потом, натянув на себя джинсы с пуловером, сбежала вниз, выпила чашку кофе и рванула в прихожую.

— Вы куда? — поинтересовалась Ирка.

— По делам, — туманно ответила я.

— Возвращайтесь не позже восьми.

— Почему? — удивилась я.

— Аркадий Константинович так приказал.

— Вот чудеса! С какой стати Кеша решил регулировать мой график?

— Они с Милицией должны приехать в Ложкино около половины девятого, — сообщила Ирка.

— Ты же говорила про поход на концерт.

— Верно, но он в три часа дня.

— Ясно. Вернее, ничего не понятно. Мне-то с какой стати возвращаться к определенному времени?

Ирка закатила глаза.

— Конечно, у нас в доме полнейшая анархия, нет твердой хозяйской руки, живем безобразно! А у олигархов все по-другому: жена сидит у телика с вязаньем и ждет мужа, ровно в девять глава семьи входит в гостиную, супруга приветствует олигарха, бьет в колокол, экономка вносит ужин, домашние садятся к столу и начинают общаться, обсуждают прошедший день. Ясно? Или забыли, что Милиция нас изучает? У них дома небось так дело и обстоит.

Я тяжело вздохнула.

— Понятно. Ольга написала замечательный сценарий.

— Разве она бы так сумела! Это Аркадий Константинович постарался, — обиделась за своего обожаемого Кешу домработница. — Все предусмотрел и учел, каждому на вечер подходящую одежду выбрал. Я вам выгладила, в гардеробной развесила.

— Ясненько, — ухмыльнулась я. — Режиссер-постановщик спектакля «Счастливая семья олигарха-интеллигента» не предусмотрел лишь одну детальку: у хозяйки дома, то бишь у меня, нету клубков со спицами!

Ирка с укоризной глянула на меня.

— Вечно вы, Дарь Иванна... не в укор, конечно, будь сказано... сына ругаете. А он все продумал. В кресле, у телика шерсть лежит, там даже пара рядов связана, вроде как вы рукодельничаете.

Я застегнула куртку и порысила к «Пежо». Надеюсь, Милиция очень скоро убедится в нашей платежеспособности, уедет к себе и разрешит нам начать подготовку к свадьбе. Я на многое согласна ради счастья Дениски, но сидеть у телика, изображая из себя вязальщицу, вряд ли смогу, это уже перебор.

## Глава 15

Сегодня дверь в квартиру Карякина оказалась приоткрытой. Я всунула голову в темный коридор.

— Вадим, здравствуйте!

В ответ тишина.

— Господин Карякин! Ау!

— Кто там? — донесся из недр плохо пахнущего помещения голос.

— Можно войти?

— Валяй, — разрешил хозяин.

Я втиснулась в длинный коридор. Очень хорошо знакома с подобными квартирами: одно время Оксана, еще не обзаведясь собственным жильем, снимала такие апартаменты. Не перестаю удивляться полету мысли архитекторов, спланировавших странные хоромы.

Сначала вы оказываетесь в извилистом кишкообразном помещении, ширина которого не больше метра. Ни удобную вешалку тут не устроить, ни просторных шкафов не поставить, а если все же решитесь установить на пропадающей даром площади гардероб, то потом придется протискиваться мимо него буквально бочком.

Миновав означенную кишку, попадаешь на крохотный пятачок, где расположены входы в комнату, в совмещенный санузел и на кухню. Причем двери находятся буквально впритык, если откроешь одну, вторую распахнуть уже нет шансов.

Мне эти апартаменты напоминают нору кролика: сначала петляющий, извилистый ход, затем крохотная спаленка с почти лежащим на голове у хозяев потолком. Впрочем, длинноухий по сравнению с людьми находится в более привилегированном положении: ему не надо готовить еду, стирать белье и принимать ванну.

— Кто там топчется? — заорал Карякин.

Я, не снимая уличной обуви, добралась до «пятачка». Конечно, не очень прилично шастать по жилью в не слишком чистых сапогах, но у входа не нашлось тапочек, а шлепать по черному от вековой пыли паркету в чулках у меня не было никакой охоты.

— На кухню иди, — велел Вадим.

Я послушно шагнула влево и увидела малюсенькую «столовую», всю заваленную и заставленную грязными вещами.

В раковине громоздилась гора грязной посуды. Но использованным тарелкам и чашкам не хватило места под краном, и они заняли часть подоконника, на котором еще высились три светло-оранжевых горшка с голыми стеблями засохших растений, допотопная «Спидола», почерневший, видимо, перегоревший тостер и несколько пол-литровых банок с чем-то мутным. Пластиковый стол поражал разнообразием наваленных на него предметов: пустые консервные банки, наполненные бычками, ломти засохшего хлеба, расческа, несколько смятых газет, банка из-под майонеза, вилка с наколотым куском заветренной колбасы, сломанная сигарета, несколько пластиковых зажигалок, нож с погнутым лезвием...

Под стать интерьеру был и хозяин — помятый мужчина неопределенного возраста со взором тухлой селедки. На Вадиме болтался спортивный костюм, из-под куртки выглядывала футболка, вся в пятнах.

— Чего надо? — вопросил Карякин и икнул.

Я поморщилась. Потом, решив забыть про хорошее воспитание, подошла к покрытому жирной пылью окну и распахнула форточку.

Струя холодного воздуха влетела в духоту.

— Ваще, да? — обиженно прогудел Карякин. — Закрой, а то заболею.

— Маловероятно, — очаровательно улыбнулась я. — Организм, пропитанный спиртом, на долгие годы приобретает иммунитет к простудным заболеваниям. Вы отправитесь на больничную койку не от сквозняка, а от цирроза печени или алкогольного слабоумия.

Карякин снова икнул.

— Ну, ваще... — изумленно повторил он. — Ты кто такая?

— Даша Васильева.

— И что? — заморгал Вадим. — Откуда пришла? А, дошло: ты по объявлению... Квартиру мою купить хочешь? Лады. Только мне нужно место для жилья.

— Совершенно не собираюсь производить операций с недвижимостью, — ласково продолжила я, — меня направила сюда Серафима Полунина.

— С какого ляду?

— Я продюсер на телевидении, хочу снимать сериал, нечто типа «Саги о Форсайтах»[1]. Сто серий.

— И чего? — неожиданно трезвым тоном осведомился Карякин.

— Серафима Полунина сказала, что у вас есть сценарий, крайне интересная история о неких коллизиях из жизни семьи Тришкиных. Актриса хочет исполнить в сериале одну из центральных ролей, поэтому дала мне координаты.

Карякин вскочил, но пошатнулся и ухватился руками за край стола. С огромным усилием удержал равновесие и проорал:

— Сидите тут, сейчас вернусь.

Потом, стараясь не заваливаться на бок, отбыл в ванную.

---

[1] «Сага о Форсайтах» — роман Д. Голсуорси, рассказывающий о жизни одной семьи. (*Прим. автора.*)

Я осталась терпеливо ждать на кухне. Прошло довольно много времени, прежде чем хозяин квартиры вновь объявился.

Теперь Карякин выглядел иначе. Спортивный костюм сменила пара брюки-пиджак, кстати, вполне приличная, чистая и даже выглаженная, на шее Вадима был завязан темно-синий галстук, лицо оказалось гладко выбрито, и пахло от мужчины хорошим одеколоном. И каким же это образом он сумел столь быстро преобразиться? Меньше всего сейчас Карякин походил на алкоголика.

— Еще раз здравствуйте, — глубоким, хорошо поставленным голосом сказал он. — Прошу извинить, затеял ремонт. В комнате мебель сдвинута, обои содраны, там бригада молдаван работает.

Я закивала:

— Да, да, понимаю.

— Сам временно на кухне ючусь, — спокойно врал дальше Димон. — Очень неудобно, но, по счастью, трудности скоро закончатся. Пригласить вас в свой кабинет не имею возможности, придется разговаривать тут.

— Нет проблем, не волнуйтесь.

— Увы, не способен предложить даже чаю, — ловко изображал из себя жертву строителей Карякин, — меня соседи пригрели, у них столуюсь и сплю временно.

Я покачала головой:

— Ужасные неудобства.

Однако у Вадима совсем плохо с памятью! Секунду назад заявил, что ютится на кухне, а теперь говорит о милых людях, пустивших к себе соседа.

— И не говорите, — подхватил Димон. — Знаете ли, я недавно получил серьезный гонорар от издательства и испугался, что мои сто тысяч долларов разойдутся по мелочи, лучше уж жилье обновить.

— Абсолютно правильное решение.

— Нуте-с, — потер руки Вадим, — давайте теперь поговорим конкретно. Кого представляете?

— Фирма «НРБ», — наугад ляпнула я и попала пальцем в небо.

Карякин нахмурился.

— Кто же у них там рулевой? Первый раз слышу название.

Я снова стала улыбаться. Надо же, полагала, что Димон окончательно пропил мозги и легко купится на любое заявление «продюсера». Ан нет, мужчина оказался твердым орешком. Мгновенно пришел в чувство, и, похоже, он знаком со многими из кинематографической тусовки. Видимо, Карякина на мякине не проведешь, но и я не лыком шита. Зайка не первый год работает на телевидении, я слышу от Ольги много всяких фамилий, кое-какие задержались в памяти.

Сохраняя на лице улыбку, я кинулась в бой:

— Есть такие Сергей Козлов и Игорь Товстунов. Вам, наверное, их имена, как, впрочем, и абсолютному большинству телезрителей, неизвестны. Жизнь несправедлива, люди считают, что основной человек в сериале — актер. Ан нет, главные-то Козлов с Товстуновым, они рулят процессом съемок, без них ничего не получится. Вот недавно эти двое создали собственный холдинг «НРБ» — гигантское предприятие, десять киностудий под одной крышей...

Тут я остановилась, чтобы перевести дух. Зайка не раз упоминала, что абсолютно незнакомые мне Сергей с Игорем крайне порядочные люди и честные бизнесмены. Что ж, пусть им на самом деле повезет и продюсерам удастся организовать в России собственный Голливуд. Давно заметила за собой одну особенность: как совру, так потом и получится.

— Я знаю Козлова, — вскинул голову Вадим, —

и, естественно, наслышан о Товстунове. Значит, их проект?

— Деньги мои, — живо напомнила я, — на сто серий. А если удачно получится, еще двести сделаем. Но есть проблемка. Сценарий!

Карякин выпятил грудь.

— Полунина актриса никудышная, такая любое дело утопит, но вас она правильно сориентировала: я имею великолепный материал. Рассказать?

— Конечно, — подпрыгнула я.

Вадим сцепил руки перед собой и начал. Пока ничего нового я из уст Димона не услыхала: он мерно повествовал о двух женах Тришкина и их нечаянной смерти.

— Ну как? — горделиво осведомился Вадим, закончив историю. — Впечатляет?

Я прищурилась.

— Честно?

— Естественно.

— Нет.

— Но почему? — взвыл Карякин. — Такой богатый материал. Любовь, смерть... Дух захватывает!

Я сдвинула брови.

— Из исследований, которые провели по моей просьбе сотрудники отдела рекламы, явствует: народ не хочет мелодрам. Людям нужен детектив!

Вадим занервничал.

— В сценарии много криминала.

— Пока ни об одном трупе не услышала.

— А Майя и Юля? — возмутился Димон. — Они уж точно покойницы.

— Дорогой мой, — назидательно заговорила я, — мне Достоевский не нужен. Конечно, на сцене, где жена наблюдает за мужем-прелюбодеем и его любовницей, можно повысить рейтинг, но с одним пикантным эпизодом успеха не добиться. Поймите, требуется экшн — действие, интрига, тайна! А философские размышлизмы типа, как следует жить: идти на поводу у собственных желаний или вспомнить о чувстве долга, — не в кайф, кассы они не соберут. Ясно?

— Между прочим, «Идиот» имел оглушительный успех, — отбил мяч Карякин.

— Следовательно, второго «Идиота» уже не надо, — нашлась я. — В вашей заявке вялое действие, несчастный случай и самоубийство. Нет, не мой формат. Ладно, прощайте.

— Эй, эй, — окончательно испугался Вадим, — погодите!

Я вновь опустилась на табуретку.

— Вся внимание.

Карякин метнулся к шкафчику, вытащил из него бутылку с темной жидкостью непонятного происхождения и быстро воскликнул:

— Давайте выпьем за успех нашего совместного предприятия.

— С удовольствием, наливайте, — согласилась я.

Димон наплескал дурно пахнущую жидкость в не слишком чистые стаканы, поднял свой, чокнулся со мной и, закрыв глаза, начал вливать в себя нечто, притворяющееся коньяком.

Я быстро выплеснула свою порцию в раковину и опустила пустую емкость на стол. Димон крякнул, открыл глаза и хриплым голосом заявил:

— Ладно, пойду до конца. Значит, так! Лучше моего сценария вам не найти.

— Вы полагаете? — издевательски спросила я. — Да наши столы завалены рукописями.

Не успел язык произнести последнюю фразу, как мозг пожалел о ней. Эх, допустила ошибку, ведь только что жаловалась на отсутствие литературного материала для съемок!

Но Карякин не обратил внимания на глупую оговорку.

— Да, — твердо понесся он дальше, — получите не только гениальный текст, но и шикарный пиар. История подлинная, она произошла в реальной жизни, я опишу преступление, а потом, когда фильм отснимут и покажут, обращусь в милицию и потребую арестовать преступника, который долгие годы скрывается под маской честного человека. Вот какая фишка!

— Интересно, — одобрила я. — Замечательный ход. Включим прессу, привлечем телевидение, радио, всколыхнем общественное мнение, затем дискуссию: можно ли вламываться в сапогах в частную жизнь? Только пока ни о каких убийствах от вас не услышала.

— Сейчас, — пообещал Вадим, — будет вам и дудка, будет и свисток. Лично присутствовал, видел и хорошо запомнил.

— Начинайте, — почти прыгая от нетерпения, приказала я. — Если сумеете заинтриговать меня, мигом выдам некоторую сумму в качестве аванса.

Димон потер красные, обветренные руки, плеснул себе в стакан новую порцию выпивки и, забыв угостить «продюсера», начал топить Тришкиных.


В ту роковую ночь, когда погибла Майя, Димон не спал. Он, тогда совсем молодой и излишне романтичный, пишущий стихи парень, думал о жизни.

Осенью Димон познакомился с милой девушкой Юлей Хазе. Юлечка, послушная дочь родителей, напоминала Ассоль — она поджидала принца на корабле с алыми парусами и была абсолютно уверена: королевич непременно появится, следует лишь запастись терпением. Вообще говоря, очень опасная жизненная позиция. Царских особ на всех девиц на выданье явно не хватает, и, коли настойчиво требовать от судьбы суженого с короной на голове, можно остаться в старых девах. Умные девушки внимательно оглядываются по сторонам, берут наиболее подходящего из возникших претендентов и собственноручно воспитывают из него короля.

Но Юле вроде бы повезло, она совершенно искренне поверила в то, что влюблена, и позволила Димону ухаживать за собой. Вадик не был девственником и, пару раз сводив Юлю в театр, решил приступить к следующей фазе отношений. Но девушка сказала, что хочет выйти замуж чистой, и категорически отвергла притязания Карякина. Думаете, он обиделся и бросил идиотку?

Милые мои, если вы полагаете, что мужчину можно привязать к себе веревкой, сделанной из постельного белья, то в общем не слишком ошибаетесь. Есть лишь один нюанс: коли сразу, в первый час после знакомства, получив шоколадку, рухнете с кавалером в койку, то, вероятнее всего, потеряете парня. То, что достается легко, абсолютно не ценится. Не следует, впрочем, и изображать из себя Брестскую крепость и спустя десять лет после знакомства уныло твердить: «В постель лишь со штампом в паспорте». Если кавалер за целое десятилетие не сделал предложения, гоните его вон, переключитесь на иной объект...

Получив от любимой категоричное «нет», Вадим завелся. Как это так? До сих пор все девушки с радостью соглашались с ним на интимные отношения, а Юля отказывается. Нет, Димон во что бы то ни стало обязан сломить сопротивление дурочки. Карякин пока не собирался жениться, его просто раззадорило упрямство девчонки.

Когда Игорь позвал школьного друга на Новый год, Димон мысленно потер руки. Вот он, шанс. На даче все выпьют, расслабятся, дом у Тришкиных хоть и не особо благоустроенный, но довольно большой, в нем полно крохотных комнатушек, и Юле с Димоном выделят по отдельной спальне. Дальше — дело техники.

Вначале все шло, как задумал Вадим: Юля немного выпила и начала вести себя более свободно, чем обычно. После полуночи она принялась зевать и сказала:

— Ой, устала.

— Так иди спать, деточка, — засуетилась Лидия Константиновна. — Я тебе в угловой комнате постелила. Там, правда, одна подушка, может, вторую дать?

Внезапно Юля обняла даму.

— Спасибо. Вы такая заботливая! Но я люблю низко спать.

Лидия погладила девушку по голове:

— Спокойной ночи.

Димон заликовал. Отлично, его спутница уже целуется с Тришкиной. Юля вообще-то хорошо воспитанная девушка и до сего часа никакого амикошонства[1] с людьми не допускала, так что резкое изменение ее поведения, по мнению Димона, свидетельствовало о том, что капризница прилично набралась и ему пора действовать.

Выждав некоторое время, Карякин тоже принялся зевать и сказал, что отправляется спать. Но в отведенную ему комнату не пошел, а зарулил к Юле.

— Ты спишь? — прошептал Вадим.

Тишина.

— Юль, ау!

Снова молчание.

— Юляша, это я, — бубнил Димон, приближаясь к кровати.

---

[1] Амикошонство — панибратство *(прим. автора)*.

Продолжая повторять на разные лады имя девушки, Вадим добрался до кровати, сел на край и понял: постель пуста. Решив, что Юля отправилась в туалет, находящийся в дальнем углу сада, Ромео лег и затаился у стенки. Воображение рисовало дивные картины. Вот Юляша появляется в комнате, не подозревая о присутствии Карякина, раздевается, ныряет под одеяло и... оказывается в объятиях Димона, сгорающего от страсти!

Вадим лежал тихо-тихо, потом вдруг заснул. Очнулся он в полной темноте и понял: Юли нет.

Конечно, Карякин задумал не слишком хорошее дело, отдаленно смахивающее на изнасилование. Еще неизвестно, как бы он себя повел, начни девушка сопротивляться и отпихивать разгоряченного кавалера. Но при всем при том Вадим не подлый человек, и Юля ему на самом деле нравилась.

Парень сел на кровати, и ему стало не по себе. Куда подевалась девчонка? Может, она заглядывала в комнату, обнаружила в постели незваного гостя и в негодовании ушла? Легла там, где приготовили место для Вадима? Карякин встал и пошел в свою комнату.

Но соседняя спальня тоже оказалась пуста. Вот тут Димон перепугался всерьез. На улице стоит ощутимый мороз, будка туалета расположена довольно далеко... Что, если Юля упала, сломала ногу и сейчас замерзает в снегу? Карякин кинулся в прихожую, схватил куртку, но внезапно услышал тихий скрип.

А у Тришкиных имелась баня, пристроенная впритык к дому. Попасть туда можно из передней — от парадного входа надо повернуть в небольшой коридорчик, который ведет к комнате отдыха и парной. И вот сейчас дверь в этот проход распахнулась, и оттуда вышла Юля. Но в каком виде! Платье на девушке было совершенно измято и надето задом наперед, волосы взлохмачены, лицо красное, губы распухли, глаза горят огнем.

Вадим попятился.

— Ты чего там делала? — пробормотал он. — В комнате отдыха спала на диване?

Юля подошла к кавалеру и решительно сказала:

— Я люблю его.

— Кого? — отшатнулся Карякин.

— Игоря, — твердо сообщила девушка, — и выйду за него замуж. Он — мое счастье, я ждала его всю жизнь.

Димон сглотнул слюну.

— Гарик женат, — напомнил он, — а ты, похоже, с ума сошла.

— Я люблю его, — вскинула голову Юля. — Обожаю! Всего, целиком!

— Ты Гарьку впервые сегодня увидела, — попытался Димон спустить плохо вменяемую девушку с небес на землю, — когда успела втюриться?

— Я люблю его, и мы фактически поженились, осталось лишь документы оформить, — запальчиво заявила Юля.

И тут до Димона дошел смысл произошедшего.

— Эй, эй... — забормотал он, — так ты... с Гариком... Сразу? Через пару часов после первой встречи? А меня столько времени за нос водила... Ну я ему сейчас дам!

Юля схватила Карякина за куртку.

— Я его люблю, не лезь в наши отношения!

— А я?

— Что ты?

— Я как?

— Никак, — пожала плечами девушка. — Разве я давала тебе какие-то обещания? Нет, мы просто по театрам ходили.

Высказавшись, Юля шмыгнула в дом, а у Карякина перехватило дыхание — воздух просто исчез из легких. Димон распахнул дверь и вывалился из дома.

## Глава 16

Стояла ясная, морозная ночь. На небе висела необыкновенно яркая, очень крупная луна, и на участке было светло. Вадим побрел по тропинке вперед. Снег хрустел под ногами, словно сахарный песок. Этот мирный звук неожиданно успокоил Димона, Вадик закурил, сначала одну сигарету, потом вторую. Ничего страшного на самом деле не произошло. Да, Юлия ему нравилась, но он спокойно проживет без нее, недостатка в подружках у него нет, только свистни, десяток прибежит. Во-первых, портить отношения с другом детства из-за девчонки Карякин не собирался, а во-вторых, щедрая Лидия Константиновна всегда выручает Димона некоторыми суммами и никогда не просит вернуть долги. Нужна ему Юлька! Пусть теперь Гарик получит головную боль, покажут ему девки небо в алмазах. Майя не из тех, кто потерпит любовницу, а Юля собирается драться за свое счастье. Гарика потащат в разные стороны, а Димон спокойно, из укрытия, примется наблюдать за боевыми действиями.

Постояв около получаса и окончательно успокоившись, Вадим оглянулся на сараюшку туалета, но поленился идти туда — отошел на несколько метров от дорожки и завернул за большую ель. И тут услышал нервный голос Майи:

— Ты мерзавец!

— Да ладно, — ответил Гарик, — можно подумать, я тебе нужен.

Димон осторожно высунулся из-за дерева. Яркий свет луны отлично освещал дорожку, на которой стояли Майя и Гарик. Семейная пара, явно только что вышедшая из дома, чувствовала себя совершенно свободно: ночь, вокруг никого, все возможные свидетели мирно спят, стесняться нет необходимости.

— У нас фиктивный брак, — продолжил Гарик.

— Врешь! — топнула ногой Майя. — Ни фига себе, фиктивный! Спим-то в одной постели!

Тришкин тихо засмеялся.

— Анекдот слышала? Разговаривают два мужика, один у другого спрашивает: «Что тебе больше нравится: Новый год или секс?» — «Секс — это, конечно, здорово, — отвечает второй, — но Новый год случается чаще».

— Не поняла юмора, — сердито откликнулась Майя.

— Да уж какой смех, — скривился Игорь, — тут плакать надо. Лучше ответь, ты почему за меня замуж вышла?

— Я тебя люблю! — патетически воскликнула Майя.

— Ага... — кивнул Тришкин. — Домашнее хозяйство ведет мама, рожать детей ты не хочешь, трахаться со мной тебе влом, куда вместе пойти — сразу нудишь: «Ой, ой, ой, пьесу не приготовила, ноты не разучила...» А теперь скажи, это семейная жизнь? По мне, так нет, совсем не похоже.

— Ты вульгарен, — заявила Майя.

— Вполне вероятно.

— Я пианистка.

— И что?

— Должна беречь руки.

— А другое место ты тоже бережешь? — заржал Гарик. — Боишься, сотрется?

— Сука, — коротко ругнулась Майя.

— Ой, ой... — продолжал веселиться Игорь, — разве девушка, которая в койку к мужу раз в году, зажав нос, в скафандре ложится, может знать подобные словечки?

— Верно, — прошипела Майя, — эти словечки входят в лексикон шлюшек, которые трахаются с чужими мужьями, потаскунами и мерзавцами.

— Вот и поговорили, — кивнул Гарик. — Давай разведемся.

— Никогда, — отчеканила Майя.

— Послушай, — вполне мирно продолжил Тришкин, — ты мной постоянно недовольна, к чему нам жить в браке? Найдешь себе монаха-скрипача, и все тип-топ будет, станете днем дуэтом играть, а ночью Чайковского слушать.

— А вот тебе! — азартно заявила Майя и, сложив из пальцев фигу, сунула ее Гарику под нос.

— Ты меня поражаешь, — покачал головой Тришкин. — Такая неинтеллигентность, фу! Недаром моя мама...

— Мамаша твоя мразь, — окончательно потеряла над собой контроль Майя.

— Просто поразительно! — теперь уже по-настоящему обозлился на жену муж.

— О-о-о, посмели задеть священную корову, — издевательски засмеялась Майя. — Знаю, знаю, кто тебе в кровать Юльку подложил! Старая стерва решила рокировку произвести. Имей в виду, дорогой ценой тебе свобода достанется! Мы ж супруги, так?

— Ну да, — подтвердил Гарик.

— По закону, половина всего твоего — моя, — гулким шепотом сообщила Майя. — Все поделим: квартиру, дачу, сберкнижку. Да я еще ломаться стану. Кстати, пусть грымза, маменька твоя, передо мной на коленях постоит и попросит: «Маечка, любимая, дай идиоту и мерзавцу развод». Именно таким текстом! И пятки мне оближет!

— Гадина, — взвизгнул Гарик, — урою!

Подняв кулак, мужчина двинулся к нагло улыбающейся женушке. Майя развернулась и побежала в сторону туалета. Менее расторопный Гарик секунду покачался с занесенной рукой, потом тоже потрусил по тропинке.

Вадим, тихо-тихо стоявший за деревом, перевел дух. Хоть он и был знаком с Гариком с незапамятных времен, все же лучше, чтобы приятель понятия не имел о невольном свидетеле некрасивой сцены. Карякин надвинул капюшон куртки на голову, выкурил сигаретку и хотел уже выйти из укрытия, но тут послышалось шумное дыхание и топот. Димон вновь прильнул к мерзлому стволу.

По дорожке назад к дому бежал Гарик. «Аляска» Игоря была расстегнута и свисала с плеч, глаза бегали из стороны в сторону. Вид Тришкин имел полубезумный.

Почти достигнув укрытия, в котором притаился Димон, Игорь наклонился, зачерпнул пригоршню снега, засунул белый комок в рот и забубнил:

— Убил, убил... мама моя... убил...

По спине Вадима забегали мурашки, обутые в туфли на острых каблуках.

Тришкин, зачерпнув еще снега, потер руками лицо. В конце концов, кое-как успокоившись, Игорь оглядел дом и констатировал:

— Спят. Все. О, черт, весело, весело справим Новый год! Кто? Куда?

Бодрым шагом Тришкин двинулся к даче и исчез за дверью. Он не зажигал света, окна остались темными. А во дворе стояла невероятная тишина, от которой у Вадима заболели уши.

Через пару секунд Димон ощутил, что у него заледенели ноги. Он вышел на тропинку, направился было к дому, но вдруг остановился и вздрогнул. А где Майя? Куда она подевалась? Решила прямо ночью идти на шоссе ловить попутную машину до Москвы? Но калитка находится с другой стороны участка, дорожка, на которой произошла семейная ссора, упирается в сортир.

Тяжело вздыхая, Димон добрался до дощатой будки и прислушался. За створкой стояла тишина. Карякин сначала покашлял, а потом постучал пальцем по слегка облупившейся поверхности двери.

— Майя, ты тут?

Никакого ответа.

— Эй, Майка, выходи.

Ни звука, ни шороха.

— Хорош заседать, другим тоже надо, — решил воззвать к совести супруги Гарика Димон.

Внутри туалета никакого движения.

Димону стало неожиданно жарко. Вернее, лицо и руки у парня задубели, а по спине потекли струйки горячего пота.

— Майка, — хриплым голосом выдавил из себя Карякин, — извини, конечно...

И Димон толкнул дверь, с тихим скрипом она распахнулась. Вадик на всякий случай зажмурился, ожидая чего угодно — вопля, визга, заявления: «Димон, ты — козел!» В конце концов, обозлившись, интеллигентная Майя вполне могла треснуть приятеля, нагло пытающегося вломиться в туалет, метелкой, которую Лидия Константиновна хранила в просторном клозете рядом с тачкой.

Но вокруг стояла полнейшая тишина. Вот тут Димон едва не заработал инфаркт.

«Ни в коем случае не открывай глаз, — велел ему тихий внутренний голос, — лучше вернись так, зажмурившись, в дом и мирно ложись спать».

Но Вадик разлепил веки и мгновенно увидел тело Майи, лежащее в странной позе на полу будки. То, что девушка мертва, было ясно с первого взгляда.

— Он убил ее, — сказал Карякин, снова отхлебывая «коньяк», на этот раз прямо из горлышка бутылки.

— И вы никому не рассказали правду? — возмутилась я.

— Нет, — вяло ответил Карякин.

— Почему?

Димон пожал плечами.

— А зачем и кому болтать было?

— Думаю, на место происшествия прибыла милиция?

— Верно, — подтвердил Карякин. — Мы хрен знает сколько времени ее ждали.

— Смерть Майи посчитали несчастным случаем, — с жаром продолжила я, — решили, будто несчастная поскользнулась, упала и разбила переносицу о железную тачку.

Не успели опрометчивые слова слететь с языка, как я мгновенно о них пожалела. Сейчас Карякин вздрогнет и спросит: «А откуда вам известна столь подробная информация о происшествии?» Но тут затрезвонил мой мобильный, я схватила трубку, а Вадим снова вцепился в бутылку.

— Муся, — кричала мне в ухо Машка, — ты можешь позвонить Карлу Густавовичу и попросить, чтобы он прямо сейчас, безо всякой очереди, ушил Деньке брюки?

— У меня нет телефона Карлуши, — ответила я. — Вернее, он не записан в мобильном. Вернусь домой, тогда пожалуйста.

— Ладно, — вздохнула Маня, — сами разберемся. А ты где?

— Потом побеседуем, — туманно сообщила я, отключила мобильный и, положив его на край стола, уставилась на Вадима.

Карякин слегка втянул голову в плечи.

— Почему вы так смотрите?

— Просто так, — быстро ответила я, сообразив,

что собеседника не поразила моя слишком широкая осведомленность. — Значит, все сошло Игорю с рук?

— Угу, — кивнул Димон. — Он убил Майку, очень быстро женился на Юльке, а потом, когда и она ему надоела, повторил уже один раз разыгранную пьесу. Вы в курсе, что с Юляшкой случилось?

— Откуда бы... — фальшиво-удивленно воскликнула я.

Карякин откинулся на спинку жалобно заскрипевшего стула.

— Игорь, конечно, сукин сын. Знаете, кто ему алиби в первом случае предоставил?

— Нет.

— Сима Полунина. Когда менты нас допрашивать стали, она заявила: «Ничего ночью не слышала, из комнаты не выходила. Может, конечно, в этом признаваться некрасиво, но Игорь пришел в мою спальню вскоре после полуночи и оставался до того момента, как Лидия Константиновна закричала. Он все время находился со мной». Во как! Вывела свою любовь из-под удара!

— Ее не поймали на вранье? Не стали уточнять время, когда Игорь пришел к Симе? Не установили, что Майя умерла до того, как муж утопал к любовнице?

— Так менты решили, что Майка после полуночи умерла, — слегка запинаясь, растолковал Вадим.

— Эксперт столь существенно ошибся?

— Мороз стоял, — пояснил Димон, — тело сразу и задубело, ведь отопления в туалете нет. Вообще-то и у Лидии Константиновны, и у Гарьки, да и у всех гостей зимой горшки под кроватями дежурили. Ничего особенного в том нет, в прежние годы «ночные вазы» и у королей имелись. Но Майку на горшок присесть «ломало», вот и побежала пианистка во двор. А может, жива бы осталась, если бы такой гордой не была. Вот как случается, никто не знает, где его смерть ждет.

— Значит, вы считаете, что Игорь толкнул жену, та упала и неудачно приложилась головой об тачку. Но это случайность!

— Он ее убил. И без разницы, случайно или нарочно, — парировал Димон. — А потом перепугался и знаете чего наделал? Я-то все слышал, они у меня за стеной сопели, словно стадо слонов...

— Милиционеры? — наивно спросила я.

Карякин засмеялся.

— Ну, тех-то когда вызвали, под утро уж... Нет, Гарик у нас нежный бутон, он привык, что все его проблемы мамуся решает, к ней и прибежал. Влетел в спальню и зарыдал:

«Ой, ой... Она меня довела, пнул со всей дури, и Майка шлепнулась мордой на тачку. Все, мама, все! Теперь меня посадят».

А Лидия Константиновна в ответ воскликнула:

«Спокойно, сыночек, не нервничай, по порядку рассказывай, что случилось нехорошего. Я тебя, деточка, из любой беды вытащу...»

— Послушайте, Вадим, — перебила я Карякина, — до сих пор ваше повествование выглядело вполне правдоподобно. Вы случайно стали свидетелем разговора жены и мужа. Но, уж извините, никогда не поверю, что Лидия Константиновна и Игорь могли прилюдно обсуждать такую крайне деликатную вещь, как убийство по неосторожности.

Димон начал издавать звуки, похожие на хрюканье.

— Сейчас поймете, — выдавил он в конце концов из себя членораздельные слова. — Дачка у Тришкиных не особо шикарная была, вся из каких-то палок сделана. Сначала Лидия Константиновна выстроила небольшую избенку, затем, по мере появления денег, пристраивала комнатушки, и получилась форменная ерунда: коридоры, закоулки, верандочки. Вход в баню через прихожую, гостиная за кухней, столовая, смежная с одной из спален... Без пол-литра в здании не разобраться. В общем, бред архитектора...

Комната, в которой устроили Карякина, раньше имела большую печь. Одним своим боком встроенная в стену голландка обогревала спальню Димона, другим поддерживала тепло в покоях хозяйки. Через некоторое время Лидия Константиновна сумела сделать на даче котел, топившийся углем, и кафельная «батарея» превратилась просто в элемент интерьера. Так вот, если открыть дверцу топки, то расчудесно можно было слышать все, что происходило в другой комнате. Каким образом Димон разведал о «подслушивающем устройстве» и сколь часто им пользовался, сейчас не столь важно. Главное, что в ту страшную для Гарика ночь во время его беседы с мамой имелся свидетель.

Услыхав о адюльтере сына и о беде, которая случилась с невесткой, Лидия не потеряла головы. Она не бросилась с криками во двор, не стала будить народ, не понеслась на другой конец деревни, где проживала семья Никитиных, счастливых обладателей телефона. Нет! Димон просто обалдел, когда услышал ровный голос, которым родительница спросила сына:

— Она точно мертва?

— Да, — прошептал Гарик, — не шевелится и не дышит.

— Что ж, — резюмировала добрая матушка, — Майе не помочь, следует о себе побеспокоиться. Насколько я поняла, ты потребовал развода, а твоя женушка взбеленилась?

— Верно.

— Юля в курсе?

— Нет.

— Ты ей точно ничего не говорил?

— Я довел Юлечку до спальни, — глухо ответил Гарик, — сказал ей: «Милая, спи спокойно, мы скоро будем вместе» и пошел к себе. Увидел Майю, и так противно стало, взял да и выложил ей все. Она вполне спокойно сказала: «Пойду в туалет сбегаю». А дальше ты знаешь. Боже, боже, боже!

— Начинаем действовать, — каменным голосом остановила причитания сына Лидия Константиновна, — рыдания не конструктивны. Ты немедленно идешь к Юле, будишь ее и увозишь в город. Говоришь девушке: «Милая, я побеседовал с женой, объявил ей о разводе. Майя впала в истерику, пообещала утром тебя побить».

— Зачем мне увозить Юлю? — напрягся Гарик.

— Чтобы не наболтала милиционерам глупостей.

— Но здесь Сима и Вадим. Они ведь начнут задавать вопросы: где Юля, куда вдруг подевалась?

— Хм, действительно... — бормотнула Лидия. — Тебе нужно алиби. Я не гожусь... Так, иди к Симе, залезай к ней в кровать...

— Мама!

— Делай, что говорю. Полунина спокойно и искренне расскажет следователю о ночи любви, убедит дознавателей в твоей невиновности. Ситуация должна выглядеть так: Майя пошла в туалет, поскользнулась и упала. У вас с ней давно фактический развод, вы просто не оформляли бумаг. Этой ночью ты спал с Симой и ничего не слышал. Все! Ясно?

— Да.

— Стой! Что у Майи на ногах?

— Не понял, — растерялся Игорь.

— Ну, в чем она из дома вышла?

— Сапоги надела. Замшевые, на «манной маше».

— Надо натянуть на нее тапочки, — деловито

велела Лидия Константиновна. — В сапогах на толстой подметке вряд ли поскользнешься, а шлепки самое то для несчасного случая. Давай бери ее домашнюю обувку и в путь.

— Мама! Я не сумею!

— В чем сложность? Сапоги снял, тапки надел.

— Мне страшно.

— В тюрьме еще страшнее, — жестоко отрезала пожилая дама. — Вперед! Потом рули к Симе.

— Может, лучше к Юле?

— К Симе! — гаркнула маменька. — Юлечка мне очень понравилась, всегда о такой невестке мечтала — тихая, спокойная, приветливая, хозяйственная. Нельзя Юлю под подозрение подводить. И так есть опасность, что она может проговориться. Конечно, я предупрежу ее, чтобы молчала об инциденте в бане, но вдруг ляпнет спроста про вашу внезапно вспыхнувшую любовь и про твое обещание поговорить с Майей... Милиционеры насторожатся. Нет, алиби тебе должна обеспечить Сима, а Юле я врача вызову, пусть ее в больницу отвезут, от стресса давление у любой подскочит!

— А если Юля услышит о моем визите к Полуниной? — нервно зашептал Гарик. — Она меня никогда не простит!

— Деточка, — устало произнесла Лидия, — слушай меня. Иди поменяй на покойнице обувь и ложись к Симе под одеяло. Постарайся, чтобы она была довольна, а остальное моя забота. Никто никому ничего не сообщит, Юлечка останется вне подозрений. Она тут вообще ни при чем, она же девушка Карякина. В самом худшем варианте милиция заподозрит Полунину, она ведь твоя любовница, соответственно имела все основания ненавидеть Майю. Впрочем... Может, тебе взять веник и в прямом смысле замести следы, а я потом, обувшись в ботинки Симы, прогуляюсь от крыльца к сортиру и обратно?

— Мама, — с нескрываемым ужасом выронил Гарик, — как ты можешь так шутить?

— Это не юмор, — спокойно ответила Лидия, — а одна из возможностей обелить тебя. Хотя нет, дурацкая идея. На дорожке-то останутся лишь следы «Симы», отпечатки сапог Майи исчезнут. Но интересная мысль пришла мне в голову не зря. Снежок все равно следует разровнять, ведь у Майи на ногах теперь будут тапки. Вот что: ты обувь-то ее домашнюю на руки надень. Да потопай ими там. Ясно?

## Глава 17

Несмотря на экспромт, постановка удалась целиком и полностью — дело признали несчастным случаем. Юлечка вышла замуж за Игоря и прожила с ним счастливо несколько лет, пока не случилась история, почти полностью повторившая ту, которая произошла с Майей.

Димон притих, я начала ерзать на табуретке.

— Ну, говорите!

— А нечего больше говорить, — скорбно пожал плечами Вадим и с сожалением покосился на уже пустую бутылку.

— Юля покончила с собой?

— Нет, конечно, думаю, ее Гарька в окно выпихнул, — вдруг совершенно пьяным голосом произнес мой собеседник. — С чего бы ей самой счеты с жизнью заканчивать? Да еще в свой день рождения! У нее все хорошо шло: муж, ребенок, родители, свекровь чуть ли не в зубах ей тапочки приносит. Не, Гарьке Нинка понравилась, баба моя. Вот ведь штука... Слышала стишок? «В жизни все повторяется дважды, но в виде драмы только однажды, а во второй раз насмешки вроде бы, в виде пародии, только пародии». Не помню, кто автор, но верно, блин, подмечено. Закон парных случаев. Снова я в гости приехал, снова с бабой, снова она мне с Гарькой изменила, снова Тришкин решил от жены избавиться...

— Говорят, он любил Юлю.

— Е-мое! Гарька больше недели никого любить не мог, — шлепнул себя по бедрам Карякин. — Его мамочка так воспитала: хочет сыночка игрушку? Бери, милый. Надоела? Брось на пол, мамулечка уберет. Он так до сих пор и живет. Эх, кончился коньячок, а денег больше нет. Ик... ик... Ммл-ты-ее-е...

Издав последний, абсолютно нечленораздельный звук, Вадим вдруг упал головой на стол и громко захрапел.

Я потрясла его за плечи.

— Эй, Карякин! У меня еще есть вопросы, даже много! Почему вы столько лет молчали, а сейчас решили предать историю гласности? Ну же, Вадим!

Мерный, рокочущий храп послужил мне ответом. Я стукнула кулаком по столу, Димон приоткрыл один глаз.

— Деньги! — воскликнула я. — Хочешь аванс за сценарий?

Вадим вздрогнул, но очнуться все-таки не сумел, и мне пришлось признать свое поражение. Очевидно, Карякин принадлежит к категории не сразу пьянеющих людей. Подобные личности могут некоторое время безо всяких последствий стаканами вливать в себя «огненную воду». Пять минут — полет нормальный, десять, пятнадцать, двадцать... Горячительное проваливается в глотку, а потом — бац, весь алкоголь разом догоняет индивидуума.

Теперь Карякин проспит до утра. И что делать мне? Велено быть дома не позднее восьми, а на часах уже четыре. «Подумаешь, — скажет сейчас кто-нибудь, — да на машине за это время можно успеть до Тулы добраться». Верно, но только на дворе декабрь, скоро Новый год, в Москву приехало много людей, желающих походить по магазинам, следовательно, прямо от начала Ленинградского проспекта насмерть встанет гигантская пробка, ужасный затор, в котором передвигаться можно лишь с черепашьей скоростью. Вспотев от напряжения, я доползу до МКАД и там получу новый удар. Многотонные фуры, эти с виду мощные машины, становятся абсолютно беспомощными, если на их пути встречается подъем, покрытый коркой льда. А еще по дороге носятся наглые водители, нарушающие правила из чистого лихачества. Оставшихся трех часов мне едва хватит, дабы доехать до Ложкина. Значит, придется еще раз явиться к Вадиму. Завтра, опять в одиннадцать. Вот тогда и продолжим интересный разговор.

Я устроилась за рулем, и мой «Пежо» медленно пополз по улицам. Ну скажите, отчего наши гаишники никогда не стоят в том месте, где они на самом деле нужны? Допустим, здесь, на площади Белорусского вокзала, каждый едет так, как захочет. До сих пор подобное движение я видела лишь в Египте. Если бы на перекрестке маячил человек в форме и с полосатым жезлом в руке, думаю, белый «БМВ», громко крякая, не начал бы спихивать со своего пути полуживую «копейку». Но нет, представитель дорожной службы в напряженном месте отсутствует, зато я непременно увижу его в кустах на полупустом Ново-Рижском шоссе, где он будет поджидать очередного нарушителя скоростного режима. У вокзала-то надо рулить потоками, напряженно работать за зарплату, а на трассе стой себе спокойно и складывай за краги сторублевки.

Белый «БМВ» вдруг резко затормозил, и в него

тут же тюкнулась крохотная «Ока». Я стукнула кулаком по рулю. Ну вот! Теперь меня окончательно «заперли». Впереди слева замерли «поцеловавшиеся» автомобили, справа тихо спит припаркованная в абсолютно не подобающем месте «Газель».

Я вышла из машины и начала озираться. Может, патруль приедет быстро, остановит поток и я вырулю-таки из капкана?

У белого «БМВ» распахнулась передняя дверь, показались стройные ножки, обутые, несмотря на декабрь, в элегантные туфельки из кожи питона, затем на свет явились мини-юбочка, полушубок из шиншиллы и белокурая головка. Из «Оки» выскочил мрачный парень в затрапезной куртенке.

— Ты че, — завозмущался он, — охренела? Какого... по тормозам бьешь? Где ум? В сиськах?

— Сейчас, сейчас... — ангельским голоском защебетала девушка.

Красивой рукой хозяйка «бумера» вынула мобильник, откинула длинную прядь светлых, идеально завитых волос и, приложив телефон к уху, в мочке которого посверкивал крупный брильянт, замурлыкала:

— Котик, я тут в небольшой конфуз попала... нет... жива... бабочку только поцарапала...

— Бабочку она поцарапала... — с невероятным презрением передразнил ее водитель «Оки» и сплюнул. — Во, мля!

— Милый, — не обращая на него внимания, пела блондинка, — приезжай. Я внезапно притормозила, а он в меня... того... Ага, сейчас!

Продолжая сжимать в руке элегантный мобильный, девушка окинула взглядом «Оку».

— Любимый, — продолжила она в трубку, — прости, не знаю, на чем он ездит. Могу лишь точно сказать одно: ни у тебя, ни у папы, вообще ни у кого из наших родственников подобной нет. Да, да, секундочку...

Ласково улыбаясь, блондинка повернулась к хмурому парню:

— Извините...

— Хорош идиотствовать! — заорал шофер. — Это ж сколько мне теперь платить придется? Во попал! Во влип!

— Простите...

— Ща менты прирулят, — с тоской в голосе жаловался на судьбу владелец «Оки», — ясное дело, меня же и обвиноватят!

— Мой муж просит сказать, какая у вас машина, — по-детски обиженно протянула владелица дорогой иномарки.

Шоферюга стал похож на Карабаса-Барабаса.

— Какая у меня машина? — передразнил он блондинку.

— Да, да, название скажите, — обрадовалась наивная девушка.

Парень пнул колесо своей «Оки».

— «Ламборджини Дьяболо»[1], мля! За триста тысяч евро.

Блондинка кивнула и снова занялась телефоном.

— Котеночек, он говорит «Ламборджини Дьяволо». Да, ясно, поняла. Мгновенно!

В ту же секунду девушка со скоростью молодой борзой влезла в «БМВ», нажала на газ и была такова. Водитель «Оки» вытаращил глаза, потом спросил у меня:

— Видала?

---

[1] «Ламборджини» — одна из самых дорогих автомобильных марок, довольно редкий гость на московских улицах (*прим. автора*).

— Да, — кивнула я и удивленно поинтересовалась: — А почему она удрала?

— Почему, почему, почему... — с упорством заевшей пластинки стал повторять шофер. А затем вдруг расхохотался, оглядываясь на свою крошку-машинку: — Ой, не могу! Ну, не дура ли! Она ж поверила, что ЭТО — «Ламборджини Дьяболо» за триста тысяч евро! Ей мужик небось велел: «Ну ты, кошка крашеная, сматывайся поскорей, пока меня хозяин крутой тачки на бабки за твою езду не поставил». Цирк! Мне повезло! Иначе ведь не доказать, что идиотка неожиданно затормозила!

Продолжая изъявления бурной радости, владелец крохотной «Оки» села за руль и тронулся с места. Я тоже смогла продолжить свой путь в Ложкино.

Домой я ворвалась в полвосьмого и была встречена замечанием Ирки:

— Чего трубочку не берете? Аркадий Константинович вам обтрезвонился!

— Не слышала звонка.

— И Маша заволновалась, — не унималась Ирка. — Вы на мобильник гляньте, небось режим «без звука» поставили?

— Потом, — отмахнулась я, — некогда.

— Нет, посмотрите, — не отставала домработница, — вдруг Аркадий Константинович снова беспокоиться начнет.

— Звякнет на домашний!

— Нет, проверьте, — уперлась Ира.

Я закатила глаза и полезла в сумку. Если речь идет о Кеше, Ирка расшибет лоб, но сделает так, чтобы обожаемый хозяин не нервничал.

— Ну, и где сотовый? — с легким ехидством осведомилась Ира.

— Наверное, в кармашке, — буркнула я, роясь в ридикюле.

— Ага, и там нет!

— Сейчас все вытряхну.

— Ну, так и знала! Вы снова телефон потеряли!

— Почему «снова»? — возмутилась я.

— Уже четвертый за год.

— Третий.

— Не... В марте посеяли белую «раскладушку», в июне такой черненький, маленький. Не успела вам его Маша купить, как он исчез.

— Тот аппарат украли, — отбивалась я, запихивая назад в сумку кучу всякого хлама, среди которого, увы, мобильного не обнаружилось.

— А какая разница? — пожала плечами Ирка. — Главное, что его нету. Это было два! А третий вы утопили.

— Дома, в ванной, совершенно случайно, — уточнила я. — Так что вовсе я его не теряла, а просто уронила в воду.

— И чего? Теперь четвертый испарился.

— Третий не считается! Он не пропадал, а утонул.

— Но его нет, а значит, я права! — с торжеством заявила Ира. — То-то Аркадий Константинович обрадуется... Дорогая моделька была, эксклюзивная, он ее для вас специально заказывал.

Я тяжело вздохнула. Ну вот, теперь стану ощущать себя настоящей негодяйкой! Невероятно занятой человек — мой сын — выкроил в напряженном рабочем графике время и не схватил первую попавшуюся в магазине модель, а позаботился и добыл для матушки аппарат, о котором та мечтала: не слишком маленький, с большим экраном, с квадратными кнопками, в металлическом корпусе. А я? Бросила где-то небрежно подарок и ушла. Фу, как некрасиво! Может, мне купить точь-в-точь такой же вариант и ничего не рассказывать Кеше о пропаже телефончика?

Я покосилась на Ирку. Нет, домработница мигом выдаст меня.

— Вы бы позвонили в телефонную компанию, — посоветовала Ирка, — а то небось, как всегда, пароль с «симки» сняли.

— Верно, — кивнула я, — потому что не способна запомнить даже две цифры, а код состоит аж из четырех.

— А тариф у вас безлимитный... — с упорством танка вещала Ирка. — Вот кому-то радость! Говори — не хочу, схватил со стола мобильничек и пользуйся!

Тут меня осенило.

— И вовсе я его не теряла! — закричала я. — Просто случайно оставила телефон на столе в доме у одного человека. Позвонила Машка, стала про брюки и Дениску говорить, я с ней поболтала и положила сотовый перед собой, а потом забыла про него. Завтра заберу.

— Ну-ну... Все равно заблокируйте.

— Хорошо!

— Прямо сейчас.

— Только умоюсь.

— Нет, сию секунду, иначе позабудете.

— Я всегда помню о делах.

— Ага, — хихикнула Ирка, — просто смехотища! Ладно, я сама вам телефон заблокирую.

— Спасибо, — процедила я сквозь зубы, — крайне благодарна за заботу, но все же лично разберусь со своим телефоном. Ты бы лучше муравьев из дома выгнала, ходят стаей.

Последнее замечание прозвучало не очень любезно, но меня возмутило настойчивое желание Ирки указать на мои ошибки, и захотелось ответить ей тем же.

— Эх, Дарь Иванна, — с чувством воскликнула

Ирка, — вы к старости прям как полковник делаетесь!

Бескрайнее негодование начало наполнять меня. Я — стройная, без второго подбородка и «пивного» живота, с довольно пышной шевелюрой — совершенно не похожа на толстого, лысого Дегтярева!

— Александр Михайлович тоже, если ключи потеряет, на всех злится, — довершила выступление домработница. — Когда человек на справедливые замечания обижается, значит, он в старикашку превратился, такого противного, который всем недоволен и из дома вышел, чтобы свою злость выплеснуть.

Я указала пальцем на бежево-серую плитку, которой выстлан у нас пол в прихожей.

— Согласна с тобой. Немотивированная обидчивость — показатель дряхления души и тела. Ты сказала абсолютно справедливую вещь. Но погляди, вон цепочка шустрых муравьишек тянется. Так кто из нас обидчивая старушонка, а? Мое замечание тоже абсолютно справедливо!

Ирка прищурилась, наклонилась, потом села на корточки.

— Точно, — слегка растерянно констатировала она. — Откуда они взялись?

— С улицы пришли, — улыбнулась я, — погреться. Сейчас прямиком в столовую двинут, поближе к хлебнице и сахарнице.

— Вот пакость, — брезгливо поморщилась Ирка. — Странно, однако, ведь зимой муравьи спят.

— А эти бодрствуют, — закивала я, — и весьма неплохо себя чувствуют.

— Но у нас нет муравьев, — рассердилась Ирка, — и не было никогда! В доме, имею в виду, на улице ползают летом.

— Наверное, замерзли на свежем воздухе, вот и

заглянули на огонек, — мстительно продолжила я. — Думаю, тебе следует немедленно взять тряпку, совок и веник и заняться уборкой. Спасибо, конечно, что ты хотела позаботиться о моем мобильном, но он спокойно лежит в известном мне месте, а наглые насекомые разгуливают по дому.

Ирка выпрямилась.

— Может, не надо их гнать?

— Предлагаешь открыть в Ложкине приют для насекомых? Может, стоит тогда повесить на ворота табличку «Мурашкин хаус»? Думаю, гринписовцы придут в восторг и вручат тебе медаль. Но мне не слишком хочется спать в постели, где ползают эти твари, и питаться продуктами, которые они обтоптали своими лапами!

— Вечно вы, Дарь Иванна, ёрничаете, — надулась Ирка. — Не об том речь веду. Всем известно: коли в дому мурашики, в нем больше никого нет, пусто.

— Ясное дело, люди убегают от противных насекомых.

— Не о людях речь, — совсем разозлилась домработница. — Смываются тараканы, мыши, жуки... С муравьями никто не уживается!

— Точно знаешь?

— Чтоб мне никогда жареной картошки не есть! — с жаром заявила Ирка.

Я присмотрелась к рыжей цепочке на полу, тянущейся в сторону коридора.

— Знаешь, Ирина, а тебе, кажется, навсегда придется проститься с любимым блюдом.

— Почему?

— Вон там, из-под комода, выползает таракан.

— Где? — взвизгнула Ирка.

— Не замечаешь?

— Вижу! — заорала Ира. — Ой, я их до смерти боюсь!

— Я тоже!

— Их у нас нет!

— Значит, есть!

— Никогда раньше не видела, значит, их нет, — обморочным голосом твердила домработница.

Ну надо же! Ирка, словно известный древнегреческий философ, уверена: если проблему не разглядывать, та исчезнет. В принципе, правильное поведение: чем меньше зацикливаться на ерунде, тем быстрей она рассосется. Только к тараканам данный постулат не относится.

— Бери совок и сметай живность, — велела я.

— Ща Ваньку позову, — быстро нашла выход из положения домработница. Она распахнула было входную дверь, но тут же живо захлопнула ее и прошептала: — Дарь Иванна! Заболтались мы, а там Аркадий Константинович с бабкой Милицией приехали, по дорожке идут. Че делать-то?

— Хватай газету, вон ту, что на тумбочке лежит, и живо гони тараканов с муравьями вон.

— Это «Вести стадионов», ее Александр Михайлович еще не читал, — напомнила Ирка.

Я постаралась не захихикать. Наш полковник не способен пробежать и двух метров, по лестнице он поднимается, отдуваясь, словно уставшая лошадь, но каждый вечер, придя с работы, Дегтярев откупоривает бутылочку пива и ложится на диван в компании с листком «Вести стадионов». В этот момент Александр Михайлович ощущает себя членом огромной армии физкультурников, он навеки со спортом.

— Не спорь, — подтолкнула я Ирку в спину, — у олигархов в доме никакой иной живности, кроме элитных собак, кошек и экзотов, не должно быть. Тараканы с муравьями — это не комильфо. Что подумает Милиция, узрев рыжую демонстрацию? Давай, давай, живо гони насекомых под мебель, а я побегу в гостиную — мне велено сидеть со спицами в руках у телика.

Ирка схватила любимое издание Дегтярева и принялась яростно скрести им по плитке.

— Дарь Иванна! — проорала она мне в спину. — Аркадий Константинович велел вам то платье надеть, которое в общей гардеробной на втором этаже висит.

— Времени нет, — отозвалась я, — надо что-нибудь одно выбирать: либо мама с вязаньем, либо мама в приличной, на взгляд Кеши, одежде.

## Глава 18

Плюхнувшись на мягкую подушку, я схватила пульт и поняла весь ужас своего положения. Понимаете, я не очень люблю телевизор. Не следует считать меня гадкой снобкой, которая презрительно морщит нос при виде экрана и цедит сквозь зубы: «Оглупляют народ».

Я считаю, что народ сам, без меня, разберется, что ему смотреть. Никакой беды ни в многосерийных телефильмах, ни в веселых программах, ни в ток-шоу, ни в эстрадных концертах я не вижу. Каждый отдыхает, как хочет. Разве в Конституции написано, что граждане поголовно обязаны прочитать Пушкина? Нет? Вот и отвяжитесь от народа, перестаньте его учить и тащить в светлое завтра, пусть люди живут счастливо сегодня. Во всяком случае те, кому уже исполнилось восемнадцать. Если кое-кому не нравятся какие-то телепрограммы, то он может их не включать. Телевизор не собака, он не бросается на вас из-за угла, не рычит, не кусает того, кто не жаждет смотреть «мыло». Я, например, обожаю сериалы про Эркюля Пуаро и мисс Марпл, еще мне понравился фильм про Ниро Вулфа, только не тот, что сняли в России. Впрочем, иногда могу посмотреть и некое шоу с мрачно напыщенным ведущим, программу, претендующую на серьезность и глубину анализа разных ситуаций. Мне она отчего-то кажется веселей всех юмористических шоу: и пафосный журналист, и его гости с умным видом несут такую чушь! Ей-богу, очень, как говорит Манюня, прикольно.

Впрочем, сейчас речь пойдет об ином. Телик я смотрю редко и делаю это лишь в своей спальне. В гостиной никогда не сижу по нескольким причинам. Во-первых, там стоит не слишком удобная для моей спины мебель, во-вторых, в большой комнате постоянно много народа, и все безостановочно галдят, в-третьих, тут огромный, очень яркий экран, от взгляда на который у меня моментально начинается мигрень.

Но сейчас хозяйке дома предписано пялиться в телевизор, изображая вязальщицу. Именно так, по мнению детей, проводит досуг мать милых детей, супруга владельца шахт, заводов, алмазных приисков, урановых рудников и нефтяных скважин. Упав в неприятно мягкое для моего позвоночника кресло, я поняла... что не умею включать плазменную панель.

— Сейчас выпьем кофе, — послышался из прихожей бодрый голос Кеши.

— Лучше чаю, — покашливая, ответила Милиция.

Я занервничала и принялась быстро нажимать на все кнопки, но гадкий телик даже не моргнул.

— Ирина, — крикнул наш адвокат, — подайте чайник.

— Слушаюсь, Аркадий Константинович, — подобострастно откликнулась домработница, — лечу, словно гиена.

В иной ситуации, услыхав заявление Ирки, я

бы захихикала: старательно исполняя роль, Ирка перепутала животных, она явно имела в виду гепарда. Но сейчас мне было не до смеха — мерзкая панель не желала работать! Представляю, что мне потом скажет Кеша: «Неужели не могла постараться ради Деньки!»; «Милиция из-за тебя отказалась выдавать за Дениску свою Бетти» и так далее в том же духе. Если сватовство сорвется, виноватой буду только я. До конца дней домашние станут говорить: «Это произошло через неделю после того дня, когда Дарья не сумела включить телик и лишила Дениску семейного счастья». Или: «Холодильник мы купили за месяц до момента, как Дарья не сумела включить телик и лишила Деньку семейного счастья».

На меня уже накатывало отчаяние.

— Ваши родственники еще не приехали? — спросила Милиция, явно подобравшись к самому входу в гостиную.

— Горячо любимая мамочка сейчас смотрит свой обожаемый сериал, — не свойственным ему сюсюкающим тоном ответил Кеша, — но скоро соберутся и остальные. Наша семья свято соблюдает традицию совместного ужина. Ее завел еще прапра-прапрадедушка... э... Иван Васильев, знатный... э... постельничий царя.

— Очень приятно, когда люди из века в век берегут семейные ценности, — церемонно подхватила нить беседы Милиция.

Уже в полном отчаянии я стукнула пультом по колену, и — о радость! — экран сначала вспыхнул ярко-голубым светом, а потом на нем зашевелились фигуры. Какой канал заработал, я понять не успела, потому что через порог переступили Милиция и Кеша. Я нащупала в кресле, сбоку от себя, клубок шерсти и спицы, не глядя схватила «реквизит», положила пряжу на колени, а железяки зажала в пальцах.

— Добрый вечер, — почти ласково произнесла Милиция.

Я навесила на лицо сладкую улыбку.

— Как хорошо, что вы вернулись! Желаете поужинать?

Кеша сердито кашлянул. Я тут же сообразила, что наша семья на протяжении трехсот лет всегда усаживается за стол после захода солнца в полном составе, и ловко исправила свою ошибку:

— Мы любим поболтать при свечах, все вместе, но ради гостьи готовы пойти на исключение.

— Не стоит, — мягко улыбнулась Милиция, — давайте подождем вашего мужа и деток.

Я заморгала, потом вспомнила, что на данном этапе являюсь супругой полковника, и защебетала, словно рехнувшаяся сорока:

— Тогда, может, пока чаю? Какой желаете — цейлонский, индийский, травяной, фруктовый, без кофеина, с пониженным содержанием танина?

— Если есть, то ромашку с мятой, — попросила гостья.

— Сей момент! — взяла под козырек Ирка. — Не успеет рак кашлянуть, как принесу, ваше благородие!

Аркадий позеленел и исподтишка показал домработнице кулак. Ира недоуменно воззрилась на обозленного хозяина, потом до нее дошло: сказала нечто неправильное.

— Есть, ваше преосвященство! — попыталась она еще раз. — Служу Советскому Союзу!

Потом Ирка развернулась и строевым шагом промаршировала на кухню, Милиция проводила домработницу удивленным взглядом, во взоре гостьи явно читалось: «У них сумасшедшая прислуга».

Я поментально схватила вожжи беседы в свои руки:

— Наша горничная очень старательная.

— Оно видно, — кивнула Милиция.

— Предана, как собака.

— Хорошее качество.

— Но до того, как попасть к нам, — вдохновенно врала я, — Ирина служила сначала в экономках у церковнослужителя, а после его смерти попала в семью маршала. Этим объясняется ее немного странная речь.

— Ах, вот оно что! — с явным облегчением воскликнула Милиция. — Не зря говорят, глянь на служанку — и поймешь, кто ее хозяин.

Я мысленно перекрестилась: слава богу, что не стала утром вредничать и не отняла у Ирки платье от Шанель. Надеюсь, хоть внешний вид домработницы радует Милицию.

— Что за передачу показывают? — поинтересовалась пожилая дама. — Можно присоединиться к вам?

— Милый сериал, — защебетала я, — так, пустячок, отдых для усталого мозга. Присаживайтесь вот в это кресло!

Милиция кивнула, приблизилась к монстру, обитому гобеленом, и стала поправлять плед, которым было застелено сиденье.

Я тем временем впервые удосужилась глянуть на экран и едва не лишилась чувств. Все это время до моих ушей долетала бессмертная музыка Моцарта, изредка прерываемая странным сопением, теперь же глаза узрели, какую картину сопровождает мелодия.

Плазменная панель бесстыдно демонстрировала двух совершенно голых парней и одну девицу безо всякой одежды. На заднем плане около живописной группы толкался то ли осел, то ли крупная собака. Зрелище не было рассчитано ни на детей, ни на пожилых дам, и уж навряд ли этим «сериалом» станет увлекаться домашняя хозяйка, сидя с вязаньем в гостиной. Если кому в голову и придет глядеть подобный фильм, то он уединится с ним в своей спальне.

Очевидно, беспорядочно нажимая кнопки в попытках включить телик, я случайно наткнулась на один из кабельных каналов, демонстрирующих порнографию. Ничего удивительного, на крыше дома торчат три громадные «тарелки» — мы ловим практически весь мир.

Слава богу, Милиция во время нашей беседы стояла спиной к телевизору, но сейчас она мирно расправит плед и сядет в кресло...

Кеша бросил взор на экран, покраснел, выхватил у меня пульт, быстро переключил канал, и обнаженных бесстыдников сменила картина богато убранной комнаты.

—Хосе, — заквакало из динамика, — Хосе! Это моя дочь!

— Нет. Розалия, ты разбиваешь мне сердце.

— О, Хосе, наша любовь выдержит испытание.

— Розалия, я умру от горя!

Милиция осторожно опустилась на подушку.

— Вы тоже смотрите «Каролину»! — с радостью воскликнула она.

— Да, да, — мигом подтвердила я, — чудесная картина.

— Добрая.

— Да, да.

— Без сцен насилия и секса.

— Да, да.

— Изумительное кино.

— Да, да, — машинально твердила я, наблюдая за тем, как лицо Аркадия, стоящего у кресла-качалки, медленно принимает естественный оттенок.

— Актеры восхитительны.

— Да, да.

— В особенности Хуанита.

— Да, да.

— Но и Розалия ничего.

— Да, да.

— Вот Хосе слишком агрессивен.

— Да, да.

— Ей не больно?

— Да, да.

— Ей не больно?

— Да, да, — кивнула я и потрясла головой. — Простите, не поняла, вы о ком сейчас спрашивали?

— О вашей собачке, — пояснила Милиция. — Вы в нее так яростно вилкой с ножом тыкаете.

Я вздрогнула. Нашарив в кресле клубок и спицы, предусмотрительно приготовленные Кешей, я не забывала сейчас делать вид, что занимаюсь рукоделием, и постоянно шевелила руками.

Глаза оторвались от лица Милиции, взор переместился ниже... и меня чуть не хватил удар. Вместо мохера у меня на коленях покоилась Жюли, а в моих пальцах были зажаты столовые приборы. Перепутала мебель! Вон он, клубок, мирно лежит на диванчике. Вилки в кресле забыл кто-то из домашних: сел у телика с тарелкой в руке, слопал вкусное, оставил посуду и ушел. Хуч увидел объедки, запрыгнул, вылизал остатки, вилка с ножом свалились на гобелен, невнимательная Ирка унесла тарелку, потом появилась Жюли и мирно улеглась спать в компании со столовыми приборами. Спустя некоторое время прибежала я и, не глядя, вцепилась в собачку. Все правильно, йорк на ощупь похож на шерстяную пряжу, а вилка и нож сделаны из холодного металла, ну прямо как спицы.

Аркадий снова начал багроветь.

— Э... э... — забормотала я. — Да, действительно! Ножик и вилочка, а это Жюли... чмок, чмок, моя крошечка... Обожаю собачек... хи... хи... Видите ли, это особые вилка и нож, они были придуманы...

э... Хосе Родригесом, лучшим на свете парикмахером, для своей йоркширихи... э... Розалии. Да, именно так! Ножом вы поддеваете прядь волос терьера, а вилкой ее расчесываете! Вот так...

— Никогда не сталкивалась с подобной методой, — протянула Милиция, — чешу своего йорка простой расческой.

Я воспряла духом. Похоже, Милиция мне поверила, надо закрепить успех.

— Это вчерашний день! Сейчас доказано, что лучше серебряных ножа и вилки для здоровья шерсти нет. Благородный металл уничтожает микробы, создает озоновый слой вокруг волос, выравнивает структуру кератина, очищает луковицу, а легкое нажатие ножом стимулирует кровообращение.

Запал иссяк. Впрочем, я была крайне собой довольна: вполне, оказывается, способна сочинить рекламный текст.

— И где берут аксессуары? — с явным интересом спросила Милиция. — Куплю такие.

— С огромным удовольствие завтра приобрету для вас подобные, — пообещала я.

— Право, неудобно!

— Разрешите сделать вам подарок!

— Думаю, вилка с ножом дорогие.

— Ах, милый пустячок.

— Не могу вас вгонять в расход.

Лицо Аркадия вновь побледнело, я сочла это за знак одобрения и утроила заботу.

— Никаких проблем!

— Вы так заняты...

— Ничем особым не обременена.

— Дом, дети, быт...

— Это в удовольствие.

— Нет, нет, куплю сама, скажите только адрес.

Я прищурилась.

— Милая Милиция, вас могут обмануть.

— Да?

— По виду не отличить от английской версии.

— Да?

— А по сути, страшная вещь.

— Да?

— Фальсификат производят из окиси урана.

— Ой!

— Понимаете?

— Да!

— Лучше сама добуду нож и вилочку.

— Вы так заботливы, — покачала головой Милиция.

Я гордо глянула на Кешу. Ну, кто из нас молодец? Да мы почти стали с подозрительной старухой лучшими подругами!

И тут в комнату плотной гурьбой вошли Машка, Денька, Зайка и притихший, затянутый в костюм и почти задушенный галстуком Дегтярев. Началось второе действие трагикомедии.

— Кушать выдано, — возвестила Ирка.

Все переместились в столовую, где без особых приключений съели ужин. Вам это может показаться странным, но никто ничего не уронил, не разбил, не поломал. Зайка не зудела о диете, Маня не вещала о патологических кошачьих родах и не ругалась с Денькой, последний не подбрасывал в тарелку до одури брезгливому Кеше пластиковых мух, а Аркадий, в свою очередь, не втянул полковника в беседу об ужасном содержании заключенных в следственных изоляторах.

Собаки тоже вели себя на удивление мило. Жюли не тявкала, выпрашивая кусочки, Хуч не стонал при виде колбасы, Бандик не описался, Снапа не стошнило, а кошки не стали вспрыгивать на стол и рыться лапами в тарелках у присутствующих, пытаясь вытащить особо лакомые кусочки.

Я с уважением посмотрела на Кешу. Может, он

неправильно выбрал профессию? Вдруг Аркадию следовало стать режиссером? Картина «Счастливая семья у самовара» изумительно поставлена, продумано все, вплоть до костюмов. Зайка в элегантном черном платье. На первый взгляд вещичка не представляет интереса, но на второй даже идиоту станет понятно: ее купили за границей и не за десять долларов. На Маше скромный пуловер и голубые джинсы. Именно так должна выглядеть интеллигентная девушка — без боевой раскраски, перьев, стразов и колец в носу. На Деньке вельветовый пиджак и водолазка, а на Дегтяреве совершенно новый и очень дорогой костюм.

Похоже, Аркашка лично отвез толстяка в бутик и, преодолев сопротивление полковника, впихнул его в «двойку».

Наконец Ирка принесла мороженое, все заскребли ложечками по креманкам.

— Ой! — вдруг взвизгнула Милиция. — Мышь!

— Где? — завертела головой Маша.

— Там!

— Не вижу.

— Идет от двери.

Я взвизгнула и поджала ноги. По блестящему паркету, абсолютно не смущаясь, шествовали совершенно незваные гости: четыре грызуна, два побольше, парочка помельче.

— Папа, мама и детки, — прокомментировала Маня.

— Брысь! — кинулась на мышей, размахивая полотенцем, Ирка. — Вон отсюда!

Милиция схватилась за сердце:

— Воды!

— Ща, — бросилась на кухню Ирка.

— Не бойтесь! — в один голос закричали Кеша и Дениска.

— Нет, нет, — нервно повторяла Милиция, — я, пожалуй, поеду домой.

Маня рассмеялась.

— Вы так испугались маленьких мышек?

Внезапно Милиция кивнула:

— Да.

— Но они совершенно безобидные, — заявила Манюня.

Милиция схватила салфетку и стала обмахивать ею лицо.

— Деточка, — еле-еле пробормотала она, — грызуны являются разносчиками чумы и холеры. Они живут в зараженных местах.

— Наши здоровые.

— Откуда ты можешь это знать? И не спорь со взрослым человеком, — начала сердиться Милиция.

Маня тряхнула волосами и заявила:

— А мы их разводим!

Я вцепилась пальцами в край стола. Все! Началось! Усилия Кеши пропали даром, Маруська решила самостоятельно рулить процессом.

## Глава 19

— Как разводите? — повторила Милиция.

Маруся быстро заправила пряди волос за уши и ринулась в бой.

— Очень просто. Я ветеринаром хочу стать, а Денька уже получил диплом, поэтому нам хорошо известны повадки четвероногих. В академии такой предмет преподают — зоопсихология. Верно, День?

— Гм, кхм, — отозвался наш Айболит, явно не понимавший, в какую степь сейчас уносит девочку.

— Живем мы в лесу, — вдохновенно продолжала Манюня, — следовательно, окружены дикими животными.

Я постаралась не рассмеяться. Только не подумайте, что в Ложкине бродят слоны, носороги, кабаны и медведи. За диких животных можно посчитать лишь тройку ничьих собак, которые прибились к охранникам поселка и получили статус служебных псов.

Милиция склонила голову набок. Она крайне внимательно слушала Маню, а та, желая во что бы то ни стало организовать счастье Деньки, старалась изо всех сил.

— Как ни закрывай окна и двери, все равно кто-нибудь из коренных обитателей экосистемы в дом забредет. Вот мы с Деней и решили: если не можешь врага побороть, с ним следует подружиться. Нам удалось договориться с мышами, и теперь грызуны ничего не трогают, просто всей семьей приходят в определенное время перекусить. Они абсолютно здоровы, им сделаны необходимые прививки, ни о какой холере или чуме речи идти не может, — на одном дыхании выпалила Машка. — Вот сейчас чаю попьют и уйдут.

— Надо же, — покачала головой Милиция, — я о таком даже не слышала. Мы ведь тоже в собственном доме живем и постоянно мышеловки везде ставим, но безрезультатно. Деточка, ты можешь написать мне подробно, что следует делать, дабы столь успешно выдрессировать крыс?

— Это мыши, — поправила Машка.

— По мне, так хрен редьки не слаще, — отмахнулась Милиция. — Я еще тревожусь за Крошку Че, как бы они его не обидели.

— Это кто? — удивилась Маня.

Гостья укоризненно покачала головой.

— Экая ты, ангел мой, невнимательная. Неужели не обратила внимания на то, что я приехала к вам в гости не одна?

Тут только я вспомнила: когда Милиция переступила порог особняка, у нее в руках имелась клетка с огромной птицей.

— Ой, и правда! — вырвалось у меня. — А где же ваш питомец?

— Наверное, спит, — ласково ответила Милиция. — Он слегка побаивается посторонних людей и, оказавшись в не слишком знакомом месте, предпочитает сидеть в домике. Лучше всего, конечно, никуда его не таскать, но Крошка Че очень скучает по мне, плачет, почти теряет сознание от разлуки, вот и приходится брать его с собой.

— Бедная собачка, — совершенно искренно сказала Зайка, решив, что речь идет о болонке. — А как же она гуляет? И что ела? Вы бы ее принесли сюда, наши псы никогда не трогают гостей.

— Крошка Че не собака, — слегка обиженно ответила Милиция, — она...

— Кошек мы тоже любим, — временно забыв о почтительной вежливости, перебила пожилую даму Ольга.

— Крошка Че попугай, — сердито сообщила Милиция. — Он питается специальными, экологически чистыми зерновыми палочками, а туалетом ему служит непромокаемая пеленка. Крошка Че крайне аккуратен. Я только не знаю, какого он пола, мальчик или девочка, вот и путаюсь все время: он, она...

— Попугай? — ахнула я. — Маловероятно.

— Почему? — прищурилась Милиция.

— Они такие не бывают.

— Но Крошка Че-то есть, — справедливо заметила Милиция.

— Ой, — завопила, отбросив в сторону роль супервоспитанной дочери олигарха-интеллигента, Маня, — покажите ее нам!

— С удовольствием, — кивнула Милиция. — Только придется пройти ко мне в комнату и предварительно вымыть руки. Очень боюсь инфекции, Крошка Че может заразиться птичьим гриппом.

Мы загрохотали стульями, побежали в ванную, а потом гуськом втянулись в спальню старухи.

— Ничего себе! — в огромном изумлении закричала Маша, глядя на птицу в клетке. — А сколько он весит?

— Пять кило, — гордо ответила Милиция.

— Фантастика! — взвизгнула Маруська. — Денька, видишь?

— Да уж, — протянул наш ветеринар. — Ничего себе экземпляр, ущипните меня семеро.

— Хороша Крошка Че? — счастливым голосом осведомилась хозяйка попугая.

— Потрясающе, — выдохнула Зайка.

— Нет слов, — пробасил Кеша.

— Сколько же ему лет? — спросила Ира. — И чем вы его кормите?

— Морковкой из Чернобыля, — влез в разговор Денька, — и капустой, которая выросла на свалке ядерных отходов?

Внезапно Милиция звонко рассмеялась.

— Нет, конечно, Крошка Че ест по науке, я руководствуюсь книгой «Здоровая еда попугая».

— Чего только теперь не пишут, — восхитился Дегтярев. — Вчера видел в магазине брошюру «Как быстро и правильно вскрыть любой сейф».

— У Крошки Че скоро день рождения, — сообщила Милиция. — Он появился в нашем доме седьмого января. Получилась настоящая рождественская история. Хотите, расскажу?

— Да, — разом ответили все.

Милиция вынула из кармана кружевной платочек, аккуратно промокнула глаза и начала.

— У меня всегда навертываются слезы, когда вспоминаю тот день. Я человек аккуратный, люблю, чтобы в хозяйстве все имелось, и не желаю переплачивать, совершая покупки. Поэтому раз в три месяца отсылаю домработницу со списком в оптовый магазин и велю приобретать необходимое коробками и блоками. Ну, к примеру, минеральной воды сорок бутылок, гречку — девять пакетов. Получается намного дешевле.

— Мы тоже так делаем, — не упустила я возможности продемонстрировать Милиции общность наших характеров.

— Да, — подхватила Ирка, — чумовое мероприятие! Только приедешь на склад, списочек достанешь, и начнет телефон разрываться: Дарь Иванна про кофе забыла, Маша название печенья перепутала. Приедешь домой — ругаются: не то приволокла! А уж с приправой и вовсе беда! Отчего-то...

Я быстро наступила Ирке на ногу. В каждой семье есть маленькие секреты, которыми можно поделиться с подругами. Год назад Оксана купила в порыве вдохновения приправы. До этого подруга не пользовалась ничем подобным и, если честно, считала специи в пакетиках ерундой. Оксана у нас любит действовать по старинке, она покупает перец горошком и измельчает его на ручной мельнице. У Ксюни на кухне полно всяких приспособлений: особые ножи для нарезки сыра и зелени, пресс для чеснока...

А дело было так — Оксанка собралась отмечать день рождения Дениски. Новорожденный потребовал к столу «карлитто» — особую запеканку из макарон, мяса и... чеснока. Подруга пошла в супермаркет за продуктами к праздничному столу. В магазине она столкнулась со своей соседкой Владленой, которая купила упаковку приправы «Крошка Чеснок». Владлена мигом разрекламировала специи, сказав:

— Супер, раскрошила пару штучек за две минуты до окончания готовки в кастрюлю, и все дела.

— А потом от рук не пахнет? — спросила Оксана.

— Нет, что ты! — замотала головой Владлена. — Зато от блюда идет просто сногсшибательный аромат чеснока. У нас вся семья тут же слетается на кухню. А вкус получается — просто пальчики оближешь!

Оксана решила тоже попробовать «Крошку Чеснок» и пришла в восторг. Естественно, она тут же рассказала мне о своем открытии, и теперь мы часто используем эту приправу.

Но стоит ли сейчас вводить в курс дела Милицию? Вдруг она противник готовых специй? А нам надо понравиться старухе.

— Чего случилось? — осеклась Ирка. — Дарь Иванна?

Я показала ей исподтишка кулак.

— Чего не так? — не успокаивалась домработница. — О чем я говорила? А! «Крошка Чеснок»! Его...

— Вы пользуетесь этой приправой? — склонила голову набок Милиция. — Я тоже ее люблю. Очень удобно. И она подарила мне Крошку Че.

— Попугая? — вытаращила глаза Маня. — Вам его презентовала фирма, как лучшей покупательнице?

Милиция рассмеялась.

— Нет, деточка. Я разбирала продукты, привезенные из оптового магазина, там был и довольно большой картонный ящик, в котором приправу Кнорр «Крошка Чеснок» привозят с фабрики. Я решила, что в магазине в эту тару поместили всякие мелочи: пакеты со специями, чай, пачки макарон. Открыла коробку и ахнула. На дне лежал попугай. Правда, тогда он был маленький, несчастный, замерзший.

— Как он попал в ящик? — заорала Маша.

Милиция развела руками:

— Сие осталось тайной, нераскрытой. Я его выходила, одно время сомневалась, выживет ли. А вот имя придумала сразу — Крошка Че.

— Ничего себе Крошка! — перебила гостью Ирка. — Он же здоровенный!

— Это сейчас, — улыбнулась Милиция, — а был малипусенький. И потом, на ящике было написано «Крошка Чеснок», вот он и стал у меня Крошкой Че. Все породистые домашние любимцы носят двойные или даже тройные имена. А чем мой Крошка Че хуже?! Я уверена, что он принадлежит к очень редкой породе. И потом, после того, как я нашла его в коробке из-под чесночной приправы, он постоянно таскает у меня с кухни кубики «Крошка Чеснок» себе в клетку. Этот запах, наверное, напоминает ему историю нашего знакомства. У меня с собой фотографии Крошки Че. Хотите посмотреть?

С этими словами она взяла с прикроватной тумбочки альбом с фотографиями и протянула его Дене.

— Тут снимки Крошки Че в разные годы.

— Ой, — заволновалась Маша, — хочу глянуть!

Зайка, Кеша, Дегтярев, Ирка и Иван тоже столпились вокруг Дени.

— Мы достойны книги рекордов, — задыхаясь от гордости, вещала Милиция.

Я, воспользовавшись тем, что все присутствующие крайне увлеклись Крошкой Че, на цыпочках вышла в коридор и пошла в свою спальню. Лед тронулся. Как мы ни старались понравиться Милиции, изображая из себя невесть что, старуха только больше настораживалась, но сейчас, увидав искреннее восхищение присутствующих, их восторг при виде огромной Крошки, будущая родственница Деньки оттаяла и, похоже, решила с нами подружиться.

Чтобы успеть вовремя и ровно в одиннадцать быть у Димона, я решила выехать из Ложкина в девять. И оказалась в невероятной ситуации: автомобильная пробка началась у ворот поселка.

Передо мной стоял черный внедорожник, впереди него микроавтобус «Скорой помощи», а охранник, открывающий шлагбаум, куда-то подевался.

— Где этот долбаный урод? — вдруг проорал через громкую связь шофер дорогой иномарки. — Нам тут еще сколько стоять?

Спустя секунду полосатый бело-красный шлагбаум, перегораживающий путь, взметнулся вверх, в той же последовательности мы доехали до поворота на Ново-Рижское шоссе. Там я порулила к Москве, а джип и «Скорая помощь» свернули в сторону Волоколамска. Микроавтобус включил сирену, джип, буквально сев медикам на хвост, тоже тревожно завыл и привел в действие «мигалку». Кажется, кому-то из жителей Ложкина стало так плохо, что его побоялись везти в столицу. Надеюсь, несчастного успеют доставить в шестьдесят вторую больницу, она тут в трех шагах.

Как и рассчитывала, ровно в одиннадцать я вышла из вонючего лифта на карякинском этаже и увидела Раису, спокойно запиравшую свою дверь.

— Привет, — словно хорошей старой знакомой сказала она мне. — Чего там, на дворе, холодно?

— Нет, слякоть, — ответила я.

— Вроде снег не идет.

— А под ногами грязь.

— Это от реагента, — покачала головой Рая. — Все сапоги, зараза, сожрал. Не боишься в светлой да еще замшевой обуви разгуливать? Мигом бареток лишишься. Даже если до метро аккуратно дойдешь, в подземке мыски обтопчут.

— Я на машине.

— Богатая, значит, — без всякой злобы констатировала Раиса. — Ты опять к Карякину?

— Да, — кивнула я.

— Не звони в дверь, мою Ленку переполошишь, — попросила Рая. — Заболела спиногрызка, всю ночь орала, только-только уснула.

— А как же мне к Вадиму попасть? Уж извини, но придется воспользоваться звонком.

Рая сунула ключи в карман.

— У него небось открыто, он вечно замок не запирает. Вернется домой и забудет про дверь. Иногда и спать так ложится, а порой на улицу утопает, бросив квартиру нараспашку. Чучело, одно слово. С другой стороны, чего у него красть? Бутылки пустые? Пихани створку-то...

Я послушалась и воскликнула:

— Точно. Не заперто. И вчера дверь открыта была.

— Говорю же — идиот. Кстати, к нему сегодня уже приходили.

— Кто? — насторожилась я.

Раиса скривилась.

— Сучка крашеная. Барби придурочная. Волосы длинные, она ими морду занавесила. Пряди все разноцветные, не башка, а радуга — розовый, зеленый, синий... На носу очки, шуба до полу... Такая, блин, фря! Восемь часов было. Только я прилегла. Ленка как раз визжать перестала, затихла...

Я терпеливо и внимательно слушала повествование соседки Вадима.

Не успела Раиса закрыть глаза, надеясь тоже вздремнуть после бессонной ночи, как в мозг ей шилом воткнулся резкий набатный звук звонка в квартиру Димона:

— Бам, бам, бам...

Рая опрометью кинулась в прихожую, глянула в «глазок», увидела девицу с раскрашенными в разные цвета волосами, которая переминалась с ноги на ногу около квартиры Карякина. Женщина схватилась за ручку, собираясь открыть дверь и высказать идиотке, шастающей в гости по утрам, свое мнение о ней, и тут же услыхала стук и истошный вопль ребенка, отчаянно-несчастный, полный боли. Сообразив, что больная, скорей всего, скатилась с кровати и ушиблась, Раиса, забыв о розово-зелено-синей девице, ринулась в спальню и на самом деле обнаружила ребенка на полу.

— Достал меня Карякин! — зло восклицала сейчас Рая. — Я точно его звонок выдеру! На фига он вообще нужен, все равно ведь дверь не запирает, уродина вонючая...

Выплеснув гнев, Раиса шагнула в лифт и уехала, а я вошла в длинный коридор квартиры Димона, прикрыла створку и крикнула:

— Вадим, вы где?

Карякин не отозвался, но меня его молчание не смутило. Я пошла в кухню, громко приговаривая:

— Надеюсь, вы успели одеться? Это продюсер Даша Васильева, я принесла вам аванс за сериал. Но прежде чем отдать деньги, хочу выслушать продолжение истории про Тришкина... Ау, господин Карякин!

На «пищеблоке» хозяина не оказалось. Я схватила со стола свой забытый здесь вчера телефон, заглянула в жилую комнату и увидела Карякина. Вадим спал на диване — лежал, подтянув колени к животу, лицом к стене, спиной ко входу. В отличие от большинства алкоголиков он не издавал оглушительного храпа. Вот мой бывший муж Генка, неисправимый пьяница, откушав водочки, смеживал веки и принимался выводить такие рулады, что со всех сторон прибегали с гневными воплями соседи — им казалось, что я включила ночью дрель и буравлю стены.

Кстати, вы никогда не задумывались над вопросом: почему в наших пятиэтажках такая слышимость? На первом этаже чихнут, с четвертого кричат: «Будь здоров!» Напрашивается лишь один ответ: стены сделаны из прессованной бумаги. Ладно, пусть так, но тогда рождается следующее недоумение коли перегородки картонные, то отчего в них невозможно проделать дырки, все сверла ломаются? Вот ведь странность! Похоже, нашим строителям удалось создать некий новый, замечательный материал, сквозь который чудесно пролетает любой звук, даже легкий шепот, но при этом крепость у стен восхитительная, ни картину, ни полку на нее повесить невозможно. Да, совсем забыла еще об одном свойстве волшебного композита: если жилец все же прогрыз с неимоверным усилием необходимое отверстие, то ни один дюбель не желает в нем держаться, постепенно выползает из стены и вываливается.

Я села на стул и позвала:

— Вадим, проснитесь.

Взгляд зацепился за письменный стол с выдвинутыми ящиками, в которых лежало всякое барахло. Да уж, не зря говорят, что рабочее место человека лучше всего расскажет об его характере: если в бумагах бардак, то и в голове мешанина. У Карякина столешница напоминала магазин сумасшедшего старьевщика: рассыпанные скрепки, скомканные листочки, пара сломанных ручек и одинокая «мышка» на специальном коврике, а компьютера нет. Небось его наш великий прозаик пропил. Да и не пишет он давным-давно! Где ручки? Листы писчей бумаги? Рукопись?

Я вздохнула и снова громко сказала:

— Вадим, очнитесь!

Алкоголик даже не шевельнулся. Я безнадежно оперлась на стол.

Проведя некоторое время около пьяницы Генки, очень хорошо знаю: неправильный опохмел ведет к запою, если ханурик с утра превысил дозу «лекарства» и задрых, то вернуть его к нормальной жизни крайне трудно. И что сейчас делать? Укатить домой, а потом вернуться? Но я могу не рассчитать время и прибыть позже, чем нужно, — кто знает, когда Карякин способен протрезветь и, придя в себя, утопать в поисках новой бутылки. Вечером Димон, скорей всего, приползет в свою нору совсем на бровях, и наш разговор вновь отложится. А мне требуется задать Вадиму много вопросов, причем к прежним, вчерашним, добавился новый: зачем сегодня к нему в слишком ранний час прибежала Сима Полунина? Отчего я решила, что именно она в восемь утра посетила Карякина? А у кого еще в Москве волосы колорированы в розово-зелено-синий цвет?

Внезапно я насторожилась. Какой-то новый, еще не оформившийся, вопрос зашевелился в мозгу... Но тут я увидела около дивана перчатку из розовой кожи и небольшую элегантную записную книжечку в переплете из крокодиловой кожи с прикрепленной к корешку крохотной ручкой.

Память услужливо развертывает картинки. Вот Сима входит в ресторан и снимает перчатки, похоже, сделанные из кожи молочного поросенка. А вот мы сидим за столом, Полунина аккуратно заправляет за ухо розово-зелено-синюю прядь, потом открывает свою сумочку, выкладывает на столик эту книжку. «Давайте обменяемся телефонами, — говорит Сима. — Если речь пойдет о другом сериале, не о Тришкиных, с удовольствием прибегу на кастинг, вот моя визитка».

Я встала, нагнулась, подобрала розовую перчатку, потом перелистнула странички книжки. Точно, не ошиблась, на букве Д имеется запись: «Дарья Васильева, продюсер».

Следовательно, Полунина была тут. Изменила внезапно своим привычкам, вылезла из кровати раньше полудня и отправилась к человеку, с которым, по ее словам, никогда более не желала иметь дело. Что заставило неудачливую актрисульку поступиться принципами? Неужели это следствие нашего разговора? Нужны ответы. Вот сейчас растормошу Карякина, а потом позвоню Полуниной.

Я сунула книжечку в карман, приблизилась к ложу, на котором спал алкоголик, и получила еще одно свидетельство пребывания Симы в этой квартире: к спинке дивана прицепились несколько розово-зелено-синих волосков. Наверное, Полунина сидела тут, откинув голову. И еще — на столе стояла пустая бутылка из-под дорогого коньяка французского производства. Думаю, ее принесла Сима, навряд ли Димон приобрел столь недешевый напиток. Хотя... Я отступила пару шагов назад, взяла стеклянную емкость, понюхала и усмехнулась. Ну, это пойло Карякин мог купить и сам, данная бутылка прибыла отнюдь не из Франции — типичная подделка. Непосвященный человек кинет взгляд на этикетку, увидит надпись «Made in France», уважительно покачает головой, подумав: отличный небось коньячок, французы-шельмы, говорят, умеют его производить. Купит такой наивный гражданин бутылочку, принесет домой, откроет, попробует и воскликнет в сердцах: «Ну и гадость этот их коньяк, лучше нашей российской водки ничего нет».

И не знает тот гражданин, что коричневая жидкость, плещущаяся в бутылке с яркой французской этикеткой, не имеет к виноделам из провинции Коньяк никакого отношения. Есть множество примет, по которым можно распознать эрзац. Во-первых, цена. Увы, подлинный французский коньяк стоит дорого. Впрочем, сумма варьируется, а о том, насколько элитна бутылка, можно судить по буквам V.S., V.S.OP., X.O. — они обязательно присутствуют на этикетке алкоголя. Потом надо обратить внимание на пробку и цвет напитка. А самый простой способ — изучить дно бутылки: у «родной» оно втянуто внутрь, а у фальшивой плоское.

Я поставила бутылку на прежнее место и гаркнула:

— Карякин, хватит дрыхнуть, счастье проспишь! Деньги прибыли, сами прибежали на легких лапках!

Но Вадим даже не вздрогнул. Надо же, как крепко спит. Лежит, свернувшись колечком, тихо, мерно дышит... Тихо, мерно дышит? Я уставилась на плечи Димона — они сохраняли каменную неподвижность. Впрочем, и ребра мужчины не шевелились, не двигались в такт дыханию.

Я отошла от стола, еле-еле передвигая ставшие каменно-тяжелыми ноги, дотащилась до дивана, потом, чувствуя, как сердце со всей силы стучит в груди, наклонилась над Карякиным и попросила:

— Вадим! Не пугайте меня, проснитесь, пожалуйста.

Не успела жалобная фраза слететь с губ, как стало понятно: Димон мертв. Причем, похоже, смерть его наступила довольно давно. Часть лица, повернутая ко мне, была серо-желтого цвета. Если вы когда-либо видели покойника, то поймете, о чем я говорю.

Встав на цыпочки, я отступила назад и ощутила панический ужас. Что делать? Уходить? Но нельзя же оставить Карякина, вернее, его тело, лежать в одиночестве в квартире. Вызвать милицию? Но как объяснить, кто я такая и зачем пришла к Димону?

Не успели эти вопросы закружиться в голове, как из коридора послышался голос Раисы:

— Карякин, идиот, сколько раз говорено, запирай дверь, недоумок....

Потом раздался бодрый топот. В состоянии, близком к обмороку, я шарахнулась за длинную, серую от грязи тряпку, исполнявшую в комнате роль занавески.

— Вадим, остолоп! — вещала Рая, шагая по коридору. — Надоел хуже насморка! Эй, очнись, чучело! Хорош дрыхнуть! Я ща тебе звонок срежу, специально предупредить пришла, чтоб потом не жаловался. Просила ведь, смени колокол на обычную пикалку, дзынькнет тебе тихонечко, и ладно, но ты, козел, на весь черепок ушибленный, хочешь, штоб гудело. А у людей дети. Э-гей, кретин, поверни рожу! Ой, мама! Ма-ма-аа!

Издавая звуки, которым легко позавидует сирена, Раиса опрометью бросилась вон из квартиры.

— Ма-ма-а-а-а! — орала она теперь на лестнице. — А-а-а!

Я выскочила из-за занавески, прокралась в коридор и увидела, что дверь в апартаменты соседки стоит нараспашку.

— Ле-еня-я! — неслось оттуда. — Карякин помер! Ой, мамочки, лежит на диване!

— Не голоси! — оборвал вопль мужской бас. — Ща, штаны натяну и сам гляну.

Не дожидаясь, пока спутник жизни Раисы заявится сюда и застанет меня в коридоре, я метнулась на лестницу и, радуясь тому, что не ношу каблуки, беззвучно побежала вниз по ступенькам. Очень надеюсь, что Рая забыла имя той, кто навещал сегодня утром Вадима. Впрочем, женщин по имени Даша в нашей стране тьма, меня не вычислят, и милиция не заявится к нам в Ложкино.

## Глава 20

Полунина долго не брала трубку. Я уже решила нажать на красную кнопочку отбоя, и тут в моем ухе прозвучало тихое:

— Алло.

— Сима! Добрый день.

— Кто это?

— Даша Васильева.

— Кто?

— Уже забыли? Продюсер, мы с вами вчера беседовали в кафе.

— А-а-а, — протянула Полунина. — Помню, конечно, просто только что проснулась.

Ага, так я тебе и поверила. Очень хорошо знаю, где в восемь утра находилась милая Сима. Осталось лишь выяснить, по какой причине она подсунула Димону отравленную выпивку. Отчего я решила, что именно Полунина притащила роковую бутылку? Это же элементарно, господа! Вчера во второй половине дня Димон, наклюкавшись при мне, заснул, а сегодня в восемь к нему уже пришла Сима. Маловероятно, что Вадик ночью гонял за горячительным, у него просто-напросто на его покупку денег не было, следовательно, «пузырек» доставила незадачливая актрисулька.

— В чем дело? — зевнула Полунина.

— Начинаем съемки сериала, вот и звоню.

— Вчера же сказала: по сценарию Димона работать не стану. За фигом опять трезвоните? — воскликнула Сима.

— У нас же много проектов, — ласково ответила я, — заявка Карякина всего лишь крохотная песчинка в бескрайнем море задумок. Поболтала с вами и внезапно сообразила: вот она, Кларисса!

— Кто?

— Кларисса, — ажиотированно сообщила я. —

Знаете, как бывает: ищем, ищем главную героиню, сотню актрис на кастингах переглядим, а все мимо. А потом зайдешь в магазин за мылом и на кассе нужное лицо увидишь.

— Случается, — пробормотала Полунина, — слышала о таком, везет некоторым. Вон какой-то актер из Голливуда, забыла его имя, суши пожрать пошел, ему еду официантка принесла, и все, готово счастье, женился «звезда» на замарашке.

— Мы безуспешно подбирали кандидатуру на роль Клариссы, — пустилась я в объяснения. — Костюмная мелодрама, восемнадцатый век, любовь, страсть, рок, дуэли... Зритель прилипнет к экранам. Вы вчера откинули вдруг волосы, подняли бровь, улыбнулись, и я поняла — Кларисса. Нам надо поговорить. Срочно, съемки начинаются!

— Хорошо, — быстро согласилась Сима. — Когда?

— Назначайте время сами.

— В два часа. Там же, где вчера.

— Отлично, — воскликнула я, — мне подходит!

Быстро заведя мотор, я порулила в магазин «Третий глаз». О торговой точке, где выставлены на продажу всякие шпионские штучки, я узнала совершенно случайно — когда мы решили установить в своем ложкинском доме новую охранную сигнализацию, такую электронную штуку с датчиками на окнах.

Несколько фирм, вызванных в особняк, отказались сразу.

— У вас собаки, — качали головами менеджеры, — уйдете, поставите дом на пульт, а псы начнут носиться... В общем, патруль на вашем участке жить станет.

Я приуныла, поняв, что никто не желает с нами иметь дело. Но вскоре Дегтярев привел приятного дядечку по имени Евгений и сказал:

— Этот из бывших, он может все.

Я не стала уточнять, кем и где служил улыбчивый Женя, а просто поставила перед ним задачу: хочу суперсовременную сигнализацию, но в доме есть животные.

Евгений почесал в затылке и пробасил:

— Сделаем.

И сделал. Теперь мы можем спокойно покидать дом. Стая наша беспрепятственно ходит по этажам, а группа немедленного реагирования явится лишь в случае попытки взлома с внешней стороны здания. Спокойный Женя монтировал у нас всякие датчики целый месяц, за это время мы успели с ним подружиться и перейти на «ты». А еще Евгений вскользь упомянул о своем маленьком магазинчике, где можно купить всякие хитрые устройства. Официально Женя торгует системами наблюдения, ставит в домах камеры, и хозяева, придя домой, могут просмотреть запись и увидеть, скажем, чем занималась в их отсутствие прислуга, не била ли няня ребенка. Но есть у Жени и ассортимент других вещиц, я пару раз обращалась к нему и осталась довольна.

Добравшись до центра, я въехала в небольшой дворик, припарковалась и пошла к лестнице, ведущей в подвал. Никаких табличек при входе в магазин не имеется, но тот, кому надо, легко находит торговую точку под бойким названием «Третий глаз». Только не подумайте, что Женя еще занимается шаманством. Под лишним оком он имеет в виду всякие подглядывающие штукенции.

Преодолев ступеньки, я взялась за ручку двери и нажала на нее два раза. За створкой по-прежнему стояла тишина, но я знала, что сейчас Женя очень внимательно рассматривает нежданную посетительницу.

— Входите, — прошепелявило сбоку.

Я толкнула железную дверь и очутилась в длинном-предлинном коридоре. С потолка падал ярко-красный свет.

— Идите по белым линиям, — забубнил металлический голос, — вас провожает лазер... налево, сейчас направо, прямо...

На самом деле никакого лазера нет и в помине, все дело в камерах, развешанных в коридоре. Женя видит посетителя на мониторе и бубнит в микрофон, а «электронность» его голосу придает простое и недорогое устройство. На людей, желающих оборудовать жилище системой «Руки прочь от чужой квартиры», спектакль с красным светом действует безотказно. Женя отличный психолог.

В конце пути открылась маленькая уютная комната, обставленная дорогой кожаной мебелью.

— При-са-жи-вай-тесь, по-жа-луй-ста, — довершил выступление механический голос.

Через секунду скрипнули петли, и из неприметной дверки, расположенной слева, выплыл режиссер постановки.

— Ради меня мог бы и не устраивать представление, — улыбнулась я. — И сними очки, великолепно знаю, что они с простыми стеклами.

— На работе нельзя выпадать из образа, — усмехнулся Женя. — Чай, кофе?

— Лучше сразу потанцуем.

— Готов. Чем могу служить?

— Мне нужна такая штучка, чтобы можно было слышать, о чем и с кем человек разговаривает по мобильному.

Женя подергал себя за ухо.

— С «кем» не получится, номер не определится.

— А содержание разговора узнаю?

— Легко.

— Как?

— Погоди, — кивнул приятель и исчез.

Я устроилась поудобней в кресле и прикрыла глаза, но задремать не удалось.

— Вот, — сказал Женя, возвратившись вскоре, — «ПС-двадцать».

— Что еще за ПС? И почему именно двадцать?

— Неважно, — скривился мужчина. — Зачем тебе подробности? Вам, мадам, до места ехать или машина с шашечками нужна?[1]

— Ехать, — кивнула я.

— Значитца, так, — потер руки Женя. — Берешь трубку, которую прослушать желаешь, снимаешь панель и суешь туда «ПС-двадцать». Давай на твоей мобиле покажу... Вот так! Теперь набери мой номер и скажи чего-нибудь!

Я потыкала пальцем в кнопки.

— Алло, Женя, как дела?

— Алло, Женя, как дела? — прозвучало в небольшой черной коробочке, которая лежала на краю стола.

— Поняла? — спросил Женя.

— Ну... в общем... — осторожно ответила я.

— Объясняю подробнее. Первое: диапазон приема невелик.

— Мне надо стоять рядом? — возмутилась я. — Вот ерунда. Весь смысл в том, чтобы объект прослушивания, ощущая себя в полной безопасности, разговаривал свободно.

— Если он вошел в ресторан...

---

[1] Евгений вспоминает старый анекдот. Останавливает дама машину и просит: «Мне в Медведково». — «Садитесь», — кивает шофер. «А вы такси? — сомневается клиентка. — Что-то шашечек не видно». — «Вам, мадам, до места ехать, или шашечки нужны?», — интересуется в ответ водитель. (Раньше в Москве все такси были украшены орнаментом из шашечек *(прим. автора)*.)

— Кто он?

— Твой объект.

— У меня дама!

— Господи, какая разница!

— Между мужчиной и женщиной? Огромная.

Женя аккуратно поправил бутафорские очки и терпеливо продолжил:

— Приемнику наплевать, кого транслировать, он некапризный. Повторяю, если объект зарулил в ресторан, ты можешь стоять на улице; коли он находится в квартире, пристройся на лестничной клетке — и все услышишь. Но если хочешь сидеть дома, а объект будет по Москве шастать, то ничего не выйдет. Скумекала?

— Вполне.

— Есть режим записи.

— Отлично. Как его включать?

— Проще некуда, — улыбнулся Женя. — «ПС-двадцать» рассчитан на кретинов, любой моментально научится. Нужно нажать зеленую кнопочку, и все. Даже обезьяна справится.

— Какова цена вопроса? — перебила я приятеля.

— Приемлемая, — ухмыльнулся Женя. — Кстати, если аппарат нужен не на долгий срок и ты его не поцарапаешь, не уронишь, не раскокаешь, то с удовольствием возьму прибамбас назад и верну тебе большую часть суммы.

— Согласна, запаковывай.

— Спокойно, не нервничай.

— Я тороплюсь.

— Техника не терпит суеты, — занудил Женя, — тяп-ляп — и плохо получится.

— Давай сюда! — в нетерпении воскликнула я и выдрала из пальцев мужчины подслушивающее устройство. — Мне на самом деле некогда.

Сегодня Ася встретила меня как родную и сразу

отвела к лучшему столику — в самом укромном уголке у стенки.

— Кофе латте без сахара, правильно? — воскликнула она.

— У вас прекрасная память, — польстила я девушке.

— Профессионализм не пропьешь, — заговорщицки подмигнула мне Ася. — Клиент любит, когда мы его привычки уважаем, это потом отражается на чаевых.

— Асенька, — сладким голоском пропела я, — погодите минутку. Видите, что держу в руке?

— Ну да, — кивнула администратор, — сто евро.

— Они ваши.

Тоненькие пальчики Аси с такой скоростью схватили купюру, что мне на секунду подумалось, а вынимала ли я ассигнацию из кошелька. И уж совсем невозможно оказалось проследить, куда бумажка исчезла. — Асе впору работать фокусником, сам Акопян не сумел бы ловчее сработать.

— Что делать надо? — с безмятежной улыбкой осведомилась Ася. — Вы только меню в руки возьмите и изобразите, будто ассортимент изучаете. А то наши девки, в особенности Ленка, барменша, такие глазастые! На три метра под землей все видят!

Я раскрыла кожаную папочку и стала тихо излагать просьбу.

— Ничего особенного. Сейчас сюда придет Сима Полунина, мы с ней некоторое время поговорим, потом я подам вам знак.

— Какой? — деловито уточнила Ася.

— Ну... уроню салфетку. А вы найдите способ отозвать Полунину минут на шесть-семь. А если на десять получится ее задержать, совсем хорошо.

— Отлично, — кивнула Ася, — самбук из яблок

не сладкий, и в нем ничего особенного не намешано, блюдо для диетиков.

Я сначала удивилась странной реакции администратора, но в ту же секунду мой нос уловил крепкий запах дорогих французских духов, а до слуха долетело нервное сопрано:

— Добрый день, давно ждете?

Я подняла глаза, увидела Симу и приветливо улыбнулась.

— Пару минут назад подошла, вот, пытаюсь выяснить, что из сладкого наиболее легкое.

— Аська поет вам про низкокалорийный йогуртовый торт и взбитые сливки с нулевой жирностью? — усмехнулась Полунина. — Не верьте, врет. Хочет вам чего подороже впарить, ей же процент от заказа капает. Ведь так, моя кошечка?

В глубине глаз Аси взметнулась злость, но администратор усилием воли погасила вздымающуюся волну и пожала плечами.

— Торта без калорий нет, — отрезала Сима, — а сливки, если они не похожи на масло, никогда не взобьются. Или в них тонну «улучшителей» насовали, канцерогенной гадости. Что стоишь?

Последний вопрос относился к Асе.

— Жду ваш заказ, — ответила девушка.

— Чай, цейлонский, с лимоном, — деловито продиктовала Сима, — а еще сибас и салат. Только, умоляю, без вашего фирменного соуса, который на самом деле является самым простым майонезом, соединенным с дешевым кетчупом. Ну, двигайся!

Ася кивнула и ушла. Полунина расстегнула сумочку, вытащила сигареты, зажигалку и с места в карьер поинтересовалась:

— И какой сериал?

Я не успела начать врать — из красивой замшевой торбочки, принадлежащей Симе, понеслась бойкая песня: «Я робот, и нет у меня сердца».

— Прикольная музыка, да? — воскликнула актриса и выхватила из мешочка сотовый.

— Да... нет... приду, ну... через час... может, еще задержусь, без меня не начинайте. Все, некогда, пока.

Закончив разговор, Сима швырнула аппарат на стол, закурила и вновь спросила:

— Так о чем сериал?

Я спокойно положила на белую скатерть телефонную книжку.

— Ваша?

— Ой! — подскочила Сима. — Она у вас!

— Как видите.

— Весь вечер вчера искала. Думала, посеяла. И где вы ее нашли? Понимаете, постоянно забываю мобильный, выну из сумки, и прощай, аппарат, вот и решила записывать номера по старинке, — бурно обрадовалась и пустилась в объяснения Полунина. — Тут у меня все контакты, кое-какие не восстановить! Допустим, домашний номер Тарантино. Ну, где его найти, подумайте сами... Просто невозможно. Мне Квентин визитку дал на фестивале, уж не помню, на каком... Хотя нет, знаю — на церемонии вручения «Оскара»!

Я деликатно опустила глаза на пустую фарфоровую тарелку. Стыдно признаваться в не слишком интеллигентном поступке, но у меня было достаточно времени, чтобы пролистать книжку. Ровным, аккуратным почерком девочки-отличницы на странички была занесена информация о самых обычных приятелях, врачах, фитнес-тренере, парикмахере и косметичке. Фамилии Тарантино или просто имени Квентин на них не встретилось. Но, видно, Сима не способна жить, не пуская людям пыль в глаза.

— Очень рада, что смогла вам помочь, — кивнула я. — Кстати, знаете, где обнаружилась потеря?

— Нет, конечно, — скривилась Сима. — Вот уж

странный вопрос. Кабы имела понятие, где оставила книжку, то пошла бы туда и...

— Она валялась в квартире Димона, — перебила я актрису.

— У кого? — вытаращила глаза Полунина.

— У Вадима Карякина. Он же Димон, ваш давний приятель.

— Невероятно! — подскочила Сима.

— Почему? Сами минуту назад сказали, что постоянно теряете сотовый. А на сей раз посеяли записную книжку.

Полунина растерянно повертела в руках изящную вещичку.

— Да, мобильный забываю постоянно, — подтвердила она, и продолжила задумчиво: — А вот книжечку держу дома.

— Вчера видела ее у вас, когда мы сидели в этом ресторане, — напомнила я.

— Вчера действительно брала ее с собой, — кивнула Сима, — но как исключение. Понимаете, купила новый телефон и каждую свободную минуту использовала, чтобы заполнить аппарат нужными номерами.

— Ясно, — протянула я, — сама так делаю. А когда вы были в гостях у Карякина, вы уронили книжку.

— Понятия не имею, где обитает Димон.

— Да ну? Сами дали мне его адрес, — соврала я.

— Да? Думала, он давно переехал, — слегка побледнела Сима. — Я хотела сказать, что ни разу не ездила к нему в гости. Да и зачем? Димон, эта подлая тварь, мне неинтересен. Так о чем сериал?

— Книжка лежала на полу около дивана в комнате Карякина, — твердо заявила я.

— Это невозможно, — с потрясающе разыгранным недоумением сообщила Сима.

— Думаете, вру?

— Просто ошибаетесь.

— Нет. Лично подняла ее.

Полунина выпятила нижнюю губу.

— Хорошо. Спасибо. Пусть будет по-вашему. Книжка валялась в логове Карякина — маленькой, мерзкой, грязной берлоге. Ей-богу, непонятно, отчего столько времени посвящаем идиотской ситуации. Кстати, с чего вы решили, что книжка моя? Никаких надписей, свидетельствующих о хозяйке, на ее страницах нет.

— Видела вчера ее у вас, — напомнила я.

— Понятно. Так о чем сериал?

— О девушке, которая решила отравить некоего человека, но оставила слишком много следов.

— Детектив? — насторожилась Сима. — Но вроде сначала вы говорили о костюмной драме. Только не подумайте, что отказываюсь, нет, нет!

— Речь идет о реальной истории.

— Что ж, великолепно, — закивала Сима, — зритель любит всякие псевдодокументальные ленты.

Мне надоело тянуть кота за хвост, и я решила перейти к активным действиям.

— Книжку нашла возле дивана в квартире Карякина...

— Боже! — закатила глаза собеседница. — Да вас просто переклинило! Впрочем, может, хотите получить денежное вознаграждение за находку? Однако много дать не смогу.

— Она валялась на полу, около дивана. И знаете, кто находился на ложе?

— Похоже, у вас температура, — подытожила Полунина. — То ли грипп подцепили, то ли другую инфекцию. Давайте потом полялякаем?

— Там был труп Димона, — докончила я.

— Ты че? — взвизгнула Полунина. — Совсем охренела?

## Глава 21

— Фу! Очень некрасивое выражение, — поморщилась я, — недостойное хорошо воспитанной девушки. Впрочем, раз начала мне «тыкать», то и я тоже отброшу церемонное «вы».

— Какой труп? — прошипела Сима. — Чей труп?

Надо же, а у Полуниной здорово получается изображать оторопь. Может, зря режиссеры не хотят приглашать наглую девицу на главные роли? Сима явно не без таланта, вон как сейчас сверкает глазами, даже побледнела слегка.

— Дорогая, — нежно пропела я, — суть произошедшего такова. В восемь утра тебя видела соседка Карякина. Раиса дама сварливая, но осторожная. Поэтому, услыхав звонок, она прильнула к «глазку» и узрела молодую особу с розово-зелено-синими волосами. «Разноцветная» мадам шмыгнула к Карякину.

— Ты правда охренела... — снова выпало изо рта Симы.

— Сказала же: ругаться — не комильфо.

— Я там не была!

— Извини, но ты очень приметна: эти твои яркие пряди...

— Ну и что? Сейчас модно колорирование!

— Но мне до сих пор не встречались женщины столь попугайской раскраски.

— Это не я, — упорно повторила Полунина.

— Предположим, ты говоришь правду. Тогда скажи, пожалуйста, где ты находилась сегодня утром.

— Дома, в постели. Ты меня, кстати, разбудила, — твердо ответила актриса.

— Одна? Извини, конечно, за неделикатность.

— Ага, — кивнула Сима.

— В твоем подъезде есть консьержка?

— Нету.

— Значит, никто не способен подтвердить алиби госпожи Полуниной. Следовательно, ты вполне могла скататься в восемь утра к Карякину, подсунуть ему коньяк с отравой, вернуться домой и нырнуть под одеяло.

— Я не хожу по улицам ночью!

— Восемь — это уже утро.

— А для меня глубокая ночь! Я сова, не поднимаюсь раньше полудня.

Замечательный аргумент! Да девять человек из десяти с удовольствием превратятся в сов и филинов и станут валяться на подушках до обеда, только большинству народа приходится работать, поэтому люди поневоле становятся жаворонками. Ладно, начну ломать Симу.

— Ты пару минут назад сказала, что никогда не бывала в маленькой, грязной берлоге Карякина. Так?

— Ну, да!

— А откуда тогда знаешь, что квартира Димона маленькая и грязная?

Полунина затравленно огляделась.

— Какая же еще она у него может быть? Карякин алкоголик, он пропил дачу, которую купил у Тришкиных, большую родительскую квартиру в центре и съехал в спальный район.

— Постой... — насторожилась я. — Вадим владел дачей Игоря?

— Точно.

— А как он ее получил?

Сима сморщила нос.

— Лидия Константиновна после смерти Майи не захотела более ездить на фазенду. Тришкина выставила дом на продажу, а Димон его приобрел.

— Где он деньги взял?

— Понятия не имею! Мне это неинтересно! — воскликнула Сима и, тут же понизив тон, произнесла сквозь зубы: — Мне без разницы, из какой реки Карякин ведрами лавэ начерпал. Все равно он потом их пропил, падая ниже и ниже.

— Значит, ты не была сегодня у Димона?

— Нет!

— А это откуда?

Сима уставилась на розовую перчатку.

— Она ведь твоя, — мило улыбнулась я, — и тоже находилась около бездыханного тела.

Полунина открыла рот, потом закрыла его. Снова разинула...

— А на спинке дивана осталось несколько волос розово-зелено-синей расцветки, — довершила я свои обвинения.

И только произнесла последние слова, как в моем мозгу закопошилась некая мысль, нечто непонятное, пока не оформившееся, этакое смутное сомнение... Легкая шелковая салфетка, лежащая на моих коленях, упала на пол.

— Сима, — к столику подлетела Ася.

— Что? — повернула к ней потерянное лицо Полунина.

Администратор наклонилась к Симе и что-то зашептала.

— Ладно, — кивнула Сима. Потом она глянула на меня, уронила: — Сейчас приду.

— Без проблем, — согласилась я.

Сима встала и двинулась вместе с Асей в глубь ресторана. Я осторожно осмотрелась. Немногочисленные посетители спокойно занимались едой, барменша, повернувшись спиной к залу, колдовала над бутылками. Моя правая рука схватила сотовый, оставленный Полуниной на столе. Так, теперь главное — аккуратно открыть аппарат и впихнуть на нужное место «ПС-двадцать». Проделав несложную операцию, я встала, положила на столик пару купюр и, не дожидаясь возвращения Симы, выскочила из ресторации.

Вам мое поведение кажется глупым? Вы ошибаетесь, дорогие мои. Сейчас Сима подойдет к столику, обнаружит пропажу «продюсера» и потеряет самообладание. А что делает женщина, если впадает в истерику? Она звонит кому-нибудь из близких людей: маме, сестре, подруге, любовнику и начинает жаловаться на жизнь. Мы так устроены — обязательно хотим поделиться плохим настроением, выслушать слова утешения, получить, в конце концов, совет. Конечно, есть люди, тщательно закапывающие свои тайны. Мне не раз попадались на жизненном пути подобные личности, которые, кажется, ни за что не разоткровенничаются. Но потом выяснялось — в минуту слабости, под влиянием чувств, испытывая дискомфорт, «железные» граждане не смогли удержать язык за зубами: одному человеку случайно намекнули на некие обстоятельства, другому сообщили какую-то информацию, третьему пожаловались, перед четвертым неожиданно, впервые в жизни, разрыдались... Если обойти, порасспросить всех их собеседников и сложить полученные сведения, то получится вполне ясная картина.

Сейчас, не найдя меня на месте, Сима должна — просто обязана! — задергаться. Полунина артистка, пусть и неудачливая, но она человек истероидного плана — иные в лицедеи не идут. Только не надо думать, что я сейчас осуждаю актеров! Истероиду свойственны порывистые реакции, он способен убить человека в момент аффекта, но уже через минуту начнет рыдать над трупом. Истероиду трудно дается решение логических задач, он очень тяжело переживает любую стрессовую ситуацию, часто впадает в депрессию и страдает припадками меланхолии. Если истероид выбирает себе профессию летчика, хирурга или учителя, это настоящая катастрофа, потому что в напряженный момент у подобного человека сдадут нервы, и он закричит на учеников, бросит скальпель в медсестру или отпустит штурвал. Истероиды в момент катастрофы эгоистичнее всех эгоистов, но если они выживут в пожаре или не утонут во время наводнения, а потом поймут, что потеряли близких, то всю свою последующую жизнь станут мучиться совестью и рыдать по ночам. Из истероидов получаются великолепные музыканты, искусствоведы, модельеры и актеры. Сима артистка, она сейчас схватится за мобильный.

Кусая от напряжения нижнюю губу, я выбежала к своему «Пежо», открыла багажник, вытащила оттуда предусмотрительно прихваченную из дома Иркину куртку (самый простецкий пуховик темно-серого цвета), быстро переоделась, надвинула на голову капюшон и, выглянув из-за автомобиля, увидела Симу, выскочившую из ресторана.

Вид у Полуниной был полубезумный. Порыв декабрьского ветра разметал ее розово-зелено-синие пряди. Оглянувшись по сторонам, Сима затряслась, потом дрожащими руками застегнула манто, на которое явно пошли шкурки невинно убиенных бродячих кошек, вытащила из сумки мобильный и побрела по улице, пошатываясь словно пьяная. Я кинулась за предполагаемой убийцей Карякина, сжимая приемное устройство.

Ту-ту-ту... — неслось из наушника, одной из частей пресловутого «ПС-двадцать». Очевидно, человек, с которым желала поболтать Сима, не слышал звонка или не хотел отзываться.

Ту-ту-ту...

— Алло, — вдруг пропел молодой, сильный голос.

Такой тембр должен принадлежать красивой брюнетке с карими глазами и сочным ртом. Блондинки разоваривают иначе — мягче, нежнее, кокетливее.

— Алло, это кто? — поинтересовалась брюнетка.

— Я. Сима Полунина.

— А! Привет. Ну, как дела?

— Ты... ты... — начала заикаться Сима. Но тут же чуть не выкрикнула: — Это могла быть только ты!

— Ясное дело, это я, — засмеялась брюнетка. — Ты же мне звонишь.

— Тебе, сволочь!

— Сима, — сурово отозвалась собеседница, — если ты пьяная, лучше ложись спать.

— Знаешь великолепно, что я не пью! — заорала Полунина.

Актриса шла метрах в двадцати от меня, диковатой расцветки волосы волной падали на ее спину. Я невольно зацепилась взглядом за локоны и снова ощутила некий дискомфорт. Но раздумывать над собственными ощущениями было некогда, в ушах звенел голос Симы.

— Карякин умер!

— Ой, вот неприятность! Хотя ничего странного. Если так пить, то до пенсии точно не доживешь.

— Он выпил!

— Неудивительно. Сотни алкоголиков гибнут от дряни. Нахлебаются стеклоочистителя, — весело щебетала собеседница Симы, — или одеколона, и поминай как звали.

— Это ты!

— Я? Извини, не понимаю тебя.

— Возле дивана лежала моя записная книжка.

— Симочка, — ласково пропела в трубку женщина, — будь добра, объясни нормально, что ты хочешь сказать. Я пока ничего не понимаю. Вадим скончался, его, конечно, жаль. Нам, наверное, учитывая отсутствие у Карякина родственников, придется заняться похоронами. Но при чем тут твоя записная книжка?

— Я, дура, вчера вечером побежала тебе рассказывать... Решила помочь... Сообщила, что Карякин про давние времена пьесу накропал, всех там подлинными именами и фамилиями назвал. Он тебе отомстить хотел за все! Ничего не простил, ждал момента и дождался! Игоряшка-то у нас богатым Буратино стал, большими деньжищами ворочает...

— Мы с тобой вчера подробно обсудили ситуацию, зачем повторяться?

— Я дура! Да, дура! — заплакала Сима. — Всю жизнь тебе верила! Кто мне обещал? Кто про фиктивный брак пел, а? Я дура, дура...

— Симонька, успокойся. Ты где сейчас находишься? Дома?

— На улице.

— Возьми себя в руки, в подобном состоянии можно под машину попасть.

— И не надейся!

— Господи, Симуля! Приди в себя, я же твой лучший друг. Кто деньги всегда дает?

— Ты, — всхлипнула Полунина.

— Кто с Мишей познакомил, когда Игорь с Тамаркой-сволочью роман закрутил?

— Ты.

— Вот видишь!

— Мишка меня бросил.

— Но это же не по моей вине, — справедливо заметила собеседница Симы, — просто не сложилось у вас.

— Я люблю одного Игоря.

— О господи! Сколько раз обсуждали! Он тебя недостоин!

— Да, да, да!

— Только не плачь. Все уладится. Есть у меня

один мужчина на примете, для тебя отличная кандидатура, в субботу познакомлю.

— Я дура!

— Успокойся.

— А ты сука!

— Сима! Еще одно подобное заявление, и я больше никогда не захочу иметь с тобой дело!

— А-а-а! Сейчас же пойду в ментовку, — окончательно потеряла самообладание Полунина, — и расскажу все. Ой, я поняла!

— Что? — устало спросила брюнетка.

— Мы вчера долго говорили в кафе. Потом я домой приехала и не нашла записную книжку и перчатку...

— Думаешь, это я их украла? — издевательски перебила Симу собеседница. — Очень мило! Милиционеры моментально откроют дело, они обожают искать кожгалантерейные изделия и потрепанные бумажонки.

— Вещи уже нашлись, — прошептала Сима. — И не где-нибудь, а около трупа Карякина. Вопрос, как они попали в его квартиру, если моя нога никогда не переступала ее порога?

— Ну и ну! Загадочная история.

— Нет. Это ты!

— Что я?

— Скоммуниздила книжку и перчатку, пока я в туалет ходила, а утром, отравив Вадима, подбросила их к дивану.

— Боже! Да зачем?

— Чтобы на меня подозрение упало.

— Симочка, ангел, ты больна.

— Нет! Я поняла твой замысел. Боишься, да? Между прочим, Нина...

— Любимая моя, — заквохтала брюнетка, — откуда ты взяла такую информацию?

— Неважно!

— Да тебя на испуг берут, обычная милицейская тактика, — зачастила брюнетка. — Ничего у них нет, наврали семь верст до небес, и все лесом!

— Я видела!

— Кого?

— Не кого, а книжку и перчатку.

— Да ну? Не путаешь?

— Не-ет. Они уже у меня.

— Менты отдали улики?

— Да.

— Невероятно!

— Ха! Это еще не все. Волосы!

— Ты о чем? — растерянно поинтересовалась брюнетка.

— Баба, которая со мной разговаривала, случайно проговорилась: дескать, на диване, где лежал труп, осталась розово-зелено-синяя прядь.

— Ну и?

— Мои волосы колорированы слегка иначе, — вдруг очень тихо, нормальным голосом, без визгливо-истерических ноток сказала Сима. — Они зелено-сине-ФИОЛЕТОВЫЕ. Розовый цвет никогда мне не шел. Думаю, ты просто не обратила внимания на сей нюанс. А еще полагаю, что ты вовсе не желала оставить прядку. Она просто выпала из парика!

— Окстись, Сима!

— Нет, нет. Я все теперь вспомнила! Масленица... парик... Нина... ты тоже про него вспомнила. Ты же никогда ничего не выбрасываешь, все хранишь...

— Кто тебе сказал? — вырвалось у брюнетки.

— А, испугалась? Нет, после того, что ты вчера сделала, я молчать не стану! Меня хочешь подставить? Думаешь, ни о чем не догадываюсь?

— На какой улице ты находишься? — нервно перебила Симу собеседница.

— На Петровке.

— Где?

— Возле ЦУМа.

— Иди в метро, на «Кузнецкий Мост». Сейчас приеду и привезу тебе доказательства.

— Чего? — зашмурыгала носом Сима.

— Дурочка маленькая... — нежно пропела брюнетка. — Я объясню, где провела сегодняшнее утро, это раз. Теперь два: Карякин жив.

— Врешь!

— Разговаривала с ним полчаса назад. Он, шантажист мерзкий, потребовал денег, заявил: «Плати мне миллион баксов, тогда заберу сценарий». Тебя надули. Вчера украли незаметно вещи, ты ж вечно сумку незакрытой носишь. Стой в метро, первый вагон в сторону «Пушкинской», уже бегу.

— Но зачем?..

— Приеду и объясню. Закручивается очень серьезная игра... Тебя хотят убить! — выпалила брюнетка.

— Кто? — взвыла Полунина. — Почему?

— Собери остатки соображения, — велел голос, — и пойми: нам лучше поговорить лично. Дуй к подземке, на твое счастье, я в двух шагах от «Кузнецкого Моста».

— Где?

— Все, иди.

Ту-ту-ту-ту... — запиликали гудки отбоя.

## Глава 22

Не оглядываясь, Полунина быстро повернула направо, я, надвинув капюшон на лоб, пошла следом. Иркина куртка оказалась очень теплой, по моей спине потек пот.

Только сейчас я сообразила, почему каждый раз настораживалась, глядя на волосы Симы. Глаз приметил различие: актриса имеет зелено-сине-фиолетовую гриву, а прядь волос на спинке дивана была мелирована в розово-зелено-синий тон. Похоже, но не то.

И Раиса, кипя негодованием, помнится, заявила, что ее в восемь утра разбудила «Барби придурочная» с волосами дикой расцветки. Почему Рая назвала незнакомку «Барби»? Да потому, что кукла ассоциируется у всех с блондинкой и розовым цветом. Это сейчас, из соображений политкорректности, самая покупаемая игрушка в мире существует во многих ипостасях: она теперь бывает брюнеткой и шатенкой, а также китаянкой, арабкой и негритянкой. Но как ни стараются производители, все равно весь мир знает: подлинная Барби — блондинка с голубыми глазами, счастливая обладательница розовой мебели, розового автомобиля, розового дома, розовой лошади, розовой кареты...

Значит, в восемь утра к Карякину приходила не Сима!

Вспотев под курткой, я спешила за бежавшей по улице Полуниной. Эх, жаль, я раньше не догадалась о казусе, иначе по-другому бы построила беседу с Полуниной. Ладно, не стоит корить себя за ошибки, они уже совершены. Надо подумать, как их исправить.

«ПС-двадцать» — замечательное приспособление. Я теперь знаю, кто, прикинувшись Симой, заглянул к Карякину, — Нина, третья жена Игоря. Откуда я взяла сведения? Просто обладаю отличной памятью и хорошо умею слушать людей. Во время беседы Полунина два раза назвала брюнетку по имени. Сначала воскликнула: «Нет! Я поняла твой замысел. Боишься, да? Между прочим, Нина...» Фраза осталась незавершенной, брюнетка перебила Симу. Потом, спустя некоторое время, Полунина сказала:

«Масленица... парик... Нина... ты тоже про него вспомнила».

Интересно, с какого бока в этой истории бывшая супруга Тришкина? Хотя... ведь это из-за нее Юлечка выпрыгнула из окна. Но почему Сима, наотрез отказавшись играть роль в сценарии Димона, позвонила Нине? Они дружат? Вот уж странно. По-хорошему, Полуниной следует, мягко говоря, недолюбливать бывшую мадам Тришкину. Сима, похоже, до сих пор сохнет по Игорю, а тот постоянно женится на ком угодно, но не на ней, старой подруге. Может, Сима смирилась с ролью приятельницы? Вероятно, да. Она поняла простую вещь: если желаешь всегда быть около любимого, не следует набиваться ему в супруги. Встречаются такие парни, неспособные прожить в законном браке больше года. Сначала они вспыхивают огнем страсти, жарко полыхают несколько месяцев, но затем пожар превращается в залитое холодной водой пепелище, и счастливый супруг начинает ненавидеть недавно любимую половину, и случается развод. А с бывшим мужем или женой, что бы там ни говорили люди, трудно поддерживать ровные отношения. Наверное, трезво взвесив обстоятельства, Сима приняла решение не менять статус подруги на шаткое положение очередной жены.

А Игорь... Игорь давно забыл о коротком «романе», который случился у него с Симой в промежутке между Майей и Юлечкой. Вернее, никакой любви с его стороны не было. Хитрая Лидия Константиновна велела сыну залезть в койку к Полуниной исключительно ради алиби, а Гарику, вероятно, показалось не совсем приличным сразу оборвать стихийно возникшую связь. Он думал... он думал... Да ни о чем Тришкин не думал, вел себя как хотел!

Только не надо сейчас удивляться и восклицать: «Ах, ах! Ведь Гарик любил Юлечку! Ну, как он мог спать одновременно с ней и с Симой!» Да элементарно мог! У большинства мужчин секс и любовь — совершенно разные вещи. Это женщины объединяют понятия в единое целое (слабый пол, как правило, должен испытывать нежные чувства к партнеру по сексу), а парни спокойно поддаются чисто физиологическому позыву. Теория «стакана воды» придумана сильной половиной человечества очень давно.

— И чего ты нервничаешь? — с искренним изумлением восклицает муж, глядя на рыдающую от ревности супругу. — Люблю только тебя, а с Ленкой (Танькой, Наташкой... в общем, возможны варианты) получилось случайно. Ну, типа стакан воды выпил, без души с ней трахнулся.

Очевидно, Игорь принадлежит к подобной породе. Он маме изменил с Юлей, затем Юле с Ниной. Только мать Кати не захотела жить с обманщиком и выбросилась из окна. А может, дело обстояло иначе? Почему сейчас третья супруга Тришкина нервничает? По какой причине она, узнав о предполагаемых съемках сериала, кинулась к Карякину? Что такое еще знал Вадим?

Внезапно мне вспомнился беспорядок на письменном столе Димона, открытые ящики и забытая одинокая компьютерная «мышка», лежащая на специальном коврике.

Я нарушила планы убийцы, утащила подложенные ею «улики». Милиция теперь сочтет дело банальным: пара хануриков купили на рынке суррогат, наглотались, один участник пира умер, а второй решил унести ценные вещи — пошарил в ящиках, прихватил компьютер и сбежал.

Но я-то уже знаю правду! Испуганная разговором с Симой, Нина сначала отравила Димона, а потом стала искать сценарий. Рукописи не нашла и прихватила ноутбук, думала найти текст, нужный ей, на жестком диске. Наверное, Карякин и в самом деле был творческим человеком. Он, по словам Симы, продавал вещи, скатывался все ниже и ниже, но переносной компьютер не пропил, небось, как многие спившиеся непризнанные гении, надеялся создать когда-нибудь великое произведение. Хотя вполне вероятно, что ноутбук старый и его просто невозможно сбыть с рук.

Сима вбежала в здание метро и встала в хвост у кассы. Я проделала тот же маневр, но из соображений конспирации пристроилась к другому окошечку. Моя предусмотрительность оказалась излишней. Полунина, купив билет, не оглядываясь, пошла к эскалатору. Она явно нервничала в ожидании встречи с Ниной, но ни на секунду не подозревала о слежке. Однако я не хотела рисковать, поэтому, не снимая капюшона, держалась на некотором расстоянии от актрисы.

Разноцветная шубка Полуниной приметно мелькала в толпе, одетой преимущественно в немаркие, практичные коричневые, серые, синие пальто и куртки. В конце концов Сима села на скамейку. Я, успев купить на лотке газету, пристроилась невдалеке и решила применить любимую уловку Арчи Гудвина[1]: быстро развернула издание, пальцем проделала в нем дырку и уставилась на Симу.

На перроне клубилась толпа. На какие-то секунды люди загораживали Полунину, потом основная масса втискивалась в очередной поезд, но уже через секунду на смену прибывали другие пассажиры.

На десятой электричке у меня от напряжения начали слезиться глаза, пришлось аккуратно, не

---

[1] Арчи Гудвин — преданный помощник сыщика Ниро Вулфа. Замечательную парочку придумал писатель Рекс Стаут *(прим. автора)*.

опуская газеты, лезть за носовым платком. Орудовать одной рукой, придерживая другой широкие полосы, было очень неудобно, и на какой-то момент я целиком увлеклась добычей из кармана бумажного одноразового платочка. Действие заняло совсем немного времени, но когда я снова уставилась в дырку, то обнаружила пустую скамейку.

Ноги сами собой ринулись к стоящему поезду, я отчаянно надеялась на то, что Сима и Нина только-только вошли в вагон. Но вскочить в состав мне не удалось, с легким шипением двери сомкнулись, поезд медленно тронулся с места. Я топнула ногой и обругала себя: «Дашутка, ты идиотка! Потратить столько сил на выслеживание Симы, почти встретиться с Ниной и в самый нужный момент полезть за носовым платком!» Я ведь собиралась пойти за третьей женой Игоря. И где теперь ее искать, а? Ну, подскажите!

Хотя не стоит так уж ругать себя. Сейчас позвоню Кате Тришкиной и узнаю фамилию, имя, отчество, телефон и домашний адрес убийцы Карякина. А дальше — дело техники. Я сумею допросить мадам и вытащить из нее ответы на интересующие меня вопросы. Почему известие о сериале столь перепугало Нину? Чего боится Сима? Что случилось на даче Тришкиных в памятный день девятого октября?

Поехавший было поезд вдруг дернулся и замер. Над толпой пронесся нечеловеческий вопль, люди отхлынули от края платформы.

— Упали!

— Остановите состав!

— Милиция!

— «Скорая помощь»!

— А-а-а!

— О-о-о!

Я невольно вцепилась в кашемировое пальто мужчины, оказавшегося около меня.

— Что там такое?

— Кто-то вниз навернулся! — воскликнул в ответ дядька. — Не зря я всегда боялся на краю платформы стоять — сметут. Толпа безумная, пнет кто-нибудь, и не заметят. Теперь движение остановят. Побегу скорей на переход.

Выдрав из моих побелевших пальцев свой рукав, пассажир ужом скользнул налево, я оказалась в эпицентре голосящей на все лады толпы. Дальнейшее показалось дурным сном. Сначала голубые вагоны отъехали назад, потом на платформу прибежали тетки в форме сотрудников метрополитена.

— Граждане! — заголосили они. — Идите по своим делам! Ничего интересного, расступитесь!

Но зеваки не собирались покидать место происшествия, любопытствующие ждали продолжения. Вот появились мужчины с какими-то железными палками, затем в руках, словно из воздуха, материализовались носилки. Я сумела протолкнуться к стене и в страхе навалилась на ледяной камень. Почему я так уверена в гибели Симы? Вполне вероятно, что Полунина вместе с Ниной сейчас стоят в вагоне, за плотно закрытыми дверями. Машинист, опасаясь давки на перроне, не стал их открывать и выпускать пассажиров.

На пути мог упасть любой человек. Незнакомый мужчина в кашемировом пальто прав, метро — опасное место, слишком много в нем не совсем адекватных людей, желающих во что бы то ни стало попасть в вагон. Несутся к поезду так, словно он последний. Нет бы сохранить спокойствие и понять: составы в подземке ходят строго по расписанию, промежуток между поездами практически никогда не бывает более пяти минут. Не в пример лучше опоздать куда-то (на работу или на свидание) на эти пять минут, чем раньше срока оказаться на том свете.

— Тащат! — пролетело над зеваками.

— Достали!

— Ой, совсем молодой!

— Студент небось!

— Бедный парень.

— Идиот, нашел где под поезд бросаться, люди по делам спешат!

— Небось спихнули...

— Не, из-за любви сиганул наверняка.

Я повернулась, увидела девушку, которая произнесла последнюю фразу, и быстро спросила:

— Кто на рельсы упал?

— Студент, — охотно откликнулась та, — парень лет двадцати.

— Мужчина?

— Да.

— Не женщина?

— Нет. Вон его на платформу положили... Хотите — на мое место встаньте, отсюда хорошо видно, — приветливо предложила любительница острых ощущений.

— Вы уверены, что пострадавший — юноша, а не женщина в пестрой шубке?

— Стопудово.

— Да? — никак не могла прийти я в себя.

Девчонка скорчила гримаску, потом резко толкнула меня влево.

— Позырь сама, раз не веришь!

На платформе, прямо на грязном полу, вытянулось длинное тело в мрачно-серой одежде. Ботинок на пострадавшем не было, носков почему-то тоже, большие, корявые ступни желтели на краю перрона. Несчастный, попавший по неизвестной для меня причине под состав человек явно был мужчиной.

— Убедилась? — спросила девушка.

Я кивнула.

— Ну и шоколадно, — хмыкнула незнакомка.

Потом она вытащила из кармана коробочку, выудила оттуда «подушечку» и приветливо предложила: — Хочешь жвачку? Новая, со вкусом киви.

К моему горлу подступила тошнота.

— Спасибо, не люблю экзотические фрукты.

Незнакомка отвернулась от меня. Толпа вокруг стала еще гуще, теперь в ней замелькали милиционеры и зазвучали командные голоса:

— Граждане, расходитесь по своим делам! Ничего интересного! Шагайте себе! Ну, народ! Сказано, идите, вы что, покойника не видели, а?

Подгоняемая грубым криком, я выбралась на воздух и тихим шагом вернулась к стоящему у ресторана «Пежо». Конечно, на первый взгляд нашим милиционерам далеко до французских ажанов. Полицейские в Париже вроде бы не допускают грубостей, но на самом деле ажаны просто более хитры. При скоплении народа они станут вести себя, словно дипломаты на приеме в посольстве Ватикана, но если им в темном углу, где-нибудь на набережной Сены, под мостом, попадется клошар[1], будьте уверены, алкоголику быстро намнут бока. Парижский полицейский, присев на корточки, станет ласково сюсюкать с ребенком-туристом, который потерял маму или папу, он способен купить крошке на свои деньги мороженое, чтобы малыш прекратил плакать. И если в этот момент растяпы-родители, вспомнив, где забыли чадо, прибегут за ним, они станут свидетелями умилительной картины: их дитятко сидит на руках у полицейского, лижет эскимо, капая сладкой жижей на мундир госслужащего. Ясное дело, вернувшись в Москву, Берлин, Нью-Йорк или Токио, эти люди начнут восклицать:

— Не зря весь мир говорит о вежливости и га-

---

[1] Клошар — французский бомж *(прим. автора).*

лантности парижан! Наша милиция по сравнению с тамошней полицией отвратительно груба!

Ой, не верьте показным улыбкам французов! Тот же ажан преспокойно пройдет мимо маленького араба, одетого в плохонькую курточку. Он не обидит ребенка, просто сделает вид, что не заметил крохотного эмигранта. У французов особо «нежное» отношение к чужакам. Нет, туристов они привечают, справедливо полагая: городская казна полнится от денежных вливаний иностранцев, но вот тех, кто явился в Париж на постоянное проживание, терпят с трудом и демонстративно делают вид, что не понимают речь с акцентом. Поговорку «он говорит, как маленький негр» (то есть неправильно, непонятно) коренные жители страны придумали в незапамятные времена и употребляют до сих пор.

Наши милиционеры более прямолинейны, не понравился им — получи в глаз. Но справедливости ради следует отметить: среди нас, обычных граждан, тоже попадаются странные экземпляры.

В начале восьмидесятых годов я снимала дачу у некоего Анатолия Михайлова, слегка ненормального кандидата наук, занимавшегося зоологией. Анатолий в свое время получил на работе стандартный участок в шесть соток, возвел на нем странное сооружение, похожее на пирамидку из кубиков, и впал в глубокую задумчивость. Супруги у ученого не имелось, редкая женщина согласилась бы обитать около странного дядьки, все свободное время, без выходных и праздников, копошащегося в земле. Если вы полагаете, что Толик выращивал овощи-фрукты, а потом закатывал их в банки, то ошибаетесь. Вернее, стеклянные емкости у него стояли везде, где только возможно, но помещались в них не вкусные помидорчики-огурчики-вишня-слива, а... червяки. Кандидат наук выводил новый сорт этих тварей — каких-то гигантских особей.

— Представляешь, — рассказывал он мне, размахивая руками, — армия хорошо обученных червей способна перекопать землю без участия человека! Нам не понадобятся тракторы! Это ж какая экономия топлива!

В общем, полный бред. Но в НИИ, где трудился Толик, его считали перспективным ученым, отсюда и участок.

Возведя фазенду, Анатолий понял, что ему просто необходима хозяйка. Одному трудно справиться с бытом, тем более — в советские годы, когда в магазинах не имелось автоматических стиральных машин, СВЧ-печек, утюгов с паром, замороженных полуфабрикатов и прочих благ цивилизации. Однако жениться кандидат наук не хотел, и положение казалось безвыходным. Но Толик почесал в затылке и принял соломоново решение: дачку надо сдавать бабе с ребенком, нормальной, не вредной тетке, без планов на замужество.

Очень скоро в жизни Михайлова появились я и Аркадий. С ученым у нас был заключен взаимовыгодный союз: я живу все лето на свежем воздухе, не плачу ему ни копейки, а за это стираю, глажу и готовлю обед; на свою еду Анатолий деньги отстегивает еженедельно.

Надо сказать, что червяковед оказался человеком нежадным — количество сосисок в кастрюле не пересчитывал. И у нас с ним возникло некое подобие семьи: Толик вручал мне зарплату, я добавляла к ней мои деньги, в результате вполне хватало на суп, котлеты, кашу и даже на конфеты для Кеши.

По вечерам уставший Толик рассказывал мне о червях, и я до сих пор помню его заявление, что это земляное существо в случае тотального голода может служить абсолютно идеальной белковой пищей.

Как многие ученые, Толик был методичен и

по-детски наивен. В середине июля он прикатил на фазенду новую тачку — конструкцию из железного короба, трех колес и ручки. Целую неделю Анатолий радовался приобретению. Рискну напомнить вам, что дело происходило в советские годы, а тогда даже покупка гвоздя считалось редкостной удачей, и часто соседи, не стесняясь, тырили друг у друга инвентарь.

Короче говоря, через неделю случилось неизбежное — тачку сперли.

Поохав и поахав, Анатолий пошел в милицию, где заявил дежурному:

— У меня увели тачку.

Милиционер встрепенулся. Кража машины была по тем временам суперсерьезным делом.

— Пишите заявление, — велел он Михайлову.

Толик старательно изложил на бумаге суть: «12-го числа в темное время суток неизвестными злоумышленниками с моего участка была украдена тачка».

Еще раз напомню вам про советские годы. В отделениях тогда попадались сердобольные люди, и лейтенант, оказавшийся одним из таких, покачал головой.

— Нет, неправильно изложили.

— А как надо? — удивился Толик.

— Укажите номер.

— Его нет.

— Не зарегистрирована?

— Не-а.

— Господи! Она новая! — искренно пожалел милиционер ученого. — Вот беда какая! Ну и горе!

— И не говорите! — воскликнул Толик. — Пару дней назад прикатил из магазина.

Милиционер, очевидно, принадлежал к довольно редкой породе людей, способных воспринять чужое несчастье как свое собственное.

— Ой, ой, ой... — затряс он головой, — ладно, щас позову ребят, и покумекаем.

Очень скоро вокруг кандидата наук столпился почти весь состав отделения. Парни в форме начали выражать сочувствие пострадавшему.

— Вот черт, не повезло тебе...

— Небось деньги долго собирал...

— Убивать сволочей надо!

— Не переживай, отыщем!

Затопленный состраданием, Толян чуть не заплакал, чем вызвал у милиционеров новую волну сочувствия и обещаний разорвать угонщика в лоскуты.

Потом служивые приступили к сыскным действиям.

— Цвет какой у тачки? — поинтересовался лейтенант.

— Зеленый, — ответил ограбленный.

— А модель?

— Не знаю.

— Да ты успокойся, возьми себя в руки и вспомни.

— Ей-богу, не в курсе, — ныл Толик. — Схватил первую, которую увидел. Их всего-то в магазине четыре штуки стояло, хорошо, хапнуть успел. Знаете, сколько там желающих было?

— Представляю, — кивнул лейтенант. — Нам в прошлом году одну на отделение выделили, так прям беда, не знали, кому достанется. Странно, однако, что ты марку не приметил, они ж в разные деньги.

— Слушай, — оживился один из сержантов, — а ты ее нарисуй.

— Лады, — кивнул Толик, — давайте карандаш и бумагу.

Можно, я не стану описывать вам выражение лиц парней в форме после того, как они сообразили: тачкой Толик именовал именно тачку, железный короб на колесах и с ручкой, а не автомобиль?

## Глава 23

Стряхнув с себя ненужные воспоминания, я схватилась за мобильный. Так, сейчас звякну Кате, пусть девочка раздобудет мне телефон и адрес Нины.

Палец начал нажимать на кнопки, но экран не засветился. Надо же, я заблокировала клавиатуру! А ведь обычно забываю произвести это простое действие и получаю потом нагоняй от домашних, которым аппарат, втиснутый в сумочку, начал звонить по собственной инициативе. Ладно, сейчас сниму блок... Но после отмены блокировки ситуация не изменилась. Я потрясла мобильный. Ой, да он разрядился! Вчера забыла телефон у Вадима, не «покормила» верного помощника, и теперь он отказывался служить.

Повертев в руках временно бесполезный сотовый, я, вздыхая, покатила в Ложкино. Ничего не случится, если побеседую с Катей через два часа.

Дома меня поджидала нечаянная радость: в особняке оказалось пусто, встречать мать семейства выползли лишь собаки, да и то не все, Снап и Банди решили не прерывать сладкого сна. На холодильнике белела прикрепленная при помощи магнита записка: «Коньчилис драва для камина, паехал за ими. Иван». Чуть ниже имелась приписка: «Отправилась вместе с Ванькой, а то купит дерьмо. Ира».

Ощущая себя ребенком, про которого на время забыли и родители, и учителя, я налила себе кофе, с наслаждением выпила чашечку арабики, взяла домашний телефон и вновь попыталась соединиться с Катей.

— Абонент временно недоступен, — понеслось из трубки.

Я включила телевизор и плюхнулась около экрана, который демонстрировал некую программу о нашем недавнем прошлом.

«Удивительно, как быстро люди забывают даже то, что происходило несколько лет назад, что уж тут тогда говорить о Древнем Египте или греках времен Троянской войны, боюсь, мы никогда не узнаем, как они на самом деле жили. Археологи, откапывающие всякие предметы искусства и быта, могут здорово ошибаться. Вот недавно в горах нашли великолепно сохранившуюся мумию мужчины, и теперь ученые спорят: кем он был? Охотником? Крестьянином? Зачем полез на перевал? Хотел найти там еду? Но вроде первобытный дядька не был голоден, он хорошо перекусил перед кончиной, — трещал корреспондент, улыбаясь во весь рот. — Прошлое ставит перед нами порой неразрешимые загадки! Действительно, отчего плащ умершего имеет на спине странное отверстие, а?»

Я зарылась в плед, раздумывая над последними словами. И правда, иногда случаются в жизни такие казусы, что даже армия академиков не разберет, в чем дело. Станут ломать головы, делать удивительные предположения и при этом будут попадать пальцем в небо. А на самом деле ситуация проста, словно веник.

Вот мне сейчас припоминается одна история.

Когда я преподавала в заштатном институте французский язык, на нашей кафедре имелось всего три представителя сильного пола. Двое из них были настолько стары и немощны, что практически не показывались на занятиях, а вот третий, Александр Григорьевич Омолов, выделялся редкой любовью к дамскому полу. Нас, преподавательниц, сластолюбец не замечал — мы выпали из возраста Лолит, а он предпочитал иметь дело с незрелыми персиками.

Действовал наш ловелас просто: сначала он намечал себе жертву, потом принимался строить девочке глазки, и если студентка оказывалась не против более близкого контакта с преподавателем, то все происходило очень мило. Но, увы, подобный поворот событий случался редко, поскольку Александр был, мягко говоря, некрасив. Росточком Омолов получился чуть выше нашего мопса Хуча, спортом он не занимался и имел довольно объемистое брюшко, с волосами и зубами у препода тоже случилась беда: первых практически не имелось, а вторых было слишком много (крупные желтые клыки и резцы росли у Омолова тесно, наползали друг на друга). А еще наш донжуан имел потные ладошки и мерзкую привычку щелкать языком по нёбу, отчего я долгое время пребывала в уверенности: отвратительные зубы Омолова являются плохо сделанным протезом.

Теперь понимаете, почему подавляющее количество первокурсниц шарахалось от Александра, услыхав от него вкрадчивое:

— Душенька, вам следует прийти ко мне на личную консультацию.

Девочки пугались до полусмерти, но что им было делать? Александр Григорьевич вел себя последовательно: душил несчастную избранницу неудами, топил незачетами, и в конце концов бедняга, поняв, что вылетит из института, сдавалась. Как выкручивались студенточки, пытаясь не видеть и не слышать мужика в самый пикантный момент? Может, затыкали уши ватой, а на нос водружали черные очки? Этого я не знаю, но факт остается фактом: никто не поднял скандала, не пошел жаловаться на похотливого препода в деканат, не устроил истерики. Девочки, вздрагивая от брезгливости, покорно ехали к Омолову домой. Александр специально выбирал для утех первокурсниц-провинциалок. Несчастным девушкам предстояло еще пять лет сидеть в аудиториях, и они понимали: откажешь Омолову, устроишь трам-тарарам — и вылетишь из учебного заведения. Александр Григорьевич сумеет выкрутиться, а от революционно настроенной студентки ректор пожелает избавиться, наш начальник страшно боялся скандалов.

В общем, институтский ловелас ощущал свою безнаказанность и распоясался окончательно. В сентябре, придя после летнего отдыха в аудиторию, он приметил прехорошенькую мордашку в первом ряду и открыл сезон охоты. Олеся Колокольникова, так звали очередную «любовь» похотливого мужичонки, сначала пришла в ужас, но потом, поняв, сколько неприятностей ей может причинить Омолов, вроде начала благосклонно относиться к его ухаживаниям. Естественно, по институту тут же поползли слухи, и кое-кто из преподавательниц стал брезгливо поджимать губы при виде стройной фигурки Олеси. Это — присказка, теперь сама история.

Двенадцатого октября я прибежала на работу к восьми. В тот понедельник была моя очередь дежурить по кафедре. Нынешние преподаватели, прискакивающие на лекции за пару секунд до звонка, а то и спустя пять минут после него, не поймут нас, воспитанных комсомолом и парткомом. В советские годы лектору предписывалось прибывать в институт к девяти утра, независимо от того, в котором часу у него начинались семинар или лекция. Рабочий день установлен с девяти до восемнадцати, вот и проводи его на службе: сиди тупо за письменным столом, наливайся чаем, сплетничай с коллегами, домой тебя, маящегося от безделья, никто не отпустит. Впрочем, иногда приходилось прибывать на родную кафедру и в восемь: дежурный преподаватель отпирал двери, открывал окна, проветривал помещение и ставил в ожидании коллег чайник.

Идиотизм! Зачем, спрашивается, выдергивать людей из кровати в несусветную рань? У меня нет ответа на этот вопрос. Традиция была заведена ректором, который считал, что наличие дежурных дисциплинирует. Ну да сейчас речь не о заморочках начальства.

Так вот, двенадцатого октября, проклиная тяжелую долю работающей женщины, я притащилась к восьми утра в институт и обнаружила у двери свою коллегу и однофамилицу Дину Васильеву.

— Ты чего в такую рань пришла? — отчаянно зевая, спросила Динка, вынимая из сумочки ключи.

— На дежурство, — еле-еле ворочая со сна языком, ответила я.

— Сегодня моя очередь.

— В расписании стояло: «Д. Васильева», — мрачно напомнила я.

— Верно, — кивнула товарка, — я и есть Д. Васильева.

Пару секунд мы глядели друг на друга, потом обе рассмеялись.

— Ой, ну и дуры мы! Надо было еще вчера сообразить и договориться.

На меня навалилась тоска. Ведь могла в дождливый день поспать подольше, а вместо этого попала на дежурство.

— Обидно-то как, — загудела Динка, отпирая дверь, — хотела...

Конец фразы застрял у коллеги в горле.

— Мама! — вдруг взвизгнула она, — Дашка, там...

Я машинально глянула туда, куда указывал палец однофамилицы, украшенный симпатичным колечком с янтарем.

У стены, между батареей и доской, маячила странная фигура крестообразной формы.

— Вор! — завизжала Динка.

Непонятное существо издало стон.

— Тише ты! — дернула я Васильеву. — Что в институте красть? Методички, написанные в сорок девятом году? Помятый чайник или тапки завкафедрой? Вы кто, немедленно отвечайте!

Последняя фраза относилась к незнакомцу.

— Помогите, — простонал тот, — умоляю! Только не шумите! Дашенька, Диночка, девочки милые, это я, Александр Григорьевич.

Всплеснув руками, мы бросились к Омолову и через секунду застыли в удивлении. Право слово, смотрелся он более чем странно. Препод, как всегда, был одет в костюм, пиджак оказался застегнут на все пуговицы, хотя обычно мужчины забывают про последнюю. Но не это было самым необычным. Руки лектора торчали в разные стороны, преподаватель выглядел, словно гигантская буква Т, лицо его покрывала синюшная бледность, над верхней губой и на лбу виднелись капли пота.

— Помогите, — повторил Александр, — скорее! Еле-еле утра дождался. Хотел лечь на диван, не получилось. Сел на стул, так спину заломило. Пришлось всю ночь стоять. Так руки онемели! Господи!

На глаза Омолова навернулись слезы.

— У него паралич, — решительно заявила однофамилица, — иначе почему он в такой позе замер?

— Надо вызвать «Скорую», — засуетилась я.

— Нет, нет! — завсхлипывал Омолов. — Просто снимите скорей с меня пиджак и выньте ее.

— Кого? — хором спросили мы с Диной.

Но лектор только зашмурыгал носом. Я придвинулась к нему и живо расстегнула пуговицы, Дина ухватила верхнюю часть костюма, потянула ее и опять взвизгнула.

— Там штанга! С маленькими блинами!

— Где? — вытаращила я глаза.

— В рукавах, — ошарашенно сообщила Дина.

Спустя пару минут мы стянули с Александра Григорьевича пиджак и уложили несчастного на диван.

— Кто запихнул вам в рукава штангу? — налетела на профессора Дина.

— Это просто деревянная палка, на концах которой кругляши, — уточнила я.

— Ой, — отмахнулась Динка, — все равно! Но самому себе ее в пиджак не засунуть. Да и зачем бы?

И тут у Омолова началась истерика, изо рта противного мужика стали вырываться угрозы пополам с жалобами. Поняв, в чем дело, мы с Диной, боясь рассмеяться, начали кусать губы. А было так.

Вчера вечером Олеся Колокольникова наконец-то, отбросив кокетство, недвусмысленно сказала Омолову:

— В девять вечера на кафедре. Только там! В другое место не приду.

Александр обрадовался. В это время в институте никого нет, лишь у входа мирно дремлет боец вневедомственной охраны — трясущийся от старости, полуслепой и стопроцентно глухой дедушка. Это сейчас учебные заведения обзавелись настоящими секьюрити, а в прежние времена мы были наивно беспечны.

Потирая влажные ладошки, Александр Григорьевич притаился в кабинете. Ровно в двадцать один ноль-ноль в комнату вступила Олеся. Омолов решил сразу взять быка за рога и указал на просторный диван, стоящий у окна.

— Удобная штука, не так ли?

— Согласна, — улыбнулась Колокольникова.

Препод скинул пиджак и пошел к Олесе. Но не успел он прижать к себе совершенно не сопротивляющуюся девицу, как дверь распахнулась и на кафедре появился мужчина, больше похожий на медведя.

Омолов перепугался. До сих пор он развлекался со студенточками в укромном уголке, но красавица Олеся наотрез отказалась встречаться с лектором в каком-либо другом месте, выбрав для встречи кафедру. Видно, сластолюбцу очень хотелось заполучить девушку, раз он решился устроить свидание на рабочем месте. Но испуг Омолова быстро прошел — он понял, что посетитель не из институтских, и налетел на него с выговором:

— Какого дьявола шляетесь по ночам в чужом учреждении? Сейчас милицию позову!

— Давай, — вполне мирно пробасил мужик, — зови. Только придется объяснить, что сам тут затеял. Пиджак скинул, мою жену в угол зажал...

— Ж-жену? — начал заикаться, холодея, Александр Григорьевич.

— Гражданскую, — спокойно пояснил великан, настоящая гора мышц, — теперь ответ держать за безобразие надо.

— Эй, эй, — забормотал ловелас, — вы что делать собрались? Я не виноват, она сама мне свидание назначила!

Олеся звонко рассмеялась:

— Ох и гнида ты! Леша, начинай.

— Что, — в полном ужасе взвизгнул Омолов, — в партком жаловаться пойдете?

— Сами справимся, — хмыкнул стопудовый Алеша.

Не успел Александр испугаться, как Леша велел Олесе:

— Тащи!

Девушка вышла в коридор и вернулась, неся палку. Алексей схватил пиджак, вдел в рукава деревяшку, навинтил на ее концы кругляши-стопоры, а потом нацепил конструкцию на Александра Григорьевича.

— Ну, прощай, — весело заявил парень.

— Спокойной ночи, — ласково пожелала Олеся. — Мы тебя тут запрем, утром народ на работу явится, освободит.

Радостно хихикая, парочка исчезла за дверью. Омолов остался один в совершенно беспомощном положении: пиджак был застегнут на все пуговицы, руки лишены возможности шевелиться, вытащить их из одежды было невозможно, сломать палку оказалось хилому мужчине не под силу, позвонить по телефону тоже не удалось, лечь не получилось, сидеть было крайне неудобно... Оставалось лишь ждать утра, стоя привалившись к стене.

— Девочки, дорогие, — стонал наш донжуан, — умоляю, никому не рассказывайте!

Мы с Динкой закивали, но уже к вечеру история облетела весь институт. Люди плохо умеют хранить чужие тайны. Я, например, стараюсь не распускать язык, ясно же, что никому не приятны сплетни. Историю с Омоловым я сообщила лишь Оле Егоровой и Нинке Алексеевой, а не бегала, как Динка, по институту, не мела языком на каждом шагу. Впрочем, еще просветила Олю Редькину, Таню Соломатину, Иру Манурину...

Омолов уволился, и его благополучно забыли, но вот история про пиджак и палку, обрастая мифическими подробностями, до сих пор гуляет по Москве. Я слышала ее в нескольких вариантах.

А теперь скажите мне, что подумает археолог, откопав мумию человека, у которого в сюртуке, за спиной, приспособлена ручка от швабры? Какие версии начнет выдвигать ученый? Подумает о принадлежности древнего человека к некоему религиозному течению «палочников»? Задумается о состоянии медицины прошлых лет? Версий возникнет множество, но ни одна из них не будет правдой, потому что истина, с одной стороны, намного проще, с другой — более хитроумна, чем любая фантазия...

## Глава 24

Я снова взяла домашний телефон и набрала номер Кати.

— Аппарат абонента выключен или находится вне зоны действия сети, — вновь равнодушно прозвучало из трубки.

Но мне необходимо связаться с Катериной! Интересно, по какой причине девочка выключила мобильный? Ой, не надо усложнять ситуацию, вполне вероятно, что она, как и я, не зарядила батарейку. Что ж, попытаюсь соединиться с Катюшей иным образом. Каким? Можно пойти к охранникам и спросить телефонный номер коттеджа Тришкиных. Мне его, естественно, скажут, только ведь Катюша просила соблюдать осторожность, вполне вероятно, что ее бабушка, расторопная Лидия Константиновна, обладает славной привычкой подслушивать разговоры внучки.

И как поступить? Ждать, пока Катя включит мобильный? Но мне срочно нужен номер Нины!

Некоторое время я молча сидела в кресле, потом бросилась в свою спальню. Безвыходных положений не бывает, запомните хорошенько это утверждение. Из любой ситуации, даже на первый взгляд абсолютно тупиковой, существует выход, надо лишь перестать паниковать и биться в запертую дверь — ясное дело, она не откроется. Коли вход намертво закупорен, спокойно сядь, выпей чаю, успокойся и оглядись по сторонам: вполне вероятно, что увидишь дыру в стене или поймешь, где можно сделать подкоп. Повторю: безвыходных ситуаций не бывает, просто мы ленивы, безынициативны, пассивны и трусливы, предпочитаем ныть и плакать вместо того, чтобы думать и действовать.

На мой взгляд, самая ужасная на свете фраза: «Я сделал все, что мог». Данных слов человек не имеет права произносить даже на краю могилы. Всегда, всегда есть щель, через которую можно выползти из мышеловки, и если для этого потребуется отгрызть себе хвост, не медлите, потом разберетесь, каково жить без него. Главное — не спасовать в нужный момент и понять: дабы изменить складывающиеся не в вашу пользу обстоятельства, следует иногда понести потери.

Лично я сейчас собралась лишиться подарка, приготовленного ко дню рождения своей подруги Кати Самойловой. Катюня страстная собачница, собственно говоря, именно на этой почве мы с ней и подружились. У Самойловой пудели, целых восемь штук, и я приготовила ей к юбилею замечательный сувенир: купила брошку в виде пса и выгравировала у него на боку «Катя». Может, кому-то подобное подношение покажется идиотским, но Катюня должна была прийти в восторг.

Вытряхнув кусочек золотого украшения из красной бархатной коробочки, я живо оделась и побежала к дому Тришкиных.

На первый взгляд особняк показался необитаемым — несмотря на опустившиеся сумерки, в окнах не мерцал огонь. Но я не привыкла отступать, поэтому решительно нажала на звонок.

— Кто там? — донеслось из домофона.

— Ваша соседка по поселку, Даша Васильева.

Замок тихо щелкнул. Я побежала по аккуратно расчищенной дорожке к помпезно-шикарной двери, которая тут же распахнулась. Нос уловил слишком резкий запах корицы и ванили, потом я увидела не по возрасту стройную седую даму, ту самую, с которой иногда сталкивалась, идя по Ложкину.

— Ой, это вы! — вырвалось у меня.

Женщина улыбнулась:

— Добрый вечер. Вы, значит, Даша, а я Лидия Константиновна. Что случилось?

— Простите, можно мне поговорить с Катей?

В глазах Лидии Константиновны промелькнуло легкое беспокойство.

— Зачем вам моя внучка?

Я старательно заулыбалась.

— Понимаете, пару дней назад случайно познакомилась с девочкой, она была очень расстроена.

— Чем? — настороженно поинтересовалась бабушка.

— У школьницы случилась неприятность.

— Какая? Первый раз слышу, что у Катеньки произошло нечто из ряда вон выходящее! — воскликнула Лидия Константиновна. — У внучки от меня секретов нет. Катюша — как открытая книга, очень откровенный человечек. Вы уверены, что не перепутали ее с другой девочкой?

Я улыбнулась еще шире и ласковее:

— Нет, конечно. Катенька назвала номер своего дома и попросила: «Если найдете, пожалуйста, принесите, это очень ценная для меня вещь».

— Никак не пойму, о чем речь, — вежливо, но очень холодно перебила меня Лидия Константиновна.

Я вынула из кармана брошку и протянула ей:

— Вот.

— Что? — изумилась бабушка.

— Катюша упала на дороге...

— Господи, — снова перебила меня Лидия Константиновна, — не ребенок, а ходячее несчастье! Сколько раз говорила: не спеши, ходи аккуратно. Так нет, летает, словно ракета, ясное дело, постоянно спотыкается. То в школе шлепнется, то в бассейне растянется!

— Теперь на дорожку шмякнулась, — улыбнулась я. — Слава богу, ничего не повредила, но потеряла брошку. Она у девочки на курточке прикреплена была, от падения застежка расстегнулась, украшение и отвалилось. Катя чуть не плакала, так ей было собачку жаль. Ну, я и пообещала, если вдруг найду, принести. И, представьте себе, сейчас шла к калитке, а в снегу что-то блеснуло...

Лидия Константиновна молча смотрела на пуделечка.

— Вот тут надпись «Катя»... — вдохновенно вещала я. — Очень рада, что сумела обнаружить пропажу!

Запал закончился, теперь очередь за старухой. Простая вежливость предписывает Лидии Константиновне сказать: «Ох, спасибо за заботу, проходите, пожалуйста, сейчас позову Катюшу». Она проведет меня в столовую или гостиную, предложит чай, появится Катя. Даже если девочка, «не словив мышей», воскликнет: «Это не моя вещь», — я найду момент, чтобы тихонько сказать ей: «Включи мобильный, не могу дозвониться». Или, если бабушка отлучится на кухню за чаем, быстро переговорю со школьницей, получу от нее телефон Нины.

Но ситуация стала развиваться иначе, чем я ожидала.

— Это не Катина, — отрезала Лидия Константиновна.

— А чья? — захлопала я глазами. — Тут стоит имя вашей внучки.

— Думаю, в поселке не одна Екатерина.

— Э... вообще-то... верно, только девочка так переживала. Насколько я поняла, собачка — подарок бизкого друга.

— У внучки нет приятелей, способных подносить дорогие презенты.

— Что вы, думаю, брошечка и ста долларов не стоит, — упорно шла я к своей цели. — И потом, наверное, вы просто не знаете всех побрякушек, которые есть у девочки. Школьницы обожают приобретать ерунду — всякие там фенечки, брелочки, шнурочки, браслетики... Вот моя Маша вечно приносит домой разную лабуду!

— А наша Катя не имеет подобной возможности, —ледяным тоном отрезала Лидия Константиновна. — Она хорошо воспитанный ребенок, да и мы не нувориши, как некоторые.

После подобного хамского заявления мне бы следовало удалиться с гордо поднятой головой и более никогда не раскланиваться с Лидией Константиновной. Но мне очень было нужно поболтать с Катей!

— Все-таки позовите вашу внучку, — очаровательно улыбнулась я, — давайте у нее самой спросим. Если пуделек не принадлежит девочке, спокойно уйду домой. Кстати, на улице очень холодно, прямо продрогла вся.

Тут до Лидии Константиновны дошло, что она ведет себя по меньшей мере неприлично — держит на ступеньках милую соседку, которая потратила свое время, принеся потерянное украшение.

— Входите, — вздохнула старуха.

Я с готовностью прошмыгнула в просторную прихожую, но радость оказалась преждевременной.

— Кати нет, — сообщила Лидия Константиновна.

— Тогда передайте ей собачку. Скажите, что Даша принесла, как и обещала, — попросила я. А про себя я подумала: «Надеюсь, девочка удивится и сразу мне позвонит».

— Эта брошь не принадлежит моей внучке. И вообще Катерины нет.

— Но она же придет домой.

— Не раньше чем через год, — сухо заявила Лидия Константиновна. — Сейчас девочка летит в Швейцарию. Нет, уже прибыла в Женеву. В Москву Катюша вернется лишь на Рождество. Не то, которое будем скоро отмечать, а на следующее.

Я ощутила себя человеком, который со всего размаха налетел на стену.

— Как в Швейцарию? Я видела Катю совсем недавно.

— Правильно, — кивнула Лидия Константиновна, — а сегодня утром она отправилась в колледж. Хотите мой совет?

Я машинально кивнула.

— Повесьте объявление, — спокойно продолжила старуха, — одно на магазине, а второе на доске у административного корпуса. Тот, кто посеял брошку, будет вам очень благодарен.

— Хорошая идея, — пробормотала я.

Лидия Константиновна кивнула:

— До свидания.

— Прощайте.

— Рада была познакомиться, — вспомнила о светской вежливости старуха.

— Взаимно, — растерянно завершила я церемонию, потом повернулась и, сохраняя на лице выражение жизнерадостной идиотки, пошагала по дорожке к калитке.

Только оказавшись в своей спальне, я осознала силу нанесенного мне удара. Значит, бабушка решила не терять зря времени и быстро удалила заподозрившую нечто нехорошее девочку не только из отчего дома, но и из родной страны. И если раньше у меня еще имелись некие сомнения в виновности Игоря Тришкина, то теперь они рассыпались в прах и появилась твердая уверенность: Катя права, милый Гарик виноват в смерти Юли. Знаете, отчего я пришла к подобному выводу?

Многие подростки неадекватно оценивают своих родственников, считают их дураками, мерзавцами, негодяями. Чаще всего взрослые люди ни в чем не провинились, в школьниках бушуют гормоны, это они делают детей немотивированно обидчивыми, крикливыми и крайне несправедливыми по отношению к домашним. К сожалению, основная масса пап и мам не понимает, что в пубертатный период их чадо неадекватно, и изо всех сил пытаются сделать из подростка нормального человека. Как правило, титанические усилия родителей приводят к полномасштабной войне, в которой нет победителей. Не счесть числа детей, которые перестают общаться с родственниками, держат их за врагов, не желают даже разговаривать с «ископаемыми» предками, а потом убегают из дома.

На мой взгляд, лучше просто, стиснув зубы, переждать пару-тройку лет, сказав про себя:

— Мой ребеночек слегка обезумел, но это пройдет.

И проходит. Рано или поздно подросшие детки берутся за ум. А еще хорошо почитать всякие умные книги. Из них, например, можно узнать, что вопль сына: «Мне жарко, сама носи идиотскую шапку!» на самом деле не проявление гадкого непослушания. В период гормональной активности у детей нарушена терморегуляция, им на самом деле жарко, и не стоит приставать к ребенку со словами: «Оденься потеплей, а то простудишься».

Но речь у нас сейчас идет не о физиологических особенностях четырнадцатилетних, а о том, что случилось с Катей.

Если бы девочка, охваченная подростковым максимализмом, несправедливо заподозрила папу и бабушку в убийстве своей мамы, то, скорей всего, Лидия Константиновна, узнав каким-то образом о мыслях школьницы, расстроилась бы, естественно, но попыталась объяснить внучке неверность ее выводов, попробовала переубедить ребенка. Но старуха повела себя иначе — она в кратчайший срок, почти в невероятно сжатое время, сумела устроить ставшую слишком любопытной Катю в закрытый колледж в Швейцарии. Похоже, Лидия Константиновна фея или ведьма, раз ухитрилась за считаные дни пробить для Кати визу, купить билет на самолет и договориться с администрацией учебного заведения.

А теперь скажите, к чему подобная торопливость? Отчего Кате не дали спокойно закончить год, сорвали из школы зимой? Иностранцы очень не любят, если им приходится принимать к себе ребенка в середине семестра, любой директор школы в Швейцарии моментально воскликнет: «Замечательно! Очень рад видеть в стенах нашего учреждения Катю Тришкину, но набор учеников начинается в апреле, присылайте документы весной».

Как бывший преподаватель, очень хорошо понимаю подобную позицию. И чтобы девочку посадили в класс новой школы накануне рождественских каникул, в семье должно было случиться нечто экстраординарное. И еще: подобный поворот событий стоит немалых денег. Почему Лидия Константиновна пошла на ощутимые материальные траты? И, похоже, ей еще пришлось задействовать большие связи, дабы заставить неторопливых сотрудников посольства мгновенно оформить документы.

Думаю, вы, как и я, хорошо знаете ответы на вопросы. Катя Тришкина абсолютно права: ее папа — убийца. Сначала Игорь лишил жизни Майю, свою первую жену, толкнув ее со всей силы, отчего та упала и сломала переносицу. Затем, спустя несколько лет, любвеобильный Гарик вытолкнул из окна Юлю, мать Кати.

Я вскочила и забегала по комнате, сама себя сдерживая: мол, спокойно, Дашутка, не нервничай, попытайся трезво разобраться в ситуации. Зачем бы Тришкину убивать любимую жену, а? Да чтобы расписаться с Ниной. У Гарика уже разок удался подобный фокус, а убийцы — люди привычки: если утопили одну жертву, потом начнут проделывать то же самое и с остальными. И потом, отчего я решила, что Гарик хорошо относился к Юле? Интимная жизнь посторонних людей — потемки, вполне вероятно, что Игорь начал тяготиться Юлей и решил вновь по-своему разрулить ситуацию, а Лидия Константиновна покрывает сыночка.

Вот почему сейчас Катю с неимоверной поспешностью отправили в Швейцарию. Ясно теперь, отчего я слышу по телефону сообщение о том, что абонент недоступен.

Я подошла к окну и выглянула во двор — невысокие фонари освещали участок. Интересно, какая погода сейчас в Швейцарии? Как чувствует себя Катя? Добровольно ли она отправилась в аэропорт? Внезапно мне стало жарко.

Утром, выезжая из поселка, я столкнулась с весьма необычным для Ложкина явлением: пробкой около ворот. Впереди моего «Пежо» маячил черный джип, а перед ним стояла «Скорая помощь». На крыше микроавтобуса безостановочно вспыхивала «мигалка», но сирена не кричала, водитель терпеливо ждал, пока охрана откроет шлагбаум. Потом, соблюдая ту же очередность, кавалькада докатила до поворота на Ново-Рижскую трассу, и я порулила к Москве, направо, а «айболиты» направились налево, причем они включили надсадный, воющий, рвущий душу спецгудок. Джип рванул за медиками. Помнится, я тогда подумала, что кому-то из соседей очень плохо и его боялись не довезти до столицы, понеслись в расположенную неподалеку 62-ю клинику.

Но сейчас, поговорив с Лидией Константиновной, я неожиданно сообразила: внутри микроавтобуса наверняка спала на носилках одурманенная лекарством Катя. Девочке небось тайком подлили сильное снотворное и в бессознательном состоянии отправили в аэропорт. Швейцарцы большие мастера по сохранению тайн. Россияне знают, что самые надежные банки расположены именно в этом государстве, но мало кто слышал о другой специализации страны Женевского озера и трудолюбивых гномов: здесь находятся школы особого типа, больше походящие на тюрьму, чем на обычное учебное заведение. Нет, не следует думать, будто ребят здесь бьют и лишают еды. Наоборот, питание прекрасное, преподаватели безукоризненно вежливы, комнаты уютны, но... Никакой связи с внешним миром, отсутствуют телефон, телевизор, радио, компьютер... И с одноклассниками не подружиться, потому что у каждого ученика имеется личный воспитатель. Пребывание в подобном месте стоит очень недешево, но малолетние наркоманы, проститутки или воришки возвращаются через пару лет домой преображенными. Похоже, Катю и засунули в подобный колледж, мне теперь с ней не связаться.

Я распахнула окно, поежилась от холодного воздуха и осторожно закурила, внимательно следя за тем, чтобы дым вылетал во двор. Выходит, внучка Лидии Константиновны права, ее мама была убита. Думается, опасность грозит и самой Кате. Конечно, пока она сидит под надзором в Швейцарии, Игорь может продолжать заниматься любимым хобби. Самым радикальным способом устранять надоевших супружниц и снова завязывать брачные узы. Но что произойдет, когда Катюша вернется домой?

Швейцарцы тщательно соблюдают закон. Пока ребенок не достиг совершеннолетия, он полностью подчиняется родителям, которые имеют право поместить его в любое учебное заведение и держать там помимо воли. Но едва дитяти минет то ли восемнадцать, то ли двадцать один годок (простите, точно не знаю, с какого возраста в этой стране молодой человек считается юридически взрослым), как директор скажет:

— Все, мой друг, отныне отдаю вам документы.

И Катя вернется в Москву. А Лидия Константиновна, опасаясь, что девушка начнет направо и налево болтать ненужные вещи... Как поступит милая старушка, покрывающая обожаемого сына, а? Впрочем, если мадам не доживет до этого момента, умрет от старости, то девушке все равно расслабляться нельзя. Есть ведь еще папочка-убийца, мужчина, который со спокойной совестью отправил дочь в тюрьму — пусть и в привилегированное, но казенное, закрытое заведение, лишив ее подруг, дома, счастливого отрочества. А все для того, чтобы девочка не раскопала ненароком неприятную истину о родителе!

Я захлопнула раму. Нет, я просто обязана в самый кратчайший срок собрать улики против мерзкого Тришкина, доказать, что он убийца, а потом... потом...

— Дарья! — долетел снизу голос Дегтярева. — Иди сюда скорей!

— Уже несусь, милый! — завопила я в ответ, выходя из комнаты.

Как только вы оказываетесь собственницей большого дома, то мгновенно понимаете: любая медаль имеет оборотную сторону. Невозможно слопать два кило шоколада и не ощутить колики в желудке. Обретя особняк, вы тут же получаете кучу проблем. Снег на крыше, который необходимо считать, неполадки с отоплением и водой, оборванные на улице электропровода, заваленный осенней листвой сад, перебои с газом и откачка выгребной ямы — всем этим теперь придется заниматься вам лично. Но меня не раздражают хозяйственные хлопоты, намного хуже то, что в доме почти невозможно докричаться до членов семьи. Если ночью тебе станет в кровати плохо, так и окочуришься, не дождавшись помощи, хоть обвопись, — никто не услышит, тяжелые дубовые двери и толстые кирпичные стены отлично гасят звуки.

## Глава 25

— И какую ерунду ты натворила? — с подозрением спросил полковник, подождав, пока я сбегу по лестнице вниз.

— Не поняла, — удивленно ответила я.

— Почему спустилась из спальни? — задал следующий вопрос Александр Михайлович.

— Ты же меня позвал!

— Верно.

— Тогда отчего поражаешься?

— Не стала спорить, — начал загибать пальцы Дегтярев, — прилетела мгновенно, да еще так ласково заворковала: «Уже несусь, милый». Больше всего боюсь услышать твой сахарный голосок, потому что он означает лишь одно: мадам Васильева сидит по уши в неприятностях. Так что с тобой стряслось на сей раз?

Я покачала головой:

— Старость не радость! У тебя развивается маниакальная подозрительность.

Вообще говоря, вопль Дегтярева настиг меня в тот момент, когда я твердо решила: раскрою злодеяния, совершенные Тришкиным, и обращусь к толстяку за помощью. Подарю ему выполненную работу, так сказать, преподнесу преступника на блюдечке с золотой каемочкой, пусть арестовывает негодяя, который убивал ни в чем не повинных женщин и столько лет считал себя безнаказанным.

Я очень умная и невероятно талантливая, обладаю явным даром сыщика, Александр Михайлович, хоть и дослужился до полковника, мне в подметки не годится. Есть только одна крохотная деталька, очень мешающая детективу на общественных началах: у меня нет никакого права арестовывать мерзавцев. Узнав всю правду об убийце, я не могу отдать виновника под суд, поскольку не являюсь ни сотрудником МВД, ни прокурором, ни следователем. Я самая обычная гражданка, которая, маясь от безделья, овладела увлекательным ремеслом сыщика, поэтому, чтобы добиться торжества справедливости, мне приходится обращаться к полковнику, а он, если честно, терпеть не может, когда я в очередной раз добиваюсь успеха. Наверное, просто завидует мне, не растерявшей юношеского задора, активности, ловкости и ума. Вот по какой причине я решила быть сейчас крайне ласковой с Дегтяревым — кто ж, кроме него, сможет запихнуть в тюрьму Гарика Тришкина и вызволить из швейцарской школы тюремного типа Катю? Но Александр Михайлович слишком подозрителен. А еще он стал сварлив — все ему не так! Прибежала молниеносно — услышала недовольный гундеж. Спустилась бы не сразу — начал бы бубнить: «Вечно тебя не дозваться... плетешься еле-еле... совсем не шевелишь ногами...»

Ну как угодить такому?! Впрочем, не буду злиться.

— Дорогой, не хмурься, — зачирикала я, наблюдая за тем, как брови полковника медленно, но верно сдвигаются к переносице, — ты звал, я пришла.

— Ну, ну... — хмыкнул толстяк.

Меня начало охватывать раздражение. Тщательно пряча его, я продолжала улыбаться.

— Зачем я понадобилась тебе?

— Господи, — заплакал кто-то в гостиной, — он погиб!

— Кто? — подскочила я.

Дегтярев нервно оглянулся.

— Ты о чем?

— Неужели не слышал?

— Что?

— Там кто-то плачет.

— Ага, — мрачно кивнул толстяк, — поэтому и звал тебя. Милиция почти в обмороке.

— Боже, случилась беда? — испугалась я.

Дегтярев потер затылок.

— В принципе, да.

— Она неведомыми путями узнала правду о родителях Деньки?!

— Нет, — вздохнул Александр Михайлович. — Крошка пропал.

— Попугай?

— Он самый.

— Куда же подевалась эта здоровущая птичка?

— Улетела из клетки.

Я рассмеялась:

— Только не пытайся убедить меня в том, что Крошка просочился между прутьями!

— Нет, дверца стояла открытой.

— Ирка! — заорала из гостиной Зайка. — Скорее завари крепкий чай и подай Милиции! В чашку следует добавить пару ложек коньяка.

— Все уже дома? — удивилась я. — Только что я была одна.

— Буду осматривать второй этаж, — нервно воскликнул полковник, — а ты первый. Необходимо отыскать Крошку.

— Его съели, съели, съели... — долетело из гостиной.

— Господи, — затараторила Зайка, — Милиция, дорогая, ну кто мог слопать милого попугайчика? В нашем доме подобных личностей нет.

— А ну, посторонитесь, — деловито велела нам с полковником Ирка, высовываясь из кухни.

Я попятилась. Домработница, держа обеими руками поднос с чашкой, вступила в гостиную. Мы с полковником потрусили за Иркой.

— Никто из домашних и помыслить не мог, чтобы сожрать Крошку, — довершила свою речь Зайка.

Милиция громко всхлипнула и с упорством трехлетней капризницы затвердила:

— Съели, съели, съели...

— Успокойтесь, — занервничала Ольга.

— Ну и глупость же вам в голову взбрела, — решила вмешаться в диалог Ирка. — В холодильнике полно вкусного: и буженина, и сервелат, и докторская колбаска, сосиски, в конце концов. Ежели кто аппетит нагулял, он нарезку слопает. Вы только представьте, какой это геморрой попугая жрать? Сырым ведь его не схомякать?

Я прикусила нижнюю губу — Ирка в своем репертуаре. Домработница тем временем пыталась, как могла, успокоить Милицию.

— Подумайте разумно, — вещала она, — кто ж сырое лопать станет? Значит, его надо сначала того самого... притюкнуть, а это ведь непросто. Потом ощипать, пожарить... К чему такие сложности, если совершенно спокойно можно ветчиной перекусить?

— Ира, уйди, — процедила Зайка.

— Все, все, меня уже нет, — живо отреагировала домработница, — вот только посудку прихвачу.

— Уж извините, Милиция, — запела Ольга, — Ирина иногда бывает бестактна.

— Я не говорила о том, что Крошку Че съели люди, — дрожащим голоском перебила ее Милиция. — В доме полно собак.

— Это невозможно! — хором воскликнули домработница и Зайка. — Наши собаки сырую птицу не едят!

Милиция издала тревожный стон. Я покачала

головой. М-да, нечего сказать, успокоили. В памяти моментально ожила давняя история.

Аркашка ходил тогда в третий класс. Ясное дело, что он, как все мальчики, был непоседлив. На уроках Кеша без конца вертелся, а на переменах носился так, словно за спиной у него работал реактивный двигатель. Поэтому, отправляя его в школу, я всегда просила:

— Ты там потише.

Но, как правило, мои слова не достигали цели. И из школы часто звонили с выговором педагоги, но в тот день было тихо.

Ровно в пять вечера в квартиру постучали. Думая, что Аркашка в очередной раз потерял ключи, я сделала грозное лицо, распахнула дверь и увидела ближайшего приятеля Кешки Костика Мамаева. Тот сжимал в руках куртку и сапоги своего друга.

— Вот, — затараторил Костик, — тетя Даша, Аркашка упал с лестницы, его на носилках в больницу увезли, а мне врач велел шмотки вам отдать, сказал: «Отнеси барахло родителям, оно парню больше никогда не понадобится, пусть у людей хоть одежда останется, на память».

Я сползла по стене. Слава богу, через пару секунд за спиной возбужденного Костика появилась запыхавшаяся учительница математики, а заодно и классная руководительница Милада Геннадьевна. Она сразу успокоила меня: Аркаша сломал ногу, ничего ужасного, куртку и сапоги на самом деле попросили отнести домой, потому что Кешке в больнице они не понадобятся, просто Костик слегка видоизменил слова врача.

— Хватит мечтать, — вернул меня из воспоминаний Дегтярев, — надо искать Крошку.

Мы принялись рыскать по особняку, заглядывая во все уголки. Лично я обнаружила кучу, казалось бы, безвозвратно потерянных вещей, но Крошки нигде не оказалось. Маруська рассыпала на полу семечки.

— Вот увидите, — бодро восклицала девочка, — Крошка унюхает лакомство и прилетит.

Но, увы, попугай словно сквозь землю провалился. Около одиннадцати вечера я, вспомнив про собак, закричала:

— Гулять!

Послышался бодрый цокот, и в прихожую вылетели члены стаи. Я начала натягивать на них попонки и очень скоро поняла, что среди псов отсутствует пуделиха.

— Черри! — завопила я. — Не смей притворяться глухой! Иди немедленно сюда!

Но хитрая собака не спешила на зов, ей совершенно не хотелось топать по холодному снегу. Я прекрасно улавливала ее «мысли»: нет уж, пусть другие мерзнут, Черричка лучше пописает потихоньку в бане, на плитке, и спокойно уляжется на диван, в конце концов, старость следует уважать...

Но я не собиралась уступать и пошла на поиски ослушницы, упорно твердя:

— Черри, ты где? Имей в виду, даже если найду сейчас лужу, то выпихну тебя во двор из принципа. Конечно, ты уже немолода, но пожилой возраст не повод для хамства. И потом, я очень хорошо знаю потайные местечки, куда залезает прикидывающаяся совсем глухой пуделиха. Сейчас ты, моя радость, устроилась в мансарде, в большой гардеробной. Лежишь на куче белья, приготовленного для прачечной. Ну, что я говорила! Черри, вставай!

Пуделиха даже не повернула головы. Я села около нее на корточки и сердито сказала:

— Послушай, это просто некрасиво, твои товарищи нервничают внизу, парятся в попонах, хотят гулять, а ты лежишь и не шевелишься. Черри, ау!

Та медленно зевнула, и весь ее вид говорил:

«Отстаньте от меня! Вот беда, право слово, никакого покоя, уже в нежилую мансарду забилась, и то нашли!»

Внезапно из головы моей пропали все мысли. Я уставилась на щеки пуделихи. Впрочем, у собак нет щек, мой взор упал на морду, шерсть на которой отчего-то была покрыта темно-красными пятнами. Сердце бешено застучало. Черри ощутила мое волнение и деликатно сообщила:

— Гав.

Потом она попыталась зарыться в кучу пододеяльников, я опустила глаза и заметила, что постельное белье испещрено бордовыми каплями, а под передними лапами Черри лежит нечто серо-красно-желтое. Вроде тряпочки... нет, перья... нет... О-о-о-о! Крошка! Вернее, то, что осталось от попугая!

Паралич сковал сначала мои ноги, потом руки, затем добрался до языка. Я превратилась в недвижимое, бессловесное существо.

Тут я должна кое-что пояснить. Вообще-то наша Черри — страстная охотница. Может, ловкий боец получился из пуделихи, потому что ее воспитывали кошки? Не знаю, но из всех наших псов именно пуделиха демонстрирует воинственный нрав, достойный индейцев. Вот Банди, например, при виде мышей-полевок тихо падает в обморок, а еще отважный бойцовый пес ни за что не высунется во двор, если услышит кваканье, — Бандюша до одури боится лягушек. Снап, правда, не трясется от ужаса, он брезгливо отворачивается при виде «диких животных» и молча уходит прочь. Хучу все равно, он готов уживаться с кем угодно, только бы не залезали в его миску, а Жюли нападает лишь на людей, всякие там ежики, кроты и иже с ними — не ее размерчик.

Зато Черри ловко, одним ударом лапы, способна убить мирное земноводное, а мышей она хватает с такой проворностью, что невольно начинаешь думать: «Может, бабушка пуделихи была совой?»

— Мусик, — заорала за моей спиной Машка, — ты чего тут делаешь, а?

Я неожиданно обрела способность двигаться и говорить.

— Тише!

— Что случилось?

— Черри съела Крошку.

— Вау! Как она его вытащила из клетки?

— Не знаю! Может, Милиция плохо заперла дверку?

— Ой, ой, ой, — запричитала Маня.

— Тише, — вновь шикнула я, — вдруг Дегтярев услышит!

— А чего я не должен слышать? — недовольно спросил полковник, появляясь в мансарде.

Я вздохнула. Александр Михайлович никогда не заходит в гардеробную, где висят старые, давно ненужные вещи, которые по жадности складирует Ирка. Но сейчас полковник отчего-то притопал сюда в самый неподходящий момент. Я совсем не хотела, чтобы весь дом услыхал о происшествии. В конце концов, Черри не виновата, она старая, больная, полубезумная...

— И что тут происходит? — рявкнул Александр Михайлович. — По какой причине забились на чердак и шепчетесь?

Я не успела раскрыть рта, как Маня воскликнула:

— Черри съела Крошку!

— Матерь Божья! — взвизгнул Дегтярев. — Только тихо, не дай бог Ольга узнает!

— А чего мне не нужно узнать? — с гневом воскликнула Зайка, тоже втискиваясь в гардеробную. — Секретничаете? Фу, как некрасиво!

Я прислонилась к стене. Не хватало лишь Ирки и Аркадия. Впрочем, вот и они, уже маячат на пороге.

— Вы зачем в чулане столпились? — удивился Кеша.

— Черри слопала Крошку, — мигом выдала пуделиху Машка.

— О-о-о! — заголосила Ирка. — О-о-о! Я не стану ее после этого мыть! В руки даже не возьму!

— Спокойно! — свистящим голосом приказал Дегтярев. — Не поддаваться панике! В момент опасности следует сохранять холодную голову, чистые руки и горячее сердце, — завершил высказывание толстяк.

Надо же, какой молодец. Все-таки полковник иногда бывает полезен.

Я чихнула. Да уж, не зря Александра Михайловича обучали в академии. А еще некоторые люди уверяют, что знания, полученные в юности, годам этак к сорока испаряются без следа. Неправда ваша! Дегтярев вон когда заучил каноническую фразу, приписываемую Феликсу Дзержинскому, а помнит до сих пор. Хотя, может, у толстяка начинается склероз?

Моя бабушка, достигнув преклонных лет, начисто потеряла короткую память. Она могла через полчаса после сытного ужина подойти ко мне и спросить: «Внученька, когда мы трапезничать станем? Уже программа «Время» начинается».

И вот что странно: мгновенно забывая о событиях сегодняшнего дня, Афанасия великолепно помнила далекое прошлое. Могла, например, воскликнуть: «Какое нынче число? Восемнадцатое октября? Ох, помнится, именно в этот день в тридцать втором году я ходила в Большой театр вместе с Анной Маликовой. На Нюсе было красивое платье из панбархата...»

И так далее, вплоть до цены бутерброда и названия ситро в буфете.

Потом один хороший врач объяснил мне, что подобное поведение свидетельствует о склерозе. Может, неприятная старческая болячка подкралась и к Дегтяреву? Тогда он не имеет никакого права осуждать бедолагу Черри, которая перепутала попугая с пирожком.

— Всем молчать! — зашипел полковник. — Надеюсь, помните, что на кон поставлено счастье Деньки? Милиция не простит нам смерти любимца!

— Да, точно, — шепотом ответил хор голосов.

— Ну, как поступим? Высказывайте предложения, — велел Дегтярев.

— У нас их нет, — растерянно забубнила Ольга.

— Очень плохо! — рявкнул, забыв о необходимости соблюдать тишину, полковник.

— Сам что-нибудь придумай, — рассердился Аркадий.

— Я руководитель, — абсолютно искренно заявил толстяк, — мое дело выслушивать нижестоящий состав и указывать ему на ошибки. Вы предлагаете — я критикую. Ясно?

— Более чем, — язвительно отозвалась Зайка. — Только мы на данном этапе нуждаемся не в начальниках, а в креативных людях, которые способны помочь.

— Так это к воротам идти надо, — вдруг заявил вечно ходящий за Иркой тенью Иван.

Все в изумлении повернулись к садовнику, а Ваня радостно продолжал:

— Тама начальник охраны есть, Юрий Петрович. Уж такой кретин, что кретиннее и не сыскать.

Кеша и Маня захихикали, полковник кашлянул, а я, поняв, что от домашних никакого толка, кроме шума, решила взять дело в свои руки.

— Где Милиция?

— Чай с коньяком выпила, спать захотела, я отвела ее в комнату и уложила, — бойко отрапортовала Ольга.

— Отлично, — кивнула я. — А Деня где?

— Еще не приехал с работы, — ответила Машка, — у него ночное дежурство в клинике.

— Прекрасно! — обрадовалась я. — Значит, так. Милицию из комнаты завтра не выпускать.

— Каким же образом? — насторожился Кеша.

— Дать ей завтрак в постель, — мигом составила я сценарий, — преподнести чай или кофе со снотворным, пусть спит. Тем временем Денька обязан найти здоровенного попугая.

— Где? — взвизгнула Маша. — Такого, как Крошка, просто в природе не существует!

— Не знаю где, но найти! — рявкнула я. — В уголке Дуровой, в зоопарке, Чернобыле, кунсткамере... Кто из нас ветеринар, а? Кому охота жениться? Ему и Бетти? Вот пусть и раскинут мозгами. Пусть найдут петуха или индюка и соврут, что он попугай.

— Милиция не поверит, — щелкнул языком Кеша.

— Надо обмануть, — уперлась я. — Времени мало, всего лишь сутки, больше Милиции нельзя давать лекарство. Принесете новую Крошку и скажете: «Нашли в лесу, он от переживаний так изменился».

— Это глупо, — протянула Зайка.

— Есть иные предложения? — обозлилась я. — Молчите? Тогда давайте действовать по моему плану, авось прокатит. Надо использовать малейший шанс на успех.

— В лаборатории профессора Вяткина, — вдруг сказала Машка, — изучают гормон роста. Подробности вам ни к чему, интересно лишь одно: у Вяткина в клетках сидят монстры. Лично видела кролика размером почти с Банди!

— Может, там и попугаи есть? — обрадовалась я. — Укради одного!

— Честно говоря, думала просто у профессора совета спросить, — протянула Маня. — Может, есть какое волшебное средство... Взял обычную птичку, укол сделал, через день — Крошка. А упереть лабораторное животное нельзя.

— Почему? — удивилась Зайка. — Кто их считает?

Маня улыбнулась:

— Мало того, что считают, так еще и записывают. Ну, как людей в ЗАГСе. Вот когда ты выходила замуж за Кешу, вас в особую книгу занесли, и ученые так делают. Ну, допустим, крыса Белка и крыс Питер сыграли свадьбу девятого декабря. Все запротоколировано. Иначе как эксперименты проводить?

В моей голове что-то щелкнуло.

— Все сведения о браках записаны в книгах регистрации актов гражданского состояния! — заорала я. — И они хранятся вечно!

— Ну да, — кивнул Дегтярев, — в архиве. А что тебя удивляет? Таков порядок, он во всех странах одинаков. Человека с рождения до смерти сопровождают документы: метрика, аттестат об образовании, всякие свидетельства — о браке, о смерти, в конце концов. Чего ты покраснела?

— Голова заболела, — пытаясь скрыть невероятную радость, заявила я. — В общем, пойду я, а вы действуйте по намеченному плану.

## Глава 26

Утро я начала с изучения собственной телефонной книжки — мне требовалась помощь, но я пока не сообразила, к кому обратиться. Не имей сто рублей, а имей сто друзей... В принципе, правильная пословица. Но если вы к большому количеству приятелей присоедините еще и некую сумму, то справитесь абсолютно с любой проблемой.

Забыв умыться и попить кофе, я методично шуршала страничками. Алеутова Надя. Конечно, Надюша замечательный репетитор, она великолепно готовит детей в институт, но к архиву, где хранятся нужные мне документы, не имеет никакого отношения. Хотя... можно попробовать. Ну-ка, наберу ее номер.

— Алло, Надюшка?

— Да, это кто?

— Даша Васильева.

— Ой, привет! Чего случилось?

— Сделай одолжение, помоги: нужен человек, который за вознаграждение пороется в документах столичных ЗАГСов. Среди родителей твоих учеников нет таких?

Надя засмеялась.

— Мы с тобой сто лет не болтали, ты не в курсе: я сейчас не работаю, с внучкой сижу. Она такая шебутная...

Мне пришлось выслушать кучу ненужных подробностей о незнакомом младенце — сразу положить трубку показалось невежливым.

Впрочем, остальные, к кому я обратилась после Нади, тоже, не сумев помочь, искренне радовались моему звонку и принимались рассказывать новости. К полудню я устала, словно шахтер, работающий без перерыва пятую смену в забое. Удивительно, каким образом некоторые женщины способны висеть на телефоне сутками, не испытывая при этом ни малейшего дискомфорта?

Тяжело дыша, я спустилась вниз, включила кофемашину и, отмахнувшись от Ирки, пригорюнилась. Дошла уже по списку до буквы М — и никакого результата! Мне предлагали помощь гинекологов, электриков, сантехников, собачьих парикмахеров, мебельщиков, учителей всех мастей, таксидермиста, вязальщицы... У моих друзей имелась куча приятелей, но ни одного сотрудника архива среди них не нашлось. И что делать?

Совершенно не ощущая вкуса, я глотала кофе, и тут появилась Ирка с трубкой в руках.

— Дарь Иванна, вас!

Мигом заломило виски, разговаривать ни с кем не хотелось.

— Меня дома нет!

— Так уж сказала, что сейчас подойдете.

— Ну... а теперь сообщи, что я, оказывается, уехала.

— Ага, получится — я дура, которая ничегошеньки не видит! — возмутилась домработница. — Давайте, берите телефон.

Пришлось подчиниться обстоятельствам.

— Алло, — безысходно бормотнула я.

— Дашута? — спросил мужской голос.

— Ага.

— Это Артур беспокоит, Пищиков[1]. Скажи, тебе не приходило приглашение на день рождения Карины Легостаевой? Мне очень надо попасть на вечеринку. Просто кровь из носа, как надо!

Я уронила чашку, осколки веером брызнули в разные стороны.

— Артур! Как раньше не догадалась!

— О чем? — удивился Пищиков.

— Господи, ты мне так нужен! Помоги!

— Говори!

— У тебя есть кто-нибудь, способный пошуровать в архиве?

---

[1] История знакомства Дарьи и Артура рассказана в книге Дарьи Донцовой «Стилист для снежного человека», издательство «Эксмо».

— У корреспондента газеты «Треп» везде есть свои люди.

— Милый, любимый, дорогой! — чуть не зарыдала я.

— Спокуха! — велел Артур. — Четко, внятно и понятно поставь задачу.

— Нужно узнать паспортные данные некоей Нины, бывшей жены Игоря Тришкина. Думаю, они содержатся в архиве ЗАГСа.

— Фамилию тетки и отчество можешь назвать?

— Нет, конечно, их-то вкупе с адресом и хочу выяснить. Понимаешь, подавая заявление, люди заполняют анкету...

— Год свадьбы?

— Точно не назову, предполагаю, что она игралась лет... двенадцать-одиннадцать тому назад.

— В каком ЗАГСе проходила церемония?

— Не знаю. Известно лишь одно: на Нине женился Тришкин.

— Цена вопроса волнует?

— Нет. Но сведения нужны срочно.

— Когда?

— Сейчас!

— Ладно, жди возле телефона, — велел Артур.

Я прижала трубку к груди. Господи, как хорошо, что в моей жизни есть Пищиков, невероятно пронырливый журналист, способный взять интервью даже у хранителя ядерной кнопки государства.

— Красивую чашечку разбили! — запричитала Ирка. — Манюня расстроится, это ее любимая, с мышками!

Не желая слушать упреки домработницы, я поднялась к себе и стала одеваться. Конечно, Артур зарабатывает на жизнь копанием в чужом белье, и его, по большому счету, нельзя назвать интеллигентным человеком, но у Пищикова есть замечательная черта характера: если он считает вас своим другом, то расшибется в лепешку, а поможет, когда его о чем-то попросишь. И еще, о близких людях Артур никогда не сплетничает. В свое время он пообещал мне, что ни грамма информации о госпоже Васильевой не окажется на страницах «Трепа», и слово сдержал. Думаю, не подведет и сейчас, не успею надеть джинсы, как Артур позвонит.

Др-р-р, — ожил телефон.

— Алло! — схватила я трубку.

— Пиши, — хладнокровно произнес Пищиков, — Анна Семеновна Зарубина, она сидит почти в центре. Давай торопись, сказал, что скоро приедешь. Двести баксов.

— Сколько? — удивилась я.

— Много? Она столько берет. Можно заплатить рублями по курсу или евро, Анечка у нас не гордая, любую копеечку принимает, — захихикал Артур. — Обожаю таких людей, марксистов: товар — деньги — товар — деньги. Извини, цену сбить не получится. Могу, конечно, поискать другой контакт, но сомневаюсь, что дешевле нарою. К тому же Анька проверенный кадр, работает хорошо, быстро.

— Нет, нет, мне, наоборот, показалось, что она мало хочет.

— У богатых свои причуды! — возмутился журналист. — Не вздумай ей больше совать, существует такса. Нечего бабу баловать. Знаем мы вас, рублево-успенских, жуковско-барвихинских да горкинских. Двести долларов вам не деньги...

— Я живу в Ложкине, это в стороне от пафосных магистралей.

Артур рассмеялся:

— Ну-ну, нечего оправдываться, лучше устрой мне приглашение на тусовку к Легостаевой.

— Сейчас в мусорном ведре посмотрю, — откликнулась я. — Вчера курьерская служба целый мешок всяких билетов приволокла, мы его, не раскрывая, выбросили.

Пищиков крякнул, потом очень ласково сказал:

— Эх, Дашута! Сколько людей за такой мешочек родную мать убьют... Какое количество народа желает с олигархами виски тяпнуть, а ты... Ладно, ступай, поройся ради друга в отбросах. Кстати, если обнаружишь там еще входные талоны на вечеринки к Канторским, Буркиным и Фониным, прихвати их тоже, буду благодарен.

Анна Зарубина оказалась маленькой тощей девушкой, по виду чуть старше Маши. Но в кабинете она работала одна, из чего я сделала вывод: девица является начальницей. Правда, небольшой, очень уж крохотной была комнатенка.

— Садитесь, — церемонно кивнула Аня.

— Меня прислал Пищиков, — быстро сказала я.

Зарубина кивнула.

— Наша задача помогать людям, для этого и существует архив.

Произнося фразу, Аня потерла большим пальцем правой руки об указательный. Я, правильно истолковав ее жест, вытащила две зеленые бумажки. В ту же секунду ассигнации исчезли в недрах сумочки чиновницы.

— Значит, вы потеряли свидетельство о браке? — мирно продолжила Аня.

— Да.

— С удовольствием помогу вам, — заулыбалась Зарубина. — Напишите на листочке имя и фамилию. Свою и мужа.

Я нацарапала на предложенной бумажке: «Тришкин Игорь + Нина. Свадьба состоялась примерно двенадцать лет тому назад».

Анечка стала водить «мышкой» по коврику,

цепким взглядом уставившись в монитор комьютера. Потом послышалось жужжание принтера.

— Технический прогресс — великое дело! — бодро воскликнула «архивная девушка». — Теперь поиск занимает минуты, а не недели, как раньше.

Радостно схватив выданную мне бумажку, я побежала к «Пежо». Там устроилась на сиденье и только тогда принялась изучать добытый документ. Душу охватило ликование. Я гений. Я просто великий сыщик! Шерлок Холмс вместе с доктором Ватсоном отдыхают! Нет, как ловко сообразила, где искать информацию, и вот пожалуйста: теперь знаю о женщине все.

Каргополь Нина Валерьевна была прописана на Новой Басманной улице, которая, если меня не подводит память, расположена недалеко от Курского вокзала.

Руки схватились за руль. Вперед, и как можно быстрее! Впрочем, особо радоваться пока никакого повода не было, за прошедшие годы госпожа Каргополь, кстати, оставившая в браке свою фамилию, могла сто раз переменить место жительства. Но ведь есть же люди, мирно обитающие в одной квартире всю жизнь... Дрожа от возбуждения, я нажала на газ, «Пежо» лихо «поскакал» по дороге.

Я попыталась слегка успокоить себя: «Дашутка, не спеши, на дворе будний день, более чем вероятно, что уткнешься носом в запертую дверь — Нина Каргополь небось на работе». Но нетерпение так и подталкивало меня в спину.

Наконец я докатила до нужной улицы и... намертво встала в пробке.

Для тех, кто не живет в Москве, поясню: на Новой Басманной, узкой и длинной улице, находится много учреждений. В частности, Арбитражный суд, Министерство путей сообщения, военная комендатура столицы. Из всех вышеперечисленных учреждений у меня, как у автомобилиста, претензий нет только к военным. Здание, которое они занимают, отчего-то не окружено припаркованными машинами. Ах да, не «отчего-то», а потому, что по тротуару возле него разгуливают молодые люди в форме, сурово пресекающие любые попытки ставить у комендатуры автомобиль. Зато протиснуться мимо Арбитражного суда — огромная проблема. Вот уж где тачки стоят чуть ли не в три ряда! С другой стороны, а куда деваться посетителям? Никакого специального места для стоянки здесь не предусмотрено. Поэтому, стиснув зубы и рискуя потерять зеркала, водители кое-как просачиваются мимо одного из офисных зданий российской Фемиды.

Но вот я наконец-то добралась до нужного дома и вошла в давно не ремонтированный подъезд. Лифта не оказалось, а квартира Нины — кто бы сомневался! — явно находилась на последнем этаже.

Слегка запыхавшись, я преодолела лестничные марши и поскорей ткнула пальцем в звонок, почти не надеясь на положительный результат. Скорей всего, мне придется поджидать хозяйку у подоконника.

— Кто там? — мгновенно прозвенело из-за двери. — Если к папе, то он на работе, а мама пошла зубы лечить!

— Мне нужна Нина Каргополь, — крикнула я. — Это не твоя мамочка, детка?

— Нет, — ответил простодушный ребенок, — ее Лена зовут.

— Тебе не знакома женщина по имени Нина Валерьевна Каргополь?

— Бабуся! — заорал малыш, отпирая дверь. — Тетя какую-то Пополь спрашивает! Она кто? Тут ведь только мы живем!

Створка распахнулась, я увидела мальчика в темных штанишках, потом показалась женщина лет шестидесяти в фартуке и с поварешкой в правой руке.

— Лёвушка, — сердито произнесла она, — сколько раз говорено: не смей отпирать замок!

— Не бойтесь, — улыбнулась я, — я не имею никакого отношения к криминальному миру, ищу женщину, которая проживала по этому адресу в то время, когда мы с ней общались.

Тетка пробежалась по мне взглядом и уже иным тоном осведомилась:

— Кого разыскиваете?

— Каргополь.

— Нинушу?

— Да, да! — обрадовалась я. — Вы ее знаете?

— Конечно. Нина с нами в одной квартире жила, потом замуж вышла, — зачастила тетка, — к супругу съехала. А после развода ей дача досталась, Нина там и обитала. Оно и понятно, в коммуналке-то, даже с хорошими соседями, не сладко. Затем с ней несчастье случилось...

— Нина жива? — испугалась я.

— Да, — тихо сказала женщина, — в интернате она, в социальном приюте. Поскольку родственников нет, Нинуша предложила нам сделку: она продает свою комнату нам, а мы за это ей помогаем, навещаем иногда и всякое такое.

## Глава 27

Приют, где проживают несчастные, больные, лишенные родственников люди, оказался совсем недалеко от Новой Басманной улицы. Решив не толкаться в пробках, я, накинув на голову капюшон, побежала пешком, чувствуя, как мороз начинает пробираться сквозь тонкий слой синтепона.

Все автомобилисты в холодное время года сталкиваются с одной проблемой: как одеться, чтобы было удобно за рулем и комфортно, когда вылезаешь из машины. В объемной шубе или толстой дубленке сложно управлять автомобилем, поэтому основная масса водителей предпочитает легкие куртки, но они совершенно не защищают от ветра и мороза, пока добираешься от автомобиля до нужного места. И еще обувь. Если надеть сапоги на платформе, удобные для передвижения по слякотной московской улице, то не чувствуешь педали, следовательно, приходится натягивать ботиночки или туфли. Кстати говоря, очень многие автолюбители не имеют ни зимнего пальто, ни бареток на меху, ни шапок. Кое-кто запасливый берет с собой в дорогу комплект верхней одежды, но я человек не столь предусмотрительный, вот почему сейчас и бежала по переулку, подпрыгивая на холодном асфальте и вздрагивая от ледяных объятий ветра.

Холл интерната показался мне райским местом — тут царило тепло и пахло супом. Причем не щами, сваренными из протухшей кислой капусты, а домашним бульоном.

Чихнув пару раз — глотнула-таки морозного воздуха! — я осмотрелась и удивилась: у меня возникло ощущение, что попала к кому-то в квартиру. На полу лежит не слишком новый, но приличный и чистый ковер, в углу стоит газетница, набитая журналами, вдоль одной из стен располагается встроенный шкаф с зеркальными дверками, и никаких охранников с лицами только что вышедших из спячки медведей.

— Вы кого-то ищете? — послышалось сверху.

Я подняла голову. На лестнице, у окна, стояла женщина. На ней красовался ярко-розовый халат, а на голове топорщились бигуди — металлические трубочки с резинками, я сто лет не встречала подобные.

— Мне нужна Нина Валерьевна Каргополь, — улыбнулась я, — не знаю номер ее комнаты.

— Так сорок пятый, — радостно возвестила незнакомка. — Ступайте на второй этаж, а там по коридорчику налево, у нас заблудиться трудно.

— Спасибо, — кивнула я. — Только разве можно так, без бахил? Неудобно в грязной обуви, на улице снег, слякоть, а у вас чисто.

— Делать нам нечего, — вздохнула женщина, — вот и моем, стараемся. А потом, это ж наш дом! Вы в шкафу пошарьте, там тапок навалом, а куртку повесьте. Не волнуйтесь, никто вашу одежду не тронет, здесь воровать некому.

Я отодвинула в сторону зеркало, обнаружила вешалки и гору разнокалиберных шлепок. Однако удивительные порядки в этом интернате!

На втором этаже стояла тишина, а на полу тоже лежал безукоризненно чистый ковер, одинаковые двери украшали таблички с надписями. Я из любопытства стала читать их и пришла в еще большее изумление.

«№ 40. Караваева Лиза. Не будить до одиннадцати, она не любит завтракать». «№ 42. Федорчук Елена Михайловна, не забудь свежие газеты». «№ 44. Оксанкина Анна Семеновна. Очки всегда лежат в вазе». «№ 45. Каргополь Нина Валерьевна. Говорите больше, она любит общаться».

Находясь под впечатлением доселе невиданных инструкций, я поскреблась в последнюю дверь, потом слегка приоткрыла ее:

— Можно?

— Кто там? — донеслось из дальнего угла. — Рита, ты? Входи, садись. Хочешь печенья? Возьми, на столе лежит.

— Спасибо, не откажусь от сладкого, — ласково ответила я, вступая в комнату. — Кстати, принесла вам небольшой сувенир, тут конфеты, вафли, мандарины, баночка кофе...

Пока язык молол ерунду, глаза изучали спальню. Выглядела она очень уютно: розовые занавески, два глубоких кресла, встроенный шкаф с зеркалом, круглый стол, на нем ваза с роскошным букетом из искусственных роз, в углу большой телевизор... Приятное впечатление портила железная, откровенно больничная кровать.

— Вы кто? — с удивлением спросила лежащая на ней женщина.

Я решила для начала представиться:

— Меня зовут Даша Васильева.

— Нина, — тут же отозвалась Каргополь. — Вы новый врач?

— Нет, — заулыбалась я. — Понимаете, немного трудно объяснить в двух словах, зачем приехала к вам...

Каргополь взяла с одеяла небольшую пластмассовую коробочку и нажала на кнопку — изголовье постели медленно поднялось.

— Можно не спешить, — спокойно сказала Нина, — у меня полно времени, успею норму сделать.

— Какую норму? — растерялась я.

Нина кивком указала на стопку бумаги, белевшую на тумбочке.

— Работаю корректором, — ответила она, — чищу научную литературу. Считается, что мы на гособеспечении, поэтому служить не должны, но ведь скучно, и лишняя копеечка не помешает. Уж не знаю, как меня Рита оформила, наша заведующая, она рукописи приносит и зарплату. Впрочем, я заболталась. Хотите чаю?

— Если вам не трудно, — пробормотала я.

Честно говоря, совершенно не понимала, по какой причине Нина находится в интернате. По виду она моложе меня, абсолютно нормально разговаривает, на сумасшедшую не похожа...

— Ну, начинайте, — усмехнулась хозяйка, не делая никаких попыток встать с постели. — На подоконнике чайник, рядом бутылка с водой, чашки в шкафу. Вперед! Чего замерли? Я, кстати, с огромным удовольствием глотну горяченького.

Тот, кто не первый раз встречается со мной, отлично знает: я принадлежу к категории женщин, которые, придя в гости, после ужина засучивают рукава и помогают хозяйке относить посуду на кухню. Но командный тон Нины обозлил. Странная, однако, тетка! Лежит себе в постели... хоть бы села при виде гостьи. Ладно, я заявилась без приглашения, не предупредила о своем визите, но элементарное воспитание требует произнести фразу: «Извините, застали врасплох, сейчас встану и соберу на стол».

И речь идет не об угощении, а об элементарном уважении к человеку. Нина вроде не парализована — вон как ловко шевелит руками. И еще. Я встречала несчастных людей, у которых злая болезнь отняла возможность самостоятельно ходить, садиться и переворачиваться с боку на бок. У таких бедняг совершенно особый цвет лица, серый, землисто-желтый, а Нина розовая, словно младенец. Судя по внешнему виду, она ничем не больна. И потом — Нина же приходила на встречу с Полуниной!

Тут меня осенило: Каргополь небось служит в интернате, работа в приюте тяжелая, оплачивается плохо, поэтому местное начальство, дабы привлечь сотрудников, выделяет им служебную площадь, приманивает бесплатной комнаткой.

Внезапно Нина ухватилась руками за спинку кровати и сказала:

— Если поможете, сяду в кресло, оно стоит у окна. Его можно подкатить.

Я повиновалась, сделала пару шагов, толкнула

прикрытый шерстяным одеялом стул. Тот легко переместился к постели... и я моментально устыдилась своих мыслей. Значит, Нина и впрямь больна, если ей нужна инвалидная коляска.

Хозяйка откинула одеяло, я бросила взгляд на ее тело и вскрикнула — нижняя часть женщины отсутствовала, на постели лежала половина человека.

— Так страшно выгляжу? — усмехнулась Каргополь.

Я попыталась справиться с собой.

— Простите, меня... э... комар укусил, вот и взвизгнула.

Нина засмеялась:

— Беда с этими насекомыми, прямо тучами в декабре летают. Вот странность: как кто меня впервые видит, так его обязательно либо оса, либо пчела тяпнет. Взвизгнет несчастный, постоит с разинутым ртом и давай на злобных мушек жаловаться. Цирк в огнях!

— Извините, — промямлила я, — не хотела обидеть.

— Ничего, привыкла уже, — фыркнула Нина. — Вы кресло к кровати приставьте и придержите его, сама перемещусь, поднаторела давно, руки себе накачала, могу монеты гнуть. Что стоите с таким выражением на лице? Это не заразно, на вас не перескочит. Хотя никто от подобного не застрахован. Увидите на улице убогого, не шарахайтесь, а подумайте: «И со мной такое случиться может, буду ласкова с инвалидом». Вон у нас в тридцатой Лика лежит — под машину попала, и все, в одночасье обездвижела. Или Марина из пятнадцатой — та вообще на ровном месте упала, шла себе на работу, ногу подвернула, и капец, перелом позвоночника, цветет овощем. Мне еще повезло, только ног лишилась. Да еще Ритке спасибо, заведующей, она свою жизнь на наш интернат положила, работничков-воров выгнала, одной семьей живем. Лаемся, конечно, но по-родственному. Ну, пришли в себя? Заваривайте чай!

За время монолога Нина успела ловко перебраться в каталку, набросила на то место, где должны быть ноги, плед и теперь смотрелась, как обычный человек.

— Что, уже нормально выгляжу? — улыбнулась она.

— Как же с вами такое случилось? — выпалила я.

Нина расправила шерстяное одеяло.

— Ничего особенного, жила в Подмосковье, на работу на электричке ездила. Зима стояла, декабрь, платформа заледенела, народу полно, поезд запоздал... В общем, все рванули к дверям, а я поскользнулась и свалилась с перрона. Не поверите, потом ничего не помню, боли никакой, просто провал в памяти. Очнулась в палате, мне врачи первое время ничего не сообщали, потом сама поняла, что к чему.

— Декабрь... — слегка испуганно повторила я, — скользко... Хорошо, что вы не умерли, как Майя, первая жена Игоря Тришкина...

Нина замерла, нахмурилась.

— Вы кто? Зачем пришли? Откуда знаете Гарика?

Я без приглашения плюхнулась в одно из кресел, стоящих в комнате.

— Произошла какая-то ошибка. До сего момента считала, что это вы встречались с Полуниной. Более того, предполагала... думала... Но на рельсы упал какой-то парень! Сима уехала на поезде, и я была уверена, что с вами... слышала ваш телефонный разговор...

— С кем? — откровенно изумилась Каргополь.

— С Полуниной. Вы же ее знаете?

— Симку? Конечно. Очень противная девка, — сморщилась Нина. — Меня ненавидела. Она присутствовала на нашей с Игорем свадьбе и прямо задыхалась от злобы. Вот дура, размечталась... Да никогда бы Лидка не позволила Гарику на ней жениться. Симка-то у Тришкиных днями просиживала, а уйдет, Лидка заявляет: «Ох уж эти актрисы, невозможно разобрать, когда правду говорят, а когда роль играют. Может, и найдется дурак, который на Симе женится, но умные-то мужчины понимают: из кривляки жены не получится».

— Сима считает, что Лидия Константиновна к ней отлично относится.

Нина засмеялась:

— Что у Лидки на уме, не знает никто. Погодите, вы что-то говорили... Я с Симкой сто лет не беседовала, не к чему мне с ней пересекаться.

Я потрясла головой:

— Слышала голос в трубке...

— Мой?

— Знаете... вроде похож... а вроде и нет... Сима сказала «Нина» два раза, а вы...

— И как вы могли стать участницей чужого телефонного разговора? — прищурилась Нина. — Ладно б еще одного человека, но двоих-то никак не подслушать!

— «ПС-двадцать», — пробормотала я.

— Что?! — распахнула глаза собеседница.

Первая растерянность прошла, мне удалось-таки взять себя в руки.

— Сейчас попробую объяснить.

— Да уж, пожалуйста, — хмыкнула Каргополь.

Выслушав мой пространный рассказ, Нина некоторое время смотрела в окно, потом тихо сказала:

— Вот оно как! Закапывал человек тайну, забрасывал ее кирпичами, утрамбовывал, все ростки затоптал, ан нет, через много лет наружу проросла. Людям свойственно успокаиваться и наивно полагать: если прошел год, а над могилой беды висит тишина, следовательно, опасаться нечего, погибли свидетели. Ан нет, живехоньки людишки, здоровехоньки. Вот как я, например, — хоть и ополовиненная, да с памятью! Да уж, много чего я тут передумала. Вас ко мне сам господь привел! Знаете, что я поняла?

— Что? — одними губами спросила я, испытывая по непонятной причине жуткий ужас. Так страшно не было мне даже в детстве, когда на спор шла в полночь через кладбище.

— Я все раскидывала мозгами, — размеренно забубнила Нина, — почему я вдруг на перроне плюхнулась. Ведь кто-то меня в спину толкнул, да сильно так, со злобой. И еще интересный момент. Несчастье со мной случилось утром, в понедельник. А тут вот какая деталька: именно в первый день недели электрички тогда по-идиотски ходили — на нашей платформе останавливались, а на предыдущей нет. Расстояние между этими станциями, если по рельсам катить, большое, а коли пешочком, через лес идти, то километра нет. Вот народ, который обычно на предыдущей Садовой садится, к нам на платформу Котово и несся. Поэтому по понедельникам всегда на нашей станции образовывалась странная толчея. А в остальные дни свободней было, поезд Садовую не промахивал, забирал пассажиров. И еще информация к размышлению: перед тем как упасть, я запах уловила, очень странный, словно только что пирог яблочный из печки вынули, — ваниль, корица...

— Наверное, кто-то надушился, — предположила я. — Есть подобные духи, называются «Родной дом».

— В самую точку, — кивнула Нина, — именно так. Любимый аромат Лидии Константиновны. Я когда в больнице лежала, все головоломку складывала, и как ни посмотришь на ситуацию, одно получалось: Лидка меня спихнула.

Я вскочила с кресла.

— Сядьте, — махнула рукой Нина, — не договорила еще. В субботу, за два дня до несчастья, я с Лидкой встречалась. Жадность меня сгубила — квартиру купить мечтала, денег захотела. Она ничего не дала, но сказала: «Приезжай в понедельник после работы. Не держу дома большие суммы, сейчас банк уже закрыт, только в понедельник смогу со счета нужное взять. Жду тебя около восьми вечера». Я, дура, поверила. И где оказалась в понедельник? В реанимации. А теперь соотнесем факты: прошу крупную сумму, подтверждаю, что в понедельник поеду на работу, прихожу на платформу, ощущаю совершенно идиотский запах обожаемых Лидкиных духов и получаю пинок.

Я чихнула и моментально вспомнила, как пахло от Лидии Константиновны, когда я в ее дом незваной гостьей явилась с якобы потерянной Катей брошкой. Она впустила меня в особняк, а прихожая полнилась ароматом свежей выпечки: яблоки, корица... Я еще отметила тогда про себя, что запах слишком уж сильный, словно Тришкина сделала сразу штук шесть пирогов, а потом до меня дошло: это парфюм «Родной дом». Хорошо знаю французскую фирму, которая специализируется на производстве косметики с запахом еды. «Шоколадная» пена для ванны, «кофейный» шампунь... Честно говоря, парфюмерия на любителя, я не слишком часто встречаю фанатов духов «Родной дом». Производят их уже давно, а женщины предпочитают новинки. Да, да, запахи устаревают так же, как одежда.

— Но зачем Тришкиной сбрасывать вас под поезд? — только и сумела вымолвить я.

Нина принялась комкать плед.

— Скажите, — произнесла она, — если узнают, что они убийцы, их посадят? Я имею в виду Игоря и Лидку.

— Конечно! — с жаром воскликнула я. — Непременно!

— Передать не могу, как хочу отомстить, — прошептала Нина. — Иногда ночь не сплю, все представляю, как душу их, медленно так горло сдавливаю...

— Надо было, когда про духи вспомнили, милицию позвать, — заметила я, — тогда бы, может...

— Мысли к делу не пришьешь, — оборвала меня Нина. — Где доказательства, а? Лидка хитрая, она алиби запаслась небось. Точно, вы мне просто судьбой посланы! Неужели отомщу за себя? Больше всего хочу Лидку за решеткой увидеть, пусть ее накажут... пусть лишится всего... и Гарика... Сволочи! А я, дура, на дачу польстилась. Боже, какая идиотка!

Из глаз Нины потоком полились слезы, я кинулась к креслу.

— Ниночка, успокойся, я почти полностью теперь уверена, что Тришкины, оба, и мать, и сын, убийцы. Но есть некоторые неясности. Впрочем, вопросов очень много. И нет никаких улик.

— Есть, есть! — лихорадочно зашептала Нина. — Видела лично пояс страховочный. И кассета, знаю, есть, даже знаю, где спрятана. Лидка про это не в курсе. Небось лежит себе та кассетка, есть не просит, на прежнем месте. Сейчас расскажу... Все, все расскажу... Только пообещай: их посадят?

— Да, — твердо ответила я.

— Будут судить?

— Непременно.

— При свидетелях?

— Конечно.

— Ты меня привезешь в зал?

— Обязательно, — кивнула я.

— Обещаешь?

— Стопроцентно! — воскликнула я. — Высидишь весь процесс.

— Конечно, — всхлипнула Нина, — кое в чем я сама виновата, но уже наказана выше крыши. Думаешь, весело мне так жить?

Я промолчала. Да и что можно было ответить?

— Ладно, — вдруг очень спокойно сказала Нина, — слушай.

## Глава 28

Ниночка Каргополь, амбициозная девочка из провинциального местечка с анекдотичным названием Отрепьевск, мечтала стать журналисткой. Профессия репортера казалась школьнице восхитительной — встречаешься с разными интересными людьми, берешь у них интервью, заводишь кучу знакомых, да еще получаешь за это деньги. А еще можно за счет редакции облететь всю Россию, побывать за границей.

Мама Нины, услыхав о планах дочери, только засмеялась:

— Выбрось дурь из головы. Вот придумала! Да кто тебя примет в МГУ, да еще на факультет журналистики! Забудь и мечтать, туда без блата не пролезть. Лучше спокойно иди в наш педагогический.

Но Ниночка была честолюбива, как Наполеон и его армия, вместе взятые. Она узнала, что золотые медалисты попадают в студенты практически без экзаменов, и вцепилась в учебу. Сверстницы бегали по танцулькам, влюблялись, гуляли с подружками, а девочка со странной фамилией Каргополь корпела над тетрадями и книгами. Нина не просила у мамы денег на билеты в кино, не устраивала истерик из-за отсутствия красивой одежды, она была спокойным, некапризным ребенком.

Скандал девочка затеяла лишь один раз. Она попросила маму:

— Найми репетитора по математике, я в ней «плаваю».

Мама спокойно ответила:

— У тебя и так пятерка.

— Верно, но могу экзамен на «четыре» сдать, — возразила дочь, — есть пробелы в знаниях.

— Ерунда, — отмахнулась родительница, — «хорошо» или «отлично», какая разница.

— Медаль не дадут, — насупилась девочка.

— Бог с ней! — воскликнула мама. — Не в награде счастье.

И тут в Нину словно бес вселился — она схватила с плиты сковородку, шандарахнула чугуниной по столу и заорала:

— Вот ты какая? Ладно! Встану проституткой на вокзале и сама себе на учителя заработаю!

Перепуганная донельзя мама, причитая, собрала осколки посуды и стекла, перемешанные с жареной картошкой, и выдала дочке деньги на педагога.

Нина благополучно получила медаль, уехала в Москву и прорвалась-таки на журфак.

Первые годы в столице девушка жила в эйфории. Хорошее настроение не могло убить ни отвратительное, полное тараканов общежитие, ни отсутствие денег, ни вредные преподаватели, ни сокурсники-снобы, представители золотой молодежи гигантского мегаполиса, демонстративно не замечавшие девочек и мальчиков, прибывших в Москву из глубинки.

Нина с упорством танка шла к цели, ей хотелось получить диплом с отличием. И она снова преуспела — через пять лет в руках оказались заветные «корочки» красного цвета.

«Вот теперь, — радостно подумала Нина, — настал мой час». Очень довольная собой, она отправилась устраиваться на работу в столичные издания.

Здесь следует сказать, что во время учебы Каргополь не сидела сложа руки. В семье, кроме нее, имелось еще трое детей, и мама не смогла бы присылать студентке «домашнюю стипендию». Более того, отношения с родными были разорваны. Случилось это, когда переполненная счастьем Нина приехала домой после первой сессии.

Мама встретила столичную студентку совсем даже не ласково.

— За подарочки спасибо, — сухо заявила она, — только нам коробки конфет без надобности. Какой от них толк? Лучше б ты денег привезла, а то крыша течет, и у Ленки сапоги в негодность пришли.

— Я пока столько не зарабатываю, — потупилась Нина, — помогать вам не получится.

— Вот и я о том же, — подхватила мама. — За фигом в Москву укатила? Чего там хорошего? Возвращайся назад, пойдешь в детсад воспитательницей. Желаешь учиться, можешь на вечернем в педагогическом лекции слушать. Семье лишняя зарплата не помешает. Я тебя кормила, поила, пора теперь долги отдавать.

— Я хочу журналистом стать, — попыталась втолковать родительнице Нина, — ездить по разным странам.

— Ишь ты, придумала! — всплеснула руками мама. — Она станет наслаждаться, а мы? Нет уж, возвращайся и иди работать! Я на пенсию скоро ухожу.

Веселых каникул не получилось. Молча глотая слезы, Нина в тот же вечер уехала в Москву и встречала Новый год одна, в пустом общежитии. Первого января она приняла историческое решение: родных у нее нет, нечего ни на кого рассчитывать, следует пробиваться самой.

И Нина стала пробиваться. Только тот, кто делал в Москве карьеру с нуля, поймет девушку. У москвичей имелись квартиры и связи, у Нины не было ничего и никого. Она просто бегала по редакциям, предлагая свои услуги. В большинстве случаев ей холодно отвечали:

— Оставьте телефон, мы перезвоним.

Ясное дело, что это был завуалированный отказ, но в конце концов Ниночке повезло: она зацепилась в паре изданий, стала внештатным корреспондентом.

Если вы считаете, что для молодого провинциала самые трудные годы — студенческие, то ошибаетесь. У тех, кто поступил в институт, есть общежитие и столовая, в которой действуют специальные цены, а еще учащимся платят стипендию (бессовестно маленькую, но все же хоть на копейки можно рассчитывать). Совсем плохо становится тогда, когда студент превращается в дипломированного специалиста. Теперь ему приходится снимать квартиру, питаться «бомж-пакетом» — быстрорастворимой лапшой таинственного происхождения, а крошечный бюджет уже не пополняется мизерной же стипендией. При этом учтите, что в отделах кадров очень внимательно осматривают претендента на вакансию. Поговорка «по одежке встречают» работает в любые времена, и мало кто помнит ее окончание про то, что по уму провожают. С умом-то у Нины был порядок, а вот с нарядами швах.

Когда Ниночка, выпускница с красным дипломом, совсем уж отчаялась получить постоянное место работы, на нее неожиданно свалилась удача. Очередной кадровик, лысый дядечка лет шестидесяти, благосклонно заметил:

— Есть вакансия секретаря. Нужно будет сидеть в приемной, но в газету писать никто не запретит, будешь оттачивать мастерство. Оклад, правда, не того, не как у президента...

— Согласна! — закивала Нина. — Когда приступать?

— Экая ты быстрая, — прищурился мужчина. — Давай знакомиться, меня Олег зовут.

— Нина, — кивнула девушка.

Олег рассмеялся:

— Так анкету твою вижу.

— Верно, — улыбнулась Нина, — глупость сморозила. Когда мне выходить?

— Не так все просто, — вкрадчиво завел Олег, — ты не одна претендентка, вас четверо, из них две москвички. Поняла?

— Угу, — кивнула Нина, — до свиданья.

— Сиди, — велел Олег. — Мое слово решающее, кто понравится, того и возьму. Ясно?

— Ага, — снова кивнула Нина. — Только у меня денег нет.

— А кто про них говорит? — сладко пропел Олег и положил потную руку Нине на плечо. — Давай-ка вечерком вместе чай попьем. У меня дома.

Нина давно потеряла наивность (впрочем, невинность тоже). Но отдаваться мужчинам за деньги она до сих пор не желала.

— Так как, — сжал ее плечо Олег, — согласна? В понедельник оформлю на работу.

Каргополь кивнула. Не надо считать Нину продажной шлюхой. Просто, как говорится, «путь на экран лежит через диван», и другого шанса устроиться в столице на постоянный оклад у девушки в тот момент не имелось.

Вечером Нина приехала по указанному адресу и позвонила в дверь. Олег моментально открыл. Девушка отметила, что кавалер и не подумал сменить рубашку, не принял душ — от будущего любовника сильно пахло потом.

Комната, куда Олег привел Нину, оказалась похожей на грязную нору: на кровати дыбилось одеяло, впихнутое в серый пододеяльник, а на подушку без тошноты было невозможно смотреть.

— Это мне сюда ложиться? — возмутилась девушка.

— А что? — удивился кадровик. — Другие не жаловались.

— Давай тряпку, — велела Нина, — и стиральный порошок.

— В туалете в шкафу возьми, — растерянно ответил Олег и тут же спросил: — А зачем тебе?

Но Нина уже засучила рукава.

Странное у них получилось свидание: сначала девушка выскоблила комнату, потом живо постирала белье, а пока оно сохло, приготовила из найденных у неряхи в холодильнике продуктов ужин. В то время, пока Нина носилась туда-сюда, орудуя шваброй и тряпкой, Олег, поджав ноги, сидел в кресле.

Около трех утра Нина сбегала в душ, вернулась в комнату и сказала:

— Теперь можно трахаться. Только помойся сначала. Извини, я очень брезгливая.

Внезапно Олег заплакал.

— Эй, ты чего? — насторожилась Нина. — Обиделся? Не хотела неприятное говорить, но очень уж воняешь.

Олег высморкался и сказал:

— Жена у меня умерла. Ее Ниной звали, как тебя. Вот сидел и думал: как будто она вернулась. Уж сколько тут баб перебывало — я один не могу, вот и зазываю всех, — но ни одной до меня дела не было. Слушай, давай поженимся?

Нина поперхнулась:

— Офигел? Мы совсем не знакомы.

— Познакомимся, — тихо сказал Олег. — Я долго не проживу, умру скоро, тебе моя комната останется, пропишу без задержки, на работу пристрою, связи имею.

Нина кивнула:

— Хорошо, я не против.

Самое интересное, что заключенный столь скоропалительным образом брак оказался счастливым. Пару лет Нина и Олег прожили душа в душу, разницу в возрасте они не замечали, вот только дети у них не получались. Хотя это оказалось к лучшему, потому что Олег действительно скоро умер — у него было больное сердце. Вот так Нина стала владелицей комнаты в коммуналке. А еще она работала в мало кому известном журнале, узковедомственном издании.

Другая женщина сочла бы свою жизнь удачной: приехала в столицу невесть откуда, обжилась, обустроилась. Но у Нины имелись нереализованные желания, а после кончины Олега ей было очень одиноко и тоскливо. Хорошо хоть соседи по квартире оказались замечательными тетками. Младшая из них, Вика, работала в типографии и иногда приносила домой пригласительные билеты.

— Слышь, Нинка, — стучала она в дверь к молодой вдове, — глянь, чего натырила, сбегай развлекись.

Увидав первый раз свороранный пропуск на тусовку, Нина испуганно ответила:

— Ой, не надо, спасибо.

— Бери, бери, — настаивала Вика, — повеселишься, может, познакомишься с кем.

— Еще выгонят с позором, — пробормотала Нина, — поймут, что я незваный гость.

Вика рассмеялась:

— Никто ничего не заметит, я сама часто хожу. Ладно, не дрейфь, пошли вместе. Если кавалеров не встретим, то хоть поужинаем бесплатно.

Нина скрепя сердце послушалась и неожиданно весело провела время. С тех пор она частенько пользовалась украденными пригласительными и однажды познакомилась на тусовке со своим коллегой Вадимом Карякиным. Димон не был женат, работал в журнале для массового читателя и говорил «ты» половине Москвы.

— Чего ты в своем научном дерьме киснешь? — заявил он вскоре Нине. — Хочешь, устрою в приличное место?

Нина закивала. Ее абсолютно не смущало то, что за обретение престижной работы придется расплачиваться с Димоном собственным телом. От наивной девочки из Отрепьевска, мечтавшей покорить мир и желавшей писать репортажи из разных стран мира, не осталось практически ничего. Теперь у Нинуши были простые, земные потребности: заиметь личную квартиру, мужа, детей... Карякин показался вполне приличным вариантом для семейной жизни, и молодая женщина открыла сезон охоты.

Такова предыстория событий, а теперь непосредственно сама драма.

Девятого октября, около одиннадцати утра, Димон и Нина приехали на дачу к ближайшему приятелю Карякина Игорю Тришкину.

Нина возлагала на этот визит большие надежды — до сих пор Вадим не знакомил ее со своими друзьями. Каргополь не раз слышала от любовника, каким близким человеком является для того Игорь.

— Мы вместе со школы, — пояснял Димон, — много чего пережили, а Лидия Константиновна мне как... ну, словно родная тетя. И деньгами выручает, и советом.

Насчет денег была чистая правда — пару раз, когда у Димона случался прорыв бюджета, он вздыхал, говорил: «Надо смотаться к Гарику», — и уезжал. Домой Карякин всегда возвращался веселым, с полным бумажником. Но, катаясь довольно часто к Тришкиным, Димон не брал с собой Нину.

А восьмого октября он вдруг заявил:

— Завтра едем к Гарьке, нас позвали на день рождения Юли, его жены.

Нина про себя заликовала. Лед тронулся, ее хотят представить близким людям, абы кого Вадим к Тришкиным не повезет, следовательно, теперь она обрела статус его невесты.

Утро девятого числа прошло замечательно. Сначала все собравшиеся на даче, весьма милые люди, ели вкусное угощение и пили за Юлечку. Потом жена Игоря показала Нине свою мастерскую, расположенную в мансарде.

— Замечательные картины, — похвалила из вежливости ее работы Каргополь.

Нина ничего не понимала в живописи, и полотна ей совсем не понравились, но не обижать же милую, улыбчивую Юлечку. А хозяйка приняла слова гостьи за чистую монету и, потупившись, сказала:

— Это так, ерунда. Дело жизни в ином.

— В чем? — вновь исключительно из вежливости спросила Нина.

— Пошли, — пригласила Юлечка, — покажу.

Молодые женщины вышли в сад. Несмотря на начало октября, стояла изумительно теплая, солнечная погода, на небе не виднелось ни облачка.

Юля обошла дачу и ткнула пальцем вверх.

— Смотри.

— Куда? — не поняла Нина.

— На стену, около крыши. Видишь?

— Да, — кивнула Нина, — разноцветные камушки, яркие такие... Что это?

— Мозаика, — улыбнулась Юля, — восстанавливаю старинную технику.

— Ты выкладываешь с внешней стороны дома картину? — искренне удивилась Нина.

Юлечка радостно закивала.

— Если не вдаваться в детали, то в принципе верно.

— Как же можно делать такое? — продолжала поражаться Нина.

— Просто, — пожала плечиками Юля, — висишь на веревке и собираешь сюжет.

— Господи, упасть ведь легко, — поежилась Нина.

— Нет, раствор, на котором крепятся части... — начала было объяснять жена Игоря технику работы, но Нина перебила ее:

— Я о тебе речь веду! Все-таки высоко. А на лестнице страшно.

Хозяйка засмеялась:

— У меня специальный страховочный пояс, он прикреплен при помощи веревки к специальному держателю — абсолютно безопасная конструкция французского производства. Дорогая штука. Лестница, конечно, дешевле, но вот она точно легко завалиться может. А страховочный пояс не подведет. Хочешь, покажу?

Больше всего на свете Нине хотелось спать. Сытная еда и непривычный для обитательницы загазованного мегаполиса свежий воздух просто валили Каргополь с ног, но Юлечка, вцепившись маленькой рукой в плечо гостьи, потащила ее наверх. Пришлось вновь подниматься в мансарду. Там Юля продемонстрировала некое приспособление из брезента, кнопок и веревок.

— Вот так я его застегиваю, — бормотала она, — и потом спокойно работаю. Расстегнуться сама по себе страховка не может, единственную опасность представляет канат. Вот если он порвется, тогда, конечно, будет плохо, но я за ним слежу, проверяю...

Нина машинально кивала головой, поджидая, пока Юля наконец-то умолкнет. У Каргополь просто слипались глаза. Но хозяйка, похоже, не собиралась прекращать разговор о своей обожаемой работе. Показав страховочный пояс, она начала рассказывать о видах мозаики, чем довела несчастную гостью почти до обморока. В конце концов Нина, несмотря на то что ей требовалось произвести самое лучшее впечатление на ближайших друзей Карякина, открыла рот, набрала полную грудь воздуха и собралась сказать, рискуя прослыть невоспитанной особой: «Извини, очень хочу лечь».

Но тут дверь в мансарду с грохотом распахнулась, и в подкрышное пространство влетела с воплем четырехлетняя Катя.

Юля бросилась к дочери.

— Ой, только не трогай, пожалуйста, этот ящик.

Девочка с визгом помчалась именно туда, куда запретила приближаться мама.

— Катя, я тебе что сказала! — воскликнула мама.

— А-а-а... — завопила капризница, пиная ногой ящик.

Юля схватила дочь и шлепнула ее, девчонка сначала заорала изо всех сил, потом примолкла и с чувством произнесла, глядя на маму:

— Дура!

— Катя, так нельзя говорить.

— Дура!!!

— Вот я тебя накажу!

— Дура! Дура! Дура! — повторяла девчонка, прыгая по мансарде.

Юля закусила нижнюю губу, потом правой рукой схватила кусок бельевой веревки, лежавшей на табуретке, и стеганула девочку по попе. Понесся такой крик, что Нина предпочла исчезнуть с места событий.

Спускаясь из мансарды в отведенную ей комнату, Каргополь подумала: «Может, лучше вообще без детей обойтись, а то еще родится вот такое чудовище...»

Катя сразу произвела на Нину ужасное впечатление. Ребенок орал и вертелся под ногами. Ни бабушку, ни маму, ни отца девочка не слушалась. Несмотря на их просьбы, Катя носилась по дому, ни секунды не сидела спокойно на месте. Нина только вздыхала, наблюдая за тем, как несчастная Лидия Константиновна попеременно отнимает у излишне шебутной внучки то столовый нож, которым расшалившееся дитятко тыкало в диван, то сахарницу, то мокрую губку для мытья посуды, то клубок шерсти, то грязный сапог... Каждый раз, лишившись забавы, Катя падала на спину, колотила пятками по полу и отчаянно визжала.

Нина лишь удивлялась спартанскому спокойствию родственников абсолютно невоспитанного ребенка. Потом, не выдержав, спросила у Фаины Сергеевны, мамы Юли:

— Сколько же лет Кате?

— Маленькая совсем, — сухо ответила та, — всего четыре годика.

Нина хмыкнула. У ее соседки Вики тоже имеется крохотная девочка, но та тихо сидит за столом, раскрашивает картинки или играет в куклы. Впрочем, иногда и дочь Вики капризничает, но она хорошо понимает слово «нельзя», а Кате, похоже, оно неизвестно. Младшая Тришкина поражала наглостью.

Вот поэтому Нина была очень довольна, увидав, как Юля стеганула капризницу. «Наконец-то девчонке влетело, — с радостью подумала Нина, направляясь в свою спальню, — теперь тишина наступит, посплю спокойно».

## Глава 29

Мирно отдохнуть Нине в тот день не удалось. Она, правда, улеглась в кровать, накрылась пледом, закрыла глаза и задремала. Но вместо хорошего сна

Нине приснился кошмар — сначала она пыталась отбиться от Кати, которая, злобно улыбаясь, тыкала в нее вилкой, потом оказалась на берегу темного пруда и услышала жуткий вопль: «Помогите!»

С трудом выбравшись из кошмара, Нина проснулась, села на кровати, потрясла гудящей головой и вдруг поняла, что ужасный крик звучит на самом деле — он летит с улицы. Какая-то женщина истошно вопит под окном комнаты, в которой находилась Нина:

— Спасите! Упала-а-а! Лю-ди-и-и!

Каргополь вскочила, распахнула раму, высунулась наружу и замерла. На выложенной камнем дорожке лежала Юлечка, около нее на коленях стояла Фаина Сергеевна. Наконец мать Юли замолчала, повисла тишина. Из дачи выбежал муж Фаины, Петр Григорьевич, за ним торопились Лидия Константиновна, Сима Полунина и Игорь. Отсутствовал лишь Вадим. Карякин во время обеда крепко выпил и сейчас спал без задних ног в холле второго этажа, который служил хозяевам библиотекой.

Петр Григорьевич присел около дочери.

— Она мертва, — растерянно констатировал он.

Фаина Сергеевна снова завыла, Игорь закрыл лицо руками. Одна Лидия Константиновна не потеряла самообладания.

— Спокойно, — напряженным голосом произнесла она, — нельзя терять голову! Идите в дом.

Гости покорно потрусили назад, а свекровь погибшей, не заметив стоявшую возле окна Нину, начала осматривать дорожку.

— Где же он? — пробормотала она. — Ну где?

Ничего не понимающая Нина решила спросить у хозяйки, не может ли она чем-то помочь в столь ужасной ситуации. Каргополь было страшно, неподвижное тело Юли по-прежнему темнело на дорожке, но Лидия Константиновна вела себя так странно, что Нина поняла: даме необходима помощь.

Гостья решила не терять времени и вылезла в сад прямо из окна — оно было совсем невысоко. Но, ступив на землю, она чуть не упала — под ногами оказалась не мягкая почва, а нечто непонятное. Нина нагнулась и поняла, что стоит на... страховочном поясе Юли, том самом, который молодая хозяйка недавно демонстрировала ей. Крючки на брезенте были расстегнуты. Впрочем, через секунду Каргополь поняла: пояс не расстегнулся, застежка с одной стороны попросту оказалась оторвана. Очевидно, от удара о землю часть ниток, которыми крепились к материалу петли, лопнули, пояс отлетел в кусты, под окно Нины.

Каргополь машинально потянула веревку, которая была приделана к страховке, и очень скоро увидела ее конец. На секунду Нина удивилась, веревка оказалась слишком короткой, но потом — вдруг, разом — пришло понимание случившегося: привязь лопнула, висевшая с внешней стороны дома Юля упала вниз и разбилась, от удара о землю отлетели крючки, пояс расстегнулся и отлетел в кусты.

Нина молча разглядывала ровный, словно отрезанный ножом, конец веревки. Двух часов не прошло с того момента, как Юля объясняла гостье: «Пояс расстегнуться не может, беда случится, если канат лопнет, но я его каждый день проверяю». Видно, плохо Юлечка изучала веревку, раз та оборвалась. И тут в голове Нины забрезжила странная мысль, но она не успела оформиться полностью — рядом появилась Лидия Константиновна и воскликнула:

— Ниночка! Ты нашла?

— Кого? — прошептала Каргополь.

— Поясок. Дай-ка его мне.

— Веревка-то не разорвалась! — вдруг воскликнула Нина. — Ее явно разрезали!

— Что ты несешь? — прошептала Лидия. — Несчастный случай произошел, беда. Верни поясок, спрячу его от греха подальше и милицию вызову.

— Нет, нет, канат перерезали, — обморочным голосом забормотала Нина. — Смотрите, концы совсем не разлохматились, они слишком ровные, специалисты сразу поймут: Юлю убили. Она висела под крышей, выкладывала свою мозаику, а некто вошел в мансарду и чик-чирик. Наверное, он потом спрятал тот конец веревки, что остался в мастерской, а про пояс забыл...

Лидия, ломая кусты, кинулась к Нине.

— Пошли скорей.

— Куда?

— Ко мне, нам надо поговорить, — с жаром воскликнула мать Игоря.

Впихнув несопротивлявшуюся Нину в свою спальню, Лидия спросила:

— Ты ведь все поняла?

— Да, — тихо ответила Нина.

— И кто обрезал веревку?

— Думаю, Игорь.

Неожиданно из глаз Лидии Константиновны ушла тревога.

— Слава богу, — выдохнула она.

— Вы о чем? — насторожилась Нина.

И тут на Каргополь обрушился ворох невероятных сведений.

— Юля наркоманка, — выкладывала семейные тайны Лидия, — она давно употребляет героин, поэтому и Катя получилась такая, слишком возбудимая. Мы с Игорьком пытались лечить Юлю, но толку не добились. Единственное, чего достигли, — теперь она колется не каждый день, а, как запойный пьяница, циклами: две недели держится, семь дней невменяемая. Устали ужасно. Пойми, жить около наркоманки невозможно, скандалы, драки... Да еще на глазах у Кати...

— Почему же вы не поместили Юлю в больницу? — спросила Нина.

Лидия махнула рукой:

— Без толку, лежала она в клиниках, эффекта ноль. Вчера Юля вновь схватилась за шприц, Игорь попытался ее остановить, напомнил про день рождения, приглашенных гостей. Понимаешь, Ниночка, нам ценой неимоверных усилий удалось сохранить тайну, даже Фаина Сергеевна и Петр Григорьевич ничего не знают о пагубном пристрастии дочери. Мы с Игорем старались ради Катюши, девочка, когда подрастет, не должна быть в курсе дел. В общем, вчера случился жуткий скандал, Игорек обыскал дачу, уничтожил вроде бы весь запас дури, Юля бесновалась... С утра она попыталась вести себя прилично, однако долго продержаться ей не удалось. Очевидно, где-то на даче еще имелся героин, Юля вколола себе дозу и полезла выкладывать мозаику. В этот момент в мансарду вошел Игорь... Дальше не знаю!

Нина молчала. Она очень хорошо понимала, по какой причине Лидия Константиновна вдруг оборвала сама себя. Муж, уставший от жены-наркоманки, решил покончить одним махом с докукой, схватил нож и перерезал канат. Наверное, Тришкин находился в состоянии аффекта и не продумал все детали преступления. Конечно, суд учтет и то, что Юля употребляла наркотики, и истерику мужа, но все равно Гарику грозит тюрьма.

— Надо всем сказать, что Юля покончила с собой, — вдруг заявила Лидия, — тогда концы в воду. Гарик окажется свободен, закончится наш многолетний ужас.

— Не получится, — мотнула головой Нина. — С какой такой радости Юле из окна сигать, да еще в свой день рождения? Не поверят вам.

Лидия Константиновна вытянула руки.

— Если ты поможешь, то все получится.

— Я? — удивилась Нина. — Но что я могу?

Тришкина схватила гостью за плечи.

— Ты же понимаешь, что надо устраивать свою жизнь. Поезд уходит, молодость не вечна, так?

— Ага, — растерянно кивнула Нина.

— Вадим тебе не муж.

— Почему?

— Он никому не пара. Спивается парень, — горестно вздохнула Лидия, — пустил по ветру почти все имущество. Такие, как Карякин, ненадежные спутники жизни, с ним ты не обретешь ни материального благополучия, ни стабильности, ни женского счастья. Ты ведь в коммуналке живешь?

— Верно, — подтвердила окончательно растерявшаяся Каргополь.

— Так вот, предлагаю договор! — воскликнула Лидия. — Рассказываешь милиции байку. Вы с Игорем уединились в чуланчике, а в самый интересный момент в кладовке появилась Юля, увидела факт измены мужа и убежала. Ты испугалась, ушла к себе и заперлась. Все. Потом, услыхав крики, не стала выходить, думала, скандал из-за адюльтера разыгрался. Затем вошла я и сообщила о самоубийстве Юли. Отличная причина — неверность любимого мужа. Оставила записку и вывалилась из окна.

— Записка? — подпрыгнула Нина. — А она-то откуда возьмется?

— Я напечатаю на пишущей машинке, скажу, что невестка не любила пользоваться ручкой. Дело простое, его мигом закроют. Никакая правда наружу не вылезет. И, главное, про героин тоже. Я очень за Катю боюсь. Если девочка узнает правду о матери, может в подростковом возрасте тоже за шприц схватиться.

Нина молчала.

— Век тебе благодарна буду, — с жаром уговаривала женщину Лидия. — Игорь на тебе женится, получишь отличного мужа, благополучие. Если жизнь у вас не заладится, все равно в друзьях останемся. Подарю тебе эту дачу, сразу после бракосочетания документы и оформлю. Представляешь выгоду? Всего-то нужно пару раз с милицией толково побеседовать, и получишь отличного мужа, дом, я тебя смогу устроить на хорошую работу, имею огромные связи... Ты согласна? Отвечай скорей!

— А Игорь в курсе? — спросила Нина. — Он-то как к вашему предложению отнесется? К тому же Вадим...

Лидия усмехнулась:

— Карякина забудь, а Игорь не твоя забота, все устрою. Главное, ни с кем без меня не разговаривай. И лучше молчи, на все вопросы одно отвечай: «Ничего не знаю, из чулана убежала в свою комнату, там и сидела». Ясно?

Нина кивнула. Она умела считать и поняла, что судьба посылает ей уникальный шанс. Карякин сильно пьет, официального предложения сходить в ЗАГС не делает, денег любовнице не дает. Наоборот, Нина частенько, лишая себя мелких радостей, ссужает кавалера рублишками...

Со двора послышался шум и мужские голоса.

— Ну? — шепотом спросила Лидия. — Так как?

Нина кивнула.

Будущая свекровь молча обняла свою будущую невестку и исчезла.

Самое интересное, что придуманный наспех план «прокатил». Нину допросили коротко, как-то небрежно, без особого усердия, и никакого осуждения на лице дознавателя не обнаружилось. Вот Фаина Сергеевна и Петр Григорьевич демонстративно не смотрели в сторону Нины, а Вадим странно кашлял, поглядывая на любовницу. Около полуночи отец и мать Юли уехали, а Карякин остался. Спать он пошел в гостиную, Нина лежала в комнате одна.

Около трех утра Каргополь захотелось пить. Женщина вышла в коридор, добрела до кухни, довольно широкого, г-образного помещения, нашла бутылку с водой и вдруг услышала тихие шаги. Нине не хотелось ни с кем общаться, ни с Лидией Константиновной, ни с Игорем, ни тем паче с Вадимом. Поэтому она, приподняв скатерть, шмыгнула под стол.

В щель между свисающим льняным полотном и полом сидевшая на корточках женщина увидела босые ноги Карякина. Потом появились и его руки. Сначала Нина испугалась, решив, что Димон нашел ее, но потом сообразила: тот сидит боком к столу и отодвигает плинтус, которым прикрыты ножки кухонных шкафов. Деревяшка с резким стуком упала на пол, Вадим выругался, и тут Нина поняла, что Карякин пьян до невменяемости.

— Лежи тут смирно, — вдруг произнес заплетающимся языком Димон, — еще пригодишься!

Запихнув нечто под шкаф, Вадим задвинул плинтус и ушел. Нина вылезла из-под стола. Ее разбирало любопытство — очень хотелось поглядеть, что за вещь столь тщательно прятал любовник. Но отодвинуть плинтус она не сумела, очевидно, имелся некий секрет, из-за которого деревяшка не желала сдвигаться с места, а Карякин, свой человек в доме Тришкиных, был в курсе тайны.

Нина решила удовлетворить свое любопытство позднее и пошла спать. Но утром Лидия Константиновна окружила будущую невестку пристальной заботой и навязчивым вниманием, ни на секунду не оставила ее одну, а в час дня все покинули дачу.

— Ты едешь к нам, — безапелляционно велела Лидия, — живешь с Игорем. Кстати, если кто будет интересоваться: Юля погибла в автокатастрофе, гроб будет во время похорон закрыт.

Нина вздрогнула.

— Что за идеи приходят вам в голову? Ведь уже объявили о самоубийстве.

Лидия нахмурилась.

— Слушай меня внимательно. Катя подрастет и спросит: «Скажи, Нина, а правда, что мама из-за тебя с собой покончила?» Здорово выйдет, да? Версия про суицид годилась лишь для ментов, им-то про ДТП не соврать, а остальным — сколько угодно.

— Слишком много народа знает правду, — вздохнула Нина.

— И кто же в курсе? — прищурилась Тришкина.

— Вы, Игорь...

— За нас не волнуйся.

— Фаина Сергеевна и Петр Григорьевич...

— У них рот на замке навсегда.

— Карякин.

Лидия Константиновна хмыкнула:

— Ему, как и в прошлый раз, дали денег.

— В прошлый раз? — растерянно повторила Нина. — Вы о чем?

Тришкина мягко улыбнулась.

— Неправильно выразилась. Вадим пьет, постоянно у меня деньги берет, вроде как в долг, но ни разу не вернул. В последний раз вчера выпросил. Да и не видел, не слышал Карякин ничего, он в момент гибели Юли пьяный спал, его еле-еле милиция распихала. Он по всей даче бутылки прячет, везде у него спиртное рассовано, приедет к нам, ночью встанет и прикладывается, думает, я не знаю о его пьянстве.

Нина вздохнула: так вот что хранится под кухонным шкафом — водка!

— В общем, говори людям про катастрофу. Кстати, самоубийц не отпевают. Но хоть моя невестка и была наркоманкой, отправить ее в последний путь без благословения жестоко.

Нина кивнула. Юлю похоронили как положено, со священником и заупокойной службой. Каргополь никому не проговорилась, но все равно слух о самоубийстве начал циркулировать среди общих знакомых.

Нина и Игорь прожили вместе год, но ничего хорошего из организованной Лидией Константиновной семейной жизни не вышло. Рассталась пара без скандала, развод оформили тихо. Лидия сдержала обещание, переписала на Нину дачу, и Каргополь переехала жить в Подмосковье. Перебралась она за город летом и была очень довольна, но уже в сентябре стало понятно: осенью в поселке страшновато, почти все соседи вернулись в Москву, да и бегать до электрички через лес, в темноте — не комфортно. Но жить в коммуналке, в маленькой комнате Нине после просторов квартиры Тришкиных и большой дачи совершенно не хотелось. Каргополь призадумалась и поняла, как следует действовать. В доме имелось два входа, часть здания легко можно сдать какой-нибудь пожилой паре, желающей провести остаток жизни на воздухе.

Нина стала обзванивать знакомых, спрашивая у всех:

— Никто не желает снять дачку?

В конце концов добралась по телефонной книжке до буквы К и соединилась с Вадимом.

— Не, — ответил тот, — никаких старперов в окружении нет. А много хочешь за постой?

— Мне главное не деньги, а наличие людей, — призналась Нина.

— Пусти нас на неделю, — попросил Вадим.

— Кого «нас»? — насторожилась Нина.

— Любовница у меня есть, — спокойно пояснил Димон. — Но Олеся замужем, а супруг ревнивый, аж жуть! Вот Леська и наврала ему, что в командировку едет. Он ее в поезд посадит, успокоится и уйдет, а Леська на первой станции вылезет да ко мне рванет. Только лучше нам на даче погулять. Так как? Мы тихо, тебе не помешаем.

— Ну... — протянула Нина, — не знаю... Я ведь хотела жильцов до лета пустить...

— Так мы до июня ездить станем, — оживился Димон.

— Мне нужны постоянные жильцы, — уперлась Нина.

— Пока никого нет, и мы сойдем, — настаивал Вадим.

— Почему же вам у тебя встречаться нельзя? — отбивалась Каргополь.

— Есть причины, — туманно ответил Вадим. — Кстати, совсем не пью, завязал.

— Ладно, — сдалась Нина, — приезжайте. Но учти: если найду нужного мне съемщика, сразу отвалите.

— Не вопрос, — обрадовался Димон.

## Глава 30

Едва Карякин и Олеся появились в доме, как Нина пожалела о скоропалительно принятом решении. Подруга Димона выглядела очень противно, обладала пронзительно-крикливым голосом и склочным нравом.

На второй день вечером гостья поругалась с Димоном и, прооров:

— Я с тобой даже на одном поле срать не стану! — отбыла в Москву.

Вадим особо не расстроился, ушел в спальню, но через два часа вышел оттуда и, гадко улыбаясь, заявил:

— Кстати, Нинка, ты со мной не рассчиталась.

— За что? — удивилась Каргополь.

— За все.

— А именно?

— Думаешь, по какой причине ты теперь в шоколаде? — ухмыльнулся Димон. — Дачу получила...

— Ты пьян! — с возмущением воскликнула хозяйка. — А уверял, что в рот не берешь!

Димон противно захихикал.

— Верно, не во рту, а в руке, в стакашке, спиртное держу. И потом, завязывают лишь алкоголики, а я изредка бухающий, могу в любой момент бросить.

— Уезжай, — велела Нина.

— Так на неделю договаривались, — не сдался Карякин, — у меня отпуск.

— Твоя любовница удрала, — напомнила Каргополь.

— С тобой останусь, — гадко ухмыльнулся Вадим. — Эх, Нинок, зря ты меня на дачку променяла. Ща бы жили вместе... Ну да я тебя не осуждаю, понимаю: человек слаб, тебя Лидка соблазнила. И чего ты видела? Расскажи, мне можно.

— Ты о чем? — удивилась Нина.

— Да ладно, — махнул рукой Димон, — не выжучивайся. Лидка, чтобы Гарьку из дерьма вытянуть, на все способна. Она сыном, кстати, вертит как хочет. И ты ей никогда не нравилась, я точно знаю.

С этими словами Димон подошел к большим напольным часам, ловко открыл корпус, потом пошарил внизу, послышался щелчок, и выдвинулся ящичек. Вадим вытащил из него бутылку водки и удовлетворенно крякнул:

— Цела, дорогая!

Сорвав пробку, он сделал прямо из горлышка огромный глоток и засмеялся.

— Не знала про тайничок?

— Нет, — ошарашенно ответила Нина.

— Интересный домик, — кивнул Вадим. — Его отец Юльки меньше чем за год отгрохал, пока дочь беременной ходила. Расстарался ради будущей внучки. Вообще-то мужик врач, а строительством из любви к искусству занимался, хобби у него такое. Денег на дачку, ясное дело, Лидка дала, на нее дом и записали. Тут много всяких захоронок, Петр Григорьевич их ради прикола устроил и из вредности никому не рассказал. Ох, он-то за воротничок заложить любит! Приезжал сюда к дочери со своей Фаиной (она — та еще змея, кстати!) трезвый, а к вечеру становился веселый. То-то бабы злились, допытывались: где взял? Ха, да тут везде столько заныкано... Мы с ним разок ночку вместе посидели, так Петруха мне кое-какие свои секретики и показал. Да, интересная дачка...

Продолжая рассказ, Димон не забывал прикладываться к бутылке и вскоре начал пьянеть.

— Ловкий Петруша был, уж не знаю, жив ли сейчас. Зачем в доктора подался? Надо было по строительству идти. Все умел, и стены, и штукатурку, и плитку, и сантехнику, и электрику... Да это ладно, ерунда, он ведь еще и камеры понаставил.

— Что? — не поняла Нина.

Димон пьяно заржал.

— Юлька Катьку родила и заболела, пришлось Лидке няньку нанимать. Фаина Сергеевна узнала, приперлась на дачу и давай зудеть: «С новорожденной должен сидеть только свой человек... мало ли чего...» Лидка ей и говорит: «Юлечке плохо, Игорек работает, я тоже пока служу, единственный выход — няня». А Фаина свое бубнит: «Жуткие истории знаю, чего только посторонние бабки с младенцами не делают. Вы уедете, Юля заснет, как проследить за бабой?» И все в таком духе...

В общем, Фаина, упорная на редкость, так всех взбудоражила, что Лидия Константиновна в конце концов рявкнула:

— Хорошо, не будет няни. Но раз вы так волнуетесь, то и помогите дочери. Селитесь на даче и начинайте за внучкой ухаживать, на работу не ходите, служите бабушкой.

Мать Юли возмутилась:

— У меня давление. Могу лишь совет дельный дать.

— Лучше помочь руками, — возразила Лидия Константиновна, — а языком попусту трясти нечего.

Разгорелся скандал, который ловко погасил Петр Григорьевич. Он предложил поставить в доме крохотные видеокамеры, которые в отсутствие хозяев станут следить за няней.

Сейчас «шпионская» аппаратура не редкость, но в год появления на свет Кати большинство людей даже не слышало о подобном.

— Где же ты возьмешь аппаратуру? — воскликнула Фаина.

Петр улыбнулся:

— Это мое дело, только игрушка дорого стоит.

— Я заплачу, — быстро сказала Лидия...

— И Петр Григорьевич оборудовал дачу? — поинтересовалась Нина.

— Угу, — кивнул Димон, — няньки у них два года работали. Потом Лидка на пенсию ушла, и необходимость в прислуге отпала. Лидия Константиновна, в отличие от Фаины, волчица.

— В каком смысле? — не поняла Нина.

— За детей горло перегрызет, — пояснил Димон. — Игорька она обожает, а за Катьку глаз отдаст. Прямо завидно, меня никто и никогда так не любил. Лидка все сделает, чтобы Гарьку из любой беды выручить, хитра неимоверно. Тебя она лихо обманула.

— Как? — растерянно спросила Нина.

Карякин пьяно засмеялся:

— Вот чего ты в тот день видела?

— Не понимаю.

— Наблюдала, как Гарька веревку перерезал? Или услышала чего? Может, тебе кассета попалась?

— Какая?

— Рассказывал же про камеры по всей даче, одна в мастерской у Юльки стояла.

— Но ведь няни у них не имелось, — пожала плечами Нина.

Димон икнул.

— Плохо ты Лидку знаешь, хоть она тебе целый год свекровью была. Не упустит наша пташка шанса за людьми понаблюдать. Включала она устройства, в особенности если гости приезжали, а потом кассетки глядела. Отлично в курсе была, кто, чем и где занимается. Только облом у нее случился.

— Где? — удивилась Нина.

— Хитра Лидка, но... — прохрипел Димон. — Когда Гарька веревку с висящей на ней Юлькой перечекрыжил, она сначала все ловко устроила, тебя в качестве алиби приготовила. Я-то спал, устал очень и закемарил. Милиция меня едва растрясла. Спрашивают: «Вы где находились в момент самоубийства?» Я никак не врублюсь, но интересуюсь: «Кто убился? Когда? Извините, только проснулся». От меня и отстали, а я в себя пришел и скумекал...

Нина, затаив дыхание, слушала сильно нетрезвого Карякина, а тот, безостановочно хихикая, рассказывал о том, что делал в тот день на даче у Тришкиных.

Узнав, что Юля разбилась в момент работы над мозаикой, Димон призадумался. А потом внимательно слушал Петра Григорьевича, шепотом рассказывавшего Вадиму о своих эмоциях, испытанных от ужасного известия. Отец Юли ни на секунду не сомневался, что Карякин, как и все присутствовавшие в доме, в курсе произошедшего, ну а Вадим не разубеждал его и получил массу информации для новых размышлений.

— Только ради Кати молчать договорились, — обморочным голосом шептал Петр, — а Юлечку все равно не вернуть. Вот горе-то... Но мы к Тришкиным больше ни ногой, я убийцу видеть не желаю! Убийца он и есть убийца, что бы там Лидия ни говорила...

Вадим выслушал обезумевшего доктора и вдруг сообразил: Лидка небось, как всегда в день приезда гостей, включила запись. И работали камеры, мотали кассеты... В частности, наверняка работала та, что стоит в мансарде. Не колеблясь, Димон порысил в «аппаратную» и в самом деле обнаружил пленку. Очевидно, Лидия второпях забыла о камерах...

— И где запись? — подскочила Нина.

Карякин развел руками.

— Не помню.

— Не ври, — топнула ногой Каргополь.

Димон закивал.

— Не, правда. Я кассету уже ночью вытаскивал. Очень захотелось посмотреть, что на ней, только она ведь нестандартная, на обычном видике не прокрутить, нужен специальный аппарат. У Лидки есть такой, но как им воспользоваться незаметно? Я и подумал: спрячу до завтра, увезу в Москву, там найду нужный видик и позырю. В комнате у себя ховать побоялся — вдруг Лидка допрет, кто запись стырил, и ее у меня отберет, — а потому надумал в тайничок упихнуть, ну...

— Ну, — поторопила Нина, — где она?

— Забыл, — грустно ответил Димон.

— Врешь! — воскликнула Каргополь. — Как можно подобное забыть?

Димон крякнул.

— Я в тот день устал, лег спать. Проснулся — полон дом ментов, им к кофе коньяк подали, ну и я пристроился. Потом мы с Петром Григорьевичем водочкой дозаправились, исключительно чтобы стресс снять. В общем, когда я кассетку брал, то совсем плохой был. Одно помню: прятал ее. А вот куда сунул, выпало из башки.

— Значит, запись на даче? — решила уточнить Нина.

Димон заколебался.

— Или в сарае. Хотя, может, и в гараже... Ей-богу, не могу вспомнить. Лидка, кстати, потом спохватилась насчет камер, а кассет нет, ну и давай она всех так осторожненько расспрашивать. Ко мне приставала, словно кошка вокруг горячего супа ходила, да я не дурак, на тебя стрелки перевел.

— На меня? — подскочила Нина.

— Угу, — хрюкнул Карякин. — Но не прямо, конечно. Просто пару раз намекнул: ты отлично разбираешься в камерах, на журфаке был курс фототехники.

Нина уставилась на Карякина. Ей вспомнилось, как Лидия Константиновна неоднократно заводила странные разговоры про видеозаписи, как, купив портативную видеокамеру, дала ее Нине и попросила: «Поснимай Катюшу, ты же хорошо в технике разбираешься!» А еще у Нины, ставшей женой Гарика, несколько раз возникало подозрение: кто-то обыскивал ее вещи.

— Попробуй вспомнить, где кассета, — наседала сейчас она на Димона.

— Без шансов, — ответил тот. Потом прищурился и выпалил: — А кабы знал, так ни за что б не сказал! Гарик у нас сейчас в гору попер, деньги сумасшедшие зарабатывает, прикинь, сколько с него за запись слупить можно...

Тут выпитая водка крепко схватила Карякина в объятия, Димон захрапел. Нина с брезгливостью глянула на мужика и вдруг поняла — вот он, ее шанс.

До свадьбы с Игорем Каргополь ютилась в коммуналке, в комнате, которая досталась от Олега. Соседи, как уже говорилось, попались ей отличные, никаких склок и в помине не было, но отсутствие собственной ванны, личной кухни, невозможность чувствовать себя полновластной хозяйкой квартиры напрягали — хотелось отдельной жилплощади. Хоть маленькой, но своей. После развода Нина предполагала решить проблему, продав подаренную бывшей свекровью дачу. Но вызванный на помощь риелтор сказал:

— Много за этот сарай не выручить.

— Почему? — обиделась домовладелица. — Участок около Москвы, такие в цене.

— Но не на данном направлении, — ухмыльнулся специалист по продажам. — Убитая дорога, совершенно не престижное шоссе, поселок без всякой охраны, дом построен кое-как, санузел один, котел малой мощности, электропроводка наружная... Короче говоря, есть два варианта: первый — толкаем за копейки; второй — вы ремонтируете «замок», приводите в надлежащий вид и тогда снова обращаетесь ко мне.

Нина приуныла — денег на обновление фазенды

не имелось. Но сейчас, после беседы с подвыпившим Димоном, ей стало ясно, как следует действовать.

Не колеблясь, Нина сняла трубку (в связи с близостью к Москве на даче имелся телефон).

— Алло, — ответила Лидия, — слушаю.

— Это я, — прочирикала Нина.

— Как дела? — весело осведомилась бывшая свекровь.

И тут Нина пустилась во все тяжкие.

— Разбирала вещи на дачке и нашла интересную штучку. Кассетку с записью. Понимаешь, о чем речь?

— Да, — быстро ответила Лидия Константиновна. — Что хочешь?

Нина засмеялась:

— Отдельную квартиру, двухкомнатную. Вернее, нужны деньги. Я девушка честная и не жадная: свою комнату продам, а ты мне доплату дашь.

— Сколько? — деловито осведомилась Лидия.

Нина назвала примерную цифру.

— Хорошо. Ты завтра едешь на работу?

— Да, как всегда, на восьмичасовой электричке.

— После службы рули ко мне, приготовлю доллары.

— Отлично, — не сумела скрыть радости Нина, — освобожусь около семи. Но не у вас дома встретимся, а на бульваре, у метро «Тверская».

— Кассету возьми, — сухо предупредила Лидия Константиновна.

— Уже в сумку положила, — пообещала Нина.

Доведя свой рассказ до этого места, Каргополь замолчала.

— Говори, говори! — в нетерпении воскликнула я. — Кстати, ты нашла запись?

— Нет, — промямлила собеседница. — В тот момент даже не предполагала, где она может быть.

— Как же рассчитывала деньги получить? — удивилась я.

Нина тяжело вздохнула.

— Оттого на бульвар ее и вызвала. Хотела у Лидки «выкуп» взять, а ей отдать... пустую кассету. На улице-то запись не проверишь. Некрасиво, конечно, только торопилась я. Но думала потом всю дачу обыскать, подлинную запись найти и бывшей свекрови вручить. Я ведь и правда честный человек.

— Думается, Лидия Константиновна не так доверчива, чтобы расстаться с деньгами, не изучив пленку, — предположила я. — К тому же «шпионская» кассета чуть меньше обычной, и мадам Тришкина мигом бы поняла, что к чему. Очень глупое поведение.

Нина протяжно вздохнула.

— Дурой я оказалась. Жадной, ненормальной, тупой идиоткой. Ведь знала, что Лидка сатана, но так уж свою квартиру иметь хотелось... Вот мне мозги и выключило. А главное! Когда она вот так сразу, без торговли, согласилась доллары дать, я совсем ум потеряла. Поверила ей... Знаешь, чем закончилось?

Я мрачно кивнула.

Нина внезапно захохотала.

— Вот уж когда у меня время появилось все детально обдумать. И части пазла ловко сошлись: согласилась она сразу, спросила, еду ли на работу, ее духами на платформе пахло. Раз, два, три. Да, еще сумка!

— Какая?

— Моя, — заливаясь истерическим смехом, сообщила Нина, — через плечо висела. Я, когда в себя пришла, от доктора вопрос услышала: «Где ваш паспорт?» Ну и ответила: «Так в ридикюльчике, он при мне был». Но не оказалось сумчонки, менты лишь руками развели: «Не перевелись еще мародеры на земле русской! Вас в «Скорую» сунули, а кто-то на поклажу польстился. Решил, наверное, что там деньги есть». Сама я тоже так сначала подумала, но потом поняла: нетушки, Лидка постаралась! Она все это ради той кассеты и задумала. Решила двух зайцев разом пристрелить: от меня избавиться и запись получить. Но облом ей вышел: кассета фальшаком оказалась, а я жива. Да, жива! И мечтаю Лидке отомстить. Господи, как хорошо, что ты тут... Давай начинай действовать, я готова все ментам рассказать.

— Ужасная история, — еле слышно пробормотала я. — Но боюсь, никто, кроме меня, тебе не поверит. Происшествие случилось давно, запах даже таких характерных духов, как «Родной дом», к делу не приложить. Улик нет — одни размышления.

Из глаз Нины потоком хлынули слезы, я бросилась к несчастной.

— Ну, тише, успокойся, придумаю что-нибудь!

Конечно, Нина не лучший образчик человеческой породы. Она сначала из жадности согласилась покрыть убийцу, более того — рассчитывая на сытую жизнь, вышла замуж за Игоря, не сообщила в милицию о преступлении, которое совершил Тришкин. А потом, уже после развода, надумала заняться шантажом. Но сейчас бедняга, похоже, искренне раскаивается в содеянном, и она уже страшно наказана. А Лидия Константиновна и Игорь преспокойно разгуливают на свободе!

Нина вытерла лицо уголком пледа.

— Слушай дальше. Я уже сообразила, где настоящая кассетка находится. Помнишь, рассказывала о том, как, сидя под кухонным столом, видела Димона, отодвигавшего мебельный плинтус? Пьян он был изрядно, засунул под шкаф запись и позабыл, я же решила, что он водку там хранит, и успокоилась. Но сейчас думаю: там кассетка. Поезжай — сломай этот чертов плинтус топором, колун в бане стоит, — вытащи улику и иди в милицию. Я все подтвержу, дам показания, наконец засажу их. Давно хотела так поступить, только кому было все рассказать? Друзей нет, а Рита, заведующая, мне не поверила бы, живо на успокаивающие посадила бы, решив, что крыша у Каргополь поехала.

— Говори адрес дачи, — велела я. — И где ключи?

Нина быстро объяснила дорогу, потом сказала:

— Ключей нет, они вместе с сумочкой пропали. Окно разобьешь, любое. Первый этаж низкий, влезть без проблем, решеток нет. Действуй.

Я кивнула.

— Хорошо, добуду запись, посмотрю ее и приеду к тебе. Но это будет уже завтра.

— Поторопись! — задергалась Нина. — Столько лет отомстить мечтала, что сейчас лишняя секунда промедления кажется мучительной.

## Глава 31

Поселок оказался очень близко от Москвы, буквально в паре километров от МКАД. Но он мало походил на благоустроенное, хорошо охраняемое Ложкино.

Участки тут, правда, были не шестисоточные (владение Нины, похоже, с четверть гектара), но дома не каменные. Свет нигде в окнах не горел, и все дороги и дорожки оказались завалены снегом. Нечего было и думать о том, чтобы проехать на «Пежо» к воротам.

Я заглушила мотор, сунула в карман мобильный, вынула из багажника фонарь и побрела пешком, ежась от холода. Видимо, в декабре тут уже никто не живет — поселок выглядел безлюдным. Собаки и сторожа, кажется, тоже нет. Однако смелые они люди, местные дачники, не боятся ни воров, ни бомжей. Впрочем, без машины сюда не доехать, электрички рядом не ходят, и автобусной остановки не видно. Вроде бы и близко от столицы, но ногами и за день не дойти.

С огромным трудом сдвинув заваленную снегом калитку, я вошла на участок и приблизилась к зданию. Окно легко разбила палкой. Осторожно вытащив из рамы осколки, влезла в темное нутро дома и похвалила себя за предусмотрительность: молодец, подумала про фонарь.

Внутри дачи оказалось не так холодно, как снаружи, стены надежно укрывали от ветра. Я вошла на кухню и решила не спешить. Ага, вот стол, накрытый большой скатертью, если под него залезть, то в зоне видимости лишь один шкаф, следовательно, плинтус ломать надо под ним.

Сначала я попыталась отодвинуть деревяшку, но потерпела неудачу. Потом, вспомнив слова Нины про топор, принесла стоявший в указанном месте колун и расковыряла довольно большое отверстие. Из дыры пахнуло чем-то неприятным, я посветила в черноту фонарем, внимательно обозрела пространство и вдруг увидела нечто, похожее на портсигар.

Изловчившись, вытащила добычу. Это вроде бы и правда была кассета, но очень странного вида, никогда не встречала таких. Начать с того, что она была вложена в специальный — похоже, непромокаемый и пожаробезопасный — футляр.

Я сунула находку во внутренний карман куртки и только сейчас ощутила, до какой степени окоченела. Взгляд упал на газовую плиту. Я машинально повернула кран и услышала шипение. Пальцы вытащили из джинсов зажигалку, вспыхнуло голубое пламя. Я открыла шкафчик, висевший около плиты, и подпрыгнула от радости: чай, сахар; вот здорово!

Я собрала с подоконника снег, положила его в турку, растопила и вскипятила воду. Через десять минут в маленькой джезве заварился чай. Конечно, получился он совсем даже не ароматным, за долгие годы лежания в шкафчике благородный лист растерял свои свойства, но это был все же чай, причем горячий и сладкий. Сахару без разницы время, рафинад, может, тоже имеет срок годности, но соленым он от старости не делается.

Я сделала пару глотков и моментально согрелась. Одновременно с теплом, охватившим тело, в душе воцарилось ликование. У алкоголиков часто случается амнезия: положат с пьяных глаз нужную вещь в известное место, протрезвеют и не помнят, куда запихнули. И совершенно бесполезно допытываться у временно адекватного ханурика: «Где ты был вчера?» Скорей всего, услышите абсолютно честный ответ: «Не помню».

Я с удовольствием допивала чай. Отлично получилось, сейчас...

— Кто вы и что тут делаете? — прозвучало вдруг за спиной.

От неожиданности пальцы мои разжались, кружечка упала на пол, тело машинально повернулось — в дверях стояла женщина в куда более подходящей для загородных прогулок одежде, чем я. На тетке синел большой пуховик, волосы прятались под меховой шапкой, ладони были всунуты в уютные варежки.

— По какому праву влезли в чужое жилище? — с возмущением продолжила незнакомка, но потом она осеклась и воскликнула: — Вы?

Тот же вопрос одновременно вырвался и у меня, потому что я узнала в неожиданно появившейся особе Лидию Константиновну.

— Как вы сюда попали? — пробормотала я.

— Наглый вопрос! — дернула плечом убийца. — Это наша дача.

— Вовсе нет, — парировала я, осторожно, по сантиметру, двигаясь в сторону выхода из кухни, — дом принадлежит Нине Каргополь.

— Ты знаешь Нину? — изумилась Лидия.

— Очень даже хорошо, — пошла я ва-банк. — Несчастная, лишенная ног женщина попросила меня съездить сюда.

— Зачем? — нервно спросила Тришкина.

— Так... — туманно ответила я, почти подобравшись к дверному проему. — Нина думает сюда из интерната перебраться, надо ремонт прикинуть.

И тут Лидия Константиновна увидела топор и разломанный плинтус, глаза пожилой женщины вспыхнули нехорошим огнем.

— Ремонт, говоришь... — протянула она. — О-ч-чень хорошо. Давай-ка сядем вот тут, поболтаем, печку включим. Эй, ты куда?

Но я уже стремглав кинулась по коридору к разбитому в комнате окну. Не успела я вылезти во двор, как до слуха долетел смешок — бойкая старуха стояла на крыльце.

— Куда торопишься? — издевательски поинтересовалась она. — Впрочем, сейчас Игорь подойдет, он пока у машины остался, вдвоем мы тебя живо изловим.

Поняв, что проход к калитке блокирован, я кинулась направо, к видневшемуся вдали забору. Лидия Константиновна не пошла за мной.

— Давай, давай, — крикнула она, — в правильном направлении бежишь! Насколько помню, там, прямо под яблоней, глубокая яма отрыта. Хотели мы погреб делать, да не стали.

Я тут же притормозила и шарахнулась влево от дерева.

— Еще вбочок подайся, — заботливо подсказала Лидия, — там калиточка в изгороди. Только все равно тебе не уйти.

Я машинально шагнула в указанном направлении и кубарем скатилась на дно предательски прикрытой снегом ямы, более похожей на колодец.

Лидия Константиновна подобралась к ловушке и наклонилась над ней.

— Говорила же, что не уйдешь. Ловко я тебя обманула, не под яблонькой отрыто было, а в другой стороне. И Игорька со мной нет, и я хорошо знаю, чтó именно ты взяла. Значит, так: бросаешь мне сейчас кассету, я спускаю вниз лестницу, и расстаемся с приятелями.

— Нашла дуру! — отозвалась я. — Кто ж убийце поверит?

— Дура из нас точно ты, — покачала головой Лидия. — Знаешь, что дальше будет? Я накрою яму щитом, набросаю сверху снегу и уйду. Через неделю вернусь и получу кассету, только вот вопрос — что с тобой станется? Нет, ты правда дура — кто ж носится по незнакомому месту сайгаком!

— Меня найдут, а тебя посадят, — пообещала я.

Лидия тихонько засмеялась.

— Говорю же, дура ты! В поселке ни одной живой души, а если б и жил кто, то на чужой участок не пойдет. Некому будет найти твои косточки.

— Оставила дома записку с адресом, куда еду! — в полном отчаянии воскликнула я.

Лидия Константиновна погрозила мне пальцем.

— Врать нехорошо. Ладно, пошутили, и хватит, давай кассету. Вон ты уже вся посинела. Ну, кидай, и выберешься...

— Нет, ты меня тогда точно тут похоронишь, — залязгала я зубами.

— О господи! — вздохнула старуха. — А все Катенька... Ну, зачем она ерундой заниматься решила?

Бубня себе под нос, милая бабушка на пару минут исчезла из вида. А вскоре свет над моей головой стал исчезать.

— Эй, — заорала я, — что ты делаешь?

— Крышку кладу, — мирно ответила Лидия. — Дней через десять пришлю специально обученного человека. Он кассетку достанет, а ямку забросает. Хоть и мерзлая землица, да он справится.

— С ума сошла? Там на дороге мой «Пежо» стоит, машину увидят и найдут меня.

— Прощай, милая, спасибо за напоминание о машине, я ее уберу, — спокойно сказала Лидия Константиновна и ушла.

Меня затрясло — сначала от страха, потом от полного ужаса. На секунду показалось, что в яме темно, словно в могиле, но вскоре глаза различили тоненькие лучики света, пробивающиеся сквозь щели между деревяшками.

— Люди! — вылетело из моего горла. — Ау-у-у-у!

Поорав некоторое время, я ощутила еще больший холод и стала прыгать. И вдруг почувствовала, что в кармане что-то лежит. Мобильный! Невероятная радость охватила мою душу. Пальцы начали тыкать в кнопки, но звонок срывался.

Запретив себе отчаиваться, я составила SMS: «Помогите, сижу в яме, под крышкой, замерзаю, выньте. Меня хочет убить соседка по поселку Ложкино Лидия Тришкина», далее шел адрес дачи, где я находилась сейчас. Потом я стала отправлять сообщение, тупо нажимая на кнопки и отсылая призыв о помощи всем, кто значился в контактах.

На букве Н мобильный погас — очевидно, села

батарейка. Стало невероятно, невозможно холодно. Следовало постоянно двигаться, чтобы не превратиться в ледяную статую.

Тряхнув головой, я попыталась карабкаться по стене вверх, но продвинуться даже на сантиметр не удалось. На глаза навернулись слезы. Мое SMS, вероятно, не дошло до адресатов. Впрочем, если кто и получил сообщение, то он, наверное, принял его за дурацкий розыгрыш. Сразу по указанному адресу приятели не бросятся, в лучшем случае позвонят вечером в Ложкино...

Впрочем, шанс на спасение есть: рано или поздно домашним расскажут про странные сообщения. Кстати, их должны получить и все наши: Аркадий, Зайка, Ирка, Маша, Денька, Иван... Меня спасут!

В ту же секунду в голову полезли иные соображения. Иван никогда не читает SMS. Вернее, он не умеет их открывать. У Зайки телефон «убивает» послания сам: как только накопится больше пятнадцати штук, пожалуйте в мусор. Ирка редко смотрит на сотовый, он ей практически не нужен. Маня, наверное, отключила телефон, да и Денька, если находится на работе, обрывает связь с внешним миром (большинство животных, оказавшихся в ветеринарной клинике, пугаются незнакомого места, а резкий звонок способен ввергнуть их в обморок). Одна надежда на Кешу — он очень внимательно изучает SMS-портал. Вот только дошло ли до него сообщение, а? Если за мной приедут лишь поутру, дело плохо.

Я начала лазить по карманам в поисках завалященькой конфетки, но обнаружила лишь ключи от машины. Через секунду отчаяние снова сменилось надеждой: имею в руках несколько железок, пусть коротких и не особо острых, но ими можно ковырять землю.

Часов я не ношу, мобильный скончался, поэтому не могу вам сказать, за какое время сумела продолбить в стене одну ступеньку. В яме стемнело, свет перестал пробиваться в щели, у меня кружилась голова и тряслись ноги. Чтобы отдохнуть, я села на корточки и прижалась спиной к ледяной земле. Внезапно стало тепло, просто жарко, яркое солнце стало припекать голову, перед глазами возникла голубая река... Я вошла в воду и поплыла, радуясь лету и ярким цветам.

«Надо же, — пронеслось в голове, — как здорово. Я умерла, это Стикс[1], а где Харон[2]? Почему нахожусь тут одна? Неправильно, мне положен проводник!»

Внезапно плечи попали в капкан, я дернулась раз, другой, ощутила невероятный жар, потом увидела лицо Александра Михайловича, круглое, белое, с неестественно выпученными глазами, следом возникло заплаканное личико Машки, непривычно красная мордочка Зайки... Закачалась веревка, и снова возник Дегтярев, полилась странная музыка, торжественно воющая:

— О-о-о-о!

— Милый, — еле ворочая каменным языком, прошептала я, — ты тоже умер, и мы вместе возносимся в рай?

— Ну уж нет! — заорал полковник. — Если тебя заберут ангелы, то меня, пожалуйста, к чертям. Не

---

[1] С т и к с — в греческой мифологии река, которую следовало пересечь, чтобы попасть в царство мертвых. — (*Прим. автора.*)

[2] Х а р о н — в греческой мифологии перевозчик душ через Стикс до царства мертвых, для уплаты за перевоз греки вкладывали в рот умершего человека монету. — (*Прим. автора.*)

хочу иметь в раю неприятности, ты и там в них вляпаешься, мне в компании с дьяволом поспокойней будет.

Я хотела обидеться, но тут невесть откуда появилась белая занавеска, и сон навалился на глаза.

Не буду сейчас описывать свое пребывание в больнице, ничего интересного в рассказе о всяких медицинских процедурах нет. Лучше объясню, отчего в заброшенный поселок заявились разом почти все мои домашние.

Как ни странно, благодарить за чудесное спасение мне следовало Милицию. Потому что Аркадий, руководивший спектаклем «Счастливая семья олигарха», снова велел всем непременно прибыть домой к ужину в определенный час.

Зайка и Машка, изо всех сил желавшие помочь Деньке, проявили сознательность и точно в указанное время уселись за стол. Не успела Ирка втащить блюдо с котлетами, как на мобильные телефоны присутствующих начали сыпаться SMS-сообщения, а спустя несколько минут телефон стали обрывать мои знакомые, задававшие детям один и тот же вопрос:

— Дашутка с ума сошла? Прислала какую-то хрень про дачу и убийство.

Можно сколько угодно подсмеиваться над Дегтяревым, но в минуту опасности полковник концентрируется и начинает действовать. Александр Михайлович мгновенно приказал:

— Едем.

Его решительность и спасла мне жизнь — я отделалась легким испугом, всего-навсего заработав сильную простуду и обморозив пару пальцев на ногах. Теперь они будут ныть у меня, предсказывая перемену погоды и напоминая о яме, из которой я тщетно пыталась выбраться при помощи ключей.

Если честно, то мне нравится болеть. Вернее, я люблю выздоравливать. Поняв, что матери ничего не грозит, Аркадий под расписку забрал меня домой, и я теперь лежу в своей кроватке, заваленная новыми детективами, конфетами и обожаемыми пирожками с капустой.

Радостное настроение портит лишь отсутствие Дегтярева — полковник поселился на работе.

— Он даже ночевать не приходит? — приставала я к Ирке.

— Приезжает около часа ночи, — вздыхала домработница, — и отваливает в шесть утра.

— Пусть зайдет, — заныла я, — передай ему мою просьбу.

Ирка кивнула и убежала, а полковник снова не пришел. Появился он лишь в субботу, всунул голову в комнату и спросил:

— Можно?

— Конечно, — заорала я, — иди сюда скорей! Ты просмотрел кассету? Да? Там видно, как Игорь перерезает веревку? Сейчас все расскажу! Слушай! Их должны посадить! Убийцы! Катю спрятали в Швейцарии! А еще есть бедная Нина, ей тоже надо рассказать об аресте Тришкиных...

— Спокойно, — мрачно сказал Дегтярев, — давай по порядку. Во-первых, почему ты вообще полезла к Тришкиным?

Я села в кровати и, кашляя на все лады, изложила историю.

— В принципе, ты права, — сказал полковник, когда я закончила свой рассказ. — Есть только некоторые «блохи». Лидия Константиновна умная женщина, и она умеет проигрывать. Поняла, что игра окончена, поэтому рассказала все.

Я запрыгала в подушках.

— Это она убила Карякина? И столкнула Нину под поезд? Где Полунина? Ну, говори же скорей!

Дегтярев глянул в окно.

— Лучший способ жить спокойно — это никогда не нарушать заповедей. Не убий. Не укради. Не прелюбодействуй...

— А если без морализаторства? — обозлилась я. — Хотя бы суть изложи!

Александр Михайлович лишь пожал плечами.

— Давай с самого начала...

— С начала? Что ж, ладно. Майя совершенно не подходила Тришкину, сомневаюсь, что из нее вообще могла получиться жена в обыденном понимании этого слова, девушка хотела стать пианисткой и все силы отдавала роялю. Домашним хозяйством не занималась — берегла руки, интимную жизнь с мужем практически не вела — музыка высасывала все силы. Свекровь была недовольна невесткой, Игорь регулярно лаялся с женой. Очень частая ситуация. Скорее всего, пара через некоторое время развелась бы. Хотя Майю сложившееся положение вещей устраивало — она не москвичка, а жить в общежитии, согласись, намного хуже, чем в семье. Майе необходимо было иметь статус замужней дамы до того, как она сумеет финансово встать на ноги и заработает себе на квартиру. Вновь очень обычная история. И, может, продолжали бы муж с женой проживать под одной крышей, но тут, на беду, Карякин привез на Новый год Юлю...

Что бы там ни говорили скептики, но любовь с первого взгляда существует. Не успела Юля переступить порог дачи, как между ней и Игорем проскочила искра. Страсть вспыхнула сразу, и оба участника событий потеряли голову.

Карякин волочился за Юлей не один день, однако девушка не разрешала даже поцеловать себя, объясняя свое поведение просто:

— Хочу, чтобы брачная ночь была настоящей первой ночью. Меня так родители воспитали.

На самом деле Юля просто не знала, что такое любовь, она принимала за нее хорошее отношение к Вадиму. Впрочем, Димон особо не страдал от отсутствия интимных отношений с невестой, умом понимая: Юля лучший вариант жены, но ведь есть веселые, доступные девушки, с которыми можно проводить время без особых заморочек. Вот он и завел себе пару «постельных игрушек». Данный статус-кво устраивал и наивную Юлю, полагавшую, что жених честно ждет дня бракосочетания, и Вадима, позволявшего ей так думать.

Но, увидав Игоря, Юля мгновенно забыла о своих принципах и буквально через пару часов после знакомства бросилась в объятия Тришкина. Гарик тоже влюбился с одного взгляда и, проводив Юлечку до спальни, пошел выяснять отношения с Майей. Он думал, что холодная жена спокойно согласится на развод, но пианистка пришла в негодование, в ее планы сейчас не входило становиться одинокой.

Свидетелем ссоры стал Димон. Более того, он тихо пошел за Игорем и узнал, что выяснение отношений супругов дошло до рукоприкладства. Тришкин изо всей силы ударил жену, и та упала лицом на тачку. Дальнейшее известно.

— Игорь ее убил! — закричала я.

Дегтярев кивнул.

— Сейчас говорит, что не хотел, просто от злости толкнул. А Лидия Константиновна мигом уладила дело. Не стоит повторяться и пересказывать все, что ты и так знаешь. Но есть одна деталька, оставшаяся, так сказать, за кадром. Все участники событий получили свои подарки. Юлечка вышла замуж за Игоря, Тришкин обрел счастливую семейную жизнь и не только горячо любимую супругу, но и обожаемую дочь. Лидия Константиновна не могла нарадоваться, глядя на невестку и внучку. Сима Полунина, не ставшая супругой Гарика, была пристроена Лидией в театр. Об этом она тебе ничего не рассказала, но именно Лидия Константиновна пошушукалась с кем надо, и Полунину зачислили в основной состав труппы. Лишь безработные актрисочки, тщетно пытающиеся пристроиться в любой коллектив, хорошо поймут Симу. Конечно же, Полунина, раскинув мозгами, решила, что ей, несмотря ни на что, следует дружить с Лидией, к тому же дама частенько делала актрисе дорогие подарки, и в конце концов двух женщин объединила странная дружба. Так заключенный и надзиратель порой становятся добрыми приятелями, а жертва насилия начинает испытывать нежные чувства к маньяку. Правда, в последние годы встречались Лидия и Сима редко, но созванивались, поздравляли друг друга с праздниками. Карякину тоже заплатили за молчание. Лидия...

— Вадим сказал мне, что никому и словом не обмолвился об увиденном и что вообще не был в курсе всего, просто наблюдал из-за дерева, а потом нашел тело Майки, — перебила я Дегтярева.

Полковник махнул рукой:

— Врал. И погиб он из-за своей привычки постоянно лгать, но об этом чуть позже. Наоборот, Карякин моментально растрепал Лидии о сцене в туалете и воскликнул: «На меня можно положиться, стану молчать!» Однако Лидия насторожилась. То, что Вадим болтун, не являлось для нее секретом. А еще дама знала: Димон постоянно нуждается в деньгах. Поэтому мать Игоря просто решила купить неудачливого журналиста — она переписала на него дачу, где разыгрались драматические события. С одной стороны — царский подарок, с другой... Все равно дом пришлось бы продавать, ни Лидия, ни Игорь, ни Юля не хотели больше приезжать в злополучное место, а крупную сумму за нелепое строение не выручить. Это одна часть сказки, завершившаяся, как и положено, свадьбой. Но за ней последовала иная, более трагичная история.

## Глава 32

Дегтярев помолчал, потом тихо сказал:

— Сейчас восстановлю для тебя последовательность событий. Значит, так...

Прошло несколько лет. Девятого октября на новой даче Тришкиных, в доме, который самозабвенно в кратчайший срок возвел Петр Григорьевич Хазе, намечается праздник — веселый день рождения Юлечки. Званы лишь самые близкие люди — верный друг Вадик Карякин, Сима Полунина и родственники.

Теперь сделаем небольшое отступление. Петр Григорьевич имеет пристрастие к алкоголю, а его жена, естественно, не приветствует «хобби» супруга. Фаина Сергеевна долго не может понять, почему, приехав в гости к дочери трезвым, муж через два часа, при полнейшем отсутствии водки на столе, уже не стоит на ногах. Восьмого октября до Фаины внезапно доходит: рукастый Петр во время строительства сделал в доме тайники и хранит в них бутылки.

Решив проверить свое предположение, Фаина звонит Лидии. У двух женщин совершенно нормальные отношения, поэтому супруга пьяницы безо всякого стыда просит:

— Лида, помоги. У вас же есть записывающая аппаратура, включи ее, когда мы приедем, потом посмотрю и увижу, где Петька бутылки прячет.

— Хорошо, — мгновенно соглашается Лидия. И не забывает выполнить обещанное.

Несмотря на любовь к горячительному, доктор обладает умелыми руками, камеры он поставил качественные, они бесперебойно могут работать несколько часов. Зная об ограничении во времени, Лидия Константиновна поступает умно — приводит аппаратуру в действие около полудня, когда все, устав от сытного завтрака, разбредаются по дому. Следовательно, до шести вечера будет идти запись, а потом придется поменять кассету.

Затем случается несчастье — Юля падает из окна. Лидия, которой во что бы то ни стало требуется «замазать» ситуацию, бросается к Нине. На какое-то время мать Игоря просто забывает о кассете, но о ней некстати вспоминает Димон...

— Откуда же Карякин узнал о том, что камеры были включены? — удивилась я. — Об их существовании ему, как собутыльнику, рассказал Петр. Но почему Вадик был уверен, что аппаратуру включат? Навряд ли Лидия рассказывала об этом налево и направо.

— Ну, в принципе, правильно, о записи особо не распространялись, — продолжал Александр Михайлович. — Только Фаина, приехав, спрашивает у Лидии: «Ты не забудешь включить свои «шпионские» камеры? Очень уж мне хочется знать, где Петр в доме тайники под водку оборудовал». — «Сразу после завтрака, — обещает матери Юли Лидия Константиновна, — чтобы побольше времени было. Мы же за столом сначала посидим, потом отдохнем до обеда, вот тогда и заработают. Отличную вещь, кстати, Петр Григорьевич сделал. Хоть он и пьет, да умения не теряет. Аппаратура его, как часы, функционирует, все записывает, Петр мог бы зарабатывать установкой. Кстати, и в эксплуатации конструкция удобна, и особым навыкам обучаться не надо — пошел в кабинет, вынул кассетку да поставил новую. Магнитофон-то на телике стоит, все его за обычный видик принимают». — «Так, собственно, он и есть видик, — усмехнулась Фаина, — только особенный. Теперь, надеюсь, эта запись мне поможет Петьку прищучить. Значит, так: на кухне не врубай, там кто-то постоянно будет, включи в мансарде, гостиной...» — «Не учи ученую», — хмыкнула Лидия.

И дамы занялись хозяйскими делами. Ни одна из них не приметила Димона, маячившего в коридоре, а Карякин слышал их беседу почти дословно и сделал вывод: в доме сегодня будет вестись видеонаблюдение, записывающий магнитофон в кабинете, на телике. Когда случилось несчастье с Юлей, полупьяный, вечно нуждающийся в деньгах Карякин взял кассету с записью и спрятал ее под шкаф. У Вадима в жизни полный крах — с журналистикой не сложилось, его последовательно гонят со всех мест работы, дача, полученная за молчание, продана, сейчас Димон пропивает последние вырученные средства... Вот борзописец и решил шантажировать Тришкиных: задумал продать Лидии компрометирующую кассету (у алкоголиков часто происходит деградация личности, и журналист не исключение). Но, проспавшись, Димон никак не может вспомнить, куда спьяну засунул кассету, и на всякий случай умело дает понять Лидии: запись в руках у Нины. Тебе все ясно?

— Кстати, рассказанное тобой для меня не новость, сама раскопала истину.

— Да, ты молодец, — без тени улыбки похвалил меня полковник. — Теперь далее...

Вновь, как и в случае с Майей, Тришкиной везет, ей удается сделать так, чтобы смерть Юли признали самоубийством. Участники произошедшего держат рот на замке. Нина получает мужа и дачу. Лидия Константиновна идет по уже протоптанной дорожке: в прошлый раз домик достался Димону, теперь осчастливили Каргополь. Но и Карякин не внакладе — ему Лидия дает «в долг» нехилую сумму. Фаина Сергеевна и Петр Григорьевич исчезают из жизни Тришкиных...

— А между прочим, почему? — воскликнула я. — Вот странно! Убита любимая дочь, а они молчат. И не общаются с внучкой. Совсем! Более того, Лидия врет Кате про сиротство Юли, рассказывает историю про девочку-подкидыша. С какой стати?

— Ну, это понятно, — протянул полковник. — Тришкина не хотела, чтобы Катя пожелала встретиться с дедом и бабкой, боялась: вдруг те ляпнут что не надо. Однако не будем сейчас слишком углубляться в психологические дебри. Едем дальше...

Лидия успокаивается, но тут ей неожиданно звонит Нина и заявляет:

— Мне нужна квартира в Москве. С дачи утомительно в город на работу кататься. Дай в долг.

Бывшая свекровь категорично отвечает:

— Такой суммы нет.

Каргополь смеется.

— А в обмен на кассету с записью сцены убийства? На пленке отлично видно, кто перерезал веревку.

На самом деле Нина блефует, у нее ничего нет, она хочет обманом вынудить Лидию дать ей необходимые средства. Но Каргополь не подозревает, какой страшный человек мать Гарика.

— Это она столкнула Нину под поезд! — подскочила я.

— Да, — кивнул Дегтярев.

— Призналась?

— Верно.

— Ее будут судить?

Полковник тяжело вздохнул:

— Ты лучше слушай, не перебивай. Тут удача отворачивается от Лидии Константиновны: во-первых, Каргополь осталась жива, во-вторых, в украденной ею сумке бывшей невестки обнаружилась самая обычная кассета. Естественно, дама пребывает в тревоге, но потом успокаивается, узнав, что Нина лишилась ног и помещена в интернат. К тому же Лидия полагает, что бывшая невестка считает причиной своей трагедии толпу на платформе, ведь Нина не обратилась в милицию с заявлением на бывшую свекровь.

— Кстати, как ты лично думаешь, почему? — снова встряла я.

Дегтярев потер затылок.

— В первый год ей было очень плохо — несколько операций, длительный восстановительный период, боль, врачи, лекарства... В такой ситуации не до логических размышлений. Думать о случившемся Нина начала не сразу, но постепенно она сложила головоломку и поняла: время упущено, ничего доказать нельзя, запах духов к делу не пришить. И вот спустя столько лет вдруг к ней являешься ты — почти богиня мести. Ясное дело, что она тебе все выложила!

...Идут годы. Люди давно перестали судачить о Тришкиных, тем более что для посторонних была придумана версия об автокатастрофе. Какое-то время языки мололи о самоубийстве молодой художницы, но потом нашлись более интересные сплетни, и о Юлечке забыли. Катя росла, росла и почти выросла. Лидия Константиновна, во всем потакающая любимому сыну, молча наблюдает за хороводом невесток, свекрови не нравится никто. Катя тоже недолюбливает «матушек», и в конце концов случается то, чего подспудно боялась бабушка. Евгения, напившись, выбалтывает девочке иную, неизвестную ей, версию смерти матери. Естественно, старуха принимает меры: Женя приезжает наутро к Кате и пытается исправить положение, ей искренно неудобно перед подростком. Но Катя уже заподозрила неладное.

Дальше в эту историю с ловкостью бегемота вмешивается Даша Васильева.

Я поджала губы, но промолчала. Дегтярев, как всегда, несправедлив ко мне.

— Наш доморощенный детектив действует, как всегда, активно и напористо, — продолжал рассказ полковник, не замечая реакции слушательницы. — Для начала встречается с Полуниной и, плохо ориентируясь в ситуации, прикидывается продюсером сериала. В принципе, правильная идея, Сима мечтает получить главную роль в многосерийной ленте. Но она не хочет играть в кино, которое расскажет всем об убийстве Майи, у Полуниной есть понятие о чести и дружбе, поэтому, едва «продюсер» уходит, Сима звонит Лидии.

Женщины встречаются, и Сима говорит:

— Димон, сука, все-таки написал свой великий труд.

Тут надо сказать, что Вадим, как большинство потенциально творческих, но ленивых до одури людей, оправдывает свое пьянство и ничегонеделанье созданием мифического грандиозного проекта. Абсолютно всем при каждой встрече (Лидии Константиновне и Симе в том числе) Карякин с пафосом заявляет:

— Пишу сценарий. Это будет бомба! Великое произведение!

Пьянчуге никто не верит, но... «Продюсер»-то к Симе пришел! И выглядит дама достойно, значит, Димон наваял-таки свой труд, более того, он хочет разрекламировать его как историю, которая произошла в реальной жизни. Решил получить славу и деньги, утопив Тришкиных, да и Полунину заодно, поскольку она будет выглядеть по меньшей мере идиоткой.

— Сделай что-нибудь, — дергается Сима, — у Гарьки теперь денег несчитано, пусть перекупит рукопись и уничтожит.

— Ты ее читала? — осторожно спрашивает Лидия.

— Нет, — отвечает Сима.

Тришкину тоже охватывает тревога. Что там понаписал Димон? Мог вспомнить Юлю, трагедию девятого октября... Что видел тогда Карякин? И вообще — существует ведь кассета, только где она?

— Ну, сделай же что-нибудь! — ноет Сима. — Все в дерьме окажемся!

Тришкина кивает. Лидия Константиновна — человек молниеносной реакции, и к преклонным годам она не растеряла умения находить выход из неудачно складывающихся обстоятельств. А сейчас речь идет о судьбе Кати, обожаемой внучки, которая ни за что не должна узнать правду... И старуха в полсекунды понимает, что надо делать.

— Спасибо, Сима, — говорит она, — ты наш лучший друг. Теперь возьми ключи и принеси из моей машины лекарство. Оно в бардачке, что-то сердце щемит...

— Тришкина сама ездит на машине? — удивилась я.

— Почему нет? — усмехнулся Дегтярев. — Мадам ведет активный образ жизни, ходит в фитнес-клуб, успешно борется с приметами возраста, со спины смотрится лет на тридцать. Кстати, ты обратила внимание, какой у нее молодой голос? Но вернемся к недавним событиям. Далее ситуация развивается так...

Сима бежит на улицу, Лидия хватает ее сумку, вытаскивает оттуда одну розовую перчатку, телефонную книжку, прячет в свой ридикюль и как ни в чем не бывало сидит с улыбкой на лице. Потом, выпив лекарство и пообещав Полуниной выкупить у Димона рукопись, Лидия уезжает.

Ровно в восемь утра, нацепив на голову розово-зелено-синий парик, Лидия входит в квартиру Карякина. Перед ней стоит задача: сначала побеседовать с Димоном, вытряхнуть из него всю информацию, попытаться выяснить правду про кассету, взять рукопись и уйти. Лидия Константиновна два раза покупала молчание Вадима и рассчитывала провернуть то же самое в третий. Но если в прошлые годы Карякин был адекватен, теперь же, похоже, окончательно пропил ум и стал опасен. Димон обречен, Лидия Константиновна на всякий случай отлично подготовилась: в сумке у нее фальшивая водка («технический» спирт), а еще, чтобы полностью отмести от себя подозрения, Лидия бросает в комнате перчатку и телефонную книжку Симы. Она думала так: если ментам в ситуации с паленым спиртным что-то покажется подозрительным, пожалуйста, есть другие улики. Конечно, она перемудрила. Кстати говоря, умного следователя слишком явный след всегда настораживает, но Лидия Константиновна очень торопилась. Потому, наверное, мадам слегка ошиблась и в расцветке парика, ведь у Симы нет прядей, мелированных в розовый цвет.

— Где только Лидия и такой-то раздобыла? —

хмыкнула я. — Времени у нее, можно сказать, совсем не имелось.

Дегтярев кивнул.

— Тришкина правильно сообразила: люди обратят внимание на идиотски выкрашенные волосы, и длинными прядями легко прикрыть лицо. Старуха умна, и у нее хорошая память. Она мигом вспоминает, как очень давно Нина, еще будучи женой Игоря, устроила на Масленицу маскарад. Гости пришли в карнавальных костюмах, а сама она нацепила на себя розово-зелено-синий парик. После вечеринки аксессуары убрали на антресоли, а переезжая в Ложкино, Лидия Константиновна не выбросила пакет, спрятала в чулане.

— Нина... — забормотала я, — парик... О-о-о! Сима-то после нашей второй встречи, когда я подсунула ей в телефон подслушку, звонила Тришкиной. Только сейчас я поняла это! Точно, у Лидии Константиновны парадоксально молодой, звонкий голос. И Полунина не называла ее «Ниной», нет! Она просто говорила что-то вроде: «Нина... ты вспомнила про Масленицу...». Ой, я дура! Сделала неверный вывод, хотя благодаря ему вышла на Каргополь и узнала правду.

Дегтярев, не замечая моих слов, мирно продолжил:

— Лидия растолкала Димона, а тот не упустил момента — сначала заявил, показывая на ноутбук: «Там гениальное произведение», потом стал просить денег «в долг».

Когда же Тришкина спросила: «Где кассета?» — Карякин ляпнул: «На даче, а где, не скажу!»

Но Лидия Константиновна решила идти до конца и сумела выдавить из Карякина признание: запись он прятал в доме, но не помнит место, так как был совершенно пьян. Тришкина дожидается, пока Димон допьет отраву, и уходит.

Старуха слегка успокаивается: часть проблемы решена. А Катя, из-за которой началась вся эта кутерьма, спрятана в надежном месте, в загородной школе тюремного типа, девочку оттуда не выпустят. Как усыпить бдительность внучки и вновь вернуть себе ее любовь и доверие, бабушка придумает позднее...

— Постой! Катя в Швейцарии! — заорала я.

— Нет, в России, более того — в Подмосковье, — пояснил полковник. — Теперь и у нас тоже имеются заведения для детей, которых надо лишить общения с миром.

— Но мне сказали: девочка в Женеве...

— Кто сообщил информацию?

— Лидия Константиновна, — протянула я.

Александр Михайлович хихикнул:

— И ты поверила? Молодец!

Я сама себе изумилась. Действительно, почему не усомнилась в словах Тришкиной-старшей?

Полковник заговорил снова:

— Итак, Катя в надежном укрытии. Теперь, решила Лидия, надо срочно ехать в дом, подаренный Нине, и, разобрав его по кирпичикам, найти кассету.

Не успевает Тришкина тронуться в путь, как ей звонит Сима, живо понявшая, кто, прикинувшись ею, отравил Димона. Старухе в который раз приходится на ходу принимать решение.

Она вновь идет по проторенной дорожке, встречается с Полуниной на платформе и пытается, как Нину, спихнуть актрису под поезд. Но Сима настороже, шестым чувством она ощущает опасность и шарахается в сторону — Лидия случайно толкает в спину незнакомого парня, тот падает под колеса.

— Сима жива!

— Да, мы ее ищем. Полунина с перепугу удрала из Москвы, сейчас почти установили, куда именно. Вероятнее всего, она в Новосибирске, у подруги, — пояснил Дегтярев. — Есть еще вопросы?

— Почему Димон рассказал мне семейные тайны Тришкиных? Молчал, молчал столько лет — и вдруг развязал язык? — воскликнула я.

Александр Михайлович сложил руки на коленях.

— Ну, его мы об этом спросить не сумеем.

— Ясное дело! — рассердилась я. — Ты мне скажи свое видение проблемы.

Полковник покосился на часы.

— Случаются на свете люди, которых при рождении ангел целует в лоб.

— Очень романтично!

— Ты не смейся, — вздохнул Александр Михайлович. — Иногда гены выстраиваются самым причудливым образом, и тогда в простой деревне у самой обычной крестьянки рождается Сергей Есенин. Отчего такое получается, науке неизвестно, зато очень хорошо ясно иное: к любому дару должно прилагаться трудолюбие, иначе пшик выйдет. Кстати, очень часто упорный труд делает из человека почти гения.

Вадим явно имел склонность к писательству. Ему следовало сесть за стол и не вставать из-за него. Но, увы, быть прозаиком — это в первую очередь уметь себя организовать. Над литератором нет начальника с кнутом в руке, рабочий день можно строить по собственному разумению. К сожалению, многие одаренные люди элементарно ленивы. Карякин из их числа. У него очень хорошо получалось говорить о планах. Вадим уверял: он обязательно когда-нибудь создаст великую книгу, эпическое произведение. Но вместо того чтобы начинать процесс сотворения, Димон просиживал дни в буфете Дома литераторов среди подобных ему личностей. В подвальном помещении ведутся разговоры о величии литературы и клубится зависть к тем, кто, не особо болтая, выпускает романы. Карякин без конца врал окружающим, рассказывал о том, что его пьесу, пока не написанную, ждут в сотне театров, охотно говорил о других творческих планах. Кстати, он не раз выкладывал «коллегам» по буфету историю Тришкиных, сообщал, что это и есть сюжет его почти написанного романа.

Но Лидию Константиновну и Гарика в мире окололитературных болтунов никто не знает, да и Димона давно перестали воспринимать всерьез, поэтому «прозаики» просто пропускали треп Карякина мимо ушей. В буфет Дома литераторов приходят не для того, чтобы слушать других, а для того, чтобы говорить самому.

И еще одно. У Вадима была хорошая фантазия и умение складно рассказывать. Когда к нему пришел «продюсер», Карякина, как всегда, понесло. Он ведь искренне считал себя гением, полагал, что стоит ему лишь сесть за стол, и сценарий или роман мигом напишутся. К тому же «продюсер» обещал аванс. Ясное дело, Димон начал выкладывать историю Тришкиных, слегка подкорректировав ее, про себя правды он не сообщил. Помнишь, я говорил тебе, что Карякина сгубила склонность к вранью?

Я кивнула.

— Когда к Вадиму пришла Лидия Константиновна, — продолжил Александр Михайлович, — она спросила прямо: «Говорят, ты написал сценарий к многосерийной картине?» Димону следовало ответить честно: «Нет». Но его, как обычно, понесло. Все долго пьющие люди теряют умение соображать,

Карякин не исключение, он начинает рассказывать Тришкиной... про Майю, Юлю...

— Идиот! — невольно вырвался у меня возглас.

— Верно, — кивнул полковник. — Он исполнил всегдашнюю свою роль великого литератора, который почти завершил эпическое полотно, на примере одной семьи показав эпоху, создал этакую новую «Войну и мир». Или «Сагу о Форсайтах». Окончательно заврался, забыл, кто перед ним. Думаю, дальше разъяснять нечего.

— Что будет с Лидией и Игорем? — спросила я.

Александр Михайлович замялся:

— Ну...

— Говори! — велела я. — Что еще сумела придумать Тришкина? Надеюсь, ее посадят за решетку?

— Нет, — ответил полковник.

— Но почему? — возмутилась я. — Убийство Майи...

— Первая жена Игоря погибла вследствие случайности.

— Муж ее толкнул, а потом заметал следы! Менял сапоги на тапки! Использовал в качестве алиби Полунину!

— Дашута, — вдруг очень ласково заговорил Дегтярев, — тут без шансов что-либо доказать.

— А история с Ниной? Ведь Каргополь столкнула под поезд Тришкина-старшая!

— Снова нет доказательств.

— Но ты же сам сказал: Лидия Константиновна призналась.

— Да, — кивнул полковник, — она дала показания: чтобы избавиться от наркоманки Юли, перерезала страховочную веревку, Нину толкнула, покушалась на жизнь Симы, отравила Карякина... Игорь тут ни при чем.

— Ее арестовали?

— Нет.

— Почему?

— Тришкина умерла.

Я вскочила с кровати.

— Как?

Дегтярев развел руками.

— Я решил побеседовать со старухой. И твое SMS-сообщение со словами «Меня хочет убить Лидия Тришкина» было неплохим поводом для беседы.

— Ну ничего себе! Вы нашли меня в яме, в которой она меня оставила!

— Верно. Поэтому прямо поздно ночью, в нарушение всех законов, я пошел к Лидии Константиновне. Она имела полное право не впустить меня — ночь, никаких санкций нет... Но старуха открыла дверь, глянула на документ и очень спокойно сказала:

«Входите, давно вас жду. Сколько ни зарывай беду, прорастет буйным цветом. Что ж, пора сказать: финита ля комедиа».

Я не ожидал такого. Она призналась во всем, сказала, что очень устала бояться, а потом, сообщив: «Мне надо принять лекарство», — ушла.

Я подождал, она не возвращалась. Тогда я пошел в глубь дома и увидел Лидию Константиновну на полу, уже мертвой. Рядом лежал пустой пузырек.

— Отравилась! — прошептала я. — Выпила яд! Она очень хорошо знала, что в связи со смертью основного, так сказать, действующего лица дело открывать не станут!

Дегтярев кивнул.

— Как ты мог? — налетела я на полковника. — Отпустил убийцу за лекарством... С ума сойти!

— Не словил мышей, — очень тихо произнес Александр Михайлович.

Что-то в его голосе насторожило меня, но тут дверь в комнату распахнулась, и влетела Машка.

— Муся, — заорала она, — ты можешь спуститься вниз? Я раздобыла для Милиции Крошку.

— Господи! — всплеснула я руками. — Милиция! Совсем забыла про нее... Как вы объяснили гостье мою болезнь?

— Очень просто, — захлопала глазами Маруська. — Сказали: «Мама сильно простудилась». Зачем выдумывать невесть что?

Я вздохнула. Действительно, чем проще вранье, тем оно убедительней.

— Милиция сегодня уезжает, — тарахтела Маня, — вечером. Вот, смотри!

— Куда? — хором спросили мы с полковником.

Маруська рассмеялась и убежала. Не успел Александр Михайлович кашлянуть, как девочка принеслась назад, держа в руках клетку.

— Это кто? — ошарашенно спросила я, разглядывая непонятное существо размером с индюка.

Маруська пожала плечами.

— Трудно сказать. Но похож на Крошку.

— Слегка, — согласилась я. — Цвет вроде тот, но хозяйку не проведешь, свою любимую птичку Милиция ни с кем не спутает.

— Надо хоть попробовать, — решительно заявила Машка. — Бетти подменила бабушке очки, Милиция в них теперь не слишком хорошо видит.

— Безобразие, немедленно верните старухе окуляры! — возмутилась я.

— Муся, погоди! — замахала руками Маня. — Мы придумали гениальный план. Сейчас отдаем Милиции клетку с фальшивым Крошкой. Старуха надевает очки, перед глазами у нее все расплывается, а мы с Денькой говорим, что попугай слишком перенервничал от визита к нам, вот и изменился слегка.

— Не прокатит! — покачала я головой. — Крошка был... или была... ручной, а это...

Маня вытащила «птеродактиля» из клетки.

— Муся, он такой хороший! Смотри, какой ласковый, нежный. Он жил в лаборатории, и там не знали, куда его деть. Не усыпили лишь потому, что он очень послушный, милый и трогательный... Надо попробовать, пошли!

— Идиотская затея, — урчал себе под нос Дегтярев.

— Абсолютно с тобой согласна, — кивнула я.

— Вы хотите разрушить счастье Дени? — надулась Маня. — По-моему, очень здорово придумано!

Делать нечего, пришлось нам с полковником под конвоем Маруси направиться в комнату к гостье. По дороге к процессии присоединились Деня и Бетти, которые должны были сопровождать старуху до дома, а также Аркадий, Зайка и Ирка.

Увидав меня, Милиция улыбнулась:

— Даша, вы выздоровели!

— Не совсем, но уже на ногах, — дипломатично ответила я.

— Позвольте выразить свою благодарность за изумительно проведенные дни, — начала церемонию прощания старуха.

Довольно длительное время мы обменивались любезностями, потом настал час Машки.

— Вот, — протянула девочка клетку Милиции, — слава богу, Крошка найден.

— Кто? — удивилась бабушка Бетти и водрузила на нос висевшие на шнурке очки.

— Крошка, — уже менее уверенно повторила Маня.

— Что с моими очками? — забормотала Милиция. — Ну-ка, погодите, я что-то ничего не вижу...

Маруська торжествующе глянула на меня, и тут старуха подошла к сумке, вынула оттуда футляр, поменяла очки на свои запасные и воскликнула:

— Это совсем не Крошка Че!

Денька схватился за тумбочку, Маруська покраснела, Бетти стала кашлять, а ее бабушка спокойно докончила:

— Очень милый птенчик. Но Крошка Че совсем другой. Сами гляньте, он вон там сидит.

В полной растерянности я посмотрела туда, куда указывала Милиция, и увидела на подоконнике клетку, а в ней огромного попугая.

— Вы его нашли! — заорал Деня. — Где? Когда?

— Нашелся? — закричала и я. — А кого же тогда съела Черри? Ведь у нее вся пасть в крови была...

— Это была не кровь, — живо влезла в разговор Ирка, — а кетчуп. Я Черрю помыть решилась, понесла в ванную и поняла: она томатный соус сперла, пластиковую бутылку разгрызла.

— А перья чьи там лежали? — не успокаивалась я.

— От метелки для пыли, — сообщила домработница.

— Но почему ты нам не сказала про кетчуп? — взвилась Маруська.

— Забыла, — пожала плечами Ирка. — У меня дел-то сколько! Как утром встанешь, так до ночи и не присядешь. Да вас и дома-то никогда нет!

— Так где и когда вы нашли Крошку? — повернулась я к Милиции.

— Сегодня рано утром, — потупив взор, ответила старуха. — Наверное, я совершила бестактность, но уехать без Крошки Че для меня невозможно, вот и ходила по дому. Слава богу, моя дорогая птичка обнаружилась в той комнате, где Денис ставит опыты.

— Вы о чем? — ошарашенно поинтересовался Деня.

Милиция поправила очки.

— Дорогой мой, тебе нечего стесняться, ты задумал хорошее дело. Конечно, твоя лаборатория выглядит ужасно, я чуть не скончалась, когда увидела всех этих тараканов, муравьев, мышей и Крошку Че в центре стаи. Но моментально сообразила: ты ищешь средство, чтобы избавить человечество от бытовых насекомых. Это ведь тема твоей кандидатской диссертации? Ну, не тушуйся, не надо больше скрывать от родных правду, никакого стыда тут нет. Речь идет о науке!

Я привалилась к стене. Ничего не понимаю! Какая лаборатория? Что за средство от насекомых? Похоже, в нашем доме творятся странные дела.

— Какая лаборатория? Что за средство от насекомых? — начал озвучивать мои вопросы Дегтярев.

Милиция прищурилась.

— Мальчик трудолюбив и скромен, он, похоже, не посвятил никого в свои планы. Так, милый?

Деня растерянно кивнул. Было видно, что наш ветеринар тоже совершенно не понимает, о чем идет речь, но, не желая сердить Милицию, вынужден с ней соглашаться.

— Знаете, — продолжила старуха, — когда я узнала, что материальное состояние вашей семьи слишком хорошее, когда увидела этот роскошный дом, то решила — не разрешу Бетти выходить замуж за Дениса.

— Вам не угодить! — обозлилась я. — Бедный мальчик — плохо, богатый — тоже не ко двору.

— Понимаете, — пустилась в объяснения Милиция, — если у родителей столько денег, то Денис явно изнежен, этакий мальчик-мажор. А такой не станет ничего добиваться сам, поплывет по течению. Но когда я увидела его тайную лабораторию, то поняла: Деня увлеченный человек, он подходит Бетти. Я даю согласие на брак.

Несколько минут присутствующие орали от радости, потом Дегтярев сказал:

— Милиция, останьтесь еще на пару деньков, ну куда вам спешить!

— А где у Деньки лаборатория? — вдруг спросила Зайка.

Старуха повернулась к ветеринару.

— Ну, веди!

— Может, не надо... — растерянно попросил Деня.

— Понимаю, вид у комнаты ужасный, но ведь стараешься ради науки! — с пафосом воскликнула старуха. — И желаешь помочь людям, которые не выносят бытовых насекомых! Пошли!

— Нет, нет, — замотал головой Дениска, совершенно не знавший, где располагается таинственная комната.

— Нехорошо иметь секреты от мамы, — погрозила ему пальцем Милиция.

— Нет, нет, — стоял на своем сын Оксаны.

— Тогда я сама отведу всех туда, — строго произнесла старуха.

— О' кей, — живо согласилась Маня, — вперед!

Сначала мы прошли весь первый этаж, потом зарулили в баню, миновали комнату отдыха, оказались в хозблоке, пробежали мимо котлов и фильтров, протиснулись между газонокосилкой и штабелем летних шин...

— Здесь, — ткнула сухоньким кулачком в закрытую дверь Милиция.

— А что у нас там? — изумилась я.

— Кладовка для всякой дряни, — пожала плечами Ирка. — Что никому не надо, туда тащу.

Аркадий решительно распахнул створку, мы разом ввалились в довольно большое помещение и столь же одновременно с воплями вылетели оттуда.

— Какая гадость! — выразил общее мнение Дегтярев.

— Там еще муравьи, — добавила Милиция. — Но вы не ругайте Деню, он изучает насекомых. Мальчик предполагал негативную реакцию родных, поэтому устроил лабораторию там, куда никто не ходит. Кабы не поиски Крошки Че, никогда не заглянула бы сюда. Денис, я права?

Бледный Денька закивал, словно китайский болванчик.

Аркадий осторожно приоткрыл дверь кладовки.

— Ой, запри скорей! — заорала Зайка.

— Странная штука, — протянул наш адвокат, — посередине чулана стоит какая-то жуткая хрень, вроде железный комод, а к нему со всех сторон идут мыши, тараканы. Облепили непонятную мебель и шевелятся!

— ЛДНАБ! — заорала Ирка. — Она работает!

У меня в мозгу сверкнула молния понимания, и я мигом ткнула домработницу кулаком в бок.

— Чего деретесь? — обиделась Ирка.

— Молчи, — зашипела ей на ухо я, — иначе не видать Деньке Бетти, как своих ушей! Господа, господа, пойдемте отсюда! Ира, помоги Милиции разобрать вещи, она сегодня не уезжает.

Странное дело, на сей раз Ирка сразу сообразила, что именно старуху надо скорее увести отсюда, и, не задавая идиотских вопросов, моментально уволокла гостью.

Оставшиеся члены семьи уставились на меня.

— Ты знаешь, что там? — нервно спросил Денька.

— ЛДНАБ, — кивнула я.

— Что? — одновременно выкрикнул хор голосов.

Пришлось рассказывать про выборы, сломавшуюся машину домработницы и хитрого торговца, всучившего наивным Ирке с Иваном ловушку для насекомых.

— Похоже, эта дрянь приманивает мышей, тараканов и муравьев со всей округи, — закончила я рассказ. — До сих пор пашет в автономном режиме, даже на Крошку подействовала. Хоть он и птица!

— Надо ее выбросить! — завизжала Зайка. — Как ты могла оставить в доме эту пакость?

— Да, — налетел на меня Кеша, — как?

Слава богу, виноватый найден. У вас были сомнения, кого выберут на эту роль? У меня нет!

— Лучше скажите «спасибо»! — заявила я.

— За что? — топнула ногой Ольга. — За то, что собрала насекомых и мышей со всей округи?

— Кабы не ЛДНАБ, не видать бы Деньке свадьбы, — пояснила я. — Хорошо, что Милиция наткнулась на «лабораторию». Старуха теперь считает Дениску настоящим ученым: всем же известно, что люди науки — с очень даже большой придурью. А еще нам повезло, что Крошка остался жив.

— Похоже, ЛДНАБ никого не убивает, — констатировал Кеша, — просто всех... созывает.

— Минуточку! — кашлянул Дегтярев. — А что будет с Крошкой номер два?

— Маня увезет его назад, — с надеждой ответила я.

— Невозможно, — помотала головой девочка, — его актировали.

— Это как? — заинтересовался полковник.

Маня порозовела.

— Ну... Я же говорила: лабораторное животное не спереть, а я очень хотела помочь Дене... В общем... Марк... там есть один... аспирант... он меня считает... Ну, неважно! Марк написал акт о смерти Крошки номер два. Все, обратной дороги нет!

— Понятно, — простонала Зайка, — теперь нам

суждено жить в одном доме с гибридом петуха и индюка!

— Ну уж нет, — обиделась Маня, — этих в роду у Крошки номер два не имелось.

— А оно вообще кто? — поставил вопрос ребром Дегтярев. — Страус? Орел? Гриф?

— Скажешь тоже! — фыркнула Маня.

— Так кто?

— Не знаю, — честно призналась Машка.

— Ты же говорила, что в лаборатории идеально ведут учет, — язвительно напомнила Зайка.

— Угу, — кивнула Машка, — так оно и есть. Только Крошку-два подарили Сергею Леонидовичу, заведующему, как казус. Никто не знает, кто он! Оформлен подарком, потом актирован по смерти. Муся, мы же его не выгоним? Смотри, какой милый, ласковый, нежный, замечательный! Му-у-у-ся-а-а!

— Ладно, — быстро кивнула я, — только ухаживать за ним будешь сама.

— Йес! — завопила Маня.

— Это безобразие! — завозмущалась Зайка. — Просто террор! Я вот завтра привезу из Останкина парочку операторов, пусть у нас живут, они тоже милые.

— Давайте лучше подумаем, как и куда станем ЛДНАБ выносить, — вклинился в разговор Денька.

Я с благодарностью посмотрела на нашего ветеринара. Все-таки он молодец — знает, что, когда и кому сказать.

## Эпилог

О том, как мы избавлялись от ловушки, я расскажу вам в другой раз. Поверьте, это было долгим и тяжелым делом.

Милиция в конце концов уехала домой, свадьбу решено было играть летом.

Катю Тришкину я больше не встречала — ее отец спешно продал дом и исчез из Ложкина. Не знаю, что он рассказал девочке о смерти Лидии Константиновны. Если честно, мне крайне не хотелось вспоминать об этой истории, несмотря на то что я очень ловко вычислила убийцу.

Сима Полунина вернулась в Москву из Новосибирска, куда убежала к своей подруге, и сейчас по-прежнему выступает в театре в роли служанок.

Мне следовало съездить к Нине и рассказать той всю правду, но я все никак не могла найти в себе силы на новую встречу с Каргополь.

Десятого июня, за две недели до свадьбы Деньки, я решила проверить, в каком состоянии смокинг полковника, и, дождавшись, пока Александр Михайлович уедет на работу, залезла в его шкаф. Бардак там стоял просто восхитительный, но сюртук и брюки оказались в нормальном состоянии, оставалось лишь найти пояс.

Сначала я просмотрела все вешалки, потом перерыла ящики. Последний дернула слишком сильно, и он вылетел на пол. Чертыхаясь, я стала пытаться вставить деревянный короб на место, но не тут-то было — отчего-то ящик не желал задвигаться до упора. Я снова вынула его, пошарила рукой по полу внутри шкафа и вытащила непонятную кассету, более тонкую и короткую, чем обычная видеомагнитофонная. Сначала я удивилась, а потом вдруг вспомнила холодную дачу и узнала прямоугольник: держу в руках то, из-за чего Лидия Константиновна совершила столько преступлений!

В голове вихрем завертелись вопросы. Почему кассета у нас? По какой причине Дегтярев хранит ее в шкафу? Впрочем, вероятно, полковник просто на время сунул кассету в гардероб, хотел потом избавиться от нее, но она завалилась за ящик, и полковник не нашел спрятанное.

Забыв про пояс для смокинга, я схватила находку и понеслась в магазин «Третий глаз».

— Такие давно никто не использует, — сообщил Женька, вертя в руках кассету.

— Значит, я не смогу ее просмотреть? — расстроилась я.

— Ну это-то элементарно, — усмехнулся Женя, — у меня, как в Греции, есть все. Хотела подслушку в телефон — получила, желаешь запись поглядеть — битте-дритте! Вон стоит специальный видеомагнитофон. Засовывай кассету внутрь, а я пока пойду чайничек поставлю.

Радуясь деликатности Женьки, оставившего меня наедине с пленкой, я уставилась в телевизор.

Сначала возникло изображение комнаты странной, многоугольной формы, потом я увидела молодую женщину, копошащуюся у ящиков. Довольно долго ничего интересного не происходило, затем Юля застегнула на себе пояс, тщательно проверила страховочную веревку, прикрепленную к стене у окна, и вылезла наружу.

Я затаила дыхание, вот оно, доказательство того, что жена Игоря не совершала самоубийства, — женщина очень аккуратно изучила страховку.

Некоторое время картина на экране не менялась, потом в мансарду с ножницами в руках влетела крошечная Катя. Девочка побегала по комнате, расшвыривая вещи, потом на пороге мастерской замаячила Лидия Константиновна. Звука у кассеты не было, но по суровому выражению лица бабушки стало понятно, что она ругает внучку.

Лидия вытянула вперед правую руку. Катя помотала головой и спрятала ножницы за спину. Бабушка сдвинула брови, шагнула вперед, неловко взмахнула руками и упала, очевидно, поскользнувшись на камешках для мозаики, которые разбрасывала хулиганистая Катя.

Девочка раскрыла рот — было ясно, что она хохочет. Лидия начала медленно вставать. И тут Катя, выставив вперед ножницы, подбежала к страховочной веревке и мгновенно перерезала ее. Потом швырнула инструмент на пол и, продолжая смеяться, унеслась. Четырехлетний ребенок не понял, что секунду назад лишил свою маму жизни. Катя просто баловалась.

Лидия подошла к окну, глянула вниз, потом, молниеносно вскочив на ноги, кинулась к лестнице. В мансарде снова воцарилась пустота.

Я просмотрела кассету несколько раз, и ничего не менялось: Катя перерезала веревку и убегала.

Господи, какой же я была дурой! Ведь Сима Полунина говорила мне, что Катя в тот день носилась по даче с ножницами, что непослушная, вредная девочка испортила занавески в гостиной. Вот почему родители Юли не захотели больше встречаться с внучкой — они знали, кто убийца. Фаина Сергеевна и Петр Григорьевич согласились молчать ради девочки, но общаться с той, которая пусть невольно, но убила их Юлю, не могли.

Вот почему Лидия Константиновна столь тщательно хранила тайну! Вот почему она предпочла, взяв вину на себя, выпить яд — бабушка спасала любимую внучку. Каково той было бы жить, узнай она правду? Вот почему Лидия Константиновна велела сыну отправить девочку в закрытую школу! Теперь понятно, почему она так искала эту кассету! Вот почему! Теперь есть ответы на все «почему»!

Лидия Константиновна, спасая свою кровиночку, очень хорошо понимала: четырехлетнюю девочку, убившую случайно маму, никто в тюрьму не посадит, но нельзя, чтобы до Кати дошла правда. И никогда Юля не была наркоманкой, свекрови пришлось оболгать любимую невестку. Старуха изворачивалась, как могла, и даже стала ради Кати убийцей. Господи, как мне жаль Тришкину! Лидии Константиновне досталось по полной программе. Сначала была случайная смерть Майи: Игорь толкнул жену, та неудачно упала. Пришлось спасать сына. А потом эта история с Юлей... Бедная, бедная Лидия Константиновна, кошка, защищающая своих обожаемых котят!

Но она убийца! Можно ли ради счастья детей отправлять людей на смерть?

У меня заломило в висках, к голове подобралась мигрень. Боже, огромное спасибо тебе за то, что никогда не ставил меня в ситуацию, когда требовалось сделать подобный выбор... Как бы я поступила на месте Лидии? Рассказать Кате правду — значит убить девочку, а чтобы скрыть — надо заставить замолчать жадных Нину и Вадима. Ну зачем, зачем Карякина и Каргополь начали требовать денег?! А Сима... Она ведь тоже была кандидаткой на тот свет. И уж совсем ни в чем не виноват тот парень, которого вместо Полуниной толкнула с платформы метро Лидия. Нет, мне не жаль старуху. А может, все-таки жаль?

Около полуночи я вошла в комнату к Дегтяреву и протянула ему кассету.

— Извини, искала пояс для смокинга, а нашла на полу, под ящиком, ЭТО.

Александр Михайлович растерялся.

— Думал... полагал... я ее потерял, перерыл все...

— Теперь понимаю, почему ты отпустил Лидию за лекарством, — сказала я.

Полковник закашлялся.

— Ну... э... ей на самом деле стало плохо... подумал... что хорошего будет, если правда выплывет... Лидия Константиновна... она... а девочка... ей-то как потом жить...

— Давай не будем ничего объяснять, — перебила я приятеля.

— Я должен был уничтожить кассету, — тихо сказал Александр Михайлович. — Я ее схватил со стола, когда Лидия умерла, сунул в портфель, а потом в шкаф и... потерял. Сначала волновался, затем успокоился, ведь если кто ее найдет, даже посмотреть вряд ли сможет. Или ничего не сообразит.

— Я поняла.

— Ясное дело, — кивнул Дегтярев. — Ты вообще догадливая и умная. Это правда, сейчас я не ерничаю. Талант детектива у тебя налицо.

— Не стану спорить. Только я говорю сейчас не о криминальной стороне истории.

— О чем же? — искренне удивился полковник.

— О любви. Странная она вещь. Вроде считается, что любовь — вершина человеческих эмоций, но мне бы очень не хотелось испытывать столь патологическое чувство, которое Лидия питала к сыну и внучке. Нет уж, избави меня боже от такого накала страстей, — призналась я. — Нельзя убивать ради любви.

Дегтярев кашлянул.

— А мне бы не хотелось, чтобы кто-то узнал про кассету, потому что я допустил должностное нарушение...

Я кивнула.

— Не волнуйся, я ведь в каком-то смысле являюсь собакой.

— Кем? — подскочил полковник. — Ты что несешь?

— Знаешь, почему многие гомо сапиенс предпочитают иметь в друзьях не себе подобных, а овчарок, пуделей, мопсов или такс? — спросила я.

— Не понимаю, — буркнул Дегтярев, — куда ты клонишь.

Я грустно улыбнулась.

— Все так просто. Собака — лучший друг, потому что, в отличие от человека, она не болтает языком, а виляет хвостом.

# Советы
## от безумной оптимистки
# Дарьи Донцовой

письма

рецепты

советы

# Обращение к читателям

Дорогие мои, я очень люблю вас, но, увы, не имею возможности сказать о своих чувствах лично каждому читателю. В издательство «Эксмо» на имя Дарьи Донцовой ежедневно приходят письма. Я не способна ответить на все послания, их слишком много, но я обязательно внимательно изучаю почту и заметила, что мои читатели, как правило, либо просят у Дарьи Донцовой новый кулинарный рецепт, либо хотят получить совет. Но как поговорить с каждым из вас? Поломав голову, сотрудники «Эксмо» нашли выход из трудной ситуации. Теперь в каждой моей книге будет мини-журнал, где я буду отвечать на вопросы и подтверждать получение ваших писем. Не скрою, мне очень приятно читать такие теплые строки.

# Совет № раз
## Рецепт
## «пальчики оближешь»

*Свиные отбивные в горчичном соусе*

**Что нужно:**
500 г свинины,
5 ст. л. растительного масла,
1 ст. л. зернистой горчицы,
1 небольшая луковица,
50 мл свежевыжатого апельсинового сока,
1 красное яблоко,
250 г салата рукола,
соль, молотый черный перец по вкусу.

**Что делать:**
Мясо вымыть, обсушить, нарезать порционно, посолить и поперчить. В глубокой сковороде разогреть 2 ст. л. растительного масла и обжарить в нем свиное филе по 4 минуты с каждой стороны. Прямо в сковороде смазать мясо горчицей и вновь обжарить со всех сторон в течение 20 мин.

Для приготовления маринада очистить и мелко порубить репчатый лук. Перемешать с апельсиновым соком, солью и перцем. Добавить оставшееся растительное масло и слегка взбить венчиком.

Яблоко вымыть, разрезать пополам, удалить семена и нарезать тонкими дольками. Сразу же выложить в маринад, чтобы не потемнели. Руколу вымыть и разорвать на кусочки.

Ломтики филе вынуть из сковороды, разложить по тарелкам. Украсить руколой, ломтиками яблок и обильно полить маринадом.

# Совет № два
## Как хранить драгоценности?

● Каждое украшение храните в отдельном футляре. Если все собрать в один мешочек или шкатулку, металл поменяет цвет, а камни потеряют блеск.

● Кольца, которые носите постоянно, протирайте фланелевой тряпочкой, чтобы снять пленку, образовавшуюся от мыла, кремов и кожного жира. На цвет и структуру металла также влияют хлорка в бассейне и хозяйственные моющие средства.

● Раз в полгода чистите золото и платину мягкой зубной щеткой в мыльной воде с нашатырным спиртом (1 ч. л. спирта на полстакана воды). Затем сполосните теплой водой и протрите фланелевой тряпочкой. Ни в коем случае не используйте зубную пасту!

● Жемчуг, бирюза, малахит и янтарь плохо переносят влажность. При загрязнении почистите украшения с этими камнями этиловым спиртом с мыльной водой (1:1) и вытрите фланелью.

## Письма читателей

Дорогие мои, писательнице Дарье Донцовой
приходит много писем, в них читатели
сообщают о своих проблемах, просят совета.
Я по мере сил и возможностей стараюсь
ответить всем. Но есть в почте особые
послания, прочитав которые понимаю, что
живу не зря, надо работать еще больше,
такие письма вдохновляют, окрыляют
и очень, очень, очень радуют. Пишите
мне, пожалуйста, чаще.

*Здравствуйте, дорогая и многоуважаемая Дарья Аркадьевна!*

*Пишет Вам Ваша большая поклонница Татьяна Николаевна.*
*Впервые мне показала Ваши книги моя дочь, и с тех пор я не перестаю их искать, покупать и читать.*
*Эти книги приносят мне радость, отдых.*
*В них всё так описано, как будто я нахожусь сама рядом с Вами. Если я начинаю читать книгу, то, пока не закончу, не могу заснуть.*
*Дорогая Вы наша, хочу пожелать Вам здоровья и долголетия, чтоб Вы нас еще долго радовали своими произведениями.*

*С большим уважением к Вам Ваша читательница.*

*Добрый день, Дашенька!*

*Простите, что я так по-свойски, но уж очень хочется назвать Вас именно таким именем. Ведь читаю я Вас давно, и Вы мне очень близкий человек!*
*Спасибо Вам за то, что приносите в мою жизнь столько тепла и смеха. Думаю, конечно, я не одна такая счастливица, получающая жуткое удовольствие от Ваших книг. Два года назад у меня были большие трудности в семье. Я поняла, что дети совсем отбились от меня, а муж и вовсе собрался уйти к другой женщине. И я, чтоб не рыдать, уходила в ванную и читала Ваши книжки. Сейчас у меня всё наладилось. Многое благодаря Вашим советам!*

*Я очень Вас люблю!*
*Доброго Вам здоровья и счастья!*
*Продолжайте радовать нас своими книжками, пожалуйста!*

## Содержание

**Донцова Д. А.**

Д 67    Досье на Крошку Че: Роман. Советы от безумной оптимистки Дарьи Донцовой: Советы / Д. А. Донцова. — М.: Эксмо, 2006. — 384 с. — (Иронический детектив).

Ох, какой переполох в доме большого семейства Даши Васильевой! К ним нагрянула Милиция. С инспекцией. От ее вердикта зависит, может ли Денька, сын Дашиной подруги, жениться на своей избраннице. Потому что избранница — любимая внучка строгой бабушки... со странным именем Милиция. Борясь за Денькино счастье, вся семья, включая полковника Дегтярева, изображает из себя непонятно что. Но Даше все эти домашние интриги совсем не ко времени — у нее новое расследование! Она одна может вытащить на свет божий тайну смерти художницы Юлии Тришкиной. Основная версия гибели — самоубийство, но Даша и шестнадцатилетняя дочь Юлии Катя сильно в этом сомневаются. Только стоило ли будить спящую собаку...

УДК 82-3
ББК 84(2Рос-Рус)6-4

ISBN 5-699-16849-4          © ООО «Издательство «Эксмо», 2006

Оформление серии художника *В. Щербакова*

Литературно-художественное издание

**Дарья Донцова**

**ДОСЬЕ НА КРОШКУ ЧЕ**

Ответственный редактор *О. Рубис*.  Редактор *И. Шведова*
Художественный редактор *В. Щербаков*.  Художник *Е. Шувалова*
Технический редактор *О. Куликова*.  Компьютерная верстка *Т. Комарова*
Корректор *Е. Самолетова*

ООО «Издательство «Эксмо»
127299, Москва, ул. Клары Цеткин, д. 18/5. Тел.: 411-68-86, 956-39-21.
Home page: www.eksmo.ru  E-mail: info@eksmo.ru

Подписано в печать 25.04.2006. Формат 84x108 $^1/_{32}$. Гарнитура «Таймс».
Печать офсетная. Бумага Classik. Усл. печ. л. 20,16.
Тираж 250 000 экз. (1-й завод — 205 000 экз.) Заказ №0610170.

Отпечатано в полном соответствии с качеством
предоставленного электронного оригинал-макета
в ОАО «Ярославский полиграфкомбинат»
150049, Ярославль, ул. Свободы, 97

Дарья **ДОНЦОВА**

*Записки безумной оптимистки*

*Два года спустя*

**АВТОБИОГРАФИЯ**

**С момента выхода моей автобиографии прошло два года.
И я решила поделиться с читателем тем,
что случилось со мной за это время...**

«Прочитав огромное количество печатных изданий, я, Дарья Донцова, узнала о себе много интересного. Например, что я была замужем десять раз, что у меня искусственная нога... Но более всего меня возмутило сообщение, будто меня и в природе-то нет, просто несколько предприимчивых людей пишут иронические детективы под именем «Дарья Донцова». Так вот, дорогие мои читатели, чаша моего терпения лопнула, и я решила написать о себе сама».

**Дарья Донцова открывает свои секреты!**